水下离歌

[美] 汤姆·麦克尼尔 / 著
Tom McNeal
沈晓莉 / 译

To Be
Sung
Underwater

CNS PUBLISHING & MEDIA
湖南文艺出版社 HUNAN LITERATURE AND ART PUBLISHING HOUSE
博集天卷 CS-BOOKY

图书在版编目（CIP）数据

水下离歌/（美）麦克尼尔著；沈晓莉译.
—长沙：湖南文艺出版社，2014.5
书名原文：To be sung underwater
ISBN 978-7-5404-6505-6

Ⅰ. ①水… Ⅱ. ①麦… ②沈… Ⅲ. ①长篇小说—美国—现代 Ⅳ. ①I712.45

中国版本图书馆CIP数据核字（2013）第282045号

著作权合同登记号：图字18-2013-380

上架建议：外国文学

水下离歌

作　　者：［美］汤姆·麦克尼尔
译　　者：沈晓莉
出 版 人：刘清华
责任编辑：薛　健　刘诗哲
监　　制：蔡明菲　潘　良
特约策划：马冬冬
特约编辑：刘　筝
版权支持：李彩萍　文赛峰
营销支持：尤艺潼
版式设计：利　锐
封面设计：棱角视觉
出版发行：湖南文艺出版社
（长沙市雨花区东二环一段508号　邮编：410014）
网　　址：www.hnwy.net
印　　刷：北京嘉业印刷厂
经　　销：新华书店
开　　本：880mm × 1230mm　1/32
字　　数：300千字
印　　张：13
版　　次：2014年5月第1版
印　　次：2014年5月第1次印刷
书　　号：ISBN 978-7-5404-6505-6
定　　价：35.00元
（若有质量问题，请致电质量监督电话：010-84409925）

《水下离歌》

献给Laura

同时纪念Bill Gerard

Bill Gerard

我寻找着，想用语言来赞美你

但这世上没有任何形容词

能够描述充满魔力的你

优雅、迷人、多情，这些都不足以概括你

你是那么不同，无法言喻……

/

/

/

—— 歌曲《无法言喻》　作词：Johnny Mercer

/ 目 录 /

/

/

/

Contents

第二部

第三部

/ 楔子 /

松林掩映的山坡上坐着一个男人，他正眺望山下一片网格状的田地和交错的乡间小路。为了能躲进树荫下，他已经好几次挪动身下那把三条腿的折椅。他时而喝酒，时而用望远镜观察着，似乎在等待什么。一直以来，他都是借助这个望远镜来猎捕那些大个头的机敏动物，比如鹿。有些时候，羚羊也是他的目标。

突然，他看到远处尘土飞扬，接着出现一辆行驶的汽车，车后的烟雾格外浓重。到达伯特利教堂时，那辆车慢了下来，然后突然向右拐了个弯。一阵气浪腾起，车身看上去隐隐约约，好似海市蜃楼一般。那车是黄色的，没错。应该是她！很可能是她！那男人把手放在左胸前，心怦怦地跳了起来，一股柔情夹杂着真实的痛楚感向他袭来。

那辆车短暂地消失在男人视线中后，又出现在向南的河道上。他站起身，慢慢地挪了个位置，调了调望远镜的焦距，追随着黄色的小车，看着它一路穿越树林，扬起的尘雾在公路上留下一条长长的线。路上要经过三个河道，这需要一些时间。终于，那辆车穿过了最后一条河道，停在那个男人预料中的地方。过了好几秒，车里下来一个女人。只见她拎着软皮包，弯腰和司机说了几句，也许是在确认什么事情。接着，她向后退了退，司机把车掉了个头开走了。

她看着车子远去，而那男人在树丛中凝望着她的背影。直到车消失在河道的尽头，她才转过身面对一条小路。她并没有立刻向前走，而是站在原地，抬头在山林间扫视着，任凭皮包耷拉在脚边。片刻之后，她的视线似乎停留在了那个男人躲藏的树荫处。男人确信她没有发现他，但是透过望远镜，他能够看到她清晰的身影。他已经很久没有见过她了，很久很久，但还是一眼就认出了她。刹那间，他感觉自己似乎就要从梦中醒来，然而，这一次不是梦。

是你！他心想。此刻他所有的念头都是：是你，是你，是你！

/ 水下离歌 /

/

/

/

第一部

To be Sung Underwater

1

朱迪丝的秘密

用朱迪丝自己的话来说，某一瞬间做出的一个决定已经让她“偏离”了原有的生活轨道。在陌生环境和冲动情绪的影响下，她的反应有些过度了。但不管结局如何，她本意只是想消遣一下而已。那件事过去很久之后，她跟朋友露西·梅恩克提过一次。

“太奇怪了，”她说，“我的生活本来四平八稳的，可这个小小的‘偏离’出现了，或许是我有意的，也可能只是梦中的某个角落出现的情节。”她迷惑地看了露西·梅恩克一眼，接着说：“我真的不知道。”

那件事当时看起来很简单。朱迪丝想租个储藏室来存放一些旧家具。谈妥价格后，接待员询问她的姓名，但她没有说自己的，而是讲出一个许久不曾想起的名字。几小时后，从来不丢三落四的她竟然弄丢了储藏室的钥匙。

在这个所谓的“偏离”发生之前，四十四岁的朱迪丝·惠特曼从未经历过什么大的意外和挫折。这并不只是因为运气，对于她的人生，她一向有着深思熟虑的计划。她希望既可以平安地度过春夏秋冬，又能够灵活地应对变化。表面看起来很从容，但实际上她一直都小心翼翼。她所经营的不仅是一种优越的生活，更是她一直渴望的人生。朱迪丝事业有成，有聪明能干的女儿，还有爱她的丈夫。只是在那一刻，在那个迷你仓储货场的院子里，她没有把自己的名字告诉接待员。

在她心里，还有两个秘密。

朱迪丝相信有一种爱情能够超越血缘关系、经济实用主义，或者地缘相邻性。她曾经对露西·梅恩克解释说，有一种爱情可能从俄亥俄州阿克伦城开始，一直延续到巴西的里约热内卢（“我们可以称它为‘里约奏鸣曲’。”朱迪丝说。露西·梅恩克则说她所经历的爱情大多是从明尼阿波利斯市到圣保罗）。朱迪丝相信“里约奏鸣曲”式的爱情，因为她曾亲身经历过，但只有一次。她抛弃了一个男孩，却从未真的忘记。这个男孩是她的第一个秘密。

他们相识在高原地带一个不大不小的镇上，彼此熟悉起来是在她高三的时候。那时的她与父亲一起生活，正计划着先上大学，然后去洛杉矶做些与电影制作有关的事。男孩比朱迪丝大几岁，是个小木匠，有一双灰蓝色的眼睛，身上混合着碎木屑、汗水，还有酒精的味道，令她着迷。那年的夏天，他们在一起的最后时光里，他曾向她求婚。当时她说：“好的，答案是好的，当然是。”她确实想嫁给他，只是希望上完大学再结婚。可是，上完大学的她，却再也没回来。她遇到了另一个人。那人就读于商学院，会打网球，亲切随和，令人印象深刻。一切都自然地发生了，晚上同床共枕，白天出双入对。尽管朱迪丝并不确定到底有多爱他，但实际上是她主动暗示他“也许像他这样的男人愿意娶她这样的女人”。马尔科姆·惠特曼留着一头精心修饰过的长发，手腕细长，笑容淡淡的，喜欢开玩笑。“这算求婚吗？”他问道。朱迪丝回答说：“是的，也许是吧。”马尔科姆·惠特曼接着说：“那么我满怀激动地表示同意。”说罢他突然袭击，给了她一个长久而浓烈的吻。之后他抬起身，又变回那个温文尔雅的马尔科姆。“结婚，”他说，“我没想到你这么胆大。”他说这话时语速很快，有一点点疏离感。对于马尔科姆·惠特曼的说话方式，朱迪丝曾觉得挺吸引人，而且在一定程度上，现在仍然如此。

在朱迪丝的建议下，这对新婚夫妇搬到了洛杉矶。在那里，马尔科姆的才干和人脉让他得以担当重任，收入不菲。而朱迪丝也最终在电影行当觅得一份工作。起初，她是给一个演员兼导演做私人助理。在那个导演的帮助下，她逐渐有了学习剪辑的机会，这是她一直感兴趣的事。将近八年之后，她才等来了第一个孩子，一个健康的小女孩。他们给她取名卡蜜儿。那之后她就一直避孕。她依然自信能创造想要的生活，但在某一时刻，她开始意识到，得到所有追求的东西并不意味着获得幸福，至少不是纯粹的幸福。朱迪丝对那些可能导致肥胖、不忠，或者经济问题的事情统统不感兴趣。她和马尔科姆住在高档社区，有令人尊敬的职业和贴心的朋友，他们的女儿进了沃特伯里小学。在那个“偏离”发生之前的一个下午，她把所有拥有的东西一一罗列出来，想让自己高兴一下。可是，看着列出的东西，她却毫无感觉。还有一次，正在超市里挑香蕉的她突然停了下来，心里想：如果哪一年所有电影里的生活都像自己的生活一样，那这个行业恐怕要没落了。这并不是随便想想，朱迪丝常在心里把自己的生活称作“我的电影”。举个例子，当她的第一个剪辑作品受到导演表扬时，她心里想：嗯，这个情节会出现在“我的电影”里。有时她想，应该去最近的码头，把“我的电影”扔得远远的！或者，认为“我的电影”是垃圾。但更多的时候，她在考虑“我的电影”中的人物是不是能引起别人的共鸣。

日复一日，她似乎忘记了那个生活在高原的男孩。和马尔科姆在一起后，她没再给那男孩写信，也没接过他的电话。她告诉自己必须残忍一些。离家上大学后，她意识到和那个男孩在一起的生活与她计划的人生将没有任何相似之处。他的照片她只有一张，她把它藏在钱包里，夹在女儿的照片中间，时不时会拿出来看一看。那是一次野餐时她抓拍的。看着他悠闲自在的样子，她感到平静，她会在心里想象他已经原谅了她。

她认识他的时候，他和父母住在一起。后来，她经常会拨他家里的电话，那号码刻在她心里。那个男孩（实际上他已经是一个男人了，而她只能模糊地意识到这一点）从未接过电话，每次都是他母亲接的。挂电话前，朱迪丝总会犹豫片刻，以致他母亲不得不再次说“你好”。他母亲亲切的声音总是让朱迪丝感到宽慰。但是有一天晚上，接电话的是男孩的父亲。在朱迪丝眼里，他似乎一直是个令人生畏的人。几秒的沉默后，男孩的父亲近乎恳求地问道：“是你吗，威利？”朱迪丝抓着听筒，感觉好像打开了一个通向无尽深渊的盖子。她轻轻地放下了电话。从他的语调中，她分明听出了想念。显然有什么事情让威利离开了他的父母，也许是产生了什么隔阂，而他的父亲心怀歉意。朱迪丝决定再打一次，而且要自报家门，然后问问他们儿子的情况，或者至少得到点有用的线索。但是当她再打过去的时候，男孩的父母已经用上了自动应答机。她听到一段生硬的录音，说打电话的人对他们很重要，所以请留言。朱迪丝什么也没说。后来，也许是三年后，当朱迪丝再次拨通那个电话，她听到的声音是：此号码已停机。

朱迪丝还有另一个秘密，那就是她担心自己不是一个称职的妈妈。她知道自己爱女儿，但好像有什么奇怪的东西阻隔了她的爱。朱迪丝生女儿的时候很顺利，没吃什么止痛药，也没有大喊大叫。她曾担心自己会尖叫、会胀气，甚至会排便，还担心失去自制乱扔衣服。凡是听说过的产妇会做的事，她都担心。但是当那一刻来临的时候，朱迪丝就像上了战场一样。她咬紧牙关，右手抓住护士，左手拉着马尔科姆。后来她自己描述当时的感觉是“豁出去了”。孩子生下来后，她转过头，看见护士正在快速地擦拭小卡蜜儿身上的血渍，而马尔科姆（就算此刻朱迪丝异常虚弱，她也清楚马尔科姆要做什么）正仔细地数着女儿的手指脚趾，查看是不是有畸形。护士抱起卡蜜儿给朱迪丝看，小婴儿粉嫩嫩的，已经擦洗干净，正哇哇地大哭。这时候朱迪丝脑子里突然冒出一些问题：这小东西曾在我肚子里吗？真的是我的吗？

其他妈妈们似乎沉浸在母亲的角色中，没有什么奇特的想法。打从孩子生下来，朱迪丝就盼望着能赶快脱身。两个星期后她就重返工作，把小卡蜜儿交给一个丹麦人照顾，这是第一个保姆。有一段时间，她上班的时候还坚持喂奶，但是当卡蜜儿长出的小尖牙刺痛她时，她放弃了哺乳。孩子一天天长大，保姆来来去去。朱迪丝曾跟朋友说，在最初的几年里，每次晚上回到家，看到卡蜜儿乐呵呵的小脸，她都激动不已。但是，她没有说出口的是，每天清晨，离开孩子出门上班的那一刻，才是她备感轻松的时候。当美丽和早熟开始在卡蜜儿身上显现的时候，当心里暗自骄傲的时候，她才发现似乎没有资格说那是自己的女儿。马尔科姆通常在周末照顾卡蜜儿，渐渐的，他与保姆、学校老师，以及女童子军的领队们打交道的机会越来越多。朱迪丝的朋友总是说卡蜜儿长得像妈妈，但是性格却越来越像马尔科姆。

朱迪丝从小就听过一些悲观的婚姻警句，几乎全是母亲告诉她的。比如，所有的婚姻都有漏洞；婚姻将爱情一饮而尽，排出来的则是忧伤；婚姻好似一所房子，女人困在其中，而男人只是访客（换句话说，婚姻就是一所锁住女人的房子）。

父亲离开佛蒙特州前往内布拉斯加教书之后的一天清晨，朱迪丝坐在餐桌边。母亲对她说："我们的婚姻和其他人都一样，在不幸之前一直都是幸福的。"对于母亲的这些感慨，朱迪丝既不相信，又忘不掉。后来她还会无意间拿自己的婚姻来对照母亲那些直白的观点。然而，每一次她都发现，那些说法是如此的锋利精准，就像牙医手中用于切割的X射线一样。

有些时候，甚至一连好几天，朱迪丝都会感到心底隐隐作痛，就像患了相思病一样。然而，另一些时候，生活却又很充实，好像被欢乐和温暖的柔情包裹着。她觉得，公平地说，那就是一种幸福，或者说是毫厘之差的幸福。丢失了爱情的婚姻比比皆是，但她和马尔科姆的情况并非如此。多数情况下，他们的夫妻生活一切正常，而且相处融洽。开心地笑，温柔地抚摸，倾心地交谈，一如世上所有关系良好的夫妻。在一次小型晚餐会上，每个人都被要求说出一个他们婚姻中最引以为豪的事情。马尔科姆当时说："我们俩可以抛却烦恼，一起开车进行长途旅行。”这既是事实，也够讽刺。

他们甚少争吵，当然也有观点相左的时候。家中的卧室里有一套祖传家具，是鸟眼枫木的，朱迪丝父亲的外祖父把它们传给她父亲，再由父亲传给朱迪丝，最后朱迪丝又给了卡蜜儿。三件套的家具包括一张床，高高的床头板颇为华丽；一个狭窄的五斗柜，朱迪丝和她父亲都称它为“梳妆柜”；一个大理石面的盥洗盆，家里人一直叫它“洗脸台”。十一年前父亲去世时，朱迪丝把这套家具和父亲的遗物一起运回了家。马尔科姆怀疑地看着书房墙边的一排硬纸箱说：“尊敬的父亲留下的珍贵文件。”自从几次不欢而散的谈话后，马尔科姆和朱迪丝的父亲一直心存隔阂，朱迪丝认为那是因为他们都存心讽刺对方。

也许出于对童年快乐时光的留恋，朱迪丝一直对这套家具情有独钟。可是马尔科姆丝毫看不上眼（他曾说也许克罗地亚人会喜欢），也许因为这个原因，卡蜜儿也不喜欢。九岁的时候，卡蜜儿用胶水把花花绿绿的贴纸粘在家具上，朱迪丝花了周日一整天才清理干净。快十六岁的时候，卡蜜儿盘算着要一套有顶棚的樱桃木床。有一天，樱桃木床，连同配套的梳妆台和床头柜从天而降，但朱迪丝事先毫不知情。

“这些东西哪儿来的？”朱迪丝问。她跟着卡蜜儿走进房间，马尔科姆紧跟在后。

“托马斯莫瑟家具公司！”卡蜜儿大声说道。

这张床很高，两边各配有一个樱桃木梯凳。

朱迪丝转身看着马尔科姆。她注意到，尽管他的穿着和修饰已经和他的年纪不太相称，但仍旧不失为一个英俊威武的男人。他每周都会去修剪稀疏的头发和眉毛，昂贵的衣服在他身上物有所值。即便是在夏末，他依然穿着烫得笔挺的灰裤子和白衬衫。

“生日礼物，”他说，“我让她自己挑的。我问她：‘想要床还是毫无意义的聚会？’她选了床，所以不会有铺张的生日会了。”说罢他看着卡蜜儿问：“不是这样吗，甜饼小姐？”

在朱迪丝看来，和那些聪明过人的小孩相比，卡蜜儿还多了天生的“精明”。她做出一副对新家具欣喜若狂的样子，想躲开取消生日会的话题。以朱迪丝对女儿的了解，卡蜜儿根本不想放弃生日会。卡蜜儿四肢修长，身材瘦高，常常被误以为是运动员。她爬上床躺下，笑眯眯地看着饰有缎带的顶棚。她说这个床真“豪华”，这是他父亲惯用的词。说这话时，语气中带着她父亲特有的戏谑口吻。

朱迪丝说：“我看‘昂贵’这个词更合适。”

卡蜜儿笑得更开心了，朱迪丝这才意识到，自己刚才酸溜溜的评论正是卡蜜儿所希望的。

虽然知道不妥，但朱迪丝还是忍不住说：“可怜的乔，他娶了你——败家女卡蜜儿。”

尽管卡蜜儿不喜欢“败家女”这个词，但脸上依然挂着笑。马尔科姆则瞪了朱迪丝一眼。有一次他和朱迪丝因为吵架而去找家庭顾问，他当时提到了类似的谈话。马尔科姆和顾问都认为这种话会伤卡蜜儿的自尊，但朱迪丝说没什么大不了，她觉得卡蜜儿有大把的自尊，而缺的是同理心、善心和谦卑之心。马尔科姆和咨询师顿时语塞，接着自顾自地聊了起来，好像朱迪丝不存在似的。那以后她就再也没去过。

卡蜜儿抱着枕头说：“这床简直就是泰坦尼克，生日只请两三个朋友一起来家里过夜，行不行？我们可以侧着睡，就像在劳伦·哈特曼家那样。”

马尔科姆打趣说：“劳伦·哈特曼！劳伦·哈特曼！难道我们永远

要玩追赶劳伦·哈特曼的游戏吗？”

“是的！”卡蜜儿嗲声嗲气地说，“追赶，还有芥末厨房！”

这是他们过去玩过的一个游戏，只有父女俩参加的小型茶点会（卡蜜儿已经戴了四年文胸。几个月前，朱迪丝发现几条有蕾丝边的鲜艳丁字裤。它们被藏在梳妆柜底层抽屉的角落里）。卡蜜儿和马尔科姆开心地大笑起来，沉浸在各自的需要里，她需要索取，他则需要给予。马尔科姆说：“那好吧，甜饼小姐，不过最多只能请两个人。”

卡蜜儿的笑容瞬间不见了，她带着哭腔问：“那托瑞呢？”

马尔科姆立即应允说：“行，三个。就这样，三个，到顶了。”

卡蜜儿扑通一下倒在软绵绵的羽绒被上。

朱迪丝问了一个刚进屋就想问的问题：“那么那套鸟眼枫木家具呢？”

马尔科姆用下巴指了指窗外。

朱迪丝一把拉开蕾丝窗帘，只见父亲的老家具堆在砖砌的泳池台上。围栏、床头、洗脸台、梳妆柜，还有踏足板全都暴晒在刺眼的阳光下。

朱迪丝的感觉并不是心猛然一紧，而是一种“扩散”，愤怒之情像开花一样慢慢展开。朱迪丝知道对卡蜜儿不能太苛求，但马尔科姆呢？他是个成年人，不是吗？就算他想演一出先斩后奏的戏码，可难道没有更缓和的方式吗？为什么不能把枫木家具换到客房里，而把那套不搭调的橡木家具拆散，扔到大太阳下面去呢？

转念一想，她觉得也不可行。因为如果搬到客房里，马尔科姆还是会看不惯。

朱迪丝短促地吸了三下，肺里充满了空气，稍作屏息后，又慢慢呼了出来，接着又重复了一遍。这是她在无痛分娩课上学的唯一有用的招数。

等她终于开口的时候，声音平静得连她自己都有些吃惊。“我担心表面会晒起泡。”她说。

“说得对，”马尔科姆说，“可能会，我去把它们盖上。”不一会儿，在穿上白色运动服去网球俱乐部之前，他就已经翻出旧床单，麻利地包住家具，还用绿色园艺绳在底部绑了一个蝴蝶结。很久以前，威利·布朗特曾看到一个旅行者试图打这种结来固定油布帐篷，当时威利帮他换了一种更牢靠的结。

2

父亲离开了

朱迪丝的父亲沉默寡言，脸形方正，脸色红润，鼻梁有些弯曲，鼻孔扁平。朱迪丝小时候很喜欢亲吻父亲的鼻子。虽然在她的印象里，父亲从没和别人红过脸，但她还是觉得父亲的鼻子显得很好斗。他从小跟随母亲住在旧金山，后来母亲去世了，他被带到内布拉斯加州西北部的外祖父母家。在鲁弗斯赛治中学上学时，霍华德·托米是个性格孤僻、缺乏热情，但才华横溢的学生。这种性格使得同学，甚至老师都对他敬而远之。他叫霍华德，没人喊他的昵称霍伊；他是个书虫，就连走路也书不离手；他很少说话，但声音浑厚响亮。音乐老师注意到了这一点，邀请他参加学校的唱诗班，却被他生硬地拒绝了。他从不参加体育活动，也不加入俱乐部。当他获得奖学金，即将前往芝加哥大学学习文学的时候，除了外祖父母，他几乎没有什么同学可以道别。修读十八世纪英国文学研究生课程时，他自己做助教攒钱付学费。也就是那时候，他发现自己有做教师的天分。在静静的课堂上，他能够背诵大段的诗歌和散文。即使最懒散的学生，也会被他那悦耳的男中音所吸引。这声音激起了他们某种潜在的能力。有些女生的反应则更加热烈，她们中的一位嫁给了他，那就是朱迪丝的母亲。

凯瑟琳·皮伯斯第一次走进霍华德·托米的课堂还是约翰逊时代的事。这个姑娘是“三角伽马”社团的成员，她穿着格子花呢百褶长裙、白皮鞋、V领毛衫，胸前抱着两本新鲜出炉的小说：《克拉丽莎》和《汤姆·琼斯》。朱迪丝有一张她父母认识六个月之后，她母亲婚礼那天的黑白相片。相片中的母亲坐在摩托车后座上，骑在前面的是朱迪丝的父亲，他穿着工作靴，深色牛仔裤，黑色圆领衫外面罩一件法兰绒格子衬衫。侧着脸的他鼻子不高，看上去并没有刻意地摆姿势，只是平视着摩托车前方。他看上去愣愣的，似乎很尴尬的样子。但朱迪丝的母亲看起来是想要留住那一刹。她墨镜后的双眼直视着相机的镜头，身上穿着合体的浅色毛衣和黑色紧身裤，下巴微微翘起，头上包着条围巾。从照片上来看，围巾基本上是黑的，但朱迪丝知道那是酒红色，因为围巾现在属于她。照片上的母亲和朱迪丝一直以来心目中的母亲形象非常不同。这张照片是朱迪丝和母亲一起整理父亲存放老照片的盒子时发现的。她对母亲说：“你好像是在模仿奥黛丽·赫本！”母亲边喝红酒边回答说：“我还觉得是奥黛丽·赫本模仿我呢！”

就婚前而言，朱迪丝父母的爱情是炽热的，但是随后的婚姻生活却沉闷而平淡。朱迪丝的父亲从不提及感情的疏离，这不是他的性格。但她母亲不久就开始收集那些关于婚姻的悲观隐喻，开始发各种各样的牢骚，说她挽回感情的努力都失败了云云。

“你爸爸似乎很乐意把自己关在房里，不让咱们进去，”母亲说，“只要两杯酒下肚，他就不认一夫一妻制了。”

她还曾带着一丝苦笑说：“很少有婚姻会碰到真正的十字路口。”

她提起过佛罗里达州戴德县的一个中转站。有一年夏天，朱迪丝和父母，还有另一对夫妇一起外出旅行时曾经到过那个中转站。戴尔·欧文是佛蒙特州米德伯里学院研究“比较文学”的，和霍华德·托米在一个系。他妻子是个护士，名叫瓦妮莎。和托米夫妇一样，他们有个独生女，那一年十三岁，比朱迪丝大不到一岁。那是他们两家第二次结伴出游，算是愉快的旅行，跟第一次一样。一开始，气氛温和，但是下午五点以后，两家的成年人逐渐活跃起来。戴尔·欧文把朗姆酒、冰块，还有果肉汁倒进他带来的不锈钢搅拌机里。把调好的酒倒进高脚杯时，他用类似约翰·韦恩的声音说：“尝尝这酒怎么样。”接着他又单独给两个小女孩调了没放酒精的饮料。他称她们是“小妇人”。

临近周末的时候，他们把两个女孩留在汽车旅馆里吃比萨看电视，这样他们好去外面痛快一夜。夜幕降临时，在一个海边餐厅吃过晚饭后，他们听从一个服务生的建议，来到一家偏僻的路边客栈，名叫“勒菲弗尔家”。两对夫妇边跳边喝，不知不觉就忘了时间。夜色渐浓，夫妻间的忠诚开始模糊。快到深夜两点的时候，霍华德·托米开车载着三个人沿黑暗的双车道公路往回开。坐在副驾驶位置的妻子斜靠在车门上，双眼盯着他。欧文则沉默地坐在后排。开到一个没有信号灯的十字路口时，霍华德·托米猛地一下向左打方向盘。借着车灯的光亮，他看见一辆没开前灯的车向他们直冲过来。他试图躲开它，但轮子撞上了什么东西，方向盘顿时失去控制。车子翻过狭窄的路肩，栽下路堤，最后擦过一棵菩提树。过了几秒后，后座的瓦妮莎·欧文说：“大家都没事吧？”朱迪丝的母亲想说“是的”，因为她期望如此，可就是发不出声音，而且眼睛似乎也睁不开了。最后好不容易睁开一条小缝，只见丈夫的头撞在方向盘上，看起来好像死了一般，鲜血顺着他的额头流得满脸都是。朱迪丝的母亲下车时摔了一跤，肩膀撞在坚硬的地面上脱臼了。

后来她才知道她的伤是整个事故中最严重的。霍华德·托米没有死，甚至没什么大碍。瓦妮莎·欧文娴熟地为他止血，而戴尔·欧文和朱迪丝的母亲则站在远处看着。朱迪丝的父亲有些头昏，但意识清醒。他说：“那辆车怎么了？”其他三个人面面相觑。瓦妮莎问：“哪辆车？”霍华德·托米的左前额处有一个伤口，虽然流着血，但伤口不深。在当地的急诊室里，他接受了伤口缝合和包扎。医生告诉他伤口会愈合，但疤痕是免不了的。

回到旅馆时，朱迪丝的父亲额头缠着纱布；母亲的左肩被局部麻醉后进行了复位，手臂挂在绷带上。欧文夫妇情绪紧张，但并未受伤。这让朱迪丝觉得他们打架了，而她的父母输了。当欧文夫妇一言不发，匆匆把女儿带回他们的房间，然后一大早收拾行李回佛蒙特的时候，朱迪丝就更加确信这一点了。

“发生了什么事？”朱迪丝问。

母亲让她去问父亲。

“出了点小事故。”父亲只说了这么一句。

回到家后，这个事故似乎一夜之间决定性地动摇了他们的婚姻，使它失去了某种微妙的平衡。甚至他父亲看起来已经不像从前了，从发际延伸到左眼的那道伤疤截断了他的左眉。

一天早上，他出门上班后，朱迪丝的母亲冲了冲咖啡杯，把它们放在水池里后说：“格兰达说她无法再看他的脸，她说看上去像一幅画被砍了一刀。”格兰达和朱迪丝家隔着三户，是她母亲下午茶的聊友。

对于这个伤疤，朱迪丝不知道自己的感觉是什么，她几乎不去看它。

她母亲又说：“我觉得格兰达说得不对，她觉得那伤疤破坏了一幅画，但我觉得那正是画的最后一笔。他身上总是有疤，这次只不过是一眼就能看到而已。”

“我不懂你的意思。”朱迪丝说。

母亲望着厨房的窗外回答说：“你是不懂。”她顿了顿接着说：“你知道婚姻是什么样的吗？”

朱迪丝没吱声，她觉得这些问题就像无聊的冷笑话一样。可她母亲依然絮叨说：“婚姻就像对着一张地图，然后在上面选择一个接下去五十年要生活的地方。双眼是被蒙住的，而你唯一能相信的只有手里的幸运飞镖。”

朱迪丝闷闷不乐地说：“我不相信有幸运飞镖。”母亲冲她苦笑了一下说：“你会相信的。”

朱迪丝十四岁那年夏天，父母分居了。那是六月初的一个午后，父亲走进客厅，坐在他最钟爱的那把花卉图案厚垫椅上，然后说内布拉斯加州鲁弗斯赛治镇的一所大学给了他一个职位。

“内布拉斯加？”她母亲问。

朱迪丝当时也在房里。父亲笑着答道：“是它悄悄地靠近我。”母亲紧接着说：“大多数癌症也是这样。”

“你会喜欢那儿的，”他说着把目光投向朱迪丝，“我们都会喜欢的。”

朱迪丝的母亲注视着窗外，朱迪丝知道她是在想心事。母亲洗洗涮涮的时候常常自哼自唱。每当歌声停止，她都会望向窗外，那是她“想心事”的时间。

“凯瑟琳？”

朱迪丝的母亲回过头冷冰冰地说：“我看你只是想利用这个面试机会重游那个你度过忧郁青春的破地方吧。”

“我也是这么想的。”父亲说。

他不再多说什么，朱迪丝的母亲又问：“和那所房子有关吗？”

房子是他的外祖父母去世前留给他的，位于镇上相当大的一个住宅区内。朱迪丝的母亲从未见过那房子，只是在他继承房子之后看过几张照片。那是一栋高高的木屋，表面是亮黄色，其间还镶着些鲜艳的绿色，这让她觉得很好笑。当时她曾和颜悦色地说：“品味可不怎么样啊，多久能卖掉？”

当然，他并没有卖，而是把它租了出去。坐在花椅子上的他说：“房客上个月搬走了，所以事情就好办了，不过这并不是我们要搬去的原因。”

朱迪丝的母亲再次狠狠地看了他一眼，然后走出了房间。没几秒她又突然进来说：“如果你接受那份工作，霍华德，朱迪丝和我不会跟你去的。”

母亲还没说完，父亲的目光已经转向朱迪丝。父女俩对视了片刻后，他移开视线，接着做了一个他的典型动作：双手指尖相触放在脸的前方，下巴搁在两个并在一起的大拇指上，其余的指头轻轻地抵着嘴唇。他思考的时候总是这样。小时候朱迪丝认为他是在无声地祈祷，但现在她觉得那就像一个笼子，父亲把他的想法锁在里面。

他最后还是去了内布拉斯加州，但朱迪丝听到的，或者说是偷听到的谈话中并没有涉及离婚或者财产分割之类的事情（父亲走之前只在车的后备厢里放了几个纸盒，里面装着衣服和书）。朱迪丝看在眼里，心想这只不过是暂时的状况。正是在那段时间，她开始计划自己的人生，诸如，怎样生活、做什么工作、住什么样的房子，还有找什么样的丈夫。

父亲不在身边的日子，朱迪丝的生活渐渐变得凌乱起来，饮食越来越不规律。家里乱七八糟，书架和浴室橱柜上散落着未开封的账单，母亲看起来倒似乎更快乐了，但这对十四岁的朱迪丝来说无关紧要。电话时不时被停机，有时候朱迪丝和朋友放学回到家，却发现佛蒙特州中央公共服务中心已经断了她们家的电。这时候最让她感觉颜面扫地的不是那些欠费账单，而是她母亲对此所表现出来的淡定。每次她把点燃的蜡烛固定在陶制茶托的蜡液上时，都会唠叨说除了洗衣机和录音机不能用之外，没电我们会过得更好之类。她母亲陶醉在摆脱从前生活的喜悦中，不仅在卫星咖啡店找了份兼职服务生的工作，还报了夜校的戏剧班。当朱迪丝拿自己的裙子、裤子，还有毛衣跟朋友换来超短裙和紧身衣，或者T恤和二手李维斯的衣服时，她母亲还会向她借穿。她母亲留起了长长的直发，像个乡村歌手似的。佛蒙特的冬天刚一过去，她就不再穿长筒袜，也不戴胸罩了。

朱迪丝曾见过男孩们向她母亲抛媚眼，甚至为了能见到她母亲而在咖啡店里等位子，最后还会在桌子上留下点小费。朱迪丝想和一些女孩交朋友，但这些养尊处优的女孩总是用嘲弄的目光看待朱迪丝和她母亲。她们很喜欢跟朱迪丝打小报告说男生们怎样谈论她母亲。朱迪丝听后总是假装开心地笑，但她谁也骗不了。传闻接连不断，她的怨恨也一点点积累。

有一天在学校的咖啡店里，当朱迪丝走向一个名叫马克·斯坦顿的男生时，她感到一股无法抑制的怒气。马克·斯坦顿正和一群朋友坐在一起，朱迪丝走上前说："那么，那时候你的手放在什么地方？"

马克·斯坦顿是学校有名的"冷面酷哥"。他吊儿郎当地看着她说："等等，什么时候，什么放在哪里？"

朱迪丝说："你跟马乔丽·威廉姆斯说你一想到我妈妈就会勃起，所以我想知道那时候你的手到底放在哪里。"

其他男生立刻哄笑起来，齐齐地看着马克·斯坦顿。只见他揪下一块三明治扔进嘴里，然后不紧不慢地说："这种事情嘛，只能私下里谈论，你觉得呢？况且你也知道，那话算是一种恭维，没有什么别的意思啊。"

朱迪丝并不罢休。马乔丽·威廉姆斯在浴室里把这话告诉她的时候，两个她不认识的女孩突然不聊了，转而听着她们俩的谈话，这更让朱迪丝感觉丢人现眼。"是放在背后吗？"她接着向马克·斯坦顿发问，"把手放在身后想我妈妈，你能勃起吗？放在头上能吗？或者把两个大拇指塞进耳朵里，摇晃手指，像大公驴那样呢？"

又是一阵起哄，马克·斯坦顿红着脸，试图和大家一起笑。

"如果你能把拇指插在耳朵里，想着我妈妈勃起，那还真是值得一看的表演呢。"

马克·斯坦顿没再说什么，她才满意地离开了。出门的时候，身后的笑声变得肆无忌惮。她听到有人叫嚷说："那时候你的手放在什么地方？"她心里明白，这绝不会是她最后一次被这些闲言碎语所困扰，它们会一直追随着她走过校园的长廊，也许更远。

走着走着，她感觉皮肤上好像粘了布丁似的。她想自己可能有点出汗，可是一低头，才发现汗水已经从胳膊下渗到胸前，白衣服上显出一大块黄色的汗渍。天哪，她想，马乔丽·威廉姆斯，还有马克·斯坦顿和他那群不怀好意的朋友多么可恨！自己竟然被气成这样！

走了一个多小时回到家时，母亲坐在门口。她穿着利瓦伊的毛边短裤和一件男式白汗衫，正在脚指甲上画蓝色的小花。阳光透过刚刚发芽的榆树叶，斑驳地照在她身上，看起来快乐又美丽。她并没有问朱迪丝为什么这么早就到家了。“嘿，小公主。”她瞟了她一眼。朱迪丝说：“你出门的时候不能戴上胸罩吗？人人都看得到的！”

朱迪丝站在穿衣镜前，准备把在学校里受到的嘲笑和讥讽统统说出来。她摆了个咄咄逼人的姿势，模仿着唐·里克斯的口气，对着镜子说了些“你是弱智，还是天真”“如果我是天气预报员，我会说你‘脑子有雾’”之类的话，但心里却在盘算别的事情。她感觉自己不想把青春耗在聚光灯下，只想安安静静地度过，像只蛹那样。她不想看到没付钱的电费账单，不想看到男孩子和她母亲眉来眼去，不想听到朋友说她母亲在咖啡店给了她们香烟和薯条，不想听到男孩子们一看到她就故意问身边的人：“那时候你的手放在什么地方？”她不希望引起任何的关注，只想沉浸在书本和电影，或者是对未来人生的憧憬里。

朱迪丝决定要让母亲变回原来的样子，她认为只有父亲回来重新扮演父亲的角色才能实现。于是，她计划着暑假去看父亲，想办法把他带回佛蒙特。但她并没有直说。

“你去看他有什么原因吗？”母亲问。她知道朱迪丝做事一向心里有数。

“只想看看他，仅此而已。”

因为去咖啡店上班要迟了，她母亲只是观察了她一下，然后就匆忙地找钥匙。朱迪丝看到钥匙被压在一本夏季课程目录底下。走到门口时，母亲回头说：“你想去就去，但是，朱迪丝，亲爱的，不要为了我打什么主意。”

“没有！”朱迪丝急切地说。她的脸唰的一下红了：“我只想去看看他，有那么可怕吗？”

母亲笑着说没人说可怕。

然而，在内布拉斯加，朱迪丝发现父亲也不完全是佛蒙特州的那个父亲了。首先是他长胖了，另外让人想不到的是，他成了个很棒的“厨师”，喜欢烤面包，特别是辫子面包。朱迪丝一看到面包表面的花纹就被吸引了。他还开始学摄影，拍了许多废弃的农舍和建筑。那些黑白照片用衣夹夹在一根挂在地下室的绳子上。他在地下室里搭了个简易的暗室，还在后院修建起一个花园。父亲带她走进花园的时候，她问：“你自己种花？”他笑眯眯地说：“是的，我自己也很吃惊啊。”

第二天早上，朱迪丝才得以仔细看一看这所房子，因为前一天晚上到的时候天已经黑了。“我还以为是亮黄配绿色呢。”她说。如今，黄色变暗了，镶边成了纯白色，墨绿色的百叶窗看起来很漂亮，上面的油漆似乎还未干透。“昨天才刷好的，”他用手背蹭了蹭鼻子说，“我身上还有松节油的味道。”说罢又看着房子问：“喜欢吗？”

朱迪丝告诉父亲她喜欢。她心想一定要给母亲寄一张房子的照片，母亲现在会喜欢它的，因为颜色已经不那么俗艳了。她觉得如果父亲没法回去的话，也许母亲会愿意搬来住。和在佛蒙特州的家里一样，父亲在这里也喜欢坐在一张绣着红色花卉图案的厚垫椅上看书。朱迪丝认为他买这把椅子或许是因为它让他想到了家里的那把。然而恰恰相反，他说这是他外祖父母留下的，他之所以在佛蒙特买了同样的，是因为它让他想起这一把。

朱迪丝和父亲在一起，生活一下子变得规律起来。清晨，父亲把切好的新鲜面包片做成肉桂或法式吐司。看到父亲把奶油倒进咖啡里，她也想这样喝，而且想放更多的奶油，这样就可以让咖啡迅速凉下来，还会变成焦糖色。每天早晨，父亲都会吃一小碟西梅，他认为这很有必要。趁着早上天气凉快，父女俩会到花园除草，捡蜗牛，收西红柿、牛油生菜和甜菜。父亲已经学会了腌制甜菜。他们一起打扫房间、一起买东西；中午吃熏肉生菜，外加吐司番茄三明治。饭后他们打个盹，再花一小时看看书。下午过半的时候，他们会步行去战争纪念公园的游泳池。朱迪丝游泳、晒太阳。父亲有时候坐在树荫里，弯着腰一边看书，一边喝冰咖啡，还不时做着笔记。一般这时候，朱迪丝会偷偷地看那些大男孩。常常会有穿着湿漉漉泳衣的女大学生走到父亲桌边。朱迪丝很好奇父亲到底说了些什么，让那些泳池另一端嬉笑打闹的女孩子们突然变得如此安静。

朱迪丝来之前，她父亲就已经想到了她可能感兴趣的活动——舞蹈和体操、鲁滨孙城堡的戏剧夏令营，还有毒菌公园的青少年考古挖掘。虽然朱迪丝对这些交际活动不感兴趣，但她很快就习惯了父亲的生活节奏。她不喜欢把衣服都混在一起，不愿意当着外人叠内衣，但每逢周一，她都和父亲一起去布朗投币洗衣店。朱迪丝喜欢看电影，所以周三和周日的晚上他们都会去老鹰剧院，除非某个电影让朱迪丝觉得和父亲一起看会不自在，比如，《性关系》。每个周二，她父亲在简·奥斯汀学院的暑期班授课，朱迪丝就看书或者散步，多数时候是看丹佛十一频道重播的《太空仙女恋》《家有仙妻》，或者《真相与结果》。一般她不接电话，但偶尔也接过那么一两次。有一次她接起电话，一个女孩有点诧异地说："哦，我想找托米教授。"有时候父亲拿起电话，先听一会儿，然后礼貌地说："我给你办公室的电话，我们回头再说。"他一般会在晚上调一大瓶杜松子酒，切酸橙的时候常常抱怨皮太硬。他会把酒拿到客厅，坐在那把花椅子上，用他那低沉浑厚的男中音朗诵《傲慢与偏见》。有一天晚上，当他读完一章后，朱迪丝问："我将来会不会成为伊丽莎白·班内特[①]？"父亲吹了一口气，这是他表达"笑"的方式。"你十一二岁的时候曾经问你妈妈你是否有一天能变成个美人，"他温和地看着朱迪丝说，"这个问题比那个好些。"

朱迪丝光着脚丫躺在天鹅绒沙发上。父亲朗读的时候，黄昏悄悄来临，房间里变得很凉快。她问："你过去常常读给母亲听吗？"

他说读过，在他们结婚前，婚后也读了一阵子。"但是后来……被其他事干扰了，"他笑着说，"比如，带孩子。"

她先说了句"我喜欢听你读"，然后紧接着话锋一转："如果买个洗衣机，那我们周一晚上也可以读了！"她说这话时带着一种与生俱来的"精明"，后来她在女儿身上也发现了同样的特质。

父亲笑着抿了一口酒，然后说他会留意广告的。

朱迪丝住在地下室里，空间很大，有好几个房间，每间房只是简单地用隔板隔开，其中一间是她父亲的暗房。刚来的时候，给她准备的那

① 小说《傲慢与偏见》里的女主角。

间房里几乎空空如也，只有破旧的波斯地毯和小床，还有几个刚擦干净的旧木箱。一面墙上挂着个伊特米勒石油公司的宣传日历。日历上画着一个猎人和他的狗。日历下方摆着一个双层玻璃书柜，里面摆着六七本父亲给她买的旧版二手书，其中有《傲慢与偏见》《安娜·卡列尼娜》《德伯家的苔丝》。在朱迪丝来的第三或第四天，早餐后父亲领她到车库后面一个斜顶的小棚子里。他用扫帚拨开蜘蛛网，拿灯照着，这是朱迪丝第一次看到那套鸟眼枫木的卧室家具。包在柜子抽屉外面起保护作用的塑料布已经泛黄，而且可以说是变成柜子外壳的一部分了。厚厚的灰尘积在表面，家具显得暗淡无光，污迹斑斑，还散落着星星点点的老鼠屎。

她父亲说："该打扫一下，对吧？"

她凑近几步，闻到一股呛人的死老鼠味。"我看需要找几个瞎子来把它们拖走，瞎子一般嗅觉也不灵。"她说。

两个星期中，他们花了大部分时间清理那些家具：填补疤痕和小洞、打磨、抛光、再打磨、再抛光；渴了就喝点柠檬水，有时说两句，但大部时间都很安静。有一回，朱迪丝打破沉默说："你上高中的时候住在这间屋里吗？"

"是的，"父亲抬起头说，"没什么太大变化，现在的颜色和当年很接近。"接着他把视线移向花园说："我外祖母过去常常在这花园里。"

"你喜欢这儿吗？"她这样问是因为她知道他不喜欢。

她父亲喝了一小口柠檬汁，回答说："基本上我对住过的地方都挺喜欢。"

“我想你讨厌这里。”

他看上去被逗乐了。“我这么说过吗？”他问道。朱迪丝知道他很清楚他没说过。和那些武断的观点一样，这个想法也来自她母亲。

“我的一个学生曾说这是一所‘纯净的’房子，这词好像用得很准确。”房子的后门廊是用南达科他州温泉城的工匠们切割的红色砂岩块搭成的。他指着地基和后门廊说：“那种手艺你再也看不到了，岩石还在，可石匠消失了。”

朱迪丝没说什么，她有些不高兴，原因是她几乎可以肯定那个评论这所房子的学生一定是女的。没有哪个男人会用“纯净的”来形容一所房子。

朱迪丝和父亲默默地打扫了一会儿后，父亲说：“你知道这套家具的来历吗？”

这时的朱迪丝还醋意未消，她无聊地耸耸肩，假装不想知道。

故事原来是这样的：

一八七九年，科普兰费城之子公司将这套家具装进箱子，通过火车运到了鲁弗斯赛治。哈利·托米，朱迪丝的曾曾祖父，是镇上的勘测员。他从火车站把箱子运到朋友的农场，存在一个谷仓里。他年轻的妻子曾在一个朋友家看到过和这套一模一样的家具。她十分喜欢朋友的家具，甚至写信给家具公司，收到回信后，她战战兢兢地把信拿给丈夫看。他看了很长时间，把信的内容都记到脑子里，然后折起信扔进火里。他说他觉得过意不去，但是买一套他们根本买不起的家具不会给他们的婚姻带来好的开始。哈利·托米是个健忘的人，他会忘记生日，忘记名字，只要觉得有好处，他都会假装忘记。他和妻子的第一个结婚纪念日那天，他不动声色地过了大半天。傍晚，他妻子带着《鲁弗斯赛治晚报》和一个菜盘去看她的舅姥爷。他是个鳏夫，两家之间隔得不远。她每天晚上都会去，但只是匆忙地收拾一下房间，洗洗碗碟，通常三四十分钟就干完了。趁着这个工夫，哈利·托米和两个朋友开始行动了。他们把卧室里的旧家具搬出去，换上了那套精致的鸟眼枫木家具。他妻子从舅姥爷家回来的时候，床已经搭好，所有的衣服都整整齐齐地摆放在衣橱抽屉里。哈利·托米则像妻子四十分钟之前出门时一样，悠然地坐在壁炉边看书。正如他预料的那样，他妻子走进卧室去放钱包。他没说话，也没跟进卧室。她在里面待了大约五分钟，出来的时候，双颊泛着红晕，忐忑不安的样子，好像是哭过了。她说："我就知道你不会忘的。"

讲完后，父亲停顿了几秒，然后问："你喜欢这故事吗？"

"喜欢。"朱迪丝说。

父亲微微地点了点头说："我也是。"

朱迪丝问："哈利·托米和他妻子，他们幸福吗？一直在一起吗？"

父亲耸耸肩说："但愿如此。他们没分开，我知道的。"

一阵风吹来，二十号公路上传来一辆卡车的刹车声。朱迪丝说："你还没问过家里呢。"

父亲笑了笑，但并没有停下手中的活儿。他问："家里怎么样？"

朱迪丝有些愠怒地说："似乎她想回到我这个年龄。"

父亲温和地说："相反，朱迪丝想变成母亲的年龄。"

朱迪丝觉得这么说没道理。她说："她借我的衣服穿，让我那些朋友叫她凯蒂，给他们烟抽，还买摇滚乐队的唱片。"

父亲偷笑了一下，这惹怒了朱迪丝。"她不戴胸罩，学校的一个男生跟别人说他看到她就勃起。"

“哦。”她父亲说。正如朱迪丝预料的那样，即使他很震惊，也不会表现出来。他沉默了一会儿说：“和配偶分居的人……他们基本上和中风病人一样，需要重新学习如何生活。”他折起砂纸，盯着正在打磨的木头说：“可以告诉你，以我的体会，生活并不总是美好的。”

朱迪丝不明白他这话是什么意思，于是问：“但这只是暂时的，不对吗？你在这儿，我们在那儿，或者你回家，或者我和妈妈来这儿，不是很简单吗？”

她很高兴他手里拿着砂纸，这样他就不能合拢双手的指尖，把他的想法关在笼子里。但很快她就发现自己错了。他倒是没有关起来思考，却盯着朱迪丝。她在他眼里看到的是比以往任何时候都强烈的犹疑。

“也许吧，”他说，“我不知道。”

“你不知道？如果连你都不知道，那还有谁知道？”

他躲开她的目光继续打磨，朱迪丝赌气回到屋里。半小时后，她偷偷向外看去，只见父亲仍然坐在原地，保持着同样的姿势，节奏均匀地打磨着鸟眼枫木家具。

修整完成后，他们把家具搬进地下室，到中西家具店买了个床垫。为了找朱迪丝想要的那种可以当床罩用的被子，他们逛了好几个农场拍卖会。一个周六上午，在镇子西南面的一个农场里，他们找到了。那是一床看上去全新的被子，蓝色、黄色、绿色交织在一起，是三十年代的印花布。朱迪丝看过很多关于面料的介绍，她知道那些图案都有名字。她向拍卖会的收银员问起这个被子的来历时，收银员让她去问卖主。卖主是个寡妇，她打算卖掉房子和农场，然后搬到鲁弗斯赛治的养老院去住。那寡妇独自坐在人群外面，正在吃纸碟子里的馅饼。

“这个图案叫‘未婚夫的幻想’，”老妇人说，“和丈夫结婚前的那个冬天，我给他缝的。”她提起一个被角，拿到眼前做最后一次检查。“针脚很细密，”她喃喃地说，“每英寸有六针多。”朱迪丝突然改了主意，她父亲似乎也一样。他说：“还是你自己保存比较好。”那女人迅速放下手中的被子，抬起头眯着眼睛，似乎被什么突如其来的光线晃了眼。“结果我丈夫并不喜欢这被子，他觉得它微不足道，我丈夫他……”她笑着摇摇头，眼睛看着远处，似乎想找一个句子来描述她五十三年的婚姻。“他是个养家的好手，”她说完停顿一下，最后还是换了个话题，“很高兴它是你的了，小姑娘。”

朱迪丝把被子铺到鸟眼枫木床上，然后退了几步。在金灿灿的家具和红蓝相间的波斯地毯映衬下，被子看上去美极了。她仿佛看到了自己未来的“蜜月小屋”。整个夏天，这个念头都缠绕着她，尽管她知道这多么令人尴尬。

3

属于自己的储藏室

在托卢卡湖区的家里，那套家具仍然堆在游泳池边，已经一个星期了。每天朱迪丝都发誓要想点办法，但一直忙得抽不开身。制片厂在翻拍一些片子，力图缩短拍摄与放映之间的周期，整个周末她都从早忙到晚。包在家具外面的床单已经落满了掉落的树叶。出门上班前，马尔科姆在咖啡壶旁的茶杯下面塞了张小字条。上面写着：关于鸟眼枫木家具，我可以召集救世军吗？

朱迪丝有个时间表。她通常睡到早上五点五十，这时候马尔科姆会去健身房或网球俱乐部，那是他每天开始金融业务之前活动筋骨的地方。起床后，她穿上长袍，在卡蜜儿和保姆起来之前做一个荷包蛋，切一瓣粉红西柚，烤一片面包，再用蓝陶瓷杯喝一点皮特咖啡。这是她的仪式，是美好一天的开端，可是今天却看到这么一张令她扫兴的字条。

救世军?

难道马尔科姆认为家具应该去那种地方?他为什么就那么讨厌它们?她曾经问过他这个问题,他当时平静地看着她说:“为什么你那么喜欢?”她一惊,心里想,他讨厌的理由和她喜欢的理由也许正是一样的。她觉得虽然他并不知道这套家具背后的家族故事,但这并不妨碍他理解它对于她的重要性。

朱迪丝把字条翻过来,在上面写下:没必要,我自己会处理。写完后匆匆地赶去制片厂。

过去的三年里,她一直忙于制作一部颇受欢迎的电视剧。主人公是个女大学生,既上进,又可爱迷人,有社会良知,但在与英俊的男友和室友相处中却遇到诸多问题(朱迪丝一直搞不懂是什么吸引了观众,是俊男美女,还是演员们自然的本色演出)。她热爱这份工作,特别是躲在剪辑室里的时候,但干得并不轻松。她不仅要对每一集的导演负责,还要配合米克·霍伯。这个男人是联合制片人,管理外联部,声音又尖又细,有点狂躁,哪儿都要插一杠子。此外,还要应付制片人利奥·帕托。实际上是帕托带朱迪丝入行的,而她又把露西·梅恩克带进了这个圈子。

上午的工作进展顺利,中午和音响监制开了个小会,之后她和露西一起把上一集刻成光盘。发现米克·霍伯和利奥·帕托都不在,朱迪丝想趁机去几天前电话联系过的一个货场看一看。那天没有下雨,在七月的洛杉矶并不常见。开出停车场,朱迪丝顿时感到一身轻松。没有什么比逃学更开心,威利·布朗特曾这样说过。

中途她打开CD机,正好是沃伦·泽方的歌,那是她最喜欢的歌手。“如果让你感到忧伤,那先说声对不起……”他唱道。朱迪丝也跟着哼起来，直到遇上红灯。旁边一辆车里有个穿西装的男人似乎认为她有点不正常，所以她安静下来。等到绿灯亮起，那男人也开远了，她又接着唱，只不过没有刚才那么无所顾忌。最后还是放弃了，转而收听国家公共广播电台的节目。

货场的名字叫红屋顶迷你仓储，占地两英亩。储藏室都是由粉色空心砖搭成的。强烈的阳光、海风，再加上疏于管理，让货场看起来有点破败。临街的铁栅栏上锈迹斑斑，柏油路面的缝隙中钻出一丛丛狗牙草，红色的金属屋顶已经褪成淡淡的橘黄。虽然很荒凉，但朱迪丝觉得自己是来租储藏室的，又不是欣赏风景，况且这种地方对她有一种神秘的吸引力。她心想，如果某个人后备厢里塞着尸体，那发现如此人烟稀少的地方一定会大喜过望。

朱迪丝的装束和她平日上班时一样：轻柔的棉麻混纺连衣裙，主色调是米黄和黑色；脚下穿着凉鞋，没穿长筒袜；她没戴太多的珠宝，只在胸前挂着一条双层金项链，表明她有正当的经济收入。下车的时候，好像有一只海鸥在尖叫。她没看到那只鸟，但知道那并不是真正的“尖叫”，只是一只普通水鸟的叫声。只不过传进她耳朵里的声音像是人类的尖叫。她等着那声音再次响起，却听到一串断断续续的声音，好像在模仿刺耳的大笑声。

在货场的办公室里，一个懒洋洋的小伙子看着她走向柜台。他身材修长，一头黑发向后梳着。她说她想找块地方存放旧家具，但并不确定要放多久，要多大地方，但总不能太小。

小伙子看着她点了点头。他的眼睛是深棕色的，和威利·布朗特完全不同，但那穿透力十足的眼神还是让她想起了威利·布朗特。这小伙子还算俊朗。实际上，所有能让朱迪丝想起威利的男人都挺帅（也许是某个男人身上有什么细微之处首先让朱迪丝想起了威利·布朗特，然后才觉得他长得好看）。

小伙子掀起活动板走出柜台，然后带朱迪丝一起去看哪里有空地方。他们上了辆红色高尔夫球车。车身虽然已经褪色，破旧不堪，但是挺安静，这让朱迪丝感觉很惬意。凉爽的微风透进她的衣服，令她放松下来，童年的情景隐隐浮现，好像是儿时光着脚丫在海边骑脚踏车的感觉。

小伙子穿着条卡其色长裤、一双图案复杂的皮鞋。他没穿袜子，露出光滑的棕色脚踝。朱迪丝觉得这有点像巴基斯坦人的肤色，尽管她从不认识巴基斯坦人。她伸了伸腿，换了个稍稍斜靠的姿势，双眼看着车外。大多数门都是锁着的，但在一个房子前，她看到一个穿着一件旧T恤的男人正在把黄色的泰迪熊玩具装进塑料袋。在另一处，一群男孩戴着大耳机，站在一堆交错的电线中弹电吉他和电子琴，只有他们自己听得到音乐声。继续往前，她又看到一个胖女人正在给跳舞小熊的裙子上绣丝线。朱迪丝总觉得这些人并不是真的快乐。

她问小伙子："你听没听说过有个女人杀了丈夫，然后把尸体存在圣贝纳迪诺的一个小储藏室里？"

小伙子直视着前方说没听过。

朱迪丝说："她把它存了三年。"小伙子没说话，但她知道他在留意听。"直到忘了付租金，她才被抓住。"

小伙子哼了一声，然后停下车指了指17C号储藏室。按他的说法，那个房间的长宽高都是十二英尺。

关于存放丈夫尸体的故事是真的，或者说至少朱迪丝认为是真的。

这故事是她去年冬天听说的。那次周末她和马尔科姆、卡蜜儿一起去大熊山滑雪。他们周五上的山，第二天早上开车到山顶，在车上听到国家公共广播电台的当地新闻节目报道了这个事件。马尔科姆当时大笑着说："这消息一看就是为拍电影炮制的。"

朱迪丝用欢快的语气说："是吗，我觉得像'商人和象牙'的故事。"事实上，她心里想的是：科恩兄弟也许该把它拍成电影。

坐在后座的卡蜜儿安静了大概五分钟后说："是不是只有傻瓜才杀人？"

马尔科姆立即回答："是的，甜饼小姐。只有大傻瓜才杀人，聪明人会谈话，如果谈不下去，他们就走开。"

朱迪丝立刻意识到这是个绝妙的回答。在卡蜜儿的世界观里，没有什么事比"冒傻气"更糟糕，除非是穿罗丝服装店买的便宜货。马尔科姆了解这一点，也曾试图把正确的道德标准灌输到卡蜜儿幼稚的价值观里。朱迪丝陷入了沉思，脑子里反复地想着一些问题：在那些因为杀人而被捕的人当中，难道傻瓜的比例更高吗（令她意外的是，她确实相信这一点）？杀人凶手中只有傻瓜才会被抓到吗？

褪了色的小车驶在通往办公室的小路上。他们已经看了五个不同的储藏室，有的太小，有一个看中的又太大。返回去再看那个17C号储藏室时，她注意到一个插座，小伙子说电流很小，好像是十五安培。朱迪丝问："假如打开一间储藏室，发现眼前是一具尸体，那你们会怎么做？"

男孩说："你是说除了涨租金之外？"

朱迪丝大笑，但这丝毫没有影响到小伙子的表情。"是啊，"她说，"除了涨租金以外。"

小伙子说："带客户参观的时候，绝不提死尸的事。"

朱迪丝再次被逗乐了，她扭头看着小伙子的侧脸说："太好笑了。"

小伙子无精打采地点了点头，朱迪丝才想起他一路上都没什么幽默感，但她奇怪自己为什么以为他有。

回到办公室后，朱迪丝竟然说要租下那个十二乘十二的大储藏室，比她实际需要的大很多，她自己也没有想到。听到报价后，她说："哎呀!"声音里透着玩笑。

小伙子以为她不满意。他说："预付六个月的租金，给你五折，付现金打九折。"说完把登记表推到她眼前。

朱迪丝进门时没有自报家门，也没把名片给那小伙子。她带了现金，不需要签支票。此时她突然想到一个名字，然后唰唰地写了下来。当蓝色的墨水从她手中的钢笔里流出来时，她感到一种莫名的兴奋。

小伙子拿过表格看了看，然后抬起头说："伊迪·温克斯？"

"对。"朱迪丝说。她感到整个身体都僵住了，后来才意识到为什么测谎仪在普通人身上会有效。她定了定神说："学名是伊迪丝，不过一般都用伊迪。"

小伙子点点头，但一直盯着那签名。

朱迪丝说："我们家的祖辈可以追溯到圣·基尔达岛。"这个岛上的人一度以善知鸟为食，卡蜜儿曾想去那里玩。

朱迪丝察觉到那小伙子瞥了一眼她的左手，于是赶紧说："实际上那是我丈夫的姓，我结婚前姓文特博特姆。"她以前认识一个姓文特博特姆的人，可这些怪名字都是打哪儿来的呢？"你可以想象我学校里的那些老家伙是怎么拿这名字开玩笑的。"她补充说。

小伙子的眼睛从登记表上移开，眼神有点茫然，也许是因为听到

"老家伙"这个词。六十岁以下的人谁会用"老家伙"来形容同学呢？那小伙子似乎走神了，朱迪丝猜想他可能想起了某个聚会：一群无所事事的年轻人聚在一起，周围满是发动机的轰鸣声，还有胸大无脑的女孩。

朱迪丝打开包开始数钱，小伙子翻开一本收据，把登记表上的名字抄到发票上。他说如果用电超过负荷，第一次要收五十美元，第二次七十五美元。"所以别用微波炉之类的东西。"

"装个灯行吗？"朱迪丝问。小伙子殷勤地看着她说："最多两个六十瓦的灯泡，如果想要更多电量，那就要租其他类型的。"

两人都沉默了一会儿，朱迪丝指着小伙子身后墙上挂的一把锁问："这把主锁的钥匙会给我？"

男孩儿从柜台下拉出个盒子，拿出里面的锁给朱迪丝看。她点了点头，把一张二十美元放进了一沓现金中。

薄薄的弹簧圈上套着两把钥匙，还有一个红色塑料钥匙扣，形状像个屋顶。小伙子说："有些顾客担心丢钥匙，所以喜欢存一把在我们这儿。"

朱迪丝没这个打算。她收起两把钥匙说："没关系，我不会丢东西。"

小伙子盯着朱迪丝，眼睛缓慢地眨了眨。这让她想起三十帧电影慢镜头的影像，那变化非常细微，观众很难注意到。她觉得如果自己拍电影，一定会用这种方式拍摄，以表现人们下意识对异性设下圈套。然而，那只是她想象中的情节，实际上那小伙子只说了句"没问题"，然后就忙着数零钱了。

朱迪丝又回到储藏室，用新锁把大门锁好，然后走进停车场，接着启动车子、打开空调。自从坐上高尔夫球车的那一刻起，某种异样的情绪就包围了她。那是一种有点怪异、有点欢愉、有点蠢蠢欲动，又令她豁然开朗的感觉。马尔科姆有一次曾说她身上有种“奇怪的活力”。朱迪丝打开手机，想给他打个电话，但最终没打，而是拨通了411，询问威利·布朗特的电话，她说可能在内布拉斯加州。话音刚落，就听到接线员单调的声音：“找到了一个北普拉特的电话，可以给你接通吗？”

朱迪丝说可以。

电话响起第二声的时候，一个女人接了起来。

“我是鲁弗斯赛治商会的，”朱迪丝说，“我们想邀请老住户参加明年的毛皮交易会，请问布朗特先生在吗？”

“他一会儿就回来，”那女人说，“你是说鲁弗斯赛治？”

“是的，鲁弗斯赛治。布朗特先生是否曾住在鲁弗斯赛治？”

“他没说过，不过……”那女人突然停住了，接着又问，“你说你是谁来着？”

“以前别人是否叫他威利？”

“他的名字是威利，”女人说，“我们叫他比尔，那么再问一下你是谁？”

“伊迪·温克斯。”

“你的电话是？”

朱迪丝傻愣愣地说了声“谢谢”就挂断了电话，心里觉得很是尴尬。随后她按下快速键打给了马尔科姆，他平静地说：“你好。”

“是我，”她说，“感觉很孤单，你在做什么？”

“梅特卡芙小姐和我正在参观市里的倾斜式大厦。”

以前马尔科姆提过那栋建筑，朱迪丝知道那是个仓储办公一体化的大楼，外墙先用混凝土浇筑，然后倾斜着吊装到位。至于弗朗欣·梅特卡芙小姐，朱迪丝曾见过好几次。她是银行的首席信贷员，在每个马尔科姆经营的银行里，这个头衔都是她的，显然干得不错。马尔科姆常常称她为“模范梅特卡芙小姐”。朱迪丝曾觉得如果自己是那种爱吃醋的类型，那她会认为梅特卡芙是个风情万种的女人。但朱迪丝不是，所以想到这个女人的时候，她只会想起她喜欢穿夸张几何图案的衣服，还有粗硬的鼠灰色头发。那头发总是乱蓬蓬的，像刚起床一样。“很重要吗？”朱迪丝问。

“还好，有事吗？”

“露西在做样片，霍伯和帕托去‘灭火’了，所以接下去两小时没人会找我。”朱迪丝看了看表说，“我三点在微微等你。”她的声音有一点娇嗔，几乎不像她了。“微微”是海滨酒店“厦特”里面的一个高档餐厅。圣诞节时，他们收到银行董事会发的“厦特”酒店住宿券，金额相当大。

朱迪丝估计马尔科姆会委婉地拒绝，因为他既不是那种会弃工作于不顾的人，也不属于会用豪华酒店代金券去激情几小时的人。然而他的回答令她意外。

“你大概有了感应能力，”他镇静地说，“我太想看到这个能力了。”

有几秒朱迪丝没说话，她感到强烈的兴奋，她觉得是伊迪·温克斯在打电话，电话那头是个英俊的有钱人，但不是她丈夫，而是别的什么人。“那两点四十五见，”她说，“别进餐厅了，直接到房间。”

半小时后，身穿酒店白色浴袍的朱迪丝躺在三楼一个房间的四柱大床上。微风徐徐地吹来，她看着远处一片广阔的白色沙滩，心里疑惑自己为什么会这样。她不确定，也不在意，只知道已经从自己的生活里悄悄溜了出来。就好像一扇门打开了，她一脚跨了进去。她想脱了衣服躺着等马尔科姆，但没几分钟，她就觉得这样光着身子非常不自在（她突然感到大腿很沉重，无意间瞥见自己的妊娠纹，那看起来就像一道白色的伤疤）。于是她又穿回了挂在浴室里的圈圈绒长袍。她推开阳台门，系住外面一层窗帘，里面的纱帘随风飘动着。翻开酒店的活页夹小册子，她查了查紧急逃生路线，然后草草地翻了翻酒店的杂志，最后又躺回床上闭目养神。透过敞开的阳台门，海滩嘈杂的人声时远时近。她听见一个女孩说："我刚才看见帕特里克·史威兹了！"而一个男孩好像在说："这是谁的冲锋枪？"门外的走廊上，一辆小推车经过。两个女人用西班牙语说笑着。后来她曾想不通自己怎么会撇下工作在酒店优哉游哉，但当时的她，只是隐隐地感到一种异样的亢奋。

外面天空中传来一阵海鸥尖厉的叫声（她猜测那是有人在往空中抛面包渣），然后是片刻的宁静，接着，哗哗的海浪声、说话声、快乐的尖叫声又再次响起，只是再没有听见海鸥的叫声。她的思绪开始漫无目的地飘飞。《群鸟》那部电影里的鸟不都是海鸥吗？那个叫罗德的人，还有冷冷的蒂比·海德莉。希区柯克电影里的女主角都是冷美人，什么蒂比·海德莉、爱娃·玛丽·森特、格蕾丝·凯利，还有金·露华。在黑暗的电影院里，不论男人女人，都期盼着男主角能融化女主角的芳心。罗德·泰勒之所以能出演男主角，是因为某个大明星要价太高。那个人也许就是加里·格兰特。

她脑海里又浮现出那个屋顶形状的红色塑料钥匙扣。想到它就会莫名高兴，她也无法解释为什么。她坐下来摸了摸包里的钥匙，又打开包在钥匙上的收据，上面写着：伊迪·温克斯，17C单元。她拿起钥匙扣，看见一面是红屋顶仓储的地址和电话，另一面印着公司的宗旨：你的安全就在红屋顶。还有一行字是：请写信给红屋顶仓储，邮资已付。钥匙很坚硬，她用有齿的一边轻轻在胳膊上来回割了几下，脑子里什么也不想，直到电子门“嘀”的一声响。她迅速把收据和钥匙塞进酒店指南的活页夹缝隙里，趁门还没打开之前赶紧躺下，闭上眼睛假装镇定。

她听到门从里面反锁的咔嗒声，脚跟与地板碰触的啪嗒声，然后是地毯上轻柔的脚步声。这让她想起和威利·布朗特在一起的时候，她在地下室里等他的那一刻。这可能是任何人的脚步声，她想。接着，一切都静止下来，完全静止，除了她越来越急促的心跳声。最后她终于忍不住睁开了眼睛。

马尔科姆低头看着她，一副无精打采的样子。她不用闻就能嗅出他的味道，不用听就知道他想说什么。

“我没进错房间吧？”他阴阳怪气地说。她曾经向别人抱怨：我丈夫讲话阴阳怪气。

“你需要来点苏格兰威士忌。”她说。

他勉强笑了笑说：“是吗，我没喝过这种酒。”

在房间的小吧台上，她发现一瓶麦芽酒。把酒倒进一个小杯子里后，她自己先尝了一口，然后递给马尔科姆。他说：“我喝这种酒时什么也不掺。”

他一边喝，一边松开领带说：“你的电话恐怕给我惹麻烦了，我担心小麻烦会变大麻烦，而且可能让梅特卡芙小姐误会了。”

朱迪丝抿嘴笑了笑，又重新回到床上闭起眼睛。他还想再说什么的时候，她打断了他：“别说话。”

她感觉到他跪在了床上，闻到淡淡的威士忌味。他解开她睡袍的带子，她没有睁眼，但感觉到体内好像涨潮一样，欲望一点点蔓延。接着是迅速地碰撞与燃烧，没有了常规步骤的限制，她几乎不是自己了，却极其享受。

结束后，马尔科姆问："满意吗？"

朱迪丝笑着说："聋子听见了声音，瞎子看见了颜色。"这话她以前也跟马尔科姆说过，其实原话出自威利·布朗特，但她觉得没有必要告诉他。他们安静地躺了几分钟，朱迪丝感觉像是不情愿地从一场美梦中醒来。马尔科姆探起身从大衣口袋里掏出手机。"我不是要问工作的事，"他看了眼朱迪丝说，"想打个电话给桑娅。"

桑娅是最近请的保姆，马尔科姆称她是"家庭助理"。接电话的不是桑娅，而是卡蜜儿。马尔科姆顿时眉开眼笑。"蜜儿小姐，"他说，"是爸爸，你在做什么呢？"停顿了一下又说："锅里在做什么？我好像闻到肉卷的味道，是不是肉卷啊？"

那天是星期三。桑娅来自堪萨斯州的哈钦森，每个周三，桑娅都要做香气四溢的肉卷，这是卡蜜儿最先发现的，所以她立马就拆穿了父亲。马尔科姆对着电话说："不对！这是因为我有高度进化的嗅觉，我在五百米以外就能闻到罗宾斯冰激凌的味道。"

朱迪丝光着身子向浴室走去。也许她的背部更美些，腿依然修长，屁股仍然魅惑（"屁股"是马尔科姆的用词，现在她也这么说）。她发觉喋喋不休的马尔科姆稍微停了一下，隐约感觉到他在注视自己，但已经没什么意义了。她冲了个澡。浴缸嵌在白色的大理石中，和卧室之间隔着铰链窗。她把窗子关好，拿起一个笨重的玻璃瓶往浴缸里倒了些泡泡粉。等她把水龙头关上的时候，马尔科姆已经把电话打到了银行，正在讨论什么人的贷款申请。"我们当然想贷给她，亨利，但是必须先看到她的纳税申报单。"他说。朱迪丝没再听下去。

过了一会儿，马尔科姆穿戴整齐地出现在门口，说他有事要走了，虽然不是什么大问题，但总要解决。朱迪丝报以微笑。他看起来衣冠楚楚，神情愉快。蓝大衣、红领带、灰裤子，一切都有条不紊。他在她的前额吻了一下后说："今晚贷款委员会有事，我十点左右才能到家。"回头看了看房间之后，他又转向她说："对不起，要离开我们的爱巢了。"

听到门被关上的一瞬间，她闭上了眼睛。罗宾斯冰激凌，粉的、棕的，总是让她想起第一次看到威利·布朗特的情景，虽然那时候并不知道他叫什么。那时他只是个屋顶工，光滑的胳膊晒成了棕色，身上穿件无袖红T恤，几乎褪成了粉色。当时她和父亲在科迪丽亚·盖斯特农场里。那是很久远的事了。

朱迪丝拿起浴缸边的电话，打到服务中心要了份苹果木熏鲑鱼和菠菜奶油沙司。"我正在泡澡，"她说，"麻烦叫个女孩送。"

然而来的却是个瘦高的男孩，他脸上那副大黑框眼镜完全是个错误。她把身体往下滑了滑，整个躲进泡泡里，好让男孩把盘子放到浴缸边的大理石台面上。她签完字抬起头时，正巧发现他盯着水面。他一下子面红耳赤，朱迪丝倒觉得没那么生气了。镜片后面，他的双眼雾蒙蒙的，像感冒了似的。她指了指旁边的手包，示意男孩递给她。在包里翻了几下，她找出五美元。当她把钱递给他时，又发现他在偷看。"你知道吗？"她说，"其实你该付钱给我。"

他的脸又红了。

此时朱迪丝又感到那种莫名的兴奋，她觉得快乐、开心，但并不是情欲。欲望只是刚才的事，而马尔科姆已经把它解决了。她此时感觉自己更像是一个逃亡者。想到这儿，她再次闭上双眼。

“谢谢你，女士。”

“不客气。”

她听见他走出去锁上门的声音，脑海中出现一幅影像：一个大眼睛男孩戴着副大黑框眼镜，长着个大喉结。这不是朱迪丝想象中的精神病人，但如果出现在某一类型的电影里，那应该会给观众一个强烈的信号：他是精神病患者。谁能不怀疑呢？比方说那个诺曼·贝茨，他仅仅是个害羞的人吗[①]？在这种类型的片子里，戴着大黑框眼镜的服务生会打开门，再关上，但并没有出去。他会一动不动地站在房间里，脑子里想着自己刚刚差一点闯祸，盘算下一步该怎么办。

“有人吗？”朱迪丝试探着问，但没有听到任何回应。

外面路上传来轻快的口哨声，有人正在吹《欧布拉迪》那首歌。在那之后，她隐隐约约听到一阵窸窸窣窣的声音。

朱迪丝又向水下滑了一点，屏住呼吸听着隔壁的动静，她觉得好像有人睁大双眼站在那儿，也许他正在揣测她的确切位置、身份、能力，或者是她的精神状况。祝你好运，她心想，祝你他妈的好运。

浴室外又传来响动，是吸鼻子的声音，很微弱。

她僵直地坐在浴缸里，直到确信已经听不到任何响动。有时候，她觉得是电影让人们变得疑神疑鬼。除了电影，还有那些小道消息。有一次聚会，她和几个人聊天，珍妮特说她自从看了杀人的情节，就不敢在透明帘子后面洗澡了。珍妮特似乎一直是个容易入戏的观众，喜欢逢人就讲这故事。还有个三流小制片人，她说她听说希区柯克会送给她的每个女主角一把小象牙梳，是梳“下面”用的。离开那几个人后，珍妮特说的那番话还在朱迪丝脑子里转悠。那些人工制造出的影像，或许

① 诺曼·贝茨是希区柯克导演的电影《惊魂记》中的变态杀手。

是为了艺术效果，其实更多是出于商业需要，有时会控制你对真实世界的感知。

吸鼻子的声音再次传来。

上帝保佑，她边想边从浴缸里站起身，拿了条浴巾裹在身上，然后抓起那个厚重的玻璃瓶，蹑手蹑脚地走出浴室。房间里空无一人，只有薄纱窗帘被风吹得沙沙作响。她看了看狭窄的阳台，也没人。突然，眼角的余光吸引了她的注意力。一转头，她看见了自己满脸惊恐的表情。镜子里，一个女人裹着浴巾，手里拿着个玻璃瓶，看起来相当滑稽。有几秒时间，朱迪丝没有动，甚至没有呼吸。她想在这个女人消失前一直这么看着她，不管她是谁。

朱迪丝穿上酒店的睡袍，把托盘放在阳台的白色柳藤桌上。在房间里，海浪和沙滩上孩子们的嬉戏声似乎很遥远，但到了阳台上就听得很真切。吃完菠菜，她拿起法式面包蘸上最后一点奶油沙司，感觉自己仿佛陷入了商业广告所营造的，充满亢奋和活力的情境中，所有的感官都被调动了起来。她正盘算着要杯咖啡和草莓杏仁冰激凌的时候，电话响了。

是露西·梅恩克，她的声音听上去很小。“帕壶在现场，他问你为什么不在。”她说。“帕壶”是露西给利奥·帕托起的外号。“他好像真生气了。”

朱迪丝看了下表。帕托知道她是个剪片好手，没什么能难住她，而且干活快，质量高。她不知道自己都在胡思乱想些什么，根本没意识到已经这么晚了。匆忙穿上衣服，抓起提包，关门之前最后看了一眼房间。等她想起红屋顶仓储17C号储藏室的钥匙忘在了酒店房间的时候，已经过去几小时了。

4

在黑暗中疾驰

一天晚上，朱迪丝的父亲坐在他那把花椅子上看《鲁弗斯赛治晚报》，他在广告栏发现了一则洗衣机的广告。“七十五美元，”他大声读给朱迪丝听，“九成新。”两天后，他们在二十号公路上一直向西，开往卖洗衣机的农场。看着窗外绿油油的苜蓿、金灿灿的麦穗，朱迪丝说：“这儿的地真平，对吧？”

父亲微笑着说：“他们也是这样问哥伦布的。”

朱迪丝没觉得这话有什么幽默之处，但他兴致依然很高。她感到提出严肃话题的难得时机就在眼下。“难道你不想佛蒙特吗？”她问。

“想，”他说，“有时候很想。”

就这样，他的脸就由晴转阴了。

朱迪丝小声问：“你想我们吗？”

“嗯，特别想你。”

“那妈妈呢？”

他直视着前方不回答，过了一会儿脸上才舒展了些。他转过头对她说：“是的，也想你母亲。”

朱迪丝心想，虽然未必需要“张贴调解通知书”，但总比什么都不做好。她说：“那么你对妈妈最难忘的记忆是什么？”

又是一阵沉默。朱迪丝不知道他是没听见，还是不想回答。他说：“有一次，刚认识不久，我们在雷诺兹俱乐部，那里每周三都有促销活动，所有奶昔只卖三十美分。你母亲把草帽放到一边说：‘有时候，我觉得一本书的封面就是通往另一个世界的大门……但另一些时候又觉得它是逃避这个世界的出口。’她眨了眨眼睛又说：‘我想那都是一回事。’”他瞥了朱迪丝一眼接着说：“我总觉得，就是在她眨眼的那个工夫爱上她的。”

朱迪丝牢牢地记住了这个故事，就像小孩子紧紧地抓住一块捡来的小石子那样。

父亲看着前方说：“注意看印着盖斯特的绿色邮箱。”

看见邮箱后，他们开上了一条尘土飞扬的笔直小路，先是经过几栋破败的建筑，然后是一个脏兮兮的白色农舍。再往前，隐约看见一个红色的谷仓，谷仓屋檐上斜搭着一架伸缩梯，南面的屋顶被掀开了，只见一些光秃秃的椽子上面盖着全新的胶合板。

朱迪丝的父亲刚把车停在一棵杨树下，一只凶悍的小黄狗就从房子的木质门廊下蹿了出来，脖环上好像挂着个旧盐瓶。朱迪丝的父亲小心地从车上下来，那只狗冲到离他不到三英尺的地方狂吠起来，直到朱迪丝的父亲做了个示好的动作，伸出一只手背让它嗅。朱迪丝知道这对他来说并不轻松，因为他对犬类家族基本上没什么好感。那狗安静了一会儿，又突然龇牙咧嘴地咆哮开了，还不断向前扑。她父亲紧靠着车门，大声叫喊，朱迪丝听见他好像是在叫："走开！马上走开！"

那只好斗的狗仅仅后退了一两步，不再狂叫，而是喉咙里发出低沉的吼声。

朱迪丝探过身，摇下父亲那边的车窗说："我想它害怕了。"

她父亲站在原地说："我看这是条疯狗。"之后他一字一顿地说："储物箱里有一把枪。"

"枪？"朱迪丝问。在佛蒙特，他父亲从来没带过枪。

"用一件衣服包着，在说明书下面。"父亲说。他一动不动地死死盯着那只狗。

朱迪丝回答说："我不想拿出一把枪，然后你把狗打死，再然后我们买个二手洗衣机回家。"

他眼睛始终没离开那只狗，把一只手伸进车里急促地说："朱迪丝！"她把储物箱里翻到的一个电筒递给了他，而不是手枪。"需要的话，把它砸晕。"她说。

他父亲说："朱迪丝，马上把枪给我。"话音刚落，房子里传来了口哨声。那只狗立即老老实实地坐在地上，回头张望着。门廊上出现了一个女人。她穿着牛仔裤，格子衬衫。显然两只手都沾了水，因为她用手背拨开了挡在眼前的头发。她说："罗斯科刚才叫了吗？"

这会儿朱迪丝的父亲已经回过神来。"叫得很凶，"他说，"太过分了。"

那女人大笑着说："你们是来买洗衣机的吗？"

朱迪丝的父亲点点头，眼睛看着那女人，几乎和刚才盯着那只狗时一样目不转睛。从车的前座上往外看，朱迪丝觉得眼前仿佛是在上演一场戏，戏中这两个陌生人的相遇一看就知道意义重大。她赶紧跳下车说：“我父亲刚才想毙了你们家的疯狗。”

可这话似乎逗乐了那女人。她在一张小字条上写了些什么，然后弯腰解开拴在狗环上的小金属盐瓶。她衬衫的领口开着，这个动作令她的乳沟和黑色蕾丝文胸一览无余。朱迪丝不相信她这不是故意的。那女人把小字条放进盐瓶，拧紧瓶盖，然后站起身说：“吉特·吉姆。”语气像机器人一样。

那只狗飞快地跑过谷仓，消失在视线中。

“吉姆是谁？”朱迪丝问，但那女人好像没听见似的。“天真热，”她说，“你们想喝点冰茶吗？”

“不，谢谢。”朱迪丝说。但她父亲却答道：“我想来点。”他把电筒换到左手上，然后伸出右手说：“我是霍华德·托米。”

那女人说她叫迪丽亚·盖斯特。她的头发已经过早地出现了灰白的发丝，但对男人来说仍然不失风韵。朱迪丝猜想她当年可能曾是肌肤胜雪的校花，或者毕业舞会中的皇后，至少周围有一大堆人献殷勤。对于失落的青春年华，她似乎懂得如何用技巧找补回来。

朱迪丝的父亲松开那女人的手说：“这是我女儿，朱迪丝。”

迪丽亚·盖斯特冲朱迪丝笑了一下，马上又转回头看着她父亲。她用下巴指了一下他手中的电筒说：“你刚才是要用电筒射击罗斯科吗？”

迪丽亚的声音里分明带着打情骂俏，朱迪丝听得清清楚楚。她说：“他是准备用电筒把你的疯狗砸晕。”

迪丽亚再次敷衍地对朱迪丝笑了笑，然后又立即看着她父亲说：“好吧，那你现在可以收起来了，除非还想砸别的什么人。”

朱迪丝的父亲把电筒放到车的前座上，那女人转身进了屋。朱迪丝靠在车前的右挡泥板上说："这里就是那种典型的让我毛骨悚然的地方。"父亲没有接茬，而是走来走去地看着那个房顶只盖了一半的谷仓。他这里看看，那里瞧瞧，好像是在查看他想要买下的房产似的。朱迪丝说："如果我们非要在这种地方买个旧洗衣机，那我宁愿继续去洗衣店。"

她说完立刻意识到这话太无礼，所以对父亲的反应并不意外。父亲回头对她说："别胡说，朱迪丝。"

几秒后，大门开了，那女人把头发扎了起来，手里托着个盘子，上面放了一大罐冰茶、一碟点心，还有一摞摞在一起的金属杯。她走过去把这些东西搁在树荫下的一个木桌上。

冰茶还不赖，朱迪丝心想，但点心里有花生酱，她知道父亲最无法忍受那味道。

"真好吃。"她父亲说。

那女人说："我自己不喜欢花生酱，但好像男人都爱吃。"

朱迪丝的父亲看着那女人说："我恐怕会吃上瘾。"

朱迪丝开始咳嗽，还咳个不停，直到吐出一摊污物，混合着饼干和胃液。她以为父亲会用胳膊搂住她，但那女人抢先了一步。

"还好吗，亲爱的？"那女人说。她身上有一股肥皂味，也可能是香水。

"只是有点晕，"朱迪丝虚弱地看了看父亲说，"也许我们该回家了。"

他正关切地看着朱迪丝，突然听到一阵噪声。他们都把头转向谷仓，看见一辆敞篷小卡车轰隆隆地开过来。驾驶室里晃动着两顶牛仔帽，车厢上立着个大物件，外面包着防水布。那狗也在车厢里，看起来好像龇着牙在笑。

“男孩子们来了。”那女人说。

看着他们一点点接近，朱迪丝说：“哪个是吉姆？”

那女人说：“那两个都是我的，但我并不太喜欢这么说。开车的那个可爱的大男孩是帕特里克，旁边小一点的是皮特。”说罢她又拿起一块花生黄油饼干递给朱迪丝的父亲。他接受了。朱迪丝仍然搞不懂吉姆是谁。

男孩终究是男孩。开车的那个看上去不过十三四岁，旁边坐的就更小了。两个人都脚穿筒靴，工装裤配长袖衬衫。两顶硕大的牛仔帽让他们的头看起来格外小。他们俩慢吞吞地下了车，一脸的不高兴，好像做大生意的两个小矮人。开车的那个走到车后拉开防水布，露出一个洗衣机，看上去像新的。“就是这个。”他说。

另一个男孩则一声不吭地爬上后车厢，坐在车厢挡板上逗弄那只狗，那狗殷勤地往他身上蹭。

朱迪丝的父亲放下手中的冰茶走了过去。他踩着踏脚板，打开洗衣机的盖子，伸头往滚筒里看了看。朱迪丝觉得里面也一定和外面一样新，因为他说：“你们自己造的吗？”朱迪丝就知道这两个“小牛仔”听不出这话的意思。

“不是，先生，”小的说，“我们干活换来的。”

另一个说：“从一个男人那儿换来的，那个男人也是干活换的。”

朱迪丝的父亲望了望那个没完工的谷仓屋顶说：“你们确定不想用它去换别人帮你们盖好这个房顶吗？”

男孩们没回答，而是回身看着他们的母亲。她说：“钱有点紧，我们已经想好卖掉它。”

对于眼前的情景，朱迪丝已经看不下去了，但要是让她不看，却也同样无法忍受。她一度把头偏向一边，这样既可以听到他们在说什么，也可以表现出百无聊赖的样子。她感觉到那个年长男孩的目光在她身上来回巡视，于是猛地转回头，冷冷地盯着他。他一下脸红了，脱下牛仔帽，但目光始终停留在她身上。他的头发两边剃得很短，中间全部向前梳成刘海，这是当地男人特有的一种发型。她曾不止一次地想，住在这种地方就好像生活在一个到处是袋鼠船长①的镇子里。“我没卡车，”她父亲说，“你们能不能帮我送一下？”

大一点的男孩立即回答说：“可以，先生，还能帮你装好。”

朱迪丝的父亲高兴地直点头。这时传来突突的发动机声，朱迪丝看见一辆皮卡正沿着小路开过来，车尾扬起一阵尘土。

大一点的男孩说：“今天我们这儿似乎成了中央车站。”

朱迪丝看着他问：“你去过中央车站吗？”

男孩微微吸了一下鼻子，然后摇摇头。

“但你知道它在什么地方，对吧？”

男孩垂下眼睛没说话。朱迪丝指望父亲能说点什么来化解眼前的尴尬，或者男孩的母亲能打个圆场，但没人出来救他。凝固的空气让她懊悔不已。

那辆皮卡是五十年代末出产的道奇赛拉，两侧做得像鱼鳍，车尾比较重，所以车的前部像鲨鱼一样有点向上倾斜。开车的男孩个头高大，留着棕黄色的胡须。他把帽檐往额头上推了推，然后冲着众人咧嘴一

① 《袋鼠船长》是一部美国动画片。

笑，那样子很顽皮。

他二十一二岁，朱迪丝心想，也许更大些，因为他眼角已经有细小的鱼尾纹了。他身穿一件褪了色的无袖T恤，这种衣服通常让朱迪丝联想到呛人的腋臭味。她首先想到的是：这是个屋顶工。唯一的可取之处是他至少没有刘海。

“我们都准备好了，盖斯特太太。”他对那女人说，边说边展开灿烂的笑容。朱迪丝觉得说不定他脸上的皱纹正是因为他老这么傻笑造成的。不过，她不得不承认，他那双灰蓝色的眼睛很吸引人。这时，他注意到那两个男孩。他对他们说：“你们两个业余修理工准备好大干一场了吗？”

大一点的男孩最后偷瞄了朱迪丝一眼，然后拍拍帽子朝谷仓走去。小一点的那个也紧跟了上去。

盖斯特太太对朱迪丝的父亲说：“我这儿有质保证。”

朱迪丝看着父亲跟在她身后进了屋，直到门关上才移开了视线。她回头时看见皮卡，仍然停在那儿，那个留着胡子的屋顶工正盯着她。他头上那顶帽子的红边已经满是汗渍，脸上调皮的表情似乎在说他对这一带、这个农庄，甚至可能对她的了解都比她多那么一点点。她觉得他是在挑衅，于是充满敌意地说：“你在看什么？”

他垂下眼睛，似乎是在示弱。“好吧，我刚才在看你。”他说。说完又抬起眼睛看向朱迪丝，眼神更加灼热。“我打赌我不是第一个盯着你看的人。”他说罢又笑起来。

朱迪丝瞪了他一眼说：“你是真傻呢，还是笑点很低？”

她希望以此来击退他的气焰，但毫无效果。不过，他笑得没那么放肆了。用手指捋了下胡子后，他问：“你多大了？”

“十七。”她撒谎说。

他点点头，思忖了一会儿，接着又转头对她说："那么好吧，我认为你是个危险人物。"

他专注的眼神似乎有一种魔力，微妙而又真切，让她有点慌乱。她提高嗓门说："你这话什么意思？"

他笑着耸了耸肩，再次用双眼直直地盯着她。那眼神着实怪异，亲切而又冰冷。她想说些极端的话来打破这僵局，却一句话也说不出来。此刻，突然的寂静让两个人之间的气氛变得柔和起来，仿佛有片片雪花从空中无声地飘落。

"嘿！"盖斯特家的大男孩叫着说。喊声打破了瞬间的宁静，那男孩已经爬上了搭在屋顶边的梯子："谷仓在这边！"

他这么一喊，那屋顶工又被逗笑了。他把帽檐拉回原位，最后看了眼朱迪丝，然后开动了车子。

"喂。"她说。他迅即刹住车，回过头看着她，而她其实根本不知道想要说什么。"你笑的那个样子，"她说，"我只能说很像狒狒。"

这次那屋顶工的嘴咧得更大了。"危险人物。"他说。语调中透着几分不慌不忙的诙谐，这是她在内布拉斯加州没有遇到过的。"非常危险。"

说罢他开着车走远了，朱迪丝脑海里闪过一串形容词：不安分、古怪、自大。她开始生闷气，因为他是这样，那两个小牛仔也是这样，那个盖斯特太太还是这样。

朱迪丝回到车里，心想如果父亲还不赶紧出来，就要按喇叭了。然而，他出来了。他推开纱门，那个女人紧跟在他身后。他们向院门走来的时候，朱迪丝仔细地观察着他们俩的脸，但没看出什么异样。除了支票簿，他父亲手里似乎还拿着本装在塑料套子里的使用手册。

在大门口，她父亲说：“谢谢，盖斯特太太。”盖斯特太太说：“不客气，托米先生。”

两页白纸，朱迪丝心想，这就是他们想让我看的。

她探出车窗问：“那个屋顶工是不是吉姆？”

盖斯特太太似乎先愣了一秒，然后说：“哦，不是，亲爱的，他叫威利。”

朱迪丝靠回座椅上，她发现盖斯特太太挥手告别的时候，眼睛一直没离开过她父亲。

父亲掉头的时候，盖斯特家的大男孩正把一片胶合板顺着梯子推给在屋顶边等着的小盖斯特。那个胳膊晒成棕色的屋顶工已经在谷仓顶上。他背对着车子，正用榔头爪拖拉一片胶合板。盖斯特家的大男孩把板子推上房顶后，冲着朱迪丝挥了挥手，但她假装没看见。

她说了句“上帝”，似乎就不想再开口了，但当她父亲开出小路，拐上了平坦些的公路时，她又问：“你觉得谁是吉姆？”

她父亲猜测说可能是不住在那儿的人。

朱迪丝说：“我觉得还有住在那儿的人不在场。”

父亲笑着回答说：“我刚才看到那两个小子中有一个老盯着你，不过，仅凭这点也不能说明他是个坏小子。”

“这一点足够了，爸爸。”她说着转头看向车外流动的田野。她想告诉父亲，刚才那个留着小胡子的屋顶工说她“非常危险”。她确信父亲会认为这很好笑，但终究还是没说。不知是不是出于一种本能的自我保护，她自己也弄不清楚。她不由自主地想着父亲和那个农舍的女人，想着那女人的蕾丝文胸。朱迪丝敢打赌，那文胸绝不是农舍女人平日里会戴的那种。想到这儿，她说：“他们知道我们今天要去吗？”

父亲点了点头。

“那他们知道你是教授吗？”

“我打电话的时候，把名字告诉了盖斯特太太，所以她知道，怎么了？”朱迪丝回答说：“因为她今天显得好像很刻意，我是说她讲话的语气之类。”

父亲说他没注意到。朱迪丝看着西南面一座座小山峰说：“那你觉得盖斯特太太漂亮吗？”

她父亲似乎在考虑这个问题：“按常理，她并不算漂亮，是不是？”

“但你觉得她漂亮？”

“是的，我觉得她有某种动人之处。”

“换句话说就是挺美的。”

父亲点点头。

一群好像是麻雀的小鸟从路边腾起，在空中排成一条弧线，转眼间又飞走了。朱迪丝说：“比妈妈漂亮吗？”

父亲转过头，她看见他的脸。她小时候常常会用手指去触摸父亲的脸、亲吻他的鼻子。“不，”他说，“不比你妈妈好看。”

朱迪丝点点头，然后又看向窗外。远处的山脚下，成片的松树林苍翠茂盛。这一带比她想象中更迷人。她喜欢这一刻的感觉：穿行于美景之中，凝望着窗外，心里知道父亲仍然觉得母亲比那女人更有魅力。至于盖斯特太太，朱迪丝也不得不承认她并不差。

这时候眼前又飞过一群小鸟，她问父亲是什么鸟。

她父亲回答说：“我觉得是鹨鸥。”大约又开了一英里后，他问：“你怎么看那个爱笑的屋顶工？”

朱迪丝有点紧张。她问他是什么意思，什么怎么看？

“你看，他开着破车来，在这种让人头昏脑涨的湿热天气爬上屋顶，只有两个毛头小子帮忙，但他轻松的样子好像是去野餐。”

朱迪心里想的是：这个屋顶工可能是那种从来不担心生活有多艰难的人。“也许他是个傻瓜。”

“你这样想吗？”她父亲问。朱迪丝回答说是。

博纳维尔车载着他们远去，把盖斯特太太、帕特里克·盖斯特、皮特·盖斯特、黄狗罗斯科，还有一个傻笑的屋顶工统统抛在了身后。她没再想起那个称她为“危险人物”的人，直到一个星期后的一天早上，她从一个奇异的梦中醒来。梦里她看见他那双灰蓝色的眼睛忧郁地盯着正在熟睡的她。

那个周三早晨，朱迪丝的父亲要去学校开会。临走的时候，他说：“盖斯特家的男孩们可能会送洗衣机来，如果来了，告诉他们放哪儿。”

这是个令人担忧的消息。“你什么时候回来？”朱迪丝问。

父亲已经走到门口。他耸耸肩说：“一两小时吧。”

一小时后，帕特里克和皮特到了。她从厨房的窗户里看着他们拆开包在洗衣机外的防水布。他们敲响了门。开门的时候，她故意把下巴扬起来一点，好让他们知道她对他们心存戒备。

“我们是来给你们安装洗衣机的。”哥哥说。他还戴着那个大帽子，但换了件稍微新一点的牛仔衫，烫得笔挺。朱迪丝没说话。男孩又说：“我是帕特里克，也许你不记得我了。”他瞅了一眼身边的男孩说：“他是皮特。”朱迪丝还是不搭话，他只好向她身后张望着说：“把它放在哪儿？”

朱迪丝领他们走进地下室。帕特里克看着水龙头和排水管说可以装。几分钟后，他们抬着洗衣机走下了木头楼梯。那个弟弟把头偏向一边，双手抱着洗衣机的一侧，哥哥仔细地查看着。

他们把洗衣机放到大概的位置后，哥哥让弟弟回车里去拿工具和配件。

站在一边的朱迪丝说："你会装吗？"

男孩咧嘴一笑说："装装看吧。"说完四周看了看，最后目光停留在卧室的门上："那是你的房间？"

朱迪丝没回答，心里后悔没有关好门。

男孩又说："我喜欢地下室的房间，冬暖夏凉。至少我们家是这样，我们房里还装了热水器。"他又环顾了一圈说："我猜你们是烧燃油。"

他看着朱迪丝，她显然不明白他在说什么。她问："你多大了？"

男孩把牛仔帽向后推了推，露出一小截没有被太阳晒过的皮肤，白白的。

"快十五了。"

"那你怎么能开车呢？"

"学校同意的，"他笑着说，"也没人不让我开啊。"

楼上传来前门打开又关上的声音，一会儿工夫那弟弟就拿着工具箱和配件下来了。帕特里克看着拿下来的东西说："你把球形阀给漏了。"弟弟一转身不见了踪影。

帕特里克开始安装，朱迪丝想走开，但又担心他会在地下室里到处窥视，会往她的卧室里看。地下室窗井旁边的墙角放着一个划船练习架，她坐上船架，无聊地划着桨。

帕特里克把脑袋从洗衣机后面探出来，看着她划了差不多十秒后说："现在像那么回事了。"

朱迪丝说：“你这句话没有主语。”

“什么？”

“你刚才说‘像那么回事了’，你指什么，洗衣机吗，还是说我，还是其他什么？”

男孩的脸有点红了，他说：“不知道，我只是想跟你说说话。”

朱迪丝的语气缓和了下来。“只是……”她停顿片刻说，“我有男朋友，他今年要上高三了。”

帕特里克信以为真。

朱迪丝猛然想起上次说到“中央车站”的时候，她曾让他很难为情。于是赶紧说：“我是想告诉你，一个十四岁的人能自己装洗衣机真是太了不起了。换了我，一百万年也做不来。”

帕特里克看了看手中的活，又转身看着她说：“你也能做。”

那个弟弟拿着两个球形阀回来了，一个红把的，一个蓝把的。帕特里克看着朱迪丝说：“你们家的下水口在哪里？”朱迪丝一脸茫然，于是他看了弟弟一眼，弟弟立刻转身去找。“先到南边看看！”帕特里克在后面大叫，接着马上换了柔和的语气对朱迪丝说，“一般都在那个位置。”一两分钟后，弟弟大声喊着说他找到了。“好的，”帕特里克回应道，“把它盖好，一直盖着，直到我通知你。”

帕特里克继续忙活着。房间里很安静，只听到偶尔几声工具和水泥墙碰撞的声音。过了一会儿，朱迪丝说：“你们的谷仓顶盖好了吗？”

男孩把头从洗衣机后探出来说：“好了，你走后一两天就弄好了。那个屋顶工很卖力。我母亲还让他干了别的活儿，他很棒。太阳刚一露头，他就会用锤子叫你起床。”

“那你付给那个屋顶工的是卖这个洗衣机的钱吗？”

男孩摇了摇头说：“我们是准备付他钱的，但他不要。他说能吃到我妈妈做的饭，能站在房顶上享受美景已经足够了，我想他知道我们手头缺钱。”

朱迪丝想了想说：“他说他喜欢享受美景？”

男孩点点头说：“他这话很有意思，所以我记住了。他夜里曾经爬上去，坐在屋顶喝啤酒。我不知道那有什么意思，其实躺在草坪上也一样能看到，而且舒服得多。”

朱迪丝想象着那个情景问：“那么喝完以后他干吗呢？”

“扔瓶子，”男孩说，“把空瓶子扔出去。”

“扔瓶子？”朱迪丝重复道。

帕特里克·盖斯特点点头说：“扔啤酒瓶好像也是他喜欢做的事，他总是冲着远处地里的大黄扔过去。我妈妈不喜欢在她种的大黄地里看到啤酒瓶，所以他一大早还要去捡回来。”

朱迪丝说：“看来真有人知道怎么自娱自乐。”帕特里克边点头边笑着说：“是的，他自有一套。”

爱笑的屋顶工，朱迪丝的父亲曾这样称呼他。她问：“那个屋顶工叫什么名字？”

“威利·布朗特。”男孩说。朱迪丝又问：“那谁是吉姆？”

男孩把头一歪，好像在说：“什么？”

“那天在你们家门口，你妈妈让那只疯狗去找吉姆。”

“哦，”男孩说，“是我过世的继父。”

“过世了？”

“是的，他去年夏天被雷击了。皮特发现他的时候，他倒在拖拉机上，拖拉机还在转圈。这有点尴尬，我挺奇怪你不知道这事。”

“一个活生生的人被雷电劈死了，这有什么尴尬的？”

“司机座位上方有把伞，那天打雷。”

朱迪丝等他接着往下说，但他没有。于是她问：“所以呢？”

“为了挡太阳，他在座位上绑了一把有金属杆的伞，所以他开着拖拉机到处跑的时候，就好比坐在避雷针的底部。”

“哦。”

“他死了，但拖拉机还在原地打转。他原来不是种地的，是从俄勒冈州来的，来这儿教书，教音乐课。我想他是爱我妈妈的，所以他想试着做点农活。别人都觉得很可笑。有一次在咖啡店里我听到一个农夫说：‘也许傻子能在俄勒冈州波特兰生存，但在我们这儿可不行。’我讨厌他这么说。也许他说得没错，但我就是不喜欢他这么说。”

朱迪丝说：“如果吉姆是你继父，而且他已经死了，那你妈妈叫那只狗去找你们的时候，为什么要说‘吉特·吉姆’呢？”

“罗斯科是我继父的狗，但它现在好像把我和皮特都当成它的主人吉姆。”

男孩说完回到洗衣机后面接着干活。

“那你亲生父亲呢？”

男孩昂起头说：“他骑马的时候出事故了。”

“骑马事故？像汽车事故那样？”

男孩点点头。

“你是说骑马出事的？”

他温和地说：“是的，我妈妈说她对婚姻厌倦了，吉姆出事后，她说她再也不想结婚。”

朱迪丝说：“我妈妈也这么说来着。”说完她和那男孩彼此对视了一秒。她看着他，他也看着她。然后男孩躲开她的眼神，低头接着摆弄。

装好后，帕特里克·盖斯特兄弟俩把工具收起来准备离开。男孩突然间拿下帽子，然后递给朱迪丝一张小字条，上面写着他的名字和电话号码。“给我打电话好吗？”他说，“我的意思是如果洗衣机有什么问题的话。”他说完向门口走去，脸憋得通红。

生命中有些插曲和画面总是会在你脑海里挥之不去，这真是个有趣的现象。那之后的一两年里，朱迪丝一直和帕特里克·盖斯特保持着通信，甚至他处境困难的时候，她还去看过他。很多年以后，虽然朱迪丝已搬到洛杉矶，但只要她闭上眼睛，那天他装洗衣机的情景就会浮现出来。她仿佛能看见那件格子牛仔衫，仍然能想起他认真的样子、木讷的表情，还有当他们提到婚姻这个词时，他眼神里无法掩藏的暗淡。每当这时候，朱迪丝就会想，帕特里克·盖斯特是否找到了能让他一展所长的机会？是否得到了他从青春年少，或者说懵懵懂懂时就开始憧憬的婚姻？他和我们过得一样吗？

七月翩然远去，八月也已进入了尾声。夜晚越来越凉了，阳光愈来愈温和。傍晚时分，朱迪丝常常和父亲开车兜风。他们通常先是沿着二十号公路向西或向东，然后转弯开上平缓的乡间土路，周围是牧草和田野。父亲有时会停下来拍摄那些废弃的房屋和谷仓。他常常为了找到一个最佳的目标和光线而挪来挪去。朱迪丝这时候通常会轻轻地走下车，躲到树荫下。她常发现有人“到此一游”的痕迹：烟蒂、空瓶子、冰激凌包装纸、用过的避孕套，还有墙上的字。在一堵破旧的泥墙上，有人写下LLR+ZLL，然后在字母外圈画了一个粉色的心形，但画得并不完整，大概是指甲油用完了。在另一栋建筑中间的木头柱子上，有人刻下了一行字：你为什么来这儿？她觉得好像受到了责骂似的，赶紧走开了。后来她把这事说给父亲听，他不屑地笑了一下说："为什么来这儿？没有哪个脑子清醒的人会去回答这个问题。"

没有发现这是个无法回答的问题，她有些气恼。而父亲的轻描淡写同样让她心生不快，似乎受到了轻视似的。

"你也没想过为什么来这儿。"她说。

这话好像触到了他的痛处。"我想过，"他说，"我们都想过。我刚才应该是说'没有哪个脑子清醒的人会在大庭广众下回答这个问题'。"

"那我现在知道了，"朱迪丝说，"你也考虑过，但是你不会说，是因为你怕说出来显得很傻。"

"差不多就这个意思，是的。"

沉默了一会儿后，她问："那你不准备告诉我喽？"

"是的。"

"是因为……"

"因为那是很私人的，朱迪丝，就算微不足道，但只有我能保护它。如果我大声说出来，那么就背叛了自己。"

之后朱迪丝不停地唉声叹气，试图引起注意，但父亲完全不加理会（他放入一盘歌剧磁带，时不时还跟着唱两句）。看到不远处有一个校舍时，朱迪丝气哼哼地说："我要小便。"

她进了厕所，她父亲则在栅栏拐角处的草丛里方便了一下。回到车前，他说："你来开。"

她站在原地瞪着他，他接着说："几百万人都会开。"说罢给了她一个鼓励的笑："一分钟之内，你就能开得比一半意大利人都好。"

朱迪丝钻进驾驶室，他先告诉她哪儿是脚踏板、哪儿是换挡杆，怎样调节座位和后视镜，然后让她发动车子。她转动钥匙，听到打火声和着气缸的闷响声，感到整个身体都振动了起来。

“然后怎么办？”她问。

他告诉她放开脚刹，再缓缓踩下油门，不要忘了控制方向。就这样，她慢慢地开上了土路。

“然后呢？”

他看着窗外说：“开快点。”

朱迪丝弓着背，身体前倾，双手紧紧抓着方向盘。慢慢地，车身稳当起来，加速也变得顺畅了不少。这时的朱迪丝完全心无旁骛，刚才的不快已烟消云散。“真有意思。”她说。父亲凝望着远处宽广的地平线说：“是，有意思。”

那之后，这就成了两人每天下午的例行活动。他在柏油公路上开，她则负责快到家的一段路。一小时又一小时，朱迪丝美滋滋地把控着方向盘，而她父亲也乐得轻松一下。

下午兜风结束后，朱迪丝和父亲常常会去小餐馆吃点牛肉饼或法式蘸酱三明治。他们去过大篷车客栈、祖母的围裙，还有美食碗。朱迪丝开始收集各家的菜单，以纪念她在内布拉斯加州度过的这个夏天。她还会给点过的菜打分，标准是一到五分。后来每次吃过饭，她都会请别人给她和父亲在餐馆门前拍张合影。照片上，父女俩并排站在一起，父亲粗壮的手臂搂着她瘦弱而又晒黑了的肩膀。

一个周五，在鲁弗斯赛治东边大约三十英里的一个小镇上，朱迪丝和父亲走出姐妹咖啡店时听到北边传来断断续续的鼓乐声。这时，有个热心的农场主路过他们身边，于是她父亲请他帮忙拍照。相机是最新款的，那人琢磨了半天只拍出两张来。拍第二张时，朱迪丝把她的纪念菜单捧在胸前。父亲指着乐队问："有球赛？"

"当地小伙子对阵海明福特队。"那个农场主说。他乐呵呵地还回了相机，然后看着远处说："我不会把注下在本地队上。"

朱迪丝突然感到情绪低落，因为远处球场飘来的乐声预示着某种结束，而她一直在逃避。"这才八月份。"她说。

"他们放假比较早，"她父亲说，"所以这个月末就开学了。"

一种真切的失落感涌上她的心头，那是很奇怪的感觉，好像漂在水上一样。她脑海里浮现出一只断了线的红风筝，它正缓缓地向天空飞去……这让她感觉很恐惧。接着，她做了一个很多年都没做过的动作：伸出手抓住父亲的手。

他握住她，好像这是稀松平常的事。然后，两个人一起向赛场走去。乐队的鼓声这时已达到高潮，紧跟着听到此起彼伏的欢呼声，似乎有人在介绍球队。他们到达时，球赛已经开始。买票进场后，他们绕过球门区往看台方向走。很多海明福特队的球迷都打量着他们俩。不需要任何人告诉他们朱迪丝和她父亲是谁，他们一眼就看得出他们俩不是从海明福特来的。这些人的目光让朱迪丝感觉很别扭，但她父亲一边上台阶，还一边冲着旁人点头微笑。他们来到最后一排，找了一处离人群比较远的地方坐下。

"看来我们是观众的观众。"父亲靠在身后的栏杆上小声对朱迪丝说。朱迪丝先看了看场上的队员们跑来跑去，又瞅了瞅场边的啦啦队，然后百无聊赖地看着一直攥在手中的菜单（菜单上有一行女服务生用绿色水笔写的字：不要当自己是陌生人！你的女服务生，达琳）。她后悔没带本书看，更后悔没早点回家。要是那样的话，现在父亲应该已经在给她读《卡斯特桥市长》了，他们最近刚刚开始看那本书。最后她直起身，木然地看着场上的比赛，时不时偷偷瞄父亲一眼，巴望着他也感觉到无聊。

可是，父亲一句话也没说，甚至都没动一下。直到上半场结束，他才探过身子诡异地笑了笑，之后又转过头张望着什么。朱迪丝顺着他的视线望去，越过远处高高的旗杆，看见一大片秸秆在夕阳的映照下显得黄灿灿的。他转头对朱迪丝说："看着这样的景色，谁能不对这个世界抱有美好的憧憬呢？"

朱迪丝不喜欢这种空话，于是她说："你能用具体点的词来形容吗？"

父亲一只手对着远处比画了一下："真是太美了……不期而遇。"

朱迪丝看着正在进行中场表演的乐队，心里想，也有些"不期而遇"是因为准备不够充分。

她父亲说："观众的观众才能有如此好的位子欣赏精美的画面。"朱迪丝的视线越过乐队，落在一片麦田里。

她寻找着父亲形容的那种"精美"，却一无所获。她转过头揣摩起父亲来，她想知道这里是不是还有什么其他的事吸引着他。一开始只是一个念头，片刻之后竟变得异常强烈。

她说："你永远不会回佛蒙特了，对吧？"

他双手指尖相触，下巴搁在两个并在一起的大拇指上。之后他扭过头，温柔地对她说："也许不，亲爱的。"

实际上朱迪丝还有半句话没问出口，那就是她父亲到底希不希望她和母亲搬过来，一家人住在一起。不过，她知道他很明白她想要问什么。在他的沉默里，朱迪丝已经找到了答案，那就是他根本没打算挽回与她母亲的关系。

下半场的比赛开始了。突然间，海明福特队的球迷们纷纷从座位上站起来欢呼呐喊，原来他们队进球了，可没过一会儿就踢飞一个球。

“臭球！”他们前面的一个农夫说，另一男人说他踢狗都能比那队员踢得远，引得周围一片笑声。

那是场一边倒的比赛，但朱迪丝和父亲还是坚持到了终场。散场之后，他们夹在当地人中间慢悠悠地去取车。

附近有个男人说：“我喜欢看罗斯断球！”

皎洁的月亮挂在空中，朱迪丝和父亲沿着二十号公路向西驶去。一路上两个人都沉默着。父亲伸手推进《茶花女》磁带时，仪表盘发出的缕缕幽光映射在他的白色衣袖上（朱迪丝对歌剧已经开始熟悉，甚至有点想去看真正的歌剧演出）。

鲁弗斯赛治的东部有一片茂盛的树林，一直延伸到南面。夜间行驶在柏油路上，两边的树林仿佛是两扇巨大的黑色帘幕。父亲语调平和地说：“傍晚这里会有鹿经过。”

两道强光从前灯射出，有如光影隧道一般笔直地穿入漆黑的路面和松林。这情景让朱迪丝联想起某种电影情节：黑暗中疾驶的车、阴森的背景音乐，这通常预示着可怕的车毁人亡。

“爸爸？”

“怎么了，宝贝？”

“那天晚上，你和欧文，还有他太太是怎么出车祸的？”

过了好几秒，他才说：“那都过去很久了。”

“但到底怎么回事呢？”

父亲长长地呼了一口气说：“很复杂。”说完轻轻地摇摇头，连他自己都没意识到。她猜想他接下去又要沉默不语了，就像每当触及关键问题时那样。但她也知道，当他告诉她不打算再回佛蒙特的时候，他一定会愿意回答其他问题作为补偿。她猜中了。他开始说话：“我们吃过晚饭，然后跳舞，最后开车返回。到一个十字路口的时候，似乎没有别的车。可就在我向左转的瞬间，车头一下撞上了对面开来的一辆黑色轿车，那车没开车灯。”停顿了一下，他接着说：“我看见那辆黑色轿车了，看得很清楚。接着车子又撞到了一棵菩提树上。”

“那辆车没开灯？我从没听说过。”

父亲没有答话。

“但欧文和他太太却都怪你，妈妈也是。”

“是我开的车。”

“那辆黑色的车呢？后来怎么样了？”

父亲说他猜那辆车开走了。“只有我一个人看见了那辆黑色轿车。”他说。

“什么？”

他回答说：“我们那晚一直在喝酒，他们认为那是我的幻觉，但其实我没喝太多。我们喝的是古巴烧酒，但我只喝了一杯就叫服务生给我拿了可乐。有段时间，我发现假装喝醉是件挺有意思的事情。问题是，就算真是幻觉，也不是因为喝醉的缘故。”

黑暗中，车子继续在松林间疾驰着。月光照在田野上、干草垛上、篱笆桩上，投下黑黢黢的影子。

朱迪丝说：“为什么那辆黑色轿车不开灯？”

父亲没吭声。他慢慢地转上一条乡间小路，然后加速向前开去。他一句话也不说，却突然把车灯关了。

月光下，前方平坦的土路顿时看起来好像一条飘忽的白色丝带，车窗外不停地掠过各种形状的黑影。车越开越快。突然间前面嗖的一下蹿出一个小黑影，大概是只兔子，接着感觉到轮子猛地颠簸了一下。朱迪丝感到远处的公路似乎正从地平线上慢慢升起，而他们仿佛正穿过憧憧黑影不断向上移动着。车子、他们的脸，还有周遭的黑暗都好像不停地被拉长又缩短。一种强烈的恐惧包围着她。终于，父亲把脚从油门上移开，然后打开了前灯，眼前的土路也恢复了它原本的模样。此时，朱迪丝不仅感到一颗悬着的心总算放下了，更有一种死里逃生的庆幸。

父亲双手握着方向盘，一言不发。

朱迪丝说："你以前也这样开过，是吧？"

父亲好像点了点头。

"你喜欢这样吗？"

"不知道喜不喜欢，但觉得挺有意思。"

她脑子里突然蹦出一个念头：父亲会因为这样开车而丧命的。

她赶忙说："以后别再这样开了。"

父亲好像又点了点头。

"千万不要，我是说真的！"

"我知道。"他说。

二十分钟后，朱迪丝躺在地下室的床上，盖着那个针脚细密的花被，心里还有点后悔没有让父亲保证不再开快车。到家之前他们好长时间都没再说话。到家以后也只是在各自回房前说了句"晚安"而已。

朱迪丝对于父亲可能会死于开快车的预感最终被证明是错的，她父亲在某一天，在他外祖父母的浴室里，死于一次严重的心脏病突发。"显然是用力排便诱发的。"一位医生告诉朱迪丝。关于死因，朱迪丝瞒了母亲很长一段时间，甚至连她自己都宁愿不知道。他可是个天天都吃西梅的人啊！有时候，朱迪丝会想：也许那更好，那样他就错过了漆黑夜晚的乡村小路上那一场神秘诡谲的人生结局。

九月的第一个星期六，朱迪丝收拾好行李，准备搭飞机回东部去。临出房门的时候，她回头看了看那套整修一新的鸟眼枫木家具，又走回去整了整床上的被子，突然觉得那被子似乎是很久以前买的。

朱迪丝要去拉皮德城坐飞机，沿着三百八十五号公路向北开两小时才能到那里。一路上，朱迪丝的心越来越往下沉。她偶尔和父亲说几句，大部分时间都沉默着。某一刹那，她觉得他似乎要说什么，但他最终没有开口。伴随着歌剧《茶花女》，车子疾驶着穿过前往拉什莫尔山的岔道口。歌剧中，薇奥莱塔正在想阿尔弗莱德是否会偷走她的心。这时候父亲说："那天你问我为什么来这里，我没回答……"

她扭过头说："那种问题清醒的人不会公开回答。"

一丝笑容浮现在他嘴角："是的，差不多。"

她等着他继续。

他伸手关了歌剧。"我曾想把原因列在一张纸上，但大多数……我自己甚至都不忍多看一眼。不过，有一条我要告诉你。"他做了个深呼吸说，"我能确定的一个理由是，我们想弄明白那些我们爱着的，每晚在一个屋檐下入眠的人是否也爱我们。"

车里一片寂静，他的双眼直视着面前的公路。"爸爸爱你，朱迪丝，"他说，"你一定要知道这点。如果你不知道，我会很伤心，我非常爱你。"他会说出什么样的残忍事实呢？朱迪丝心想。他说："如果我能做到你这个暑假来这里想让我做的事，我会做的，朱迪丝，但是……”

朱迪丝原本也和父亲一样盯着前方，但听到这话后猛的一下把头转向了窗外。她觉得自己要哭了。看着掠过身边的田野和篱笆，眼泪就要掉下来，因为父亲说出了他对她的爱，因为她想要改变现实、想要一家人在一起的愿望终成泡影。她强忍着，最终没有说出那句话：你爱我，但不爱妈妈。

远处的公路指示牌一点点清晰，这意味着拉皮德城就在眼前。她父亲说：“还有件事，记不记得你问我，你是不是有一天能成为伊丽莎白·班内特？”

朱迪丝说她记得。

“嗯，我只是想告诉你，从某种角度来说，你已经是了。”

父亲温和的男中音听上去似乎有点变调，或者只是朱迪丝的想象而已？不过这无关紧要。她一下哭了出来，鼻涕眼泪一大把，这让她很难为情。她提醒自己不要哭，最后终于忍住了。她转头对父亲说：“你这么说，我很高兴，只有一点不一样，伊丽莎白·班内特不爱哭鼻子，对吧？”

他说：“人人都有伤心事，班内特小姐也一样。”

到了机场，父亲陪朱迪丝办理了安检手续，然后两个人静静地等着。航班起飞的通知传来时，两个人一时都没有反应。父亲起身后，她才站起来向登机口走去。可是刚走到入口，她就站到了一边，然后回过头。

她看见父亲一动不动地站在原地，好像哪怕一个极微小的动作都会引起爆炸似的。

广播里再次响起登机通知，犹豫了几秒后，朱迪丝最终走了进去。

5

疑似背叛

朱迪丝和马尔科姆第一次到洛杉矶的时候，她联系了所有当地的制片厂，想要谋一个初级职位，但都无功而返。（一个人事部的女人曾对她说："你不想在餐饮业工作，是吗？"）然而，有一天晚上，参加贷款委员讨论会的马尔科姆听到梅特卡芙小姐谈论一个男人的贷款申请，那人正是做电影的。当时，那个男人的贷款申请出了些问题。过去的五年里，他的收入从高峰跌落至低谷。按梅特卡芙小姐的话说，那是由于金融情绪波动造成的。

"他在电影业里是做什么的？"马尔科姆问。

"为某些特定的场景找拍摄场地，比如，一九二七年以前建的三层楼商业大厦，还有带墓碑，但周围没有篱笆的墓地之类。"

马尔科姆和会议室里的其他人一样，凝神看着梅特卡芙小姐。

“他就凭这个赚钱？”其中一个委员问道。

“事实上，有项目的时候能赚不少。”她说。随后她列举了三个他最近合作过的导演，完全不用翻看那人的申请资料。

马尔科姆正在想这几个导演是什么人，为什么自己没听说过，一个委员提到了财产的问题，讨论因此改变了方向。后来，他给那个男人打了个电话。

“你的租赁物业贷款已经批准了，”马尔科姆说，“但我打电话不是为这事。”他解释说他妻子想在制片厂找份工作。那男人大笑了一声说：“谁不想呢？”

“是的，当然。”马尔科姆仍然礼貌地表达了谢意。

但那男人又说：“你太太不会是学英文专业的吧？”马尔科姆回答说正是。

“有能力？”

“很有能力。”马尔科姆说。

男人再次大笑起来。“我太太也是，”他说，“不过现在是前妻了。好吧，我不能保证，不过先把你的号码留下，我打听打听。”

两周之后，那人回电话说有个导演助理的职位。那个导演也是演员出身，连马尔科姆都听说过他的名字。面试的时候，那导演坐在椅子上动个不停，身边有三个员工连珠炮似的向朱迪丝抛出各式问题。几分钟后，导演站起来说：“她不错。”说完就离开了房间。门一关，其中一个面试官就转头对朱迪丝说：“当然了，这只是试用。”

后来，有人问朱迪丝那个导演怎么样，她回答说：“他有百分之八十五的时间是心烦意乱的状态，百分之十是冲某个人发火，其余的时间是个和善的人。”

“有多和善？”有人曾追问道。

“恰到好处。”有些能人不免恃才自傲，但这个导演不是，所以她对他敬重有加。不过，她这个回答似乎不能让那些人满意，他们反而会更好奇地打听她到底为他做些什么。

“给别人写信，落款签他的名字，”她说，“写演讲稿、写文章、给书作序。”这工作既不无聊，也并非称心如意，但近在咫尺的“电影梦工厂”让朱迪丝更加确信自己渴望做一名剪辑师，渴望亲手将一幕场景剪成微小的片段，然后把它们延长，再用极其精细的手法重新组合，细致到观众永远无法看出痕迹。有一天，她终于鼓起勇气，表达了自己对剪辑的向往，那个导演似乎挺高兴。他称之为“不错的选择”。他还说剪辑并不是那么容易上手，但是如果她能等到他拍下一部电影，那他可以给她个机会。他的下一部是带有神话色彩的棒球电影，朱迪丝只参与了很小一部分剪辑工作，但这让她有机会进入了剪辑师协会，并且跳出了那个导演的小圈子。成为剪辑助理之前，她花了三年做各种案头工作，剪的第一个场景是一部电影的结局。电影主角是一只名叫“烈酒”的狗，影片有两种结局，朱迪丝负责其中之一。在她剪辑的场景中，“烈酒”没有死，而在公映的影片中，它死了。尽管如此，她剪的片段还是足以证明她的能力。（“流畅熟练，”导演曾说，“和那个让人哭泣的结局一样好，这样的片子以后当然会用。”）就这样，朱迪丝投入了更大的热情，剪辑技术也逐渐赢得雇主们的信任。从七月到第二年四月，她一直忙于电视剧的剪辑，有时候见缝插针做几部中小投资的影片。正是由于这几部片子，利奥·帕托注意到了她。他雇用她做了几部电视剧，眼下朱迪丝手头的这部就是其中之一。

和马尔科姆海滨酒店的“小插曲”之后，朱迪丝匆匆往回赶。刚进片厂，就赶上帕托要出去。慢悠悠走过停车场的帕托身形魁梧，斜肩，走路一瘸一拐，显然腿脚不太灵便。朱迪丝摇下车窗，热情地笑了笑，而他扮了个鬼脸，又叹了口气，然后抬头望着天。朱迪丝知趣地停了车。他阴沉地说："如果眼前是一艘船，那么话外音就是，沉吧、沉吧、沉吧。"朱迪丝想起帕托演过的一个喜剧人物，于是笑嘻嘻地说那应该是咕嘟、咕嘟、咕嘟，说完干笑了两声。帕托拉下脸，故意朝朱迪丝的胸部瞥了一眼，然后看着她说："对你来说，带着两个漂浮球，坐在里面或许还挺有趣！"

朱迪丝尴尬地笑了笑，虽然不是发自内心，但足以让他知道她不会因为他的言论而去劳工委员会告状。

"你听说了吗？片厂已经消减了我们的预算。"

她没听说，即便听说了，可能也不会操心。这部电视剧收视率不高，却在业内赢得了尊重，在烂片横行的市场起到了一种平衡作用。它也曾一度名利双收，有艾美奖和金球奖的青睐，也有稳定的收视。但是后来，它被改到周日晚间播出。去年放到第三季的时候，编剧已经才思枯竭，非常吃力。朱迪丝看过最新两集的脚本，虽然她不会说出来，但心里知道今年依然不那么乐观。想到广告预算被砍，她说："这不太好，是吧？"

"不太好？"利奥·帕托说，"如果被空投到熊熊燃烧的废墟上，没吃没喝算是'不太好'的话，那你可以说那是'不太好'。"

朱迪丝耸耸肩，咧嘴笑了一下，但马上就后悔了。这笑容不是他想看到的，甚至可以说不合时宜，毕竟那也和她有关。利奥·帕托没好气地瞥了她一眼，然后垂下头看着他的车。朱迪丝猜想他是在寻找忧郁的源泉。

黑洞洞的剪辑室里，露西·梅恩克坐在监视器前，屏幕上是一个静止的画面：一只手在一个不锈钢水槽上方打鸡蛋。朱迪丝溜进去，走到露西旁边。

“你躲过了帕壶。”她说。

“没有，我们聊了很久，他说这部剧就像一艘正在下沉的船，还说我的小乳房是极好的漂浮设备。”

露西扑哧一下笑出了声。“犹太教男人和异教乳房之间发生了什么？”她说，“奇怪，他今天脸色似乎比平时还难看，他一年来预料的事情似乎终于变成现实了，应该高兴才对！”

在朱迪丝看来，这并没有什么奇怪的，特别是利奥·帕托的阴郁。朱迪丝觉得一直以来还有更大的麻烦困扰着帕托，那究竟是什么呢？

“霍伯呢？他有没有到处转悠？”

“每三十秒左右才来一次，情绪还好。霍伯到底是霍伯。你呢，去哪儿了？”

当朱迪丝说出海滨酒店里发生的事，露西两眼直放光。“幽会！”她说，“风情万种的应召女郎！流浪汉！我真是嫉妒死了。”

朱迪丝笑着说：“那感觉很不同，你知道吗？我脑子里盘桓着一个疯狂的念头，想象自己不是他的妻子，马尔科姆是别的什么女人的丈夫。”

“天哪！”露西说，“你知道自己在做什么吗？你利用丈夫来欺骗丈夫！”

朱迪丝觉得这话说得很精辟，却不一定对。

“实际上这是一种婚姻关系的突破，”露西说，“毫无内疚感的欺骗。”

朱迪丝说："你可能想多了，露西。"

剪辑室狭小昏暗，四周墙面上嵌着纽扣形的隔音砖。有一扇窗户上遮着竹帘，外面还盖了一层天鹅绒。所有光线几乎都来自监视器的屏幕。一条酒红色围巾松松地系在门把手上，那是朱迪丝母亲的。她和朱迪丝父亲结婚那天照了张合影。两人骑在摩托车上，她在他身后，头上戴的正是这条围巾。对朱迪丝来说，剪辑室是一个私密的空间，它很容易让身处其中的人滋生出惺惺相惜的感觉，或者产生某种敌意。就露西而言，是前者。她们都喜欢看书，热爱电影。一起剪片子的时候，她们的灵感相互碰撞，大多数情况下看法相同。一旦有分歧，露西会妥协，但绝不是一味讨好。露西没结过婚，酷爱旅行。她觉得给电视剧剪辑师做助理是件有趣的事情，虽然薪水只够糊口，还是有些结余可以让她去那些边远偏僻，但费用低廉的地方旅行。最近她刚去过马其顿，住的是一家山间小客栈，还认识了一个鳏居的烟农。提到他时，她会有点动情地称他为"老斯拉夫人"。

"问题是，"露西说，"对于我和大多数女孩来说，马尔科姆看起来像是个讨人喜欢的顽皮大男孩。但是对你……"她笑着扬了扬手，接着说："这就是人们惧怕婚姻的众多原因之一。"

对于露西的评论和小段子，不管是正事，还是家长里短，朱迪丝通常很乐意听，但刚才这番话听着有点别扭。在那些女人眼里，作为别人丈夫的马尔科姆看起来很有趣，这对朱迪丝来说似乎不是什么好消息。她大笑着回答说："别扯远了，我只是和丈夫找点乐子，亲爱的，仅此而已。"

她转向监视器，准备接着做下一帧："这个镜头是什么情况？"

露西已经把刚才那个单手打鸡蛋的画面换成了鸡蛋破裂的最后一个

镜头，不同的是，这一画面上有两只手。

露西看着朱迪丝的脸，突然咯咯地笑起来。“让你看看电影魔术。”她说。朱迪丝根本没听见，她已经在忙着把两帧画面拼接在一起。

有时候朱迪丝会想，自己那么迷恋剪辑，是不是因为电影不同于真实的人生，在电影里，你可以回到过去，可以删除，可以添加，可以变换色调，可以重新再来，甚至可以扭转结局。她常常设想，如果这一切能在现实生活中运用，那么有多少冲动犯罪会被消除？又有多少婚姻能够起死回生？

到了五点半，朱迪丝已经完成了双手打鸡蛋的镜头。六点四十五分，露西出去和什么人吃晚餐了。那是他们第一次见面，她只能称他为“无名氏”（在彼此认真相处之前，露西把所有男伴都叫“无名氏”，不过几乎没有一个能长久）。一小时后，有个场景把朱迪丝难住了。那是剧中两个男主角镜头中间的一帧画面。她凑近监视器，一帧一帧，小心翼翼地剪着。完成后，她靠在椅背上轻啜了一口红茶。虽然有些小瑕疵，但她并不觉得沮丧，只是小声地发了几句牢骚，好像露西还在旁边似的。

“这个角度就这样了，”她说，“那个人的镜头太多了……我不想从这个角度表现……哎呀……天哪，读得真好听，哦不，还是更喜欢他略带沙哑的声音。”

在这样的自言自语中，朱迪丝有一种自得其乐的满足感。终于想起来借着监视器的光亮看看手表，她吓了一跳，竟然已经晚上九点了。她看了看自己将近五小时的剪辑成果，也就完成了七分多钟的胶片而已。她实在想不通时间为什么过得这么快。放在平时，这点工作量四小时就能做完。

朱迪丝站起身走出了剪辑室，来的时候天还亮着，现在已经是夜幕低垂。儿时的某个周六下午在她眼前一闪而过，那是去看周末的双场电影，同样是天亮进去，出来已繁星点点。制片厂通常都是一片繁忙景象，而此刻悄无声息。她靠在走廊的栏杆上，侧耳听着远处马路上传来的嘈杂声；她闻到些许令人愉快的柴油味，那味道让她想到公共汽车。此时的她，不管是伸个懒腰，还是吸一口气，都会觉得心情舒畅。她真希望露西就在身边，那样她们就可以去汤姆餐馆，点一道牛排，再痛饮一番。朱迪丝从不抽烟，但此情此景让她明白了为什么人们会对烟草感兴趣。在某种情境下，你、焦油、尼古丁，还有飘忽的思绪，这些似乎缺一不可。接线员把那个可笑的电话接到了北普拉特，一个女人说："他的名字是威利，我们叫他比尔，你是谁？"想到这儿，她会心一笑，接着眼前飘过一个又一个画面，从求救信号到马尔科姆，再到海边微风徐徐的酒店房间。马尔科姆今天都做什么了？在贷款委员讨论会上发言，还是坐在那儿听？抑或是表面上在听，内心却思绪万千？还有卡蜜儿，她此刻在做什么呢？朱迪丝确信她在家里。然而，因为知道女儿在家里而感到安心，这已经是去年的事了。虽然人在家里，但只要一上网，卡蜜儿就能在世界各地神游。

朱迪丝掏出手机拨通家里的电话，她简短地和桑娅说了几句，桑娅的反应一成不变，先说"都挺好的"，然后叫卡蜜儿接。"电话，卡蜜儿！"朱迪丝听到她的叫声，"是你妈妈！"

这个暑假，卡蜜儿每天上午都在她的一个朋友家开的餐馆里做接待员，另外还在公立图书馆当志愿者，协助暑期阅读活动，不过最近已经很少去了。朱迪丝觉得她现在把下午大把的时间都花在了游泳池里，或者是坐在电视机前。卡蜜儿说“喂”，而不是“你好”。

朱迪丝说：“我在剪片子，不太顺利，亲爱的，到家会迟一点。”

卡蜜儿没说话。朱迪丝听到话筒里传来哗啦哗啦的声音。

“我今天租了个储藏室，准备放那套鸟眼枫木家具。”

除了沙沙声更大了以外，依然听不到卡蜜儿有任何回应。朱迪丝有些生气，她觉得卡蜜儿是成心的。她接着说：“那地方很恐怖，我想科恩兄弟一定是那个货场的幕后老板。”

她听到卡蜜儿在叹气，还有翻书的声音。

朱迪丝说：“你爸爸有没有告诉你明年我们打算把你送到教会寄宿学校去？”

这话总算刺激到了卡蜜儿。她说：“这太可笑了，妈妈。”

朱迪丝等了几秒才说：“想说说为什么吗，宝贝？”

“天天受一个宗教狂热分子的监管，爸爸妈妈都打电话来说要晚回家，这些难道还不够吗？”

“爸爸也打电话了？”

话筒里仍然只有翻书的声音。

“你跟我说话的时候还在干什么？”朱迪丝尽量让自己的声音柔和一些。

“看书。”

“看什么呢，小公主？”

“《旋转》，是本新书。封面是……桑娅说是个荡妇。别叫我小公主。”

这次轮到朱迪丝不说话了。

卡蜜儿接着说：“你知道今天晚上桑娅让我干什么吗？和她一起边

吃爆米花，边看她八岁时的宗教活动录像。”她停顿了一下，好让朱迪丝理解刚才那句话。“就算你们俩不能回家，拜托能不能至少找个不属于‘再洗礼教派’的保姆？”

朱迪丝并不打算卷入这个话题。这里是美国，只要桑娅乐意，她有权信奉任何神明。虽然并不一定追随帕特·罗布森，但朱迪丝内心也渴望一种简单纯粹的信仰。她说：“你爸爸说他什么时候回家？”

“没说，只说晚一点，”卡蜜儿说，“他想哄我，但我不会上当的。”

“不，不会的。”朱迪丝说。她觉得有点奇怪，通常马尔科姆在贷款讨论会上的专心致志不会超过十点，那之后的决策，在他看来都是草率行事。

卡蜜儿说：“那个女人，梅特卡芙小姐打电话问爸爸在哪儿，我跟她说在银行。”一阵哗哗的翻书声后，又听到她说：“那个电话是在爸爸打回来说他要迟点回家之前。”

传进朱迪丝耳朵里的语气让她觉得有些毛骨悚然，那是一种既老到，又冷漠的口吻。朱迪丝突然感到很疲倦，她说：“你才十五岁，卡蜜儿。在这个年纪，你应该相信世界是善意的。”

话一出口，她就意识到这是父亲曾经说过的。

卡蜜儿说：“桑娅的再洗礼教派活动视频上，有个男人说，当青少年独自在家时，道德真空就会形成。我想可能我就是在那种道德真空里，所以不容易相信……你刚才说我应该相信的事情。”

“世界是善意的。”

“对呀，就是那个。”

朱迪丝长呼了口气说：“再见，亲爱的，我回来会去床边吻你。”

“太好了，妈妈，”卡蜜儿说，“那对我来说就意味着全世界。”

朱迪丝努力不让自己被这甜言蜜语所迷惑，她说：“好吧，对我也很重要。我会找鼻子或耳朵亲一下。”

她等了一会儿，才在这通电话里第一次听到一个十五岁小姑娘楚楚可怜的声音。“你保证？”卡蜜儿说。

朱迪丝的声音也温柔起来。“当然，”她说，“一定。”

挂了电话，朱迪丝凝望着附近一栋新盖起来的商业大楼，比制片厂的楼高一些，楼里有几扇窗户透着灯光，但似乎还没有人入住。她做了个深呼吸。卡蜜儿十五岁了，朱迪丝第一次遇见威利·布朗特时也是这个年纪。那时的他穿着件粉色的T恤，胳膊晒成了棕色。她觉得该回家了，回家和女儿坐在她那张滑稽的顶棚床上，一起看部简单而又内容丰富的黑白老电影，比如《码头风云》，或者《正午》，甚至《潘多拉的盒子》也不错。那是部情色片，露易丝·布鲁克斯主演的，片中的她被任性和冲动牵引着，走上了一条崎岖的不归路，最终成为开膛手杰克刀下的冤魂。那部片子也许会让卡蜜儿有所领悟，能够填补朱迪丝一直以来担心的“道德真空”。

“你好，朱迪丝太太。”

一个声音把她拉了回来，她赶忙扭头和塞尔吉奥·罗恰打招呼。他是制片厂的修理工。他两只手各拿着一个小金属盒子，看上去像是小电器。他已经走到了朱迪丝前面。“塞尔吉奥？”

他转过身。

“你有没有卡车？”

塞尔吉奥面部线条硬朗，坚硬的胡须已经灰白，头发全部向后梳着。他客气地点点头说：“车在修理工那儿，下星期就能取。”只用了几分钟，朱迪丝就和他商量好下个星期的周末把那套鸟眼枫木家具运到它的新家——红屋顶仓储。点头同意后，塞尔吉奥就消失在了拐角处。

朱迪丝沿着走廊继续往前，这时有扇门开了，一个陌生人吹着口哨从楼里走了出去。

朱迪丝的思绪又飘回了她在酒店房间里遥望海滩的情景。一瞬间，没有任何缘由，她猛然想起了那两把钥匙。

她把红屋顶的钥匙忘在酒店里了。

在“她的电影”里，这时会出现一个特写镜头：黑色活页夹里的酒店指南。

朱迪丝在包里翻了翻，只找到了房卡。她打了个电话到酒店，但没什么结果。接电话的人说服务生还没进过那房间，因为房间还没腾出来。“已经腾出来了，”朱迪丝说，“我丈夫和我之前在里面，现在我们都出来了。”

那男人说：“是的，但房间还是你们的，没人来退房。”

这有什么不同，朱迪丝想不明白：“难道不能帮我到房间里去看一下吗？”

他表示了抱歉，然后和什么人商量了一下，接着说：“我和经理说了，她已经派人上去看了，惠特曼太太。我等会儿打给你，还是你不挂电话？”

朱迪丝说她不挂。很快听筒里传来了那男人的声音：“今晚什么都没发现，惠特曼太太，但明天早上我们会再仔细找一找，明天就打这个电话给你吗？”

为什么今晚不能仔细找，你们是一帮懒虫吗？朱迪丝心里这么想，但嘴上说："是的，就打这个号码。"

她转身回到剪辑室，重新坐在监视器前，但脑子里总是想着丢失的钥匙。最后，她决定不再东想西想，她有房卡，为什么不自己去找找看。

二十分钟后，她赶到厦特酒店。嘱咐服务生把车停在附近之后，她径直走了进去。一进大堂，她感觉眼前似乎已不是下午才来过的那个酒店。午后慵懒闲散的气氛已经荡然无存，取而代之的是一种躁动。衣香鬓影的餐厅里萦绕着轻吟浅笑，银器和水晶杯不时碰撞出清脆的叮当声。朱迪丝心想，这里大多数男人可能都穿着真丝短袜和高档皮鞋。周围的女人们只是淡淡地扫了朱迪丝一眼，她的穿着显然与这个华丽的夜晚格格不入。但唯独有一个坐在吧台边的男人转过座椅，面对着她。

等电梯的时候，朱迪丝觉得自己有点可笑。是的，房间仍然是她的，是她下午开的。只是这个下午的一切好像是两天前的事。

一声悦耳的"叮"之后，电梯门开了，一男一女走出来，朱迪丝迈了进去。那女人身上的柑橘香水味仍然留在电梯里，充满了整个空间，呛得她有些头晕。她从电梯的镜子里看到一串自己的脸，一个比一个小，带着莫名的病态。电梯门无声无息地打开，她走出来在过道里站了片刻，吸了几口新鲜空气之后，才朝那房间走去。她的意识有些模糊，感觉自己好像走在薄薄的冰面上，小心翼翼地迈着步子。

在房门前，朱迪丝把房卡插了进去，看到小绿灯一闪，她随即推开了房门。刚一进门，不一样的味道和灯光，还有陌生的面孔让她立刻停住了脚步。有几秒的时间，她待在原地环视着屋内。电视屏幕上定格着一幅画面，黑色背景衬着一个大红色的字母X；一个戴着耳机的女人裸身坐在床上，闭着眼睛，微微低着头，似乎在冥想。她胸前的双乳看上去柔滑白净，在幽暗的灯光下显得异常光亮；一条灰色的长裤折放在高背椅上；透过卧室和浴室之间的磨砂玻璃窗，可以看见一个男人的身影。他正在刷牙，声音听起来含混不清，似乎是含着牙膏在说话。他说："弗朗欣？"床上的女人抬起头，然后拉下耳机。

她一把拉上房门，心咚咚地狂跳起来。

她听见房间里传来那女人的声音，似乎是在叫什么人的名字，但很模糊。

马尔科姆？那女人是在叫马尔科姆？

朱迪丝下意识地看了看房间号，314，又看了看没写房号的房卡。应该就是这间，她的房卡应该不能打开别的门。

这时房间里又响起了模糊的声音。她听到那女人在喊："什么？"

朱迪丝几乎是跑着进了电梯。在四周镜子的重重反射中，她看到很多个自己的影像，仿佛是一个个脸色苍白的假人。柑橘香水的味道依然在盘旋，她的手止不住颤抖，不得不用一只抓住另一只，感觉有一股电流通过双手传遍了全身。朱迪丝一路狂奔着从电梯到大堂，再穿过街道，回到车里。她迅速启动，颠簸着挤入了车流。身后响起哨声，从后视镜里，她看到一个服务生走上车道，正张望着她摇摇摆摆的车。

刚才她都看到听到了些什么？她不由自主地在脑海中回放那一幕。把它放慢，一遍又一遍，一个画面又一个画面。回放的结果告诉她，那就是梅特卡芙小姐，而那男人说不准是谁。他的裤子和马尔科姆的差不多，那轮廓有点像马尔科姆，含着牙膏说话的声音有可能是马尔科姆的。还有那条椅子上的灰裤子，裤腰挂在座位一边，裤腿搭在椅背外侧，这也是马尔科姆的风格。

临近午夜的时候，马尔科姆进了房间。朱迪丝屈着双膝坐在床上，假装在看杂志。“终于回来了。”她不紧不慢地说。双眼透过镜片凝视着马尔科姆。

他微笑着走进衣帽间，换好睡衣进了浴室，准备刷牙剔牙。这是他一直以来的习惯。等到他开始刷牙的时候，朱迪丝说：“会开得很无聊吗？”

“什么？”

那个含着牙膏说话的声音不可能是别人的了。朱迪丝说：“我说那个贷款讨论会是不是很糟糕。”

马尔科姆漱了漱口，一边用毛巾在嘴上拍了拍，一边走出浴室。“会取消了，尼尔、丹，还有艾维都病了，这病那病的，所以推迟到明晚了。我留在那儿加班，进度有点跟不上，正好赶一赶。”他的眉毛稍稍动了一下，接着说，“你应该记得我今天下午被扣留了。”

朱迪丝笑了笑说：“那你明晚也要迟喽？”

他耸耸肩说：“不会太迟，怎么了？”

“我是担心卡蜜儿，今晚我们俩都不在家，她很不高兴。”

马尔科姆点头说他可以把明天晚上的会缩短一点。

坐到床上后，他戴上眼镜，抖开《华尔街日报》。正当他准备看那些平时感兴趣的报道时，朱迪丝问了一个问题。她之前曾提醒自己不要问。

“梅特卡芙小姐也留在那儿帮忙吗？”

“不，她和别人约了吃晚餐。”他脱口而出。又紧接着补充了一句：“她可能对那人感兴趣。”

朱迪丝想了想说：“他们上床了？”

马尔科姆盯着报纸中间的某个位置说："不知道，也许吧。"

朱迪丝翻了一页，几秒后，马尔科姆也翻了一张。

她问："他们去哪儿了？"

马尔科姆转过头问："谁？"

"梅特卡芙小姐和她可能感兴趣的人。"

"哦，"他说，"圣塔莫尼卡的什么地方。"说罢用手蘸了一下唾沫，又翻过一张："我跟她说要是他们去微微餐馆，可以带上我们的房卡，万一她喜欢那个人就用得上。"

朱迪丝暗自佩服。马尔科姆刚才的一番话完全可以解释为什么梅特卡芙在314房间，但就算那是真的，也只能稍稍平息她的怒气，更何况她根本就不相信。对于梅特卡芙的私生活，朱迪丝以前从没多想过。"那她怎么说？"

马尔科姆微笑着转头看着她说："她脸红了，然后……拿走了房卡。"

朱迪丝点点头说："哈！"

谁知道呢？或许是真的，或许千真万确。可能弗朗欣·梅特卡芙感兴趣的那个男人穿了和马尔科姆一样的灰裤子，轮廓看上去像马尔科姆，而且含着牙膏说话的声音也像马尔科姆。这就是和马尔科姆这样精明谨慎的人结婚的问题所在。他能够轻而易举地让你相信这一切都只是某种类似限制级影片的胡思乱想。

马尔科姆看着她说："我把房卡给她是不是有点失礼？"

"不。"朱迪丝说，声音小得只有她自己能听见。接着，她振作了一下，大声说："我觉得你很善解人意，这大概就是她愿意跟着你从一个银行跳到另一个银行的原因吧。"

“除了这个，”马尔科姆说，“还有，她每次跳槽，都会加薪。”

这些模棱两可的话对朱迪丝没有什么作用。马尔科姆是个银行家，他信奉风险收益比，不痛不痒的双关语能套出他的话吗？不能，绝对不能。但她还是忍不住问：“那我要是跳槽能不能每次都加薪？”

马尔科姆夸张地笑着说：“那会很贵的。”

几秒钟的沉默后，朱迪丝说：“梅特卡芙小姐的新欢有名字吗？”

马尔科姆把报纸放低了些，目光投向窗外，好像在寻找什么藏在棕榈树里的东西。“米尔顿，”他说，“好像是米尔顿，不知道姓什么。”

如果声音是从一扇关着的门里传出来，那米尔顿还真有可能听起来很像马尔科姆。

“是犹太人？”朱迪丝问。

马尔科姆眼神空洞地看着她说：“什么，叫米尔顿的都是犹太人吗？”

两人对视了一会儿。

“也许不是。”朱迪丝说。

马尔科姆脸上似笑非笑：“这种问题不好问的，是不是？你总不能说‘梅特卡芙小姐，你的这个新朋友是犹太人吗？’”

“是不能问。”朱迪丝说。她很想就此打住，但做不到：“但话说回来，这个问题并不比你问她要不要去一个房间偷欢更过分。”

马尔科姆尴尬地说：“看来我确实失礼了。”

“也许吧，”朱迪丝说，“让我好好睡一觉，早上醒来会明白的。”

说完她侧身关了床头灯，马尔科姆也关了他那边的。他很快就睡着了，而躺在黑暗中的她却无法入眠。她倒希望他打呼噜，那样就可以用胳膊肘把他捅醒，让他到另一间房去。不论什么方法都行，只要是人们用来对付打呼噜的家伙的。但马尔科姆没打呼噜，他永远都不会。那么谨言慎行的一个人，哪里会打呼噜!

朱迪丝觉得愤愤不平，又感到有些委屈，接着她想起了答应卡蜜儿要去她床边吻她。小姑娘的房间不完全是黑的，墙壁高处挂的一个月亮灯散发着微弱的光线。大约十二岁的时候，卡蜜儿一时兴起，迷上了行星和星座。马尔科姆因此送了她一些与天文学有关的礼物。这个挂在墙上，表面凹凸不平的月亮就是其中仅存的一个。它带有一个遥控器，按四次键就可以从满月变成新月。每当卡蜜儿想让妈妈去房间里看她，就会把它调成亮着的新月，就像今天晚上这样。而朱迪丝每次都会在卡蜜儿耳朵上轻轻地吻一下，生怕吵醒她，然后关上月亮灯。朱迪丝离开酣睡的卡蜜儿，从一个房间走到另一个房间，有时站在门口往里看一眼，有时进到房间里，坐在窗前，目光越过一幢幢黑黢黢的房子，凝望着峡谷边高速公路上闪烁的微光。

她以前也有一次对马尔科姆起过疑心，但结果让她很意外。那是到帕洛阿尔托市不久之后，他们习惯晚上见面，但每个周三都是个问题。因为与朱迪丝约会前，马尔科姆每个周三下午都会和一个叫依琦·蒂斯达尔的女孩打网球。一开始朱迪丝根本不在意，直到她发现他们俩的网球赛结束得越来越迟。每个星期三晚上，马尔科姆到朱迪丝宿舍的时间都会比平时晚一些。等他的时候，每过一分钟，她的心就会下沉一点。马尔科姆和他以前所在的互助会的一个兄弟聊天时，曾说他也认为依琦是个“长腿妹”。她当时并没有说什么，后来，大概是第六或第七个星期三的时候，过了一个多小时马尔科姆还没回来。于是朱迪丝骑车去了球场。球场在校园南面一个冷清的街区。快到的时候，她听到一连串欢笑声。她下了车，悄悄躲到一个能仔细观察的地方。长腿的依琦·蒂斯达尔不见踪影，只有马尔科姆不停地挥拍击球。对面是一个穿着旧短裤和崭新白运动鞋的小个子西班牙男孩。他的头发浓密蓬松，看起来只有八九岁的样子。另外还有两个更小的男孩跑来跑去捡球，然后把球滚到马尔科姆身边，这样他就可以连续不断地和那个男孩打球。他一边打，还一边耐心地重复着接球要领。“向上用力，”他低声说，“向上用力，直接向前移动，然后向上用力。”突然，他停了下来，提高嗓门说：“对了！你体会到了吗？感觉到了吗？这样打是不是很棒？”另一边，小男孩开心地直点头。马尔科姆又说：“做好准备姿势。”站在底线的男孩轻快地调整着双脚的位置。

接着，眼前的一切停了下来：先是两个捡球的男孩，再是那个站在底线的男孩，然后是马尔科姆。他转过身，一下认出了她。“欢迎，欢迎！你来啦！”他怪腔怪调地说。但笑容似乎比平时灿烂些。他转身对几个男孩说：“嘿，朋友们，这是我的阿米加。”然后又回头看着朱迪丝说：“我最最可爱的阿米加。”

朱迪丝走进球场，男孩们围了过来。“你是马尔科姆先生的妻子吗？”其中一个问道。

朱迪丝说不是。

“那是她的女朋友？”

朱迪丝笑盈盈地看着马尔科姆。他说：“是不是啊？”

“是的，”朱迪丝说，“他的女朋友。”

“他是好人，”最小的男孩说，“你应该嫁给他。”

朱迪丝微笑着对男孩说：“真的吗？”

“他送爱德华网球拍和运动鞋。”

突如其来的话语似乎在空中悬浮了几秒，朱迪丝被小男孩的稚气感染了。更令她感动的是马尔科姆。外表冷淡的他似乎有着一颗善良的心。

“他用的是羽毛球拍，因为网球拍给克里斯卡用了，只要有合适的东西，他就能打得好。”

“他还教我们呢！”捡球的男孩说，“我们要成为潘乔·冈萨雷斯。”

马尔科姆脸上挂着他特有的浅笑，他说这完全有可能。他看了看表说：“哎呀，这就是你来这儿的原因！”接着，他把视线从朱迪丝身上移向男孩们说：“好的，小伙子们，收拾东西吧。”

可那个穿白运动鞋的男孩拿着新拍子说：“再打十分钟，行吗？马尔科姆？就十分钟。”马尔科姆犹豫地看着朱迪丝，她点点头说：“当然，有什么不行的？”

虽然朱迪丝并没有在那天晚上就与马尔科姆在他那细长的床上同眠共枕，但这事在那不久之后就发生了。那三个可爱的小男孩后来怎样了？在那以后的几年里，他们三个都跟着马尔科姆学打球。朱迪丝仍然记得，每当他们击出漂亮球时，马尔科姆都会鼓励和赞美。他们去了哪里？长大后成了什么样的人？模样有什么变化？马尔科姆曾收到过那个最大的男孩手写的一封信，信上说他已经加入了新生网球队，但之后便失去联系了。

朱迪丝看了看表，发现已经凌晨三点。她重新回到床上，马尔科姆睡得正香。网球场、小男孩、马尔科姆，那段回忆似乎起了作用，朱迪丝的情绪渐渐放松下来，慢慢地睡着了。

过个两小时，她醒来的时候发现马尔科姆的一只胳膊软弱无力地搭在她的肩膀上，眼睛闭着，看起来像是昏死过去了似的。他的皮肤显得很粗糙，呼吸中带着股怪味。朱迪丝推开他，然后下床来到窗前，看着远处渐渐泛红的天空。黎明前的灰暗已被遮蔽，清晨第一缕浅粉色的霞光映照出一座座小山的轮廓。

“你没事吧？”身后传过来马尔科姆的声音，还不太清醒的样子。

她转过身看到他还躺在床上：“嗯。”

“你夜里起来了？”

朱迪丝点点头说：“我答应了回来要去亲亲卡蜜儿，后来就睡不着了。”

他说：“你昨晚情绪不好。”

“不知道为什么，昨晚心烦意乱，不过现在没事了，”她望着窗外说，“聊点别的吧，日出真美。”

“它美是因为它刚开始。”马尔科姆说。

他打开灯，坐在床边思索着什么。他并不需要说他今天要去健身房，因为今天是周三。周一、周三、周五都是他的健身日。马尔科姆这一天都有会，从早上七点十五到晚上七点的贷款委员讨论会。朱迪丝很清楚，因为她夜里到处逛时曾去查过。她打开了他的公文包，拿出笔记本翻了一遍，注意到这个周四和周五他的日程很满。但是她非常清楚，如果想和梅特卡芙小姐厮混，他肯定能见缝插针。

“我做了几个滑稽的梦。”她说。

“我喜欢滑稽的梦，”马尔科姆伸了伸小腿说，“自己会把自己笑醒。”

她看了他一眼。“讲讲看。”他说。

她只记得其中的一个，好像是在英国，到处是绿色，一群细小的响尾蛇迅速向前移动，穿过湿漉漉的草地，蹿上满是水的石头小路。年轻英俊的马尔科姆把那些蛇称作“毒蛇”，一边的人都笑他。没人怕那些蛇，父母们叫自己的孩子出来和蛇一起玩。那些小蛇并没有发出咔嗒咔嗒的声音，只有朱迪丝知道它们是响尾蛇。

“因为那是你希望看到的，”马尔科姆一边穿衣服一边说，“人做梦的时候，哪怕最小的想法也会起作用。”

朱迪丝对他深刻的见解表示了谢意。

“不客气。”马尔科姆说。他挥了挥手，身上的钥匙哗啦哗啦响。

他出门后，朱迪丝回头看了看窗外。刚才那一抹耀眼的粉红已经变成暗黄。一两分钟后，她心神不宁地盯着外面，马尔科姆那辆黑色捷豹出现在了两栋房子之间，很快就静悄悄地消失了，像做梦一样。前一天晚上坐在窗前的时候，她想到自己现在的年龄正好和父亲当年为了内布拉斯加州的一个小职位而放弃佛蒙特州的教书工作时一样。在那里，父亲开始种花养草，开始烤面包，开始给那些摇摇欲坠的建筑物拍照，开始夜里在乡间小路上关着车灯疾驰。

6

十五岁的决定

对于十五岁的朱迪丝来说，过完暑假从内布拉斯加州回到家后，佛蒙特的一切似乎都变得生疏又稀奇古怪。小姐妹们好像比她离开的时候更靓丽了。她不在家时，母亲又在社区的戏剧社里结识了一群新朋友。几乎每天晚上，那些男男女女都会三三两两地到朱迪丝家串门。有时带了红酒来，她母亲就把它倒在果冻瓶里。整个晚上，那些人的状态似乎是照着剧本走的。从满怀期待，到手舞足蹈，再到轻微的粗俗下流。

其中有个男人叫乔纳森。他个子很高，留着八字胡，穿一件西部风格的皮夹克，两边开衩，袖口还吊着流苏。他说起话来滔滔不绝，习惯用夸张的手势。一挥舞双手，他袖子上的流苏就会跟着跳动。朱迪丝的母亲一般都会投以赞许的目光，或者是大笑。然而，稀奇古怪的不仅是朱迪丝的朋友和她母亲的朋友，她还感觉她的房间、她的床都不像自己的了。甚至有时候想一想，连她的生活都不同了。朱迪丝忍不住想念起内布拉斯加。她跟朋友安娜丽莎·威廉姆斯提起这事时，安娜丽莎盯着她看了几秒后说：“这没什么大不了的。”可是朱迪丝始终无法抹去脑海中内布拉斯加的影子。在那个遥远的地方，有父亲种的番茄、烤的面包；有藏在他汽车后备厢里的枪；有爬上谷仓搭房顶的少年；在那里，她曾驾车行驶在乡野土路上，曾有喝不完的咖啡，曾给家具打磨抛光；在那里，她对《茶花女》的唱词倒背如流，有个胳膊晒成棕色的屋顶工叫她“危险人物”；在那里，懵懵懂懂间，她的一只脚已经踏进了成年人的世界。

熬过差不多一个月，思念仍然不能平息。

有一天晚上，她突然告诉母亲她想回鲁弗斯赛治。“哦，不，朱迪丝。”母亲说。她失落的语调让朱迪丝想起一只在空中被射中的鸟。朱迪丝本以为母亲的伤感会让她打退堂鼓，但完全没有。不仅如此，就连她母亲多日的苦苦劝说也没能动摇她。什么在佛蒙特找一所更好的学校，什么失去家，失去多年的好朋友、好邻居等，这些理由都说服不了她。唯一也许能起作用的是母亲需要朱迪丝，她不能没有朱迪丝，可她母亲不会这样说的。她母亲热衷于追求自由，不会阻止自己的女儿做同样的事情，但她执意认为女儿是受到了某种误导。

十月末，朱迪丝开始和朋友们一一道别。临走的那天晚上，她母亲做了她最喜欢吃的玉米鸡肉卷，本来是想让气氛轻松一些，但她们之间的谈话打碎了这一愿望，最终变成两个人相对无言。她把玉米卷切成一个个小块，但一块也没吃。最后她说：“你小时候有一次，太小了，你不记得，我们去宾夕法尼亚看你父亲的一个远房表哥。他叫维恩，有个农场，里面养着一只小公马。我觉得是只小公马，但维恩表哥总说那实际上是只小母马。小马的妈妈死了，维恩用奶瓶喂它，所以小马觉得维恩是它妈妈。维恩到哪儿，它就跟到哪儿。为了让游客开心，维恩喜欢骑着自行车，让参观者们看小马跑着跟在他后面的样子。维恩、你爸爸，还有旁边的人几乎都笑得前仰后合。但我看到那只小马紧跟在一个骑自行车的男人身后，就觉得难过。”说完她站起身，拿起盘子放到水池里。她那天穿着件宽松的法兰绒衬衫，朱迪丝知道那是从乔纳森那儿借来的。长裙是牛仔布的，裙摆镶着彩色花边。她转过身来，动情地看着朱迪丝说：“对我来说，霍华德·托米教授看起来像太阳、月亮、星星；对于你，他看上去像个父亲。但迟早你会发现，他也只不过是个骑在自行车上的男人。”

在拉皮德机场，朱迪丝跟随其他乘客走进一个沉闷的小航站楼，她一眼就看到了父亲。他站在远处，双手插在她熟悉的那件驼绒外套口袋里。那是她父母分开前一年，她母亲在一次少年联盟拍卖会上给她父亲买的。一条海军蓝围巾裹住了他粗壮的脖子，围巾下端塞在外套的领子里。她觉得他看上去就像过去的职业拳击手，战绩辉煌的那一类。

他拥抱了她，很长时间才松开。他笑眯眯的双眼闪着愉快的光亮。“很好，很好，”他说，“你难道是军队的提神药？”

她开心地笑着说：“你难道是战场上最勇猛的战士？”

她父亲环视了一下空荡荡的大厅，抱怨航空业缺少激烈的竞争。他从口袋里掏出几枚硬币，指着一排投币电话说：“我答应你妈妈，你一到就给她打电话。”

电话刚一响，她母亲就接了起来。

“嘿，妈妈，我到了，我很好。爸爸穿着你给他买的那件巴宝莉外套。”

“你怎么样？”她母亲说，“路上顺利吗？”

“还不错，就是有些颠簸。我旁边有个女人以前从没坐过飞机，她一路都在嚼饼干，每过几分钟就会问我是不是要降落了。”朱迪丝以为会听到母亲的笑声，但完全没有。她转头看着玻璃墙外，天空一片灰白，棕色的草地上覆盖着脏兮兮的雪块。

她听见母亲突然急促地说：“朱迪丝，宝贝，我已经开始想你了。”朱迪丝说：“我也想你，妈妈。”在那一瞬间，她确实想，可三十分钟后，就什么都忘了。她和父亲沿着三百八十五号公路向西行进着，空调嗞嗞作响，公路两旁的雪迹在米黄色大地的映衬下，变得诗情画意，还有歌剧《唐·乔凡尼》的美妙乐声，这一切让朱迪丝感觉仿佛卸掉了身上的重担。她还看到一个很好笑的牌子，上面写着：拉什莫尔山——每两分钟就会出现在电影里。那天夜里，在鸟眼枫木的大床上，躺在被窝里的她想到一个词：幸福。

在小镇上到处溜达时，没人知道朱迪丝是谁，这让她觉得自由自在。但在学校里，同学们似乎不仅把她看作外来人，还当她是聋子。“她哪儿来的？”她听到一个女生毫不避讳地说。另一个人说：“她怎么穿成那样？”（搬来之前，朱迪丝打算穿得低调些：李维斯牛仔裤、方头马靴、圆领毛衣。）

老师表扬了她的功课，那些对朱迪丝来说没什么难度。有一两个男生曾试图引起她的注意，但是看着他们头上袋鼠船长式的刘海，朱迪丝一点兴趣也没有（她总觉得他们像袋鼠，有一次还做了个可怕的梦，梦见那些人的刘海从中间拨开时会出现第三只眼睛。她曾经写下这个梦，并投稿给学校的文艺杂志——《文学大花园》）。她并不想打听帕特里克·盖斯特，但是如果想找什么人的话，除了他还有谁呢？她开始留意，盘算着跟他交个朋友。如果有讨厌的男生骚扰她的话，那他就可以充当保护者的角色。但是她却一直没有见过他。有一天，一个穿着队服的男生主动跟朱迪丝介绍自己，还问她是不是外国交换生。朱迪丝看了他一两秒，然后故意用外国口音说："是啊，我是。"

"哪个国家？"那男生问。

"佛蒙特。"她说。那男生看着她，就像看一只咬了他的狗似的。朱迪丝常常是一副拒人于千里之外的样子，远离学校的活动，表情冷淡，不太和人交流。很快，在大家眼里，她更像是一件可有可无的摆设，而不是学校的一员。

刚上学的那几年，朱迪丝有一个特别要好的朋友。她们之间的关系很微妙，虽然没有挑明，但那个朋友通常都听朱迪丝的。在米德伯里时，她的好朋友是安娜丽莎·威廉姆斯，在那之前是海瑟·罗，后来在洛杉矶是露西·梅恩克。在鲁弗斯赛治，也有一个这样的朋友。有一天朱迪丝放学回家，一个女孩走过来对她说："你认识帕特里克·盖斯特吗？"

一头闪亮的红发长长地垂在那女孩的肩上，但是尖细的下巴和浅黄色的眼珠让她与"美丽"这个词相去甚远。朱迪丝说："谁？"

"帕特里克·盖斯特，"她说，"他说他在你家的地下室里装了一台洗衣机，他说你的房间在地下室。"

那女孩的语气中带着明显的挑衅，似乎有意套朱迪丝的话。对于这种小伎俩，朱迪丝很容易就识破了，因为她自己有时候也会使那么两下。"我的房间是在地下室，"她说，"不过在我和戴手铐的性奴之间是隔着一堵墙的，我猜你感兴趣的是这个。"

这回答似乎让那女孩很满意，她脸上笑开了花。

朱迪丝说："其实我和帕特里克·盖斯特也不算认识，只是他那次在我家装洗衣机的时候说过几句话。"

女孩点点头说："是这样，他让我告诉你他搬到渥尔考特了。"看到朱迪丝一脸迷惑，她解释说："在我们州的东南面。"

在第七大街粗糙不平的水泥人行道上，她和红发女孩边走边聊。"你知道他的地址吗？"朱迪丝问。

女孩调皮地看了她一眼说："要他的地址干吗？"

朱迪丝说想写个明信片给他，就一行字，问问他的狗怎么样了。

"他的什么？"红发女孩问。朱迪丝把盖斯特太太，还有关于"吉特·吉姆"的事从头到尾讲了一遍。每每讲到有趣的情节，那红发女孩都会大笑。之后她说："写上他和那个镇的名字就行了，会收到的，又不是什么大地方。"

到了第七大街和国王街的交叉路口，那女孩要拐弯了。临走的时候，朱迪丝说："你叫什么？"那女孩停下脚步转过身。

"迪娜·施密特。"说完笑了一下。这笑容让她的脸突然变得圆润起来，看上去甜美了许多。

那天晚上，朱迪丝在一张明信片上写下：**你不该搬家，如果洗衣机出毛病了怎么办？**（华斯汀太太是朱迪丝的英语老师，人长得很漂亮，一双明亮的蓝眼睛里总是洋溢着快乐。她在课堂上刚讲过双关语，朱迪丝正尝试着运用它。）在地址栏上，她写下：**帕特里克·盖斯特，渥尔考特，内布拉斯加州**。第二天早晨上学的路上，朱迪丝把明信片丢进了邮筒，那一刻，她感觉自己好像扔出了一个漂流瓶。

十天以后，她收到一封回信。信纸是从线装笔记本上撕下来的，上面写着：亲爱的朱迪丝，我很高兴你写信给我。那个洗衣机非常好，根本不需要修。万一有问题，我会打电话给西部马达的杰里，或者克劳福德镇的麦尔夫修理部。搬到渥尔考特是因为我们把农场卖了，应该说是银行把它卖了。那时候农场已经不是我们的了。很高兴你写信给我，因为我一直希望你回来。我已经想好了，如果你回来，我要请你看场电影什么的。不是说你一定要答应，我只是想让你知道。你的朋友，帕特里克·盖斯特。附：我的地址是亚当斯大街242号。

迪娜·施密特看到这封信时惊讶地摇着头说："天哪！只要帕特里克·盖斯特稍微献一下殷勤，马上就会有三个女孩上钩。他以前从来都没这样过，这太不可思议了。"

朱迪丝对这话半信半疑。不过她记忆中的帕特里克·盖斯特的确稳重能干，而且长得也很不错。唯独他的刘海有点别扭，不过一分钟就能剪掉。她又把信看了一遍，然后问道："他成绩好吗？"

"应该还好，但也很难说。因为要干农活，他有一半考试都没参加。"

朱迪丝把信折起来放回信封里。从那以后，偶尔会有信件在鲁弗斯赛治和渥尔考特之间传递。在新学校里，在笔记本上，朱迪丝与帕特里克分享着她的心事：如果我心里不支持校队，你觉得算不算不道德？还有，我上过的学校里，只有这儿没有迷人的男老师。你有喜欢的老师吗？她发现帕特里克·盖斯特的回信总是那么可爱，他写道：我不只希望我们的球队输，还希望他们输五十分。还有，我不喜欢这儿的老师，不管是男的还是女的。不过有个西班牙语老师还行，至少他的行为还像人类。

在朱迪丝的新家里，最让她满意的是没有任何刺激她神经的东西。

房间整整齐齐，账单按时支付，冰箱总是满满当当。不管父亲能不能陪她，她都很高兴。每个周三和周四的晚上，父亲出去上课，她会坐在壁炉前看书，或者只是盯着炉火发呆。父亲常常很晚才从夜校下班，而且他的工作比暑假里忙很多。不过他似乎很享受和朱迪丝这种既各自独立又亲密无间的状态。他买来一张二手的红木双人桌，特意放在客厅壁炉的附近，这样晚上的时候，他们俩就可以坐在桌边看书学习，享受着轻柔曼妙的音乐、暖洋洋的炉火，还有无声的陪伴。

一天晚上，她发现有首歌听起来很耳熟，那旋律似乎常在脑子里回响："这是什么歌？"

她父亲正专心地看书，一时没反应过来。他看了看她，又歪着头仔细听了听，然后说："李奥汀·普莱丝唱的，塞缪尔·巴伯的曲子。"

"不是，我说的是歌的名字。"

朱迪丝听到他说："《水下歌》。"

她喜欢这首歌，也喜欢这名字。她闭上眼睛，想象着一群美人鱼在歌唱，四周的小鲸鱼们欢快地附和着。所以当她翻过磁带盒，发现这首歌实际上叫《水上歌》的时候，心里有点失望，但这名字比她听错的那个更有道理些，《水下歌》好像不那么合乎逻辑。

她父亲喜欢在冬天喝苏格兰威士忌，杜瓦牌，或者是J&B。莱瑞特酒行的J&B更便宜些，他通常会在做晚饭或者批改作业的时候喝一小杯。和父亲的谈话总是平和随意，愉快自然。在那些对话中，成年人广阔的精神世界一点点展开在满怀好奇的朱迪丝面前。有一次，壁炉里突然响起噼里啪啦的声音，正做几何题的她抬起头，发现父亲注视着她。

"怎么了？"她问。

他转过头看着炉火说："我刚才在想，当年我十几岁时来这里生活是违背自己意愿的，而你在和我差不多的年纪却自己做主来到这儿，真有些不可思议。”

朱迪丝说：“《十七岁》那本书上说，大多数青少年都想成为另一个人，或者想去别的地方，或者两个都想。”

她父亲笑了笑，又转头看着炉火。“我低估了外祖父母给予我的东西。我知道外祖母很喜欢我，她总是帮我整理衣领，或者摸摸我的头发，然后趁机在我的额头上吻一下，”她父亲笑着说，“干家务是她的特长，最让她满足的事恐怕就是做主妇。”有一次，他问外祖母在这个世界上最喜欢什么？她说她喜欢冬天烤面包，春天照顾她的花花草草。她是专业劳工组织的成员，支持共和党。此外还加入了儿童助养之家，每个秋天都会组织大家开车去给孩子们送鞋。他说这些的时候脸上浮现着温暖的笑容。“她从早到晚哼着小曲，基本都不在调上。每次她一停下来，我就知道她可能是在排泄气体。”

朱迪丝咯咯地笑起来。父亲接着说起了他的外祖父。他说外祖父比较冷淡，不易亲近。“他在农业银行上班，看了太多的干旱、冰雹，还有那些破产农场，似乎把自己包裹在盔甲里。所以在一个十几岁男孩眼里，他有些不近人情。他走起路来像机器人，我那时候总觉得他膝盖和胳膊肘上有机械装置。我以前认为外祖父母对我的生活漠不关心，因为他俩从不操心我的功课，也不过问我高中毕业后有什么打算。我要去上大学他们吃了一惊，我拿到奖学金，他们同样很意外。不过现在倒觉得，那种看似放养的方式实际上是用心良苦，可以说那是一种礼物。虽然表面上不管不问，但是心里有数。没人跟我说‘去打球吧’或者‘某某人要找个兼职工’。他们看到我喜欢看书，就让我看个够，甚至在教堂里我也照看不误。当然了，该站好的时候、该跪着的时候、该双手合十的时候，我都会老老实实的。但布道的时候，我就会拿出书来看，外祖父母会装作没看见，可其他人都看在眼里。有个周日我们走出教堂，一个祭师在台阶上跟我外祖父说起这事。他说有人觉得我这样很没礼貌，但是我外祖父，那么内敛的一个人，却毫不犹豫地说：‘你跟我谈这事之前已经和斯蒂尔牧师说过了吧？’那男人点了点头。我外祖父接着说：‘那么请帮我问一下斯蒂尔牧师，他是希望下周日我们带着外孙，还有他的书出现在长椅上，还是希望我和我太太换个地方祈祷呢？’”朱迪丝的父亲盯着炉火看了一会儿接着说：“就是在那一刻，我意识到外祖父也是爱我的。”

朱迪丝问：“那斯蒂尔牧师怎么说的？”

父亲耸耸肩，似乎不太想说：“他写了封言辞恳切的投降书：欢迎你、你的外孙，还有他的书。”

父亲说完沉默了良久。多年以后，朱迪丝意识到父亲那天晚上讲的这些趣事实际上是为了解释他自己对孩子的教育方式。朱迪丝理解了他平时表现出的放任态度，但令她困惑的是，在一件对她极其重大的事情上，他却自作主张。后来，房间里静了一会儿，直到壁炉里的木块燃烧殆尽。

父亲站起身说：“来点冰激凌？”

父女俩最喜欢吃的是黑胡桃冰激凌，上面有一个巧克力球。那是他自己用可可粉、糖、黄油，还有浓浓的奶油调在一起做出来的。

十二月初的一个周六下午，父亲去了学校。朱迪丝在家等得很无聊，于是她带上书，出门朝迪娜打工的皇后冰激凌店走去。正当她拐上国王街，走在人行道上的时候，她发现有辆车紧跟在身后。那是一辆橙色的新款敞篷小货车，车前盖上喷着黄色的火焰图案，铬合金的轮子看起来很炫。小货车经过她身边的时候，司机伸手摇下了乘客座位的车窗，然后看着她。他头戴一顶白色牛仔帽，圆脸，脸色发红。朱迪丝猛地把脸扭向一边，小货车继续在边上跟了大约二十码，然后加大油门嗖的一下开走了，很快消失在街角。

在皇后冰激凌店，她看到店主爱德蒙得森先生正在亲自准备餐点。她来到柜台前，一本正经地对迪娜说："一个汉堡，熟透的，不要芥末，多给一个番茄包，一小份炸薯条，不加盐，还有一杯柠檬可乐，加三个冰块。"

迪娜压低声音说："去你的芥末，朱迪丝。"

看着迪娜红头发上的塑料卡子，朱迪丝故作甜美地说："我喜欢你的头箍，迪娜。"

在可乐机前，迪娜躲开爱德蒙得森先生的视线，给朱迪丝倒可乐之前假装往里面吐了口唾沫："你刚才说要柠檬可乐，是吧？"

朱迪丝乐了，她知道这是好朋友之间的玩笑，但是她们之间的友谊不只这些。虽然迪娜·施密特一直生活在这儿，但她和朱迪丝一样，都有强烈的好奇心。迪娜到皇后冰激凌店打工是想挣点零花钱，同时还可以看到世间的人情百态。比如那些欢聚时刻，比如那些伤心别离。她对后者更感兴趣。很多当地女孩的理想是做主妇、空姐，或者护士，但迪娜却想当一名处理离婚事务的律师。她曾说："世上永远都不会缺少无法调和的矛盾。"朱迪丝说起鲁弗斯赛治的"赛治小妞"啦啦队时，迪娜听得很开心（为了庆祝镇上的猎人节，啦啦队排了一套动作，很一般，就是抬胳膊踢腿，配合活动的口号：鲁弗斯，鲁弗斯，我们的英雄，如果他不能杀死它，没有人可以）。虽然朱迪丝不会大声说出来，但她认为如果学校里有哪个女生有资格嫉妒她的话，那个人就是迪娜。

朱迪丝端着汉堡和柠檬可乐找了个角落里的桌子，坐下一边吃，一边拿出《人间天堂》继续看（那本小说里所描绘的普林斯顿大学既让她不可理解，又深深地吸引着她。她喜欢那个为了不断向上爬而处心积虑的主人公艾莫里·布莱恩）。她咬着薯条，完全沉浸在小说的情节里：**艾莫里·布莱恩大声尖叫着。他与一群喧闹的男生坐在一辆正在行驶的货车车厢里赶往寒冷的海边度周末。**突然迪娜砰的一下坐在对面，手里拿着块湿抹布，头上的塑料卡子已经不见了，这会儿正轻轻地甩动着长长的红发。

朱迪丝看了看周围说：“爱德先生呢？”

“在男厕所自慰呢。”迪娜坏笑着说。她的黄眼睛水汪汪的，“我猜你刚才没看见梅林达·佩恩进来。”梅林达·佩恩是个银行职员，有六英尺高，总是穿着两件套，胸部显得特别丰满。迪娜戏称那是一对“大波”。“每次‘大波’来过后，爱德先生都会往厕所跑。”

朱迪丝暗下决心再也不吃爱德蒙得森先生碰过的食物，甚至他附近的也不吃。她提到刚才那个开橙色敞篷小货车的红脸男人。

迪娜说：“好像是博斯·克劳斯，他简直就是个猿人。”这是迪娜的新词汇。

“他干什么了？”

“盯着我。”

“那就是他了，第一回看着你流口水，重复几次之后，他就会找机会搭讪。”

朱迪丝说这听起来还蛮值得期待的。安静了几秒后，迪娜一脸淘气地说：“你想见帕特里克·盖斯特吗？”

“什么？”

“你想见帕特里克·盖斯特吗？不是什么难回答的问题吧。”

朱迪丝确实不知道。她喜欢写一些冒傻气的话给帕特里克·盖斯特，也乐意偶尔收到他的回信。不过最近寄了两张明信片，他都没回。“到哪儿见他？他在鲁弗斯赛治吗？”

迪娜说他不在，但她有两个舅舅第二天要开车去渥尔考特考察一个牧场，所以她们俩可以搭顺风车去看帕特里克。虽然朱迪丝点头答应了，但她心里并不觉得那有什么好玩的。

“你会先打个电话，让他知道我们要去吗？”朱迪丝说。

迪娜睁大眼睛说：“突然袭击不行吗？你担心我们会撞见他的新女友？”

“你保证，否则我不去。”朱迪丝说。

迪娜答应了，之后又说她的两个舅舅如何如何古怪。突然她停住了，朱迪丝顺着她的视线看见爱德蒙得森先生从厕所回来。他进门的时候，迪娜赶紧戴上了那个塑料发卡。他并没有朝她们这边儿看，而是径直走到柜台后面开始擦烧烤架。

梅尔文和米奇·爱乐森是迪娜的舅舅，但朱迪丝觉得他们和迪娜的母亲一点也不像。首先，迪娜的母亲很少说话，但这两个舅舅一说起来就停不住，是那种乐天派。天还没亮，他们就载着迪娜和朱迪丝出发了。一般这个时候朱迪丝还在睡觉，但这两个舅舅似乎认为这个时间是一天中最好的。他们坐在前排，身上穿着干净的衬衫，头上戴着汗渍斑斑的牛仔帽。一路上，他们说说笑笑，相互斗嘴，毫无顾忌。坐在副驾驶位子上的那个舅舅给她们俩带了他做的巧克力蛋糕，还把黑咖啡倒进塑料杯子里给她们喝。朱迪丝觉得那杯子像是有人用过的。坐在宽敞舒服的后座上，朱迪丝有点昏昏欲睡。迪娜问她两个舅舅要去南部看什么，结果他们的话匣子一打开就关不上了。

“你告诉她。”开车的舅舅说。另一个舅舅说：“这是傻瓜的差事，所以我们来了。”

原来这两个舅舅一个星期前在多乐滋甜甜圈公司碰到一个男人，闲谈中，那男人提起一个收益惊人的牧场。他们俩告诉那男人他们也是经营牧场的，那人说他脑子开窍之前也做了好多年牧场生意。他从钱包里掏出张名片，上面写着弗里茨·霍夫曼，畜牧顾问，下面是一个区号为237的电话号码。最底下还有一行小字：只接受合法咨询。“你们可以和弗里茨谈谈，”那男人说，“不过为了我们双方好，你们要对这事保密。”他笑了笑接着说：“蛋糕只有一个，人多了不够分。”两个舅舅目送着那男人开着他的新款跑车驶出了多乐滋甜甜圈公司。后来他们打通名片上的电话，接电话的男人自称弗里茨·霍夫曼，但没提起牧场经营的事。最后他说：“听着，小伙子们，就算我告诉你们是怎么操作的，你们也不会相信，唯一的办法是你们自己来看。”

虽然两个舅舅表面上显得对这次拜访不抱很大希望，但是朱迪丝感觉他们俩其实满心期待。他们开玩笑说不久就能开上跑车，冬天去西礁石岛度假，其实心里就是这么想的。

黄昏过后，地势变得平坦，两个舅舅终于安静下来。朱迪丝正迷迷糊糊地睡着，突然听到开车的舅舅说：“好的，姑娘们，到站了。”另一个舅舅说：“最后一次唤醒我们的睡美人。”

朱迪丝看到窗外有一排排简陋的小房子，其中一个低矮的灰泥房表面满是污迹，门上有个手写的地址号242，上面的街道名字看不清，朱迪丝疑惑地问："这是亚当斯街吗？"

"除非他们换了名字。"开车的舅舅说。另一个舅舅说前面亚当斯街和主街的交叉口有一个小餐馆："那个餐馆叫大凯托，大厨房，还是大什么来着，我们一点时在那儿碰头。"

两个女孩下了车，站在冷风中看着车子走远。坐在副驾驶座的舅舅一只手拿着他的牛仔帽伸出窗外挥舞着，破旧的绿色里维埃拉车转了个弯，消失在视线中。

看着眼前破败的房子，朱迪丝和迪娜你看看我，我看看你，好半天才往门口走去。

"我感觉要稍稍准备一下。"朱迪丝说。她觉得全身都冻住了，包括头发，心里生出一股莫名的怒气。她真想说：这是谁的馊主意？

房间里的电视开着，听起来好像是什么体育比赛。迪娜敲了两下，一个看起来不太像帕特里克·盖斯特的男孩打开了门。

"帕特里克？"迪娜问。

那男孩点点头。

她接着说："是我，迪娜，迪娜·施密特。"

那男孩呆呆地愣在原地。

而此刻的朱迪丝有种六神无主的感觉。

迪娜指着她说："这是朱迪丝·托米，我们正好来这附近。"

"嘿。"朱迪丝说。很显然，迪娜并没有像她答应的那样事先打个电话。

男孩茫然地转向朱迪丝。她觉得眼前这个人就好像帕特里克·盖斯特的远房表哥。这时帕特里克回过神来。他脸上的一颗粉刺已经有点发炎，这让他看起来很糟。他心里也明白，朱迪丝从他躲闪的眼神中察觉到了。

“我很高兴能收到你的信。”朱迪丝说。他依然低着头。

这时房里一个女人喊道：“帕特里克？”

他转过身去，迪丽亚·盖斯特走了出来，她披头散发，脸色苍白，看上去很落魄。太阳照得她眼睛直眨，她往后退了退。

“她们是从鲁弗斯赛治来的，”帕特里克毫无表情地说，“迪娜·施密特和朱迪丝·托米，她们正好在附近。”

“我是迪娜，”迪娜说，“她叫朱迪丝。”

房间里静得可怕，朱迪丝说：“我以前从没来过渥尔考特。”

迪娜看了她一眼，几个人就这么傻站着。帕特里克在门里，身后是他妈妈，迪娜和朱迪丝则站在寒风刺骨的门外。她们俩想，如果有人想让她们进去的话，那也是时候了。

终于，帕特里克的母亲小声问：“你父亲怎么样？”

直到迪娜转头看着她，朱迪丝才意识到迪丽亚·盖斯特是在跟自己说话。“哦，他很好，”朱迪丝说，“我会告诉他你问起他了。”

迪丽亚·盖斯特想了想说：“他知道你来这儿吗？”

朱迪丝摇摇头。这是事实，她告诉父亲要跟迪娜和她的两个舅舅出去玩，但没提到帕特里克·盖斯特。

朱迪丝冻得直流鼻涕，她对帕特里克说：“皮特和你的小狗呢？”

帕特里克的眼睛虽然睁着，但眼神空空的。他说：“狗死了。皮特去了教会，那些人很好。”

朱迪丝不知道接下来该说些什么，其他人也是。

迪娜说：“好吧，我们该走了。”

朱迪丝看着她。

迪娜接着说："我舅舅在前面的餐馆等我们呢。"

朱迪丝应和着点点头。迪娜说："我们只是来问个好。"

"好的。"帕特里克说。他和他母亲似乎要回到屋里去，但没挪脚。

朱迪丝和迪娜装模作样地走上街道，过了几个房子后，她们俩突然撒腿跑了起来，也不管帕特里克是不是还能看见她们。几乎是同时，两个人突然歇斯底里地大笑起来，笑得直不起腰，无缘无故。每次笑一阵后，只要一说起刚才的某一句话，两个人就又狂笑不止（"我以前从没来过渥尔考特"是最大的一个笑点，而"我们正好在这附近"和"那狗死了"也颇具喜感）。

在大厨房餐馆，两个人一阵狼吞虎咽，吃了一大盘乳酪，又喝了些热巧克力奶，接着埋头看起了《人间天堂》（朱迪丝把书从中间撕开，迪娜看前半部分，她看后半部分）。

朱迪丝正看得起劲，迪娜转头看着她说："你觉得他们家出什么事了？"

朱迪丝说不知道："看那样子，他们好像长年生活在没有自然光的房子里。"她说完陷入了沉默，不忍心想下去。

快到一点的时候，两个舅舅情绪高昂地回来了。"怎么样？"迪娜问。一个舅舅说："我们到了后，那个老男孩弗里茨说：'好的，伙计们，我有个词送给你们，那就是……外星人。'"他说罢笑得合不拢嘴，朱迪丝这才注意到他的门牙中间有个缝隙，这让他显得很随和。"他还带我们看了鸸鹋和鸵鸟，"另一个舅舅说，"他说起牧场的高蛋白饲料和低成本，简直唾沫横飞，好不容易说够了，他又兴奋地像刚当了爸爸似的说：'你们知道我为什么喜欢这些鸟吗？因为它们完全不会飞。’”两个舅舅看来玩得很尽兴。“我们应该印张名片，上面就写：爱乐森兄弟，不会飞的鸟肉宴承办商。”这话让朱迪丝忍俊不禁。

晚上到家后，朱迪丝和父亲一起做晚餐，有炒鸡蛋、香肠，还有菠菜。面包是父亲在朱迪丝出去的时候烤的。她拧开橙皮酱的盖子说：“我和迪娜今天在渥尔考特看见帕特里克·盖斯特了。”

她父亲往平底锅里打鸡蛋的时候似乎犹豫了一下：“你告诉我要去渥尔考特了吗？”

“没有，我说我要和迪娜的舅舅去芬东附近的一个地方，结果芬东离渥尔考特很近。”她咬了一口面包说，“可是他看起来糟透了，简直像个僵尸，迪丽亚·盖斯特太太也是。”

父亲迎着朱迪丝的目光说：“噢。”

“她问起你了。”朱迪丝说。

她父亲立即把目光转向别处，什么也没说，只是嚼了嚼嘴里的菠菜和鸡蛋。过了一会儿才说：“你想多了，朱迪丝。”

“那你干吗不说些什么打消我的疑虑呢？”

他没说话，只是不停地吃着。她也一样。因为那不关你的事，朱迪丝仿佛听见父亲这样说。屋里静悄悄的，父亲伸手拿了一块面包。他的吃法是把橙皮酱倒在盘子里，然后咬一小口面包，再蘸一点酱。他说这面包味道有点不对头，不知道是不是酵母过期了。他从盘里叉起一块香肠，表情终于不那么严肃了。他叹了口气说：“听着，宝贝，我和迪丽亚·盖斯特偶尔在镇上的咖啡店见个面。她挺不容易，六七岁死了父亲，三十七岁就守了两次寡，现在农场也没了。她需要我的帮助，我们离得不远，又有些相同的境遇，但我只是个过客，之后就分道扬镳了，就这么回事。”

“就这些吗？”

“是的，”他坦然地看着朱迪丝说，“就这些。”

朱迪丝还在想这事，父亲已经吃完了。他把几个装着残羹剩渣的盘子扔给她，那姿势分明是告诉她这事与她毫不相干，即使他和迪丽亚·盖斯特之间有什么风流韵事（之所以说“风流韵事”，是因为不管她父亲和除了她母亲以外的任何人有瓜葛，都只能用这个词），那也不是朱迪丝该操心的。但这和她有关，她没法不操心。

她感觉嘴里的食物无法下咽。

“你还好吧，亲爱的？”她父亲说。

她喝了几口水，点点头，又端起杯子喝起来。

坐在椅子里休息的父亲也许察觉了女儿的忧虑和担心，他说：“你知道的，迪丽亚·盖斯特出生在我们去的那个农舍里，她的教名是‘李尔的好女儿科迪丽亚’。”他声音里充满了同情，“这挺特别的，不是吗？一九三三年，内布拉斯加的农舍里，一个男人和他妻子给他们的宝宝取名‘李尔的好女儿’。”

朱迪丝觉得父亲想得太复杂了。“也许迪丽亚这个名字是他们在那种专门给婴儿取名的书上随便找的。”她说。

他没接朱迪丝的话茬。“迪丽亚的父亲还没来得及传播他的信仰就死了，”他笑了笑接着说，“死得和她的丈夫一样突然，是狩猎事故。他自己并不打猎，只是在田里走路，但头上的棕色草帽被别人误认为是猎物。那时候她才六七岁，不幸就早早开始了。她只记得出事那天早上，父亲准备去田里干活，她却很无理地对待父亲。他说想让她亲亲他，可她任性地冷落父亲，低着头，双手交叉抱在胸前，还把背对着父亲。等到她改变主意，转身追出去的时候，他已经走远了。”

“哦。”朱迪丝小声说。当她听见自己的声音像个娇气的小女生时，立即回过神来严肃地说：“那只能说明……”事实上她也不清楚那到底能说明什么。

晚上躺在被子里，朱迪丝脑子里反复出现她自己、帕特里克·盖斯特、她父亲、迪丽亚·盖斯特，还有迪丽亚·盖斯特父亲的影像，它们不断重叠交叉着。最后，她抹去那些影像，唯一剩下的问题是：如果我们所有人最终都变成不会飞的鸟，那会怎样?

7

一种孤独

发现马尔科姆的背叛行为之后的几天里，朱迪丝整理了一下自己的思绪。过去，她偶尔会觉得马尔科姆有外遇也许是好事。这样她困的时候就可以睡，偶尔需要的时候跟他做一次，完全不用担心没有尽到责任，甚至可以因为收到心怀歉意的丈夫所送的昂贵礼物而窃喜。但现在，朱迪丝觉得这些荒唐的想法有点不切实际。即便存在一个情妇，也应该用这样或那样的办法小心地藏着掖着。不管怎样，这个女人总该是朱迪丝没见过的人（酒店的床上，弗朗欣·梅特卡芙那慵懒的白皙胴体实在是她脑中无法驱散的一幅画面）。

在朱迪丝从前的生活里，一旦遇上不顺心的事，比如做母亲的困惑，比如马尔科姆忽视她，她总能用工作来逃避，但现在不管用了。坐在剪辑室里，她心绪烦乱，几乎失去了判断力。剪胶片时，有好几次都是为了解恨而下手的。露西·梅恩克不止一次用沉默表达了她的不满，还有两次，米克·霍伯不得不延缓拍摄进度，结果把演员、现场录音、混音、着色，还有字幕工作的日程全打乱了，原因就是朱迪丝的环节耽搁了。

工作之余，朱迪丝开始做一些她从未想过的事情。她闻马尔科姆的衬衫，检查是不是有梅特卡芙的气味（有一次“顺道”去银行，她确定她用的是茉莉花类的香水）。她查他的运通卡账单，看看是不是有异常的食品和住宿支出，尽管她明明知道马尔科姆完全有可能用现金。然而最后，所有的侦察都无果而终。

朱迪丝曾听说有些女人为了夺回丈夫挺身而战，使出浑身解数诱惑和挽留出轨的丈夫，但她绝不会那么做。马尔科姆偶尔会和别的女人上床，这个念头已经够她受了，然而更糟糕的是有可能根本不是“偶尔”。一想到马尔科姆会时不时与弗朗欣·梅特卡芙勾勾搭搭，谈情说爱，朱迪丝就感觉自己变得呆滞、迟钝，甚至四肢麻木。曾经以为是完美的、枝繁叶茂的生活，现在似乎举步维艰。她开始头疼，有时候疼得无法忍受，不得不去看医生。通常疼痛会从右眼前的一个小黑点开始，小黑点越变越大，四周是锯齿状的光影，然后是头疼，接着是恶心晕眩，最后只想找个凉快黑暗的地方躺下来。

没有头疼困扰的时候，她发现自己只想静静地待着，不看杂志、不看报、开车不听音乐、关掉手机。有天晚上下班后，她开车绕了一圈回到家，把车停到街边，坐在车里久久地望着自家的房子，心里想那也许属于别的什么人。

马尔科姆有天早晨曾说朱迪丝看起来很累的样子。她回答说：“因为我很累，睡不好觉。手头的一集还没剪完，他们又买了下一集。”她想起他曾听过这一类的抱怨，于是赶紧补了一句，尽管不是真话。“你开始打呼噜了。”她说。

“什么？”马尔科姆一脸无辜的样子。

“你打呼噜。”她说。

“我打呼噜？”

她点点头。

“除非昨晚睡在我边上的是别人，”她抬起下巴，带着嘲弄的表情说，“但不是，就是你。”

说完她暗自吃了一惊，不敢相信自己会说出这样的话。她夸张地大笑起来，但他只是被动地干笑了一下，看得出伤了自尊。上班途中，她在脑子里回放刚才的场景，她真希望能彻底编辑一下。为什么要说那些话？她都做了些什么？马尔科姆是有教养的，马尔科姆心地善良，马尔科姆挣钱养家。她拿起手机准备打给他，忽然想到他可能一周有五天都和弗朗欣·梅特卡芙在一起，她的手又放下了。

在一个红灯路口停下时，透过奥迪车窗，朱迪丝听见节拍强烈的饶舌音乐，那是从她旁边一辆改装过的红色本田车里传出的。音量放得很大，以至于车身都有些震颤。车的乘客位上坐着个漂亮的西班牙女孩，脸上浓妆艳抹，面无表情，眼神呆呆的。旁边开车的是一个大块头男人，留着山羊胡和油光可鉴的大背头，同样像个瓷人似的。朱迪丝猜测，在两个街区之前，这两个人可能曾像疯子一样大笑，但她也不确定。

然而她并不怀疑这两个人身上将要发生的故事她永远也猜不出，也许他们自己也想不到。在我们的表皮之下，遍布着涓涓细流般的感知神经，它们如此的微妙光滑，你根本抓不住。

那天早上，洛杉矶笼罩在晨雾中。取车的路上，朱迪丝在房子和车库间停下。她看见一个错综复杂、带着露水的蜘蛛网上有一只硕大的棕色蜘蛛，腿上长满了毛，正在网的边缘静候猎物，没有丝毫动静。朱迪丝觉得它对外界好像完全漠视（为了证明这种感觉是错误的，她轻轻地触碰了一下蜘蛛网，只见那蜘蛛以惊人的速度冲向她的手指）。她想起自己曾经几次提议马尔科姆晚上银行开会前把弗朗欣·梅特卡芙带到家里来吃饭；她还记得好几次拒绝陪他一起去新奥尔良或是科纳参加银行家大会时，自己的语气是那么轻巧。她说那些活动的时间和她的工作有冲突，还说不管保姆有多好，两个人同时出门都不太妥当。现在看来，那让他有机会在会议结束后和弗朗欣幽会。主动送上的那些诱惑都带来了些什么？在不经意中，我们都设下了什么样的陷阱？更关键的问题是，那些陷阱里都藏着什么样的可口美味？她脑子里一片混沌，毫无头绪。

绿灯刚一亮，红色本田就轰响着冲了出去。朱迪丝放慢速度，打开转向灯上了慢车道。如果马尔科姆和弗朗欣·梅特卡芙果真有染，那很大程度上可以说是拜她所赐。目前看来只有这个可能，但她不明白自己这是为了什么？为了破坏什么样的画面？搅扰什么样的池水？获得什么样的好处？得到什么样的权利？

在拥挤的车流里，奥迪又向前行进了四五个街区。朱迪丝忽然感觉自己不知是身处洛杉矶，还是东京，抑或是君士坦丁堡，不知一对男女之间的爱情会不会在某种操控下变成一场夺命阴谋。车子开进制片厂前，朱迪丝一直这样头脑清醒地胡思乱想着。最后她猛然意识到，不管是婚姻状态，还是她所处的劣势，已经越来越接近当年母亲的境遇。

走进剪辑室，朱迪丝意外地看到露西坐在本属于自己的那张高背椅上。她面前监视器的画面上是一个半明半暗的篮球场，剧中人物“本”

正要投球，朱迪丝从没见过那个镜头。

“这是什么？”朱迪丝问。

“新场景，”露西说，“霍伯和帕托刚定的，他们不喜欢老剧集里的那些场景。”她说罢起身把位子让给了朱迪丝。“他们昨晚打电话给我，”她说，“他们打你手机，但找不到你。我也试过，手机和家里电话都不通。”

“手机没电了，家里电话嘛，我想是卡蜜儿在煲电话粥。”朱迪丝坐进椅子，感觉热乎乎的。她说：“你做得怎么样了？”

那是漫长的一天，接下去的一个星期也是。她们俩没日没夜地赶工，却发现进度差得更多了。甚至有一次两个人之间出现了小争执，这在以前从未发生过。周五晚上，本该加班的朱迪丝提前离开了制片厂。她去买了做炖杂烩的番茄、洋葱，还有茄子。一番忙碌后，她坐在桌边等马尔科姆下班。卡蜜儿和桑娅既无表情，也不说话，自顾自地吃着。朱迪丝给自己倒了三分之一杯红酒，然后独自吃了起来。她的动作优雅从容，竭力掩饰着内心的翻江倒海。可是，她如此愤怒又有什么理由呢？三十分钟，三十五分钟，迟这一点时间也并不是不可容忍，不是吗？不仅工作上力不从心，而且她还发现自己变得有点神经质，常常注意别人的亲昵行为，比如，大白天在汽车里搂搂抱抱，比如，有一天下午在停车场里，一个中年男人上自己的车之前，把头伸进另一辆车的驾驶室，和一个女人热吻。当时朱迪丝正往超市的前门走，她看见那对男女各自开着车驶往不同方向。那女人开走时恰好经过她身边，她看到那女人脸上闪着动人的光彩。朱迪丝试着对眼前的这一幕无动于衷，就像常看电影的人面对那些老生常谈的桥段一样，试着把它看作人群中每天都会上演的乏味插曲。马尔科姆出现在餐桌边时，朱迪丝站起身收拾碗碟。他向她道歉，说他正要下班的时候，有个支行出了点事。她没说话，也没提出帮他把盘子里的菜热一热。她把戒指放在窗台上一个小陶瓷茶托里，然后开始洗盘子。卡蜜儿和桑娅做了做样子就算帮过忙了，不一会儿就各自溜回了房间。

她们走后，马尔科姆调侃说："两个拳击手撤回边角区了。"朱迪丝假装没听见，但马尔科姆似乎并不在意。他起身把当天的信拿到桌子上，边吃边翻看着。

几天前，朱迪丝和露西去汤姆甜品店吃沙拉，在店里碰巧遇到了另一位编辑。和她们隔着两张桌子的位子上，一个男人边吃边看书，旁边的妻子神情愉快地东张西望。和一个男人出门吃饭，而那男人宁可看书也不和她说话，但这似乎正是那女人想要的。露西说："如果我手里有枪，我会借给那女人。"朱迪丝笑了笑，另一个编辑问："那女人应该朝谁开枪，她自己还是她丈夫？"露西说："首先毙了她丈夫，然后再做打算。"

马尔科姆说："你看过这个信用卡账单了吗？"

朱迪丝没看，但差一点就拆开了。账单通常都由马尔科姆处理，但那天晚上，正在烧水准备和面的朱迪丝曾打算偷偷拆开，看看有没有可疑迹象。她说："怎么了，我该看吗？"

"你还是先坐下来。"说完他又对那盘冰凉的炖菜大加褒奖，"放了迷迭香吗？"

"巴兹尔草。"她没好气地说。

他若有所思地看着她，这更让她气不打一处来。

她说："今晚在月桂谷超市，有三个店员问我是否找到想要的东西了，三个！他们全都咧着嘴傻笑，我还以为是到了魔幻王国之类的地方呢！”马尔科姆似乎觉得这很好笑，朱迪丝更为恼火：“三次，找没找到是我自己的事情，关他们什么事。我当时应该回答他们：“‘孤独’，去哪里可以找到‘孤独’？”他平静地微笑着，好像洞悉一切似的，这让朱迪丝几乎抓狂。“笑什么？”她说。

他微微地耸耸肩，不温不火地说：“你知道有个词叫‘易怒’吗？”

一瞬间，朱迪丝感觉有什么可怕的东西黑压压地向她袭来。她说：“你什么意思？”

马尔科姆竭力用开玩笑的口吻说：“就是容易发火的意思。”

“你该说讨厌才对。”

“差不多。”他说完把头转向一边，意思是他累了，不想吵架。

“那为什么不直说？”

“你说对了，”他说，“我只是想说得文雅些。”

朱迪丝觉得有点委屈，但不是那么强烈。

沉默了几秒后，马尔科姆试图换个话题。他说：“明天上午我准备带桑娅和卡蜜儿去盖提艺术馆。卡蜜儿有个作业是世界文化方面的，桑娅从来没去过。”他用期待的眼神看着她补充道：“一起去吗？结束后我们可以去魔豆喵喵吃午饭。”

她喜欢那家饭店温馨的气氛和美味的三文鱼通心粉。面对他递来的橄榄枝，两个朱迪丝开始打架，一个想假装什么都没发生过，事情就过去了；而另一个则想端住愠怒的架势。她说：“挺有诱惑力，但我不去。”

“不去？”

“我明天要搬家具，我租了个储藏室。”

他想了想说：“那我们留下帮忙。”

“你可以，但不需要。已经都安排好了，我一个同事有卡车，他乐意赚点外快。”

马尔科姆已经吃光了盘里的菜，正拿一小块面包蘸调味酱：“我好像没用，甚至多余？”

“那么请你不带偏见地原谅我，行了吧？”

“行，”马尔科姆说，“但条件是下个周六晚上去梅尔罗斯那个新开的意大利餐厅吃晚饭，那儿的厨师是从瓦伦蒂诺来的，就你和我。”他的笑容儒雅而有节制，“那个地方适合穿小黑裙，明天吃过午饭我和姑娘们帮你买一件。”

她说：“你是不是在为什么事感到歉疚啊？”

他摇摇头，可是脸上的表情……是真的惊讶呢，还是昭然若揭？他的脸一下子舒展开来，打趣地说：“没有，不过也许有，但我自己没意识到吧。”他说完微笑地凝视着她，那笑容温暖而真实，几乎将她融化。之后他还贴心地询问她的尺寸是否仍然是完美的六号。

8

母亲的礼物

对朱迪丝而言，在内布拉斯加和父亲度过的第一个圣诞节几乎完美。他们一起做饭，美美地吃了一顿。他给她讲了个稀奇的故事，然后两个人一同去散步。

前一天晚上，天空飘起晶莹剔透的雪花，一大早起来时，街道尚未打扫，一片白茫茫的，屋顶、树木，还有篱笆上全都是厚厚的雪。把牛肉放进烤箱后，朱迪丝和父亲一起铲掉了门前小路上的积雪（厨房里陪伴着牛肉的还有烤马铃薯、豌豆、腌小洋葱、咖喱果）。朱迪丝摆好曾祖父留下的那些精美瓷器银器，趁父亲把菜端上桌前，她点起蜡烛，开心地看着矮脚杯里父亲为她倒的葡萄酒，虽然她几乎没喝。那晚他们吃的甜点是杏仁草莓冰激凌，父亲做时还放进了咖啡。一切都井然有序，温暖美好。他们把瓷器餐具洗好烘干，放进天鹅绒盒子的凹槽里，然后来到客厅，坐在炉火前拆礼物。他送她的是一个维多利亚时代的打孔画，镶在一个旧的红框里。上面的文字是：

昨天已然消失
在日出与日落之间
黄金般的两小时
钻石般闪耀的一百二十分钟
我无以回报
因为它们已经永远离去

——贺拉斯·曼

那是他在海明福特一家古董店里发现的，他回忆说：“付款之前，那店员问我很贵重吧？”

“贺拉斯的诗的确有几分夸张，”朱迪丝说，“但我还是喜欢。”

“是啊，我也喜欢。”

母亲寄来的礼物同样很特别，一个别致的古董晴雨表，黄铜指针指向“变化”区[①]。父亲打开朱迪丝送的礼物，看到一瓶格兰杰苏格兰麦芽酒，他似乎愣住了：“怎么……”

“我知道你喜欢苏格兰酒，所以想办法弄来的。”

“但是，怎么运来的？”

朱迪丝心里一阵高兴，她说：“其实是妈妈订的，我该打个电话给

① 晴雨表的指针如果指向“变化”区，意味着天气有可能发生变化。

她。”父亲心神不宁地点点头，转身去厨房拿杯子。

朱迪丝来到门厅拨通了母亲的电话，可是接电话的却是个男人，口音有点古怪，英国腔。“祝所有人节日快乐！”他说。

“乔纳森？”朱迪丝猜测是那个穿着比尔式夹克衫，说话手舞足蹈的高个子男人。

“你好，亲爱的，我让你妈妈接，她一直在等你的电话。”依然是不伦不类的发音。

他放下电话的时候，朱迪丝听到里面吵吵嚷嚷的，喧哗、笑声，甚至有人在唱歌。就在她忍不住想挂断电话的时候，听见母亲说：“嘿，宝贝，圣诞快乐。”

朱迪丝说：“乔纳森怎么那个怪腔调？”

“噢，宝贝，你不在，家里太冷清了，我都怕过圣诞节。还好乔纳森帮了大忙，他叫了好多人，我们要过一个传统英语圣诞节，正在吃鸭子、烤梨，还有杏仁蛋糕，好多好吃的。对了，还有圣诞拉炮！你知道吗，就是那种硬纸包装，一拉就响的？我们有好多呢！”

朱迪丝说：“这就是他说话怪里怪气的原因？”

她母亲的笑声中带着几分醉意：“怪里怪气，有吗？但我高兴得要飞起来了。”一阵沉寂后，她母亲说：“你喜欢那个古董晴雨表吗？”

朱迪丝回到客厅，父亲已经倒了两小杯苏格兰酒，正坐在他的花椅子上等她。

“祝我们永远有干净的衬衫，口袋里永远有一美元。”说完他和朱迪丝轻轻地碰了一下杯。

刚喝了一小口，朱迪丝就呛得差点吐出来。“哦，我的上帝！”她叫道，“这么恶心的东西怎么敢卖那么贵？”

她父亲却一脸享受地说："丝般柔滑的美酒。"

她把酒杯递过去说："那请喝了我这份。"

他接过酒杯说："你妈妈怎么样？"

"她说她心情不好，所以请了些人过去吃饭，"朱迪丝说，"原来她喜欢那个晴雨表的原因是指针永远指向'变化'区。""噢，"她父亲说，"永不满足的晴雨表。不管我们改变多少，它都会要求更多。"

朱迪丝本来就对这个礼物心存戒心，听了这话便盘算着要摆脱它。也许可以扔到路口的垃圾桶里，让捡垃圾的人把它的诅咒带得远远的。（事实上她没扔，而是塞到了衣柜背后。多年以后，办完父亲的葬礼，她才发现它被挂在父亲学校的办公室里。）

父亲一边轻轻晃动酒杯，一边看着杯中的酒不断滑过晶莹的水晶杯面。他说要是再喝过去那些廉价的酒，那真是令人羞愧的事："这些杯子是我父亲过去喝波旁酒时用过的。"

"你父亲？"

"我刚才那样说的吗？我是说我外祖父，"他想了一下说，"以前还有个他用过的玻璃酒壶，不知哪儿去了。"

朱迪丝又看了一眼那个晴雨表，然后不假思索地说："难道你从没想过你父亲是谁吗？"

他盯着她说："我知道他是谁，谁说我不知道的？"

"妈妈，她说你妈妈从未结过婚，也不会告诉你谁是你父亲。而且你从来没提过。"

父亲喝了口酒，失神地盯着炉火。

她等了一会儿，最后还是憋不住问："那你父亲到底是谁？"

炉火即将熄灭，只能看见泛着橘黄色的余烬。他欠起身往壁炉里加了几根柴火。看着腾起的火焰，他说："放在今天，我妈妈是单身母亲，但过去，她就是未婚母亲。"又啜了口酒后，她父亲娓娓地讲述起来。从他出生到十二岁时母亲去世，他们俩一直生活在旧金山。他认为他母亲之所以去旧金山，是因为对于她这种身份特殊的人来说，那里比大多数地方开放些。她在一家名叫班克罗夫特-惠特尼的法律出版社找了份工作。她做事总是一板一眼，这个习惯后来传给了她的儿子（他说这话时嘴角带着笑意）。放学后他一般都待在同学亨利·萨尔瓦托利家，亨利的母亲会给他们做可可奶和肉桂吐司，还允许他们在餐桌下看漫画书（他最喜欢看的一本名叫《奥奇博士》）。每个周日下午，他和他母亲会去冷饮店，她通常要一份雷穆斯汽水，那是她每周一次的奢侈享受。他一般是喝冰镇可乐。如果碰上阴天或下雨，他们就会改去博彩屋。他总是站在一边等别人把游戏币放进机器里，这样他就可以看到屏幕上的卡通人物都活了起来，其中他最喜欢的是一个跳康康舞的小女孩苏西。假如天气晴朗，他们会步行去公园。他母亲有时候坐在长椅上看杂志，有时候仅仅是看着他，或者闭着眼睛享受阳光。他认为母亲是快乐的，但后来再回望那段时光的时候，他觉得她的快乐仅仅是人们对未来的一种期待而已。

母亲去世的那天下午，他被叫到办公室。校长汤普金斯太太说他母亲上班的时候病倒了，已经被送到医院。"她会没事吧？"他问校长。汤普金斯太太说希望如此，但她好像换了个人似的，还说晚上让他到亨利·萨尔瓦托利家里住一夜，可一住就是两天。亨利的表情没什么不同，但萨尔瓦托利太太和学校老师的目光却很异样。

到了第三天，有人把他从教室叫了出来，在走廊上，他看到了外祖父母。除了在内布拉斯加，他没在别的地方见过他们。突然间在旧金山看到，他被吓了一跳。他们也像汤普金斯太太和其他大人一样，看上去不太对劲。他们带着他走到外面，在旗杆旁坐下。长大后，每当他听到绳索敲打金属旗杆发出当啷当啷的声音，就会回想起那天的情景。外祖父告诉他，他母亲因为脑血管破裂离开了他，他们会带他去内布拉斯加生活。外祖母说已经把他的行李收拾好了，但想让他再看看有没有落下什么重要的东西。

和外祖父母回到家，眼前已不再是那个和母亲生活过的地方了，家具和地毯不见了踪影，空荡荡的房间里，外祖父母的低语声显得很吵。他打开一个纸箱，里面装着零七碎八的东西。他挑了几样准备带走的：一张从杂志上撕下来的画、三本《奥奇博士》连环画、童子军皮带扣。他还没加入童子军的时候就一直珍藏着这个皮带扣。走进母亲的房间，里面空空如也。他深深地吸了一口气，却闻不到母亲的气息。推开衣帽间的门，里面同样什么也没有，但似乎还留着母亲的味道。他关上身后的门，在衣帽间里深深地嗅着那气味。外面传来外祖父母的脚步声，声音愈来愈近，最后在门口戛然而止。听到他们叫他的名字，他屏住呼吸。门开了，外祖父看着他小声说：“我们要走了，霍华德。”霍华德亦步亦趋地走出了衣帽间。

在火车上，外祖父母让他坐在靠窗的位子，好让他看看外面的田野和夜色。远处时不时掠过灯火点点的农舍。他还曾看到一小堆篝火，心里想那周围是不是会有睡在星空下的牛仔、印第安人，或者是流浪汉。他外祖父在座位上睡着了，外祖母借着微弱的亮光织着什么。霍华德渐渐闭上了眼睛，梦中的他回到了旧金山。像每天睡觉前那样，母亲来到他的房间，把被子拽到他的下巴底下说：“美好的一天，宝贝。”然后他醒了。就在那短暂的半梦半醒之间，他感觉到了母亲的亲近，那是他过去几天里一直渴望的。他睁开眼，发现外祖父母在黑暗中看着他。很显然，他刚才说梦话了，或者呼喊了什么。

他说："她就在这儿，对吗？"

他外祖母似乎被这话吓坏了，不说话，也不动。而他外祖父欠过身说："是的，她在，我们带她一起回家，我们已经在教堂墓地给她准备了一块地方。"

朱迪丝的父亲站起身，拿起一根柴火在壁炉里戳了戳，然后把它丢进橘红色的炭火里。接着又坐回椅子上说："如果你还在想那个问题的话，我可以告诉你，我没忘记你的问题。"

"我没在想任何问题。"朱迪丝说。

他喝完酒，手里仍然拿着空杯子。他说葬礼上人很多，大部分是他外祖父母的朋友，但其中一些人在他母亲很小的时候就认识她。有两个人说他母亲很聪明，如果她是个男人，兴许会成为医生或律师。棺材打开了，他走上前触摸她的肌肤，却没有感觉到柔软，她看上去就像个玩偶。他走出去坐在殡仪馆的门廊下，不时有男人进进出出，其中一个对另一个说他很奇怪默特·费斯特竟然会出现，另一个人小声笑了笑，然后大声说他很好奇默特的太太是否允许他来。

几天后，外祖母正在厨房熨衣服，霍华德拿着葬礼签字簿走了进来。他念出几个人的名字：阿尔文·莱蒙、鲍勃·布鲁贝克，然后问外祖母这些人是谁，外祖母一一告诉了他。接着他又问默特·费斯特是什么人，他外祖母只是说："噢，那人是镇上开服装店的。"他说他在葬礼上听见一个男人说默特·费斯特会来真有意思。外祖母不说话，只顾拿着喷壶往正在熨的衬衫上喷水。他不依不饶地问为什么默特·费斯特去参加葬礼很有意思。

他看得出外祖母很谨慎。最后，外祖母说默特·费斯特曾经是他母亲的心上人，后来默特·费斯特爱上了多丽·阿特金森。那女人上中学的时候就迷恋默特。他外祖母说她觉得霍华德的母亲对分手并不十分介意，但多丽·阿特金森从来不允许默特·费斯特和霍华德的母亲说一句话。外祖母猜想多丽可能觉得一个死了的女人不再是威胁，所以允许默特参加葬礼。

他问外祖母他母亲是否有过别的情人，犹豫片刻后，外祖母肯定地说没有。

第二天，霍华德去了费斯特的服装店，默特·费斯特和多丽·阿特金森都在店里。她急急地走下楼梯说："有什么需要请告诉我。"之后他们再没跟他说什么。后来他又去了那店里好几次，甚至为了买那里的一件绿色长袖衫而存起了钱。不知是第五还是第六次，多丽·费斯特走上前问他来这里想干什么，语气很不友好。他说，想看看那件绿色衬衫还在不在。她问哪一件，他告诉她后，她把它从一堆衣服中拿出来递给了他。"给你，"她说，"拿着，是你的了，不过看在上帝的分儿上，别再来烦我们。"

朱迪丝的父亲转动着手中的酒杯说："当然了，我再也没去烦他们。"

"那他是你的……"她没把话说完。

"也许是父亲，"她父亲干笑了两声说，"即使是在那个年龄，我也知道，如果一个男人只是因为欲望而生下孩子，那他不配做父亲。"

壁炉里的火又将燃尽，但父亲没有再添木柴。他转头看着朱迪丝说："想出去散散步吗？"他们出了门，漫无目的地走着，穿过一条条白雪覆盖的街道。裹在厚厚的外套里，他们感觉暖暖的。两个人都不说话，只听到靴子踩在雪上发出嘎吱嘎吱的声音。路上看到几个小孩在玩耍，但没有人在这时候散步，也没有人开车。走过空旷的街道，朱迪丝和她父亲最终来到了缅因街，那里的商店都关门放假了。他们经过迈尔斯药店、马丽安女装店、真爱珠宝店，到了街道中间的时候，父亲停下脚步，指着西边的一个旧货店说："那里，默特和多丽·费斯特去亚利桑那州之前就在那儿开服装店。"

四周寂静无声。"他们两三年前才卖掉这个店，挂牌售卖的时候我来看过，那天正好是报纸上登出学校聘用我的消息后第十天，"他笑着说，"当然，在声明中，多丽·费斯特称搬家是因为健康问题。"

只需要一秒，她和父亲就可以继续散步、继续倾听脚下的嘎吱声，但那一刻，在静悄悄的缅因街中心，他们久久地站立着。朱迪丝感觉自己仿佛站在一个静止的玻璃雪花球里。在之后的岁月里，每当见到旧货店，她就会想到一个破碎了的雪花球，里面的雪花不再飘散；就会想起那天的情景：抓着父亲的手静静地看着那个旧货店。事实上，她不知道是什么时候伸出手的，但她确实握着父亲的手。

几个星期过去了。二月份，朱迪丝十六岁生日那天，她父亲开车带她到国民警卫军驻地参加驾照考试。结果她顺利通过，还得到了父亲送的一个电热毯。虽然她确信白色灯芯绒的毯子铺在床上会很难看，但她还是假装很喜欢。母亲寄来一件漂亮的小羊皮超短裙。朱迪丝很喜欢，但不打算穿到学校去（副校长会让她跪在校长助理面前，看看裙子是否能触到地板，她无法忍受这个）。朱迪丝知道自己应该想念母亲，她有时候在信中会表达出来，但是一年过去了，她和母亲之间的沟通却变得越来越少，而与帕特里克·盖斯特的通信已经完全中断（那次贸然登门后，她写过几封平淡乏味的信，最后一封被退了回来，上面盖着：收件人已搬迁，无转寄地址）。

周三晚上依然是朱迪丝最喜欢的，因为可以和父亲一起去看电影。看《怎么了，医生》和《神偷盗宝》那两次，父亲走出电影院的时候什么都没说，但看过《曲终人散》和《肥城》后，父亲说："票没白买。"

还有一次看完《麦凯比与米勒夫人》，父亲表示很满意，朱迪丝说："我现在知道了，如果我们欣赏完一部电影后感觉很好，那我们其实就被蒙蔽了，但如果出来的时候想自杀，那我们的钱就值了。"

父亲笑着说这也许不是个糟糕的经验法则。那时候是三月，夜色中寒意刺骨。朱迪丝痛恨那部影片的结局——穿着一身黑的沃伦·比蒂死在雪地上，而朱莉·克里斯蒂双眼迷离地躺在鸦片窟里。但是片中那个泥泞荒凉的小镇、阴霾的天空和冰冷的冻雨，还有原始的木头房子却很吸引她。从电影院出来，她还沉浸在阴冷的情绪中无法释怀，身体不停地抖。她和父亲竖起衣领，把下巴藏在围巾里，过了五个街区，她突然觉得很宽心，因为想起出来看电影之前，已经下楼把枫木床上的电热毯扭到了最热的一挡。

四月末，冬天渐渐远去。很快又到了五月中旬，学校放暑假了。从二月开始，朱迪丝就打算假期的前两个星期回佛蒙特陪母亲，但是出发前几天，她母亲打来了电话。"我有事要跟你谈谈。"她说。

朱迪丝好像一下坐进了冷冰冰的金属椅子里："什么事？"

"有点复杂。"

朱迪丝清楚地听到她母亲做了个深呼吸。

"好的，"她母亲说，"是这样的，我几分钟前做了一件感觉羞愧的事情，我想：不，我不能再这样了，我要打个电话告诉朱迪丝。”

朱迪丝没说话。

她母亲说：“我不知道为什么这么难以启齿，真的不知道，这种情况常常发生在我的CR课上，我们不善待别人，却捆住了自己的手脚。”

朱迪丝不明白CR课是什么，也不想问。她说：“妈妈，如果你还不直说，我就要尖叫了。”

“好，好的，”母亲叹了口气说，“是这样，你走后，我需要个人来帮我做饭、打扫房间，还有那些开销，所以我叫了个朋友来家里住。”这最后关键的一句来得很快，但声音很小。

朱迪丝冷冷地说：“那么你这个女朋友是住在我的房间吗？”

“嗯，是这样的，宝贝，不是女朋友，是一个朋友，男的。”

后来提起那次对话，朱迪丝和母亲都会乐不可支，尤其是那句“是一个朋友，男的”。可是在当时，朱迪丝感觉浑身发冷：“是那个叫乔纳森的家伙吗？”

母亲磕磕巴巴地说：“我知道乔纳森给你的印象不好，但是……”

“他住我的房间，是不是？”朱迪丝说。虽然她心里知道不是那样，他可能……朱迪丝不愿想下去。

朱迪丝的母亲没有回答她的问题，而是说：“我本来打算你回来的时候让他离开，把他的衣服行李都收起来，就好像根本没这个人。但我忽然觉得这对他不公平，对我或者对你也不那么公平，所以我才给你打电话。”

“为什么对我不公平？”

母亲支吾着说：“这个，你住在这里会觉得别扭，但又不知道为什么。”

朱迪丝感到一阵悲哀，突然不想再争辩什么。她觉得好像跌入了峡谷，思绪纷乱。她沉默着，母亲也一样。但朱迪丝心里明白，母亲的沉默并不是因为伤心，她只是在等待一个正式的回答，那就是“放弃回家的打算”。朱迪丝明白了，“不让她回家”，这就是母亲打电话来的目的！难道不是吗？改变计划？取消行程？如果“水牛比尔”和她们住在一栋房子里，朱迪丝一定会把那两个星期搅得鸡犬不宁；可是如果他不在，母亲又会心有不甘。不管他在还是不在，在家的那些日子对朱迪丝来说岂不都是度日如年？那么，为什么还要回去呢？

“那我圣诞节再回去吧。”朱迪丝说。话音未落，她母亲就脱口说出一大串。开头一句是“哦，宝贝，我希望你再想想”，结束语是“我也不知道，也许你是对的，圣诞回来更好些”。

在后院的小园子里，朱迪丝看见父亲正在清理一排植物中的杂草。那些植物有一英尺高，她觉得可能是黄瓜苗。父亲穿着靴子、牛仔裤，身上的蓝色长袖棉衬衫已经褪色。除了他头上那顶草帽有点煞风景外，这身装束倒挺时髦。朱迪丝称那帽子为“苦力帽”。

“妈妈跟一个嬉皮小丑在一起了。”她走近父亲说。父亲没说话，于是她接着说：“你知道吗？”

他推了推草帽，看着朱迪丝说：“我知道有个男性朋友和她住在一起，是的，她问过我怎么处理我那些衣服，因为她要腾出半个柜子。”

“那个男人需要的可不止半个。”朱迪丝说。

父亲听了咯咯直笑，但没说什么。

朱迪丝说：“最糟糕的是，他是那么愚蠢可笑，但他自己却浑然不知。”

父亲依然没搭腔，她接着说："这是不是意味着你和妈妈要离婚了？"

父亲脸上掠过一丝倦意。他说："我不知道，也许吧，我想你妈妈更希望这样，而不是我。我不会仓促做决定，我跟她说过，如果她没意见，那么婚姻状态的弹性是很大的。"

"她怎么说？"

他苦笑了一下说："她说这句话像是那些多配偶论的人说的。"

朱迪丝一点也笑不出来。父亲似乎有一个魔棒，他总能适时地挥舞它，把那些重要的问题都变得不见踪影。然而，这次朱迪丝不想再让他得逞了。她站在那儿等待着，让他感觉到她在盯着他。他做了个深呼吸，然后转头看向别处。最终，他开口了，但仍然不看她。他说："你应该知道的是，这一切并不是你妈妈的错，朱迪丝。我已经尽力去……"他突然停住了，之后转过头凝视着她说："朱迪丝，我努力想成为你妈妈想要的丈夫，但是……我确实做不好。"他似乎马上就要说到点子上了，但又没了下文。他拉下帽檐遮住眼睛，然后继续拔草。

朱迪丝站在原地，一种挫败感升腾而起，她觉得自己是那么微不足道。父亲在花园里除草，而母亲跟一个傻瓜住在一起。还有佛蒙特，朱迪丝曾经以为那是她坚不可摧的家，至少是可以修复的家，可现在不存在了。朱迪丝几乎要把这一切归咎于那个蠢货乔纳森，但她心里明白，其实还有比那更深不可测的原因。

她看见父亲从一片树叶上拿起一只蜗牛放在草丛上，然后一脚踩了上去，她以为会听到碎裂的咔嚓声，但是蜗牛壳和泥土都很柔软，根本没有任何声息。

朱迪丝春天报名参加大学预考的时候，学校的辅导员弗拉德先生建议她开始“丰富简历”。朱迪丝一开始还在想，什么简历？但还不到一周，她就报名参加了医院的暑期护士助手志愿者。因为回佛蒙特的计划泡汤了，所以她早早就去报到了。她喜欢那里的制服——里面一身白，外面是两侧系带子的粉色泡泡纱束腰裙。她没有什么特别的任务，只能坐在大厅的桌子边，告诉人们他们的亲人朋友住在哪个病房。偶尔有机会把透明血袋送到实验室，深红色的鲜血让她直发晕。

此外，她还在大学的图书馆里帮忙整理书架，这对她而言是个称心的差事。图书馆里有空调，没有怪味，而且很安静。校园里几乎没什么人了，所以也没有太多的书需要上架。大部分时间她可以坐着休息，或者看书，甚至做白日梦。有一天，她站在三楼走廊的一扇窗户边，看到楼下有一只小狗跑着跟在一个学生身后，一个穿绿衣服的长发乡下女孩。过了一会儿，视线中出现一个戴着草帽的人，很像她父亲。朱迪丝有点意外，那确实是她父亲，他可能要去游泳池。去年夏天她和父亲曾一起走过这条路。只见他走到一处树荫下停住脚步，然后回头看着身后，那个穿绿衣服的乡下女孩一定是大声叫他了。她加快步子赶上他，到了跟前，她说了些什么，他听着，然后看了看表也说了几句，然后他们就各自走开了，也许他让她上班时间去找他。虽然时间很短，但是那女孩站在父亲面前时显得不太自然，这让朱迪丝感到隐隐的不安。看着他们向不同的方向走去，朱迪丝才高兴起来。

如果说朱迪丝在内布拉斯加的第一个暑假属于她和父亲，第三个暑假将属于她和威利·布朗特，那么这第二个暑假就自然属于迪娜了。假期里，不管有没有时间，朱迪丝的父亲总是想方设法带她出去玩，有时候去农场拍卖会转一转，有时候去战争纪念馆的游泳池游泳，还去过鲁滨孙堡，那里每晚都有当地剧团的音乐剧。除了这些，朱迪丝大部分时间都和迪娜形影不离：在皇后冰激凌店的柜台边聊天，走路去游泳池，躲在必胜客的角落里。那里有个名叫卡尔文的服务生会给她们打折，而且让她们想待多久就待多久。

在这个慵懒的暑假里，发生了一件让朱迪丝特别不安的事情。那是八月中旬的一个下午，天气变得阴沉闷热。朱迪丝答应父亲一起去战争纪念馆游泳，但是刚一到就出了点问题。她已经穿好了亮黄色的泳衣，外面罩着短裤和棉吊带衫，可就在她脱去外面的衣裤时，发现比基尼泳裤的正面有一小块黑色污迹。那不是血迹，但她很担心别人会误以为是。她跳进水里，希望池水或者氯气之类的能起点作用，可是泳衣一干，那块污迹似乎更明显了。朱迪丝套上短裤和吊带衫，对父亲说她想走一走。

父亲正在看书，书的边缘写满了注释。他抬起头说："要我陪你吗？"他并没有放下手里的铅笔，而是把笔尖放在一个廉价商店里买来的卷笔刀里。

"不，我只是突然觉得有点饿。"

他说如果她不想走回家的话，可以到学校食堂买点吃的，还问她需不需要钱。

朱迪丝摇了摇头便走开了。

她在学校食堂的自动售货机上买了金枪鱼沙拉三明治和一听饮料，然后向南走去。周遭依然闷热，但阴云已经散去，还有不时吹来的微风。继续向前走出了校园后，她拐上一条通向字母山（山上的一些岩石喷了白漆，组成字母RS）的小路，发现一块平坦的岩石掩映在一片松树林中。她打开汽水，每吃一口三明治，就喝口汽水把它冲下去。吃完后，她把包装纸塞进空易拉罐，突然感到一阵困意。轻柔的微风吹在她湿润的皮肤上，带来阵阵凉意。耳畔似乎响起了美妙低沉的笛声，那是清风穿过松林发出的。她把毛巾卷起来放在地上，然后躺了下来，双手叠放在肚子上。几乎是一闭上眼睛就进入了梦乡。

突然惊醒后，她发现太阳已经西下，影子都被拉长了，林间的风声发出空旷的回声，但好像多了些什么，附近似乎有人的声音，是那种嗓子眼里发出的不舒服或者挣扎声。朱迪丝猜想可能是什么人病倒，或者受伤了。她爬上一处岩石堆，从石块缝隙中向外望去。

在一片树荫下，她看见了自己从未经历过的情景。声音是一个女孩发出的，朱迪丝能看到她的脸，但不认识。还有一个大男孩，他的脸偏向一边，身体白花花的，看上去软弱无力。朱迪觉得一个裸体的橄榄球边锋大概看起来就是这个样子。从背面可以清楚地看到他黑色的头发，朱迪丝从来没见过别人做爱，不过眼前这两个人显然正是在做这件事，但朱迪丝觉得这看起来有点像打架。女孩的眼睛紧紧地闭着，脸上表情扭曲，像是在忍耐什么，又好像很痛苦似的。有几次，那个大块头男孩完全抽出他的那个东西，然后又用力插进那女孩的身体时，他们俩就会发出那种呻吟声。

“他们可不是你说的那种安安静静的。”朱迪丝后来提起这事时对迪娜说。当时她们俩正坐在城市公园的一个野餐桌旁。那个地方足够隐蔽，迪娜不用担心别人看到她抽烟，朱迪丝可以放心地讲她看到两个人赤身裸体做爱的情景。

迪娜说：“那你在干什么呢？”

朱迪丝想起她后来看到那个大块头男孩激烈的动作渐渐变得轻柔了些。他的臀部慢慢地运动着，起伏的线条看上去很优雅。那女孩开始哼哼起来，嘴里嘟囔着什么。而她再次感觉到风穿过松林发出的“笛声”。朱迪丝不知该怎么形容这些情景。“我躲在岩石后面，”她说，“然后大声喊：‘艾莫里，在这边，你一定要看看这个。’我假装是在和什么人说话，然后那些声音停了下来，我就赶紧跑了。”

迪娜说：“上帝，朱迪丝。”

然而事实上，整个过程中，最不可思议的是她的反应。一开始，她感觉厌恶，但渐渐地，内心生出某种暧昧感，似乎不那么排斥了，但也说不清是什么。面对迪娜，她只说出了一开始的感觉，因为那更容易拿来开玩笑。“那情景就好像出了可怕的事故一样，”她说，“就是那种你看了就再也不敢坐车的事故。”

迪娜看上去似乎很失望：“他们难道不开心吗？”

“并不像我们想的那么开心。”

迪娜想了一下说：“嗯，就是这么回事，不像我们想的那么有意思，因为我们没做过。这就好像我们根本没尝过青蛙腿和山牡蛎，却说它们很恶心一样。”

朱迪丝说有道理，但也不至于拿青蛙腿和山牡蛎来比喻。“我跟你讲，”她说，“你去吃所有古里古怪的东西，然后把感受告诉我。”

“那算冒险吗？”

朱迪丝大笑着说：“不，不算。”

“你知道我和乡下男孩有什么共同之处吗？”朱迪丝换了个话题。迪娜说不知道，朱迪丝说：“不喜欢怀了孕的女朋友。”

迪娜不屑地哼了一声。“怎么又说到怀孕去了？”她点燃一根烟说，“你看到他的那个玩意儿了吗？”

朱迪丝说那个东西很大，有点粉，有点紫，还湿乎乎的样子。

“紫色？”迪娜问。

“好吧，略带紫色。”

“上帝应该是无所不能的，为什么要造成紫色的呢？”

朱迪丝说这个问题没什么合理的解释。

迪娜吐了一个长长的烟圈说：“你觉不觉得爱情最终的结果就是一个男人带着一个女人到某个地方，然后那女人就心甘情愿地让那个‘略带紫色的东西’进去？”

朱迪丝觉得这个想法过于愤世嫉俗了，甚至对她这种以愤世嫉俗为荣的人来说都是如此：“那种事没什么可期待的，对不对？”

过了几秒，迪娜说她也觉得没什么大不了，但她的口气却不那么坚定。

升入高三两天之后，辅导员弗拉德先生把她叫到办公室。他矮墩墩的，衣着整洁，脸颊红润，一头红发涂得油光锃亮。前一年，朱迪丝曾三次来过弗拉德先生的办公室。最近的一次是谈“丰富简历”的事情。另两次朱迪丝已经想不起来是为什么。每次五分钟的会面时间里，她大多数时候都没仔细听过弗拉德先生嗡嗡的说话声，而是在想他有多高，他的头发有多硬。然而这一次，朱迪丝出现在辅导员门口的时候，他显得很热情，而不是坐在桌子后面的椅子上点点头。他起身把椅子拉出来让她坐，还说见到她很高兴。一定是有什么好事，她想。

坐定后，他说：“你的大学预考分数已经出来了。”

“怎么样？”

弗拉德先生淡褐色的眼睛里闪着光。“非常高，”他说，“拉什莫尔山都不算什么了。”

“看来不错。”朱迪丝说。

她能看得出，弗拉德先生很奇怪她为什么一点都不激动，她自己也一样。她想这可能是因为本来就没什么好吃惊的。她期望在考试中很好地发挥，她也做到了，这都是计划中的事。弗拉德先生低头翻看她的资料时，朱迪丝盯着他一丝不苟的红头发之间那个用梳子辟出的头缝。那个梳子的齿一定是又大又稀疏，她心想。

“那么，”弗拉德先生抬头看着朱迪丝说，“我们申请哪个大学呢？”

这个问题朱迪丝很快就能给出答案。清闲的暑假里，她曾花好几小时列出可能会申请的学校，从一流名校（艾莫里·布莱恩曾就读的普林斯顿大学）到三流大学（迪娜准备报考的赛治学院），但她却对弗拉德先生说：“我不知道。”

弗拉德先生盯着朱迪丝的眼睛，告诉她虽然他已经做了十七年辅导员，但还没有一个学生踏入任何一所顶尖大学，比如，斯坦福、哈佛，或者耶鲁。他说话时始终看着朱迪丝：“直到现在，我都没有一个合适的人选。”

这时，朱迪丝意识到，在通往名校的进程中，她现在有了一个盟友。

她说：“你觉得我们接下去该怎么做？”

弗拉德先生笑了。事实上，他早有计划，而且已经开始实施了。

“我已经擅自帮你报名参加下个月的SAT考试，”他说，“而且已经拿到了你参加赛治学院两个班课程的批准书。”

什么？朱迪丝心想。弗拉德先生低头看了看资料，然后微笑着对朱迪丝说：“微积分和美国文学，周二和周四下午，当然，上不上由你自己决定。但我已经征求了你父亲和招生处的意见，他们都同意。”

“我父亲？”

弗拉德先生点点头。“我还跟他讨论过你申请学校的事，”他笑容满面地说，“他对你期望很高，还提到了斯坦福。”弗拉德先生打开了话匣：他的七步方案，如何写出让人惊掉下巴的论文，哪些老师写推荐信比较合适，推荐信应该有哪些重点……直到把朱迪丝说得晕头转向。

回到班上，迪娜凑过来在她耳边小声问：“矮冬瓜说什么了？”朱迪丝觉得自己也许已经在岔路口做出了选择。她耸耸肩说：“没什么。”

“没什么？”迪娜咕哝说。

朱迪丝看了看讲台，老师正专心地看着黑板上几个学生写的句子结构表。她撒了个小谎。“我父亲帮我在赛治学院报了两个班，一周两个下午，”她皱了皱鼻子，一脸无奈地说，“看样子我是逃不掉了。”

接下去的日子里，朱迪丝暗暗为去外地上大学而准备着。她没有和父亲商量，因为父亲从来不提；也没和迪娜讨论，因为担心迪娜会疏远她。在赛治学院的课程并不难，有时候还挺有意思。她很享受那种像大学生一样在校园里漫步的感觉。每个周四的课总是让她期待，因为那天可以和父亲一起去教工食堂吃午饭。她通常会吃面包，或者沃尔多夫沙拉。在食堂与托米教授坐在一起，朱迪丝感觉自己更像个成年人，而不是女儿。有一次，他笑着对她说：“告诉你，有个上了年纪的同事曾想打听一个人，那个‘上星期四和我一起吃饭的小美女’，我告诉那个老蠢货小美女是我女儿，他立马就蔫了。”

朱迪丝很好奇父亲所说的那个人到底有多蠢、多老。于是她问父亲那人是谁。

“埃登·马卡姆，她现在的妻子是第四任了，差不多每十年就要换一个二十岁的新娘。我想那个老蠢货以为年轻老婆能让他青春焕发，”父亲一脸不屑地说，“不过，我发现埃登现在的这个妻子不怎么安分。”

父亲已经不是第一次说这样的话题，这让朱迪丝意识到除了父亲和学业以外，世界还有更复杂丑恶的一面。还有一回，也是吃午饭的时候，父亲提到有个学生提出了一个让他意想不到的问题："我们事先约了时间，他说他想问关于奥赛罗的问题，但是他进我办公室说的第一句话是'托米博士，我想知道怎样才能追到女孩'。"

父亲笑着靠回椅背上，好像已经说完了似的。

"那你怎么回答的？"朱迪丝问。

"我建议他学学以退为进的奥赛罗。"说完大笑起来。

"你到底怎么回答的？"

父亲则反问朱迪丝："你会怎么回答他？"

她想不出什么好的答案，于是说："他又没问我。"

父亲耸耸肩说："我告诉他只要看一看门牌，就知道上面写的是霍华德·托米办公室，而不是阿比盖尔·冯·布伦。"

朱迪丝说这回答听上去太冷漠了。

"是的，我只是跟他开了个小玩笑，他需要的是放松。不过之后我们还是讨论了奥赛罗，虽然是老一套，但聊得很投机。"

安静地吃了一会儿后，朱迪丝问："你觉得他为什么会问你追女孩的事？"

父亲那天点的是猪排和德国泡菜。他把最后一点猪肉放进嘴里后说："不知道。"

朱迪丝又问："如果你必须回答那个问题，你会对他说什么？"

"必须？这么多人，为什么我必须？"

朱迪丝想起一本书中的话。书是迪娜的，叫《可怕的结局》。她说："因为要阻止上帝十分钟内用闪电劈开我的脑袋。"

他推开盘子，喝了口咖啡说："哦，好吧，既然这样我就说。我想，如果他是个新手，我会告诉他先要做一个善于倾听的人，并且要不卑不亢。一个真正的男人不会要那种喜欢没骨气男人的女孩。"

"反之亦然。"朱迪丝抢着说。仔细琢磨了一番后，她更确信自己的想法是对的。父亲显然很赞同。他轻轻点了点头说："是的，反之亦然。"

日子过得飞快。不久，弗拉德先生就安排赛治学院图书馆、鲁弗斯赛治医院，还有朱迪丝高中的一个老师为她写了推荐信（为了方便他们写推荐信，弗拉德还为他们提供了样本）。修改了几遍后，朱迪丝独立完成了她的入学作文。在作文里，她叙述了父亲和母亲是如何坠入爱河的，描写了当时的细节，比如母亲的眨眼，还有关于"一本书既可以是逃避平凡的出口，也可以是进入非凡的入口"的谈话。最后，她总结说，父母的故事不仅具有浪漫的文学色彩，而且满足了她的好奇心。当然，朱迪丝知道这一段写得有些夸张。

她原本打算把作文拿给父亲看，但还是放弃了，自己也不明白为什么。不知从什么时候开始，她和父亲就没再谈起过她申请大学的事。父亲什么都不问，或许是沿用他外祖父母的方式。一年之前，当大学看起来还很遥远的时候，朱迪丝很喜欢提上大学的事，可当它愈来愈近，她却没什么兴趣了。事实上，离家上大学这件事让她开始焦虑。这种情绪在她开上三百八十五号公路，离开鲁弗斯赛治去参加SAT考试的那天达到了极致。不知道为什么，内心总有一个声音在阻挠她去上大学。离开鲁弗斯赛治不是问题，离开迪娜也不是什么克服不了的困难，开始新生活更不成问题，相反，这正是她期待的，但是……

十一月的一天，朱迪丝的母亲打电话说她要去巴黎过圣诞。"我和一个迷人的法文教授一起去，他在七区有间公寓。”她说。她母亲说法语单词的时候有点大舌头，朱迪丝很想问她是不是嗓子里有痰，但还是忍住了。

原来她是和乔纳森一起去。朱迪丝心里知道，关于去巴黎的事，再多问什么也白费。所以她和母亲说起了申请大学的事。

朱迪丝听到远在千里之外的母亲似乎捂着话筒冲什么人喊“进来”，之后又对着话筒说：“你已经申请过学校了？”她的语气好像是在埋怨朱迪丝为什么那么心急。

“很可能上耶稣教会学校。”朱迪丝说。

母亲似乎又捂住话筒和什么人在说话。过了一会儿说：“真为你高兴，朱迪丝。跟我详细说说。”她说她想知道所有细节，但有客人要招待，然后说能不能过会儿再打。

冬天很快过去了。自十月就一直放在法院旁边的金属逃生梯终于安装到位；在莫尔黑德和第三大街的路口，一个新的西夫韦超市隆重开建（为了和它竞争，老杰克和吉尔超市公布了购物积分加倍政策）。小麦的价格涨到了每蒲式耳四美元，但也有让朱迪丝满意的事情，那就是电视剧里的神探们破了一个又一个谜案。朱迪丝的SAT成绩不错，但比她的预考分数稍逊。最终，那几个西部的顶级院校拒绝了她的申请，不过，她的首选目标，远在西海岸的斯坦福大学还是把她列入了候选名单。被常春藤盟校拒绝后，弗拉德先生有些沮丧，但他仍然提醒朱迪丝不要懈怠。之后的几个月里，朱迪丝一直忙于学习，很少和迪娜或父亲在一起。她偶尔也看看小说，或是琢磨一下将来的计划。在这个过程中，未来的影像在她脑子里渐渐清晰起来：将来会嫁给一个有适度幽默感的人，并且有令人尊敬的职业，还有一点似乎不那么容易，那就是既要“八面玲珑”，又要有“不卑不亢”的气度；自己将来会干出一番事业，很长时间以来，她都觉得以后会做律师，或者去高校教书，也可能做生意什么的，总之是拿着公文包的那种专业人士，可后来，她开始对影视的幕后工作发生了兴趣；她和丈夫不会有孩子，也许是因为生理上的缺陷，最好是他的毛病，那样她就可以显示出她对他的宽容和大度；她会住在一幢大房子里，光鲜的墙纸、高高的房顶、步入式衣柜，至少有一条密道。

当然，这一切只是些粗略的框架而已。春暖花开的时候，一个快递员送来一小株裸根的柑橘树。之后不久，五月的第一个周六，父亲让朱迪丝去买一个种柑橘树用的赤陶花盆。

9

寻找另一个我

朱迪丝坐着塞尔吉奥·罗恰的卡车，分两次把旧家具运到了红屋顶迷你仓储的储藏室里。除了堆在游泳池边的那套卧室家具，朱迪丝决定把父亲的其他遗物，还有那块旧波斯地毯一起运过去。那块地毯是她少女时期铺在卧室里的，父亲死后，它就被卷起来放在车库房顶的隔板里了。

看过家具和纸箱后，塞尔吉奥·罗恰说："没问题。"

他带了侄子劳尔来帮忙。显然他是刚从墨西哥来，因为每次朱迪丝跟他说话，他都会笑嘻嘻地看着他叔叔。朱迪丝在厦特酒店没有找到储藏室的钥匙，酒店没再打过电话给她，她也没精力再去交涉。她把丢储藏室钥匙的事告诉了塞尔吉奥·罗恰，于是他带了个长柄螺纹刀，毫不费力就把挂锁剪断了。他取下门锁看了看说："非常便宜。""便宜"

两个字说得很重。之后他从夹克口袋里掏出一个用过的锁。这把锁比较重，而且最近才上过油。他把钥匙插进锁里，锁头啪的一下就弹开了。“好多了。”他说。

朱迪丝拿起原来的门锁，转开U形的锁扣时，突然觉得这个动作让她有一种莫名的熟悉感，似乎曾在某个朦胧的梦中见过。本想把这个没用的锁扔了，但她没有，而是丢进了包里。

进到储藏室，朱迪丝和两个男人先是取出了床垫和波斯地毯，然后她搬抽屉和灯，塞尔吉奥·罗恰和他侄子负责比较重的东西。相比困在烦琐的剪辑工作里，这些力气活反倒让她备感放松。“放哪儿都行。”朱迪丝先是对两个男人说，然后又补充道，“放那儿怎么样？”

快整理好的时候，塞尔吉奥·罗恰说：“这里住个人都绰绰有余。”

“噢，我会把它填满的，”朱迪丝说，“还有很多东西要运过来。”实际上，这是个朱迪丝不愿面对的谎言。虽然鸟眼枫木床已经拆散，但眼前这些家具还是让朱迪丝想起自己在鲁弗斯赛治住的那个房间。

她走到办公室附近，在自动售货机上买了三瓶低糖可乐、两袋薯条（为了能保持完美的“六号”尺寸，朱迪丝决定不吃薯条）。塞尔吉奥·罗恰和侄子蹲在树荫下，背靠着炉渣砖墙，边吃边小声地用轻快的西班牙语聊天。朱迪丝看着周围的房子，凉爽的微风轻轻拂上脸颊，那感觉和她初次来的时候一模一样。

“住在这里很不错，”塞尔吉奥·罗恰转身迎着风说，“空气新鲜。”

朱迪丝笑了笑，听不懂他们说话的劳尔也跟着咧嘴傻笑起来。他和叔叔又说起了西班牙语，朱迪丝则靠在墙上。她租的这个单元是把头的，面朝东，位于一处高地，所以整个货场尽收眼底：灰泥砖房、围着铁丝网的堆货场，还有一个只见屋顶不见围墙的大棚子，里面码放着木头三脚架，一块硕大的旧木板上写着“杰克洛普三脚架”。棚子和储藏室的距离刚刚好，能听见零星的锯子声，但看不到工人的脸，只是偶尔听到叫喊声，甚至还有歌声。微风飘来，夹杂着零零碎碎的西班牙语，还有一丝木屑的味道（或许这是她的想象）。自从厦特酒店的那个下午以来，朱迪丝还是第一次感觉到身心得以释放的轻松和舒畅。

朱迪丝转过身说：“我想问你个问题，塞尔吉奥。”

塞尔吉奥·罗恰没有回答，只是抬了抬松弛耷拉的眼皮。

“我有个朋友，”朱迪丝说，“办一张社保卡会不会很困难？”

塞尔吉奥·罗恰夸张地皱了皱眉，这等同于耸肩。“好办。”他说。

“要多少钱？”

他又皱起眉，但这次脸上有了笑容。“非常便宜。”他的重音还是落在“便宜”两个字上。“五十块，”他说，“可能还要不了这么多。”他的眼神非常平静，朱迪丝突然觉得这双眼睛似乎能看透人心。他接着说：“你说的这个要办社保卡的人叫什么名字。”

朱迪丝把名字写在一张纸上递给他。

三天之后，走进剪辑室的朱迪丝看见桌上放着一个信封。收件人是朱迪丝。她打开信封，把手伸进去，像变魔术一样抽出了一张社保卡，卡上的名字是伊迪·温克斯。

那天晚上，朱迪丝又一次辗转难眠，早早地就醒了。上班的路上，她去了趟邮局，打算给伊迪·温克斯申请个地址。她有好几个选择，好莱坞、贝佛利山庄，还有托卢卡湖区。最终，她选择了托卢卡湖区，因为那样最方便。一两天之后，她去金框照相馆照了两张照片。一张是以墙面为背景，照片上的她穿着黑毛衣，耳朵上戴着长吊坠耳环。另一张穿的是白色上衣，耳环换了，但也是带吊坠的。之后她找了两家网络公司，用这些照片申请伊迪·温克斯的身份证。证件的邮寄地址都是她在托卢卡湖区的信箱。朱迪丝不太确定自己到底在做什么，她觉得那只是个试验，只是为了转移一下注意力，是另一种形式的旅行而已。在朱迪丝的想象中，伊迪·温克斯生活在加勒比海的一个小岛上，四周是碧绿的海水，洁白的沙滩上立着一把红色遮阳伞。没有电话、没有电视、没有工作、没有丈夫、没有丈夫的助理、没有语言。不过也许，朱迪丝笑了笑，心里想也许清晨醒来，伊迪会跟英俊的、热心肠的、有着焦糖色皮肤的厨师兼花匠说两句。

接下去的一段日子，朱迪丝忙得不可开交。每天都加班，但剪辑进度还是越来越跟不上。她开始讨厌剪片子、讨厌演员、讨厌电视剧、讨厌周末加班，特别是露西周五溜出去参加同学聚会的时候。马尔科姆果真给她买了件六号的小黑裙，还预订了晚餐，但到了周六晚上，她却临阵脱逃了。她说自己头疼，虽然不太严重，但是很不舒服。

马尔科姆表示了理解，他说改天再去也不迟。那天他在家里做了猪排、乳酪三明治，还有美味的脆皮面包。在朱迪丝眼里，这是一种典型的“歉疚反应”。吃完饭，他打开电视看橄榄球赛，一场毫无意义的季前赛。而她上楼看了张影碟，名字叫《碧血金沙》。周日早上，很早就起床的朱迪丝留下一张字条，说她去制片厂了，一两小时后回来。工作刚一开始，她就碰上了麻烦。有几帧画面太长了，但她一缩短，画面就会跳转。她的头疼又开始发作，而且右眼有一种针刺的痛感。她决定先放下工作，吃点东西再回来接着做。她走进停车场，坐进车里，然后转动车钥匙，但没有挂挡。过了一会儿，她改了主意，径直把车开到了红屋顶仓储，签下伊迪·温克斯的名字。

她打开挂锁，把17C储藏室的门推了上去。眼前的一切与她那天和塞尔吉奥·罗恰，还有他侄子离开时完全一样。她先走到右边，把鸟眼枫木床侧边围栏的一头放进床头板，另一头插进床尾，然后把支撑条一一卡进凹槽里。她一样一样地收拾着，越干越有劲，头也似乎没那么疼了。虽然天很热，但这个面朝东的储藏室凉快得像地下室一样。尽管她费力地拖动床垫，但身上几乎没出什么汗。她铺好床单和被子，然后竖起落地灯，再把插头插进插座。看着一层层摞起来的玻璃书柜，她有了个主意，要把最喜欢的书都放进去，按照作者分类，或者依照重读的顺序排列整齐。忙完后，她并不觉得有多累，反而有种心满意足的感觉，就好像一只猫在寒冷的冬天发现了一间洒满阳光的房间。她放下卷帘门，但又稍稍抬起留了个缝，因为担心会被闷死。她关了灯，拍拍枕头，然后躺在床上，把被子拉近鼻子，仿佛嗅到了古老的气息，之后沉沉地睡去。

醒来的时候，她以为自己只是小睡了一会儿，因为并没有昏昏沉沉的感觉，而是觉得神清气爽。可当她拉起储藏室的卷帘门，却吃惊地发现，东面那个大木牌已经笼罩在暮色中。她开着奥迪穿过小镇，驶上公路的时候，天已经完全黑了。到家时，马尔科姆和卡蜜儿在小房间里边吃汉堡边看《公主新娘》。那部电影父女俩已经看过很多遍了，现在两个人的乐趣就是抢在剧中人物之前说出台词。朱迪丝走进去时，他们俩几乎看都没看她一眼，马尔科姆只是问她工作是否顺利。

“还好。”朱迪丝说。

电视屏幕上，巨人安德鲁正背着华莱士·肖恩、曼迪·帕廷金、公主新娘爬上陡峭的悬崖。

马尔科姆说：“我们给你买了汉堡和草莓奶昔，在餐台上。”

朱迪丝站在厨房的水池边吃汉堡的时候，她听到卡蜜儿和马尔科姆大声地说着台词：“你好，我叫伊尼戈·蒙托亚，你杀了我父亲，准备下地狱吧。”

朱迪丝办了两张伊迪·温克斯的假证件。一张是英格兰萨顿大学的，另一张是俄勒冈州立大学的，看起来都天衣无缝。她带着两张假证和社保卡走进制片厂附近的一家银行，打算开个账户。进去之前，朱迪丝已经把故事编好了。她准备告诉银行职员自己一直以来都是用现金，但现在厌倦了，还想说她多么喜欢这家银行。但是进去之后才发现这故事完全多余。柜台里的女孩只是问她要存多少钱，朱迪丝数了五百美元递给她，然后告诉她自己不想提供工作编号，而且手机号正在更换。“没问题，”女孩说完在电脑上打了几行字，“你有了新号码请立即告知我们。”当女孩要求朱迪丝出示驾照时，朱迪丝出了一身冷汗。她解释说自己不会开车，办别的事也没遇过麻烦，还说有一个留学时的学生证不知是否可以。那女孩接过萨顿大学的学生证，朱迪丝说：“这个是诺丁汉大学的分部。”女孩说：“是州里签发的吗？”

“我还有一张，是在俄勒冈州工作时他们发给我的。”朱迪丝说。那女孩随便瞟了一眼说：“可以了。”朱迪丝说：“如果证件不行，我可以写承诺书。”她看见那女孩在开户表上做了个记号，然后把签字卡递给朱迪丝，接着又问朱迪丝需不需要申请信用卡，朱迪丝想了一下说：“需要。”在开户申请表上，伊迪·温克斯的身份是未婚、自由职业，年龄比朱迪丝小三岁。

马尔科姆和朱迪丝宽大的卧室里有一个小隔间。隔间里摆放着书架和扶手椅，可以不受打扰地看书。周二晚上，马尔科姆的手机响起来的时候，他正坐在隔间里，而朱迪丝在对面的衣帽间。她想找件轻薄舒适，但又不会让人想入非非的睡衣。朱迪丝决定去问问马尔科姆的意见，她停下手里的事侧耳听了听，但没听清他说什么。他挂断电话，然后大声对朱迪丝说他要到银行的电脑里找个文件，不会太长时间。

“我陪你去。”朱迪丝立即回答说。她探出头说：“可以吗？我要去买点药，还要寄几封信。”

“当然。”马尔科姆嘴上答应着，但一听就知道很不情愿，“如果只是买药和寄信，我帮你办，没问题的。”

“我就是想出去兜兜风，”她笑眯眯地说，“到夜宵店把我放下就行了，要不带卡蜜儿一起去？”

马尔科姆无奈地耸耸肩。

朱迪丝走进卡蜜儿的房间，说要带她去吃夜宵。但卡蜜儿不感兴趣。“没意思，”她皱了皱鼻子说，“而且，我在减肥呢！”

马尔科姆下楼去拿钥匙，朱迪丝觉得楼下好像有人在窃窃私语。是不是他打了个电话？该死的家伙！朱迪丝心想。

“走吧！”朱迪丝拿着她的包和信，一边大声说一边走下楼梯。

朱迪丝手里的信实际上是一些账单，其中一张是伊迪·温克斯的银行账户的信用卡单。她之前用那张卡在马库斯百货买了一双细跟鞋（鞋子是“莫诺罗·伯拉尼克”牌的！她从没想过要买这种奢华的鞋）。现在这双鞋连同盒子一起躺在红屋顶的储藏室里。朱迪丝想买的药是“舒马曲坦”，为的是缓解她的偏头痛，医生建议她用这个药试试。

车子到了邮局，朱迪丝把信封递给马尔科姆，马尔科姆看都没看就顺手把它们塞进了邮筒。

朱迪丝闭上眼睛，感觉眼前有一个黑点，然后慢慢变成了边缘模糊的亮点。

驶出停车场时，朱迪丝问："能不能先去爱德药房？"本来想左转的马尔科姆猛打方向盘转向了右边。他没说什么，但她知道他喜欢抄近路。逛商店、买东西，这是他和卡蜜儿最热衷的事情，他们可不喜欢把时间浪费在马路上。马尔科姆开车逆行了一段，朱迪丝下车去买药的时候，等在车里的马尔科姆打开收音机听道奇队的球赛转播。他什么时候开始在意道奇队了？朱迪丝觉得很奇怪。

快到银行的时候，马尔科姆问她是想等在车里还是一起进去。

"进去"，朱迪丝说，"我需要吃一颗药丸。"

他似乎有点吃惊。"你没说过头疼。"他说。

"你也没问过。"

他输了一个密码，又用两把钥匙开了门，接着按下灯的开关，然后打开一个嵌在墙上的金属盒，再次输了个密码。之后，他走进会议室，从小冰箱里拿了瓶冰凉的依云矿泉水递给朱迪丝，还找出了一些水果和饼干。她没喝水，直接把药丸吞了下去。"几分钟就好了。"他说完朝办公室走去。那是银行里唯一的一间封闭办公室。

朱迪丝说："我四处转转，偷点钱。"

马尔科姆勉强笑了一下，建议她最好不要动歪脑筋，因为好几个监控摄像头对着她呢。

朱迪丝四下里转了转。空荡荡的银行寂静而整洁，这是她喜欢的感觉。清爽的空气中似乎带着些许森林的气息，她想那一定是迈耶清新剂的味道。书写台上的日历已经显示为星期三，旁边有一个布告板，上面写着：你的生意就是我们的生意。朱迪丝感觉头疼又开始了，她心想，上帝呀，为什么要花十五美元买一个六小时以后才能生效的药丸呢？药盒上根本就应该加一行字：定价高，疗效慢。她闭上眼睛，把指尖轻放在眼皮上。

她走到第一张桌子前坐下，面前的隔板上有一张照片，是一个二十几岁的女人和两个大约上初中的男孩。片刻之后，朱迪丝意识到那女人正是年轻时的弗朗欣·梅特卡芙，原来她坐的正是梅特卡芙小姐的位子。她呆坐了几秒后直挺挺地站起身，然后又坐了下来。马尔科姆办公室的门是开着的，她朝里面看了一眼，却没看到他。她向后靠了靠，然后打开了最上面一个抽屉。抽屉里的东西摆得整整齐齐：一卷卷邮票、各种尺寸的便利贴、分类码放的夹子、各种颜色的钢笔，蓝色归蓝色、黑色归黑色。还有一包包鲜艳的箭头贴纸，上面写着：在这里签字确认。忽然，她发现抽屉的边缘赫然躺着那把储藏室的钥匙。她盯着钥匙，告诉自己不应该生气，因为马尔科姆曾说过梅特卡芙小姐可能会用那个房间。显然她用了，而且在房间里发现了钥匙，并且带走了它。朱迪丝想，这有什么可怕的呢？也许她是出于好意。但是这好意又是什么呢？为什么不交给酒店？或者还给马尔科姆？朱迪丝摸了摸钥匙，然后拿了起来。钥匙扣上写着：红屋顶，你的安全就在红屋顶。下面还有一行小字：请写信给红屋顶仓储，邮资已付。

朱迪丝抬头看了看摄像头，它似乎正对着她，然后慢慢转向别处。

“两分钟警告！”办公室里的马尔科姆突然冲着外面喊了一声。

朱迪丝一动不动地坐着，感觉脑袋里好像装满了黏稠的液体。是药丸，是那颗药丸在起作用吗？她要拿走这钥匙，她的钥匙，虽然没用了，但还是她的。她盯着摄像头，它慢慢地向后，向前，然后又向后。

转了个身，她发现还有一个摄像头对着她。

这时，她听到马尔科姆的办公室里有了动静。他站起身走了出来。

她飞快地思索着，但脑子里一片混沌。

她把钥匙原封不动地放回了梅特卡芙小姐的抽屉，之后的举动，连她自己也说不出为什么。她把手伸进背包，从最底下掏出了那把废弃的挂锁，也把它塞进了抽屉最里面的角落，然后关上了抽屉。马尔科姆走近时，她转身站了起来，用下巴指了指桌子上的照片。“这两个男孩是谁？”朱迪丝问。她的声音出奇地平静。

胳膊底下夹着个文件袋的马尔科姆看了看照片说：“梅特卡芙小姐的侄子，很久以前的，他们俩现在应该已经上大学了。走吧？”

穿过停车场的时候，朱迪丝感觉背包轻了不少。

“头还疼吗？”马尔科姆问。

“好多了。”朱迪丝说。事实确实如此，头痛感一点点消失，心绪变得宁静，这让她忘记了自己之前的抱怨。“舒马曲坦，人类向前迈出的一步。”她说。

马尔科姆斯文地笑了笑，然后启动了车子，引擎低吼了几声。朱迪丝闭上眼，感觉到车身向后，向前，然后朝什么地方驶去。一些念头在她脑子飘来飘去：那张伊迪·温克斯租储藏室的收据呢？它在哪里？那个多管闲事的摄像头，为什么刚才没对着它使个眼色呢？应该把那把破锁塞进去，关上抽屉，然后冲着摄像头眨眨眼才对。

10

怦然心动的初遇

朱迪丝的父亲从加利福尼亚的四季风苗圃店订购了一棵酸橙树，他打算冬天的时候把它放在日光室里，到了春天再移植到后院。它的果子可以泡杜松子酒，这是他夏天里最钟爱的东西。他想得很长远，却忘了买花盆，还有移动盆栽用的小推车。

朱迪丝有些不以为然。她心想，谁会在内布拉斯加种柑橘类植物呢？不过，一想到能开车出去逛逛，她就开心起来。只要有机会一个人开车出门，戴着太阳镜，把车窗摇下来，那么就算是被派去做愚蠢的事，她也心甘情愿。终于有机会开车的朱迪丝当然不会走近道，她兜了个大圈子，先是绕到州立学院，然后穿过长长的缅因街，再向右拐，最后到达吉布森商厦。

在商厦的园艺区，朱迪丝从货架上拿了个沉甸甸的花盆放在平板车上，然后把小推车放进花盆里。她把父亲给的二十美元付给店员，然后把找的零钱折起来放回钱包，放的时候特意和自己的三张一美元纸币分开来。她拉着平板车到了停车场，却发现要把花盆弄进车里是个大问题。

花盆很重，要把它拿起来就必须用脚固定住平板车，但一这么做又拿不起花盆。

这时，她看到一辆橙色皮卡开进了停车场。朱迪丝曾在镇上见过这辆车，车轮很炫，车身有火焰图案。驾驶室里有两个人，开车的那个脸色发红，头上戴着顶牛仔帽，旁边的大个子戴着鸭舌帽。迪娜曾告诉她那个司机的名字，但她忘了，不过还记得她称他为“类人猿”。

朱迪丝用脚把平板车抵在保险杠上，弯下腰把花盆一点点挪到平板车边缘，然后蹲在地上，两只胳膊环抱着花盆，用力抱了起来。

平板车一下子滑开了，朱迪丝眼睁睁地看着它顺斜坡滚了下去。

朱迪丝嘭的一声放下花盆，大步跑上前去抓平板车。虽然气温只有22℃，但她已经大汗淋漓。她气冲冲地把平板车推到集中放置的地方。

转身往回走时，她看见那个红脸男人已经从卡车上下来，这会儿正站在他父亲的车旁。“看来你需要帮忙。”他喊道。

他矮墩墩的，腿有点罗圈，身上穿着件蓝衬衫，头上的白色牛仔帽看上去很干净。他的手和脸都发红，而且颜色很不均匀，朱迪丝觉得那感觉就好像是被放在沸水锅里煮过一样。

她走近时，他问：“需要帮忙吗？小妞。”说完咧嘴傻笑了一下，样子像只哈巴狗。

“不需要。”朱迪丝说着瞥了一眼那男人的橙色皮卡，另一个人仍然坐在驾驶室里。只见他拿起一个易拉罐，仰头把剩下的全喝了下去。

“放哪儿？”矮墩墩的男人说，“后备厢？”他说完弯下腰搬起了花盆。朱迪丝看到他的脸因为用劲而扭曲着，脖子上青筋都爆了起来。

“我自己来。”朱迪丝尽量冷淡地说。

“没关系的，小姐，只要一分钟，而且表是坏的。”

朱迪丝弄不懂他这话的意思，也没打算追问。她把手放在花盆上说：“不用，我自己来，下次你不在我怎么办！”

那男人向后退了两步，无可奈何地耸耸肩说：“好吧，你说得对。不过老实讲，你拿不了就不该买这么多。”

此时朱迪丝发觉穿着母亲送给她的皮短裙是个大错误。蹲下去之前，她把宽大的毛衣使劲往下拽了拽，然后抱住花盆，用力憋着气，生怕发出一丁点声音。最后终于把它放到后备厢的口上，然后推了进去。

“厉害！”那红脸男人说。

另一个男人从橙色皮卡中走下来，把空啤酒罐扔进后车厢的一堆空罐子中。朱迪丝没看他，但知道他在卡车边转了个圈，不慌不忙地把一件干净衬衫穿在汗背心外面。这个举动让人觉得他是约会迟到了，但好像不太想赴约的样子。

朱迪丝探身进后备厢里，尽量不把腰弯得太厉害。她用一块毯子包在花盆外面，然后用麻绳把无法关上的后备厢盖拴了一下。收拾好后，她直起腰来转过身，发现两个男人一直盯着她。刚下来的那个男人个子高高的，脸上带着友善的笑容。但他和那个红脸男人一样，一副袖手旁观的样子。朱迪丝并不想让他们帮忙，但他们这样站在一边冷眼旁观也挺招人讨厌。

她说：“也许你们两个小牛仔可以到西夫韦超市去，好好看看人家卸货。”

红脸男人傻眼了，但另一个人温和地笑了笑。他脸上捉摸不定的笑容有点似曾相识，她忍不住观察起他来。红脸男人突然说：“我们以前见过，是吧？”

朱迪丝转向他问：“谁？”

那个男人看上去竭力想让自己笑得不那么傻里傻气。“你和我。”他说。

“我想没见过。”朱迪丝冷冷地说。

红脸男人突然眯起双眼。两个男人站在朱迪丝面前，红脸男人稍稍移动了一下，朱迪丝感觉好像被他们包围了似的。除了他们三个，停车场里没有其他人。

“我要走了。”她说。

红脸男人仍然眯着眼睛站在原地，而高个子男人语调平和地说：“博斯·克劳斯，我们挡了这位小姐的路，显然她要去什么地方跟什么人见面。”

朱迪丝猛地转过头看着高个子男人。她听过这声音，千真万确，但就是想不起到底在哪里听过。

红脸男人还是不肯挪步子，另一个男人则退后了几步，给朱迪丝让开一条路。经过他身边的时候，她隐约闻到一股啤酒混合着木屑和汗的味道，但并不难闻。

快到车门时，红脸男人说：“我现在想起来在哪儿见过你了。”

朱迪丝回过头，那男人说：“在梦里。”那傻笑又回到他脸上，“一个春梦。”

他说完迈着两条小短腿大步走进吉布森商厦，因为走得太快，两条腿显得更罗圈了。朱迪丝发动车子时，那个高个子男人打了个手势，示意她把车窗放下来。

不要，她心想，但还是放下了一半。

“有趣的是，”他俯下身说，“你和我曾见过。”

“哪里有趣？”朱迪丝问。

高个男人愣了一下说：“有趣的巧合，不好笑，哈哈。”

朱迪丝没有笑。

“我们在盖斯特农场见过，你和你父亲去买洗衣机，我在搭谷仓的房顶。”

她想起来了。他以前留着胡子，但一看那双淡淡的灰蓝色眼睛就知道是他。

高个男人的声音变得温和起来。他说：“我那次还说你是个危险人物，非常危险。也许你不记得了。”

朱迪丝坚持说不记得。“一定要记得吗？”她问。

他的回答令她意外。“我记得一清二楚，当一个人清楚地记得另一个人时，他会以为对方也记得他，”他笑着说，“不过我想，正是这些误会让这世界变得有趣，有趣的巧合，不好笑，哈哈。”

这番话触动了朱迪丝，她没再用什么刻薄的话来反驳，但发现自己不知道该说什么，唯一的想法是他不留胡子更好看些，但她不想说出来。

一直弯着腰的他直起身子，然后扭头看着公路，一辆卡车经过后，他说：“已经差不多两年了。”接着转回头看着她说：“你对我来说还是很危险。”

他灰蓝色的眼睛凝视着她，她心里咯噔一下，意识到自己梦见他站在床前时，他的眼神就是这样。很多年以后，每当朱迪丝回忆这段往事，她总觉得也许正是威利唤醒了她内心潜藏的激情，把她变成了一个他心目中的女孩，一个她以为不存在的女孩。

“我要走了。”

她说完踩下油门，车子开始移动。他用手指把帽檐轻轻往上弹了一下，因此她走之前得以看清他顽皮的表情。

离开吉布森商厦，朱迪丝开得很慢，竭力让自己平静下来。她开到皇后冰激凌店，站在柜台后面的迪娜挥手让她进去，她看到迪娜没有戴塑料浴帽或者医用手套。朱迪丝说：“我猜爱德先生不在店里。”迪娜说他几乎不来了，因为他在六十英里外的地方又开了家店。他告诉迪娜他要对新店盯紧一点。但迪娜认为，他之所以待在新店里，是因为他好不容易鼓起勇气约梅林达·佩恩下班后去喝咖啡，那个银行的波霸直截了当地拒绝了，后来还一直躲着他。“他觉得如果能成为饮食业的巨头，那个女人的态度就会不一样了。”迪娜说。

如果事业上的成功不能让盖茨比和希斯克利夫[①]获得爱情的话，可能爱德先生也一样。朱迪丝心里这么想，但没说出来。朱迪丝注意到迪娜解开了工作服最上面的两粒扣子，从右边看过去，乳沟若隐若现。有那么几次，朱迪丝心想迪娜是不是真的变丰满了，还是穿了魔术胸罩。朱迪丝从保温灯下舀了些法式薯条，然后坐在工作台上。

“情绪不高嘛，谁死了？”迪娜问。

“什么？”

① 盖茨比和希斯克利夫分别是美国小说《了不起的盖茨比》和《呼啸山庄》的主人公。

“你这个样子好像有人刚死了似的。”

“噢，”朱迪丝看看手里的薯条，又看了看迪娜说，“有个男人骚扰我。”

迪娜说：“这种事我也碰到过几次，也没那么严重，就是些列车员。”

朱迪丝想起南太平洋铁路公司在六十英里外的大湖镇确实有个分站。

迪娜把一根沾了水的手指伸进一个大盐瓶里，然后用舌头舔了舔沾着盐的手指。

朱迪丝看了看停在外面的车。因为放了花盆，所以后备厢开着。她抓起一根薯条，边嚼边说：“其实我碰上了两个家伙，一个是以前跟你说过的那个开橙色皮卡的，他的皮肤红得像被开水烫过，啤酒肚，罗圈腿，很招人厌。”

“我倒不觉得。”迪娜边舔手指边说。朱迪丝说：“这样不卫生。”

“是吗？”迪娜说着又舔了一下，朱迪丝哭笑不得。

迪娜问：“那另一个人是谁？”

“什么？”

“你不是说有两个家伙吗，我问另一个是谁？”

朱迪丝不知道该怎么回答。帕特里克·盖斯特曾告诉她那个屋顶工的名字，但她不记得了。唯一能告诉迪娜的是，那个人长着一双灰蓝色的眼睛，还有第一次见到他的时候他留着胡子，现在剃了，所以一下子没认出来。

“但他挺可爱？”迪娜问。

朱迪丝说她觉得是，他跟别人不一样。迪娜正在揣测这话背后的意思，看到老顾客桃瑞丝·康特威尔走了进来。“她以为自己是冰雪皇后。”迪娜小声对朱迪丝说，说完走到柜台前。

桃瑞丝·康特威尔是个中年女人，按照一般标准，超重十五到二十磅。她足足看了价目牌一分钟，然后说：“我要一个冰雪皇后。”

回家的时候，朱迪丝绕道开回吉布森商厦，但那辆橙色皮卡已经不见踪影。

林肯州立大学已经确定接收朱迪丝，但另外几个著名高校仍然毫无音信，既没有录取书，也没有拒绝函。弗拉德先生说：“如果是在候选名单里，那时间就不太确定，九月前的任何时候都可能收到通知。”虽然才五月，但每天放学一回家，朱迪丝就会立即查看被投进前门地板上的信件。如果没有大学的信，她就会趴在地板上，查看书桌底下的缝隙。几个星期前，一封电费单曾不可思议地出现在书桌底下。之后，她会站起身，拍拍腿上的灰，不知道自己为什么这样。她想不通为什么要为那些不一定非要上的大学而烦心。朱迪丝记得在佛蒙特的时候，有一次三个女生都跟她说有个叫朗尼·哈泽尔伍德的男生想邀请她参加秋收舞会。她本来就不太感兴趣，更别说和朗尼·哈泽尔伍德一起去。但之后几天他没再提这事，朱迪丝反倒觉得很想和他一起去。终于，舞会开始的前两天，他结结巴巴地邀请她，但眼睛始终不敢看她。她心里暗自得意，但嘴上却说抱歉，说她已经有别的安排了。

朱迪丝参加了最后的两门考试，微积分和现代美国文学，但对她来说都不难。最后一次和父亲在教工食堂吃午饭的时候，点菜前父亲拿出了送给她的毕业礼物。那是一本二手的精装版《贵妇画像》，卷首插画上蒙着一张保护纸。扉页上写了一行字：在毕业之际，送给朱迪丝，爱你的父亲。他说：“看完后要告诉我你对伊莎贝尔·阿切尔，还有那几个追求者的看法。”

她拿起书看了看说：“真漂亮。”

“但它还不是你的……”他不需要说完，因为她知道后半句是：直到你在书的空白处写下读书笔记。父亲总觉得一本书上如果没有写写画画，那根本不算读过。

大多数老师都放暑假了，食堂里零零星星地坐着几个人，银器和瓷器餐具发出的叮当声在大厅里回响，服务生们都没什么事可做，所以也围在一起吃饭。他们中有一个留着浅金色长发的瘦小女孩，她不时地为大家分菜、倒饮料。每次女孩给他们加满饮料，那桌就会稍稍安静一会儿。朱迪丝说：“也许明年我就在这儿上学，鲁弗斯赛治州立学院。”

父亲慢悠悠地咬了一口烤鸡，接着抬起头看了她几秒，然后说：“你今天来吃饭前是不是回家看信了？”

朱迪丝吓了一跳，她忐忑地说是的。

“是去看有没有大学寄来的信？”

她点点头，心里直后悔。她每天都把门口的信收拾好放在书桌上，所以父亲知道了。

“有信吗？”

“没有。”

“你走那么远回家，就是为了看看有没有大学的回复？”

她再次点了点头。

父亲没说什么，只是挥手示意附近的女服务生过来。他帮朱迪丝点了个巧克力冰激凌，还要了两杯咖啡。“冰激凌。”女服务生说。她的语调平淡得像在复述，而不是询问。朱迪丝的父亲点点头。那女孩的发色是玉米黄，发质极好。她转身离开的时候，朱迪丝才不得不把视线从她身上移开。

“好吧，朱迪丝，”父亲说，“我们从头说起，你都申请了哪些学校，结果怎么样？”

朱迪丝终于还是没能躲过这个问题，她觉得无处可逃了。她的回答简短而概括：三个东部名校拒绝；两个重点大学候选，还在等消息；林肯大学录取。“如果是在内布拉斯加州上学，那我宁愿和你在一个学校。”

朱迪丝不明白自己为什么会这样说，因为她本想表达的是“宁愿在鲁弗斯赛治上学”。

“我想你低估了林肯大学，”他说，“他们有很好的老师，一两年之后，如果你确实想去别的学校，还可以转学。”

“我从这里转也可以啊，而且学费便宜多了，我想上的那些学校都贵得要命。”

父亲的脸阴沉下来，朱迪丝知道自己说错话了。“学费不是问题，”他说，“钱会有的。”

这一刻，朱迪丝深切地感觉到父亲对她的期望。他照顾她、爱她，她想去什么地方、想干什么，他都满足她。所有这一切，他从来都不怠慢。

金发女服务生拿着账单走了过来，父亲没怎么看就签了名：“麻烦再来点咖啡。”女服务生爽快地答应了，很快就送了过来。她问：“还要点什么吗，托米教授？”

朱迪丝的父亲摇摇头，她感觉到那个女服务生似乎有点失望，好像希望父亲再要点什么。她父亲说：“不过还是要谢谢你，宗德拉。”

女服务生的脸上泛起一抹红晕，娇羞动人。她走后，朱迪丝问：“她叫宗德拉？”

他点点头说：“宗德拉·埃文斯，她听过我几堂课。”

宗德拉·埃文斯站在墙边的服务区，正往两个盛满冰块的玻璃杯里加水。朱迪丝回忆着那女孩的眼睛是不是蓝色的，她觉得好像不是，那么就意味着她的一头金发是商店里买来的。这时她父亲又问道：“进了斯坦福的候选名单吗？”

“嗯，但弗拉德先生让我别抱太大希望。”

“为什么？”

朱迪丝耸耸肩，实际上她根本不记得弗拉德是否说过。

她父亲把双手的指尖碰到一起，然后把手指压在嘴唇上。大概半分钟之后，他“走出笼子”，对她说他想给她讲个故事。

她突然有种想跑掉的感觉。“什么故事？”她问，“是不是关于小鸟早晚要离开巢穴？”

他笑着问：“为什么，是不是现在适合讲那个故事？”

“不。”她说。

他搅了搅咖啡中的奶油，然后说：“那我就讲我的了，我想起你出生的时候，你妈妈和我住在麦迪逊大街，家里有个缝纫室，你妈妈把它改成了婴儿房。她把整个房间都刷成了漂亮的淡粉色，甚至连婴儿床和旧五斗柜都是粉色的，镶边是薄荷绿。”

父亲沉浸在回忆里，眼神变得朦胧起来。“你一岁生日前一个月，有一天家里只有我和你。你睡了一觉后在地上爬了一会儿，最后自己站起来，但没往前走。你冲着周围的玩具高兴地说个不停，咿咿呀呀的。我那时候坐在桌边看书。过了一会儿，我突然发现房子里很安静，一种奇怪又可怕的安静。我立即冲进婴儿室，看见你竟然坐在五斗柜的上面，你是怎么上去的呢？原来你把抽屉拉了出来，每个抽屉比上面一个拉得多一些，然后你就把它们当梯子爬了上去。你坐在上面看着我，脸上的快乐那么纯粹，手里还挥舞着我的袜子。能看出来，你当时对自己的'壮举'兴奋不已。”他微笑了一下接着说，“那双袜子是红绿相间的菱形图案，我记得，因为我还保留着，穿着很丑，但就是舍不得扔。”

朱迪丝记得以前听过这故事，情节有点不同，而且根本就是“小鸟总有一天要离巢”的翻版，但她觉得没必要戳穿。不管怎样，这是个真实的故事。透过一扇大窗，父亲凝望着外面齐整的草坪和茂盛的树木。朱迪丝看着剩下的巧克力冰激凌，想用勺子舀起来，但又怕弄出声音。

“那个安静的瞬间可怕、奇怪又吓人……”她父亲没说完，接着话锋一转，“你要知道，我并不是想说这个故事本身，之所以提到它是因为我现在只能这么做。”

这话既让她意外，又有点摸不着头脑。“米德伯里学院有什么不好？”她问。

“他们不打算授予我终身职位，就这点不好。”

朱迪丝奇怪地问：“你怎么知道？”

“因为戴尔·欧文是终身职位委员会的，他好心地给了我一个警告。”戴尔·欧文夫妇曾和朱迪丝一家去佛罗里达旅行，途中出了交通事故。

“为什么？”

父亲的表情有一点无奈，他说：“这样我就可以在他们否决我的终身职位之前重新找个工作，不然的话，这个否决就要留在我的档案里。问题是，如果面试的人问我‘你期望米德伯里学院授予你终身教授职位吗？’我会说‘是的，我希望’。然后他们就会问‘那你为什么还选择离开？’”父亲笑了笑接着说：“哦，没关系，没事。只要喝一杯杜松子酒，就会发现这事没那么糟糕。”他说完拿起咖啡杯，但又放回了小托盘上。“我来这里之前曾去面试过六七家学校。他们问我为什么要来鲁弗斯赛治，我说因为这里让我有家的感觉。说这句话的时候，我才意识到这不仅是真实的感觉，而且它让我承认自己终于放下了所谓的野心。有意思的是，我感到如释重负。在这里，我的生活更简单，更井井有条。”他停顿了一下，接着说：“今天早上，我在想，人们抱怨小镇的萧条，抱怨没有隐私，抱怨这抱怨那，但你知道我最感兴趣的是什么吗？生活在这样的小镇上，你只需要步行一两英里，就能看到无比广阔的自然美景，所有的烦恼也就消散了。”

朱迪丝没想到父亲说到这儿就停下了。她在心里揣测着他这些话的用意，他到底是赞成她留在家里，还是去林肯；是再等等其他学校的消息，还是干脆去学点野外生存技能。

她希望父亲接着说下去，但他只是坐在对面看着她，确切地说，是一种审视。之后他站起来绕过桌子，抓住她的手说：“回家吧。”

自从上了高中，功课不那么繁重了，除了看看课本，似乎只有日复一日的漫长等待。学校的规定放松了许多，特别是对毕业班的学生。有一天，朱迪丝在走廊上闲逛，经过门厅的时候，光荣榜上的一张照片引起了她的注意。

她曾在停车场见过照片上的人，就是那个个子高高的，帮帕特里克·盖斯特家搭房顶的人。只不过照片中的他还是个男孩，皮肤和他身上穿的篮球队服一样白。照片下面有一行字：威利·布朗特，二队主力。

就是这个名字，朱迪丝想起帕特里克·盖斯特曾经跟她说过，威利·布朗特。

又仔细看了看，她觉得就长相而言，他属于比较英俊的，但除此之外，他身上还有一种说不出的吸引力。照片中的他抱着篮球站在那儿，身上穿着类似背心的运动服，脸上的表情没有一丝自大和傲慢。他笑眯眯地对着镜头，顽皮的表情好像是在自嘲。她想起在吉布森商厦的停车场里，他的笑容也是如此，似乎是被朱迪丝的窘境，也是被他自己逗乐了似的。也许他每天都是这么乐呵呵的，笑对周遭的人和事。这笑容让她对他的感觉与以往有了不同，或许是更感兴趣了。此时此刻，看着照片上的他，一个和之前那些憧憬、那些对未来的想法都没有任何关系的念头占据了她的内心。她觉得总有一天，他温柔的手会放纵地抚过她的身体。

没过几天，朱迪丝又一次见到了威利·布朗特。那天她和迪娜正坐在必胜客里，对面是两个同学，保罗·威尔斯和保罗·瑞尔斯贝克。迪娜称他们为“保罗二人组”，保罗·威尔斯是保罗一号，保罗·瑞尔斯贝克是保罗二号。

自从春假以来，两个保罗好几次偷看过迪娜的胸部，而迪娜一直在考虑选哪一个做她的暑期男友。“都不好。”朱迪丝曾说。但因为两个保罗穷追不舍，于是朱迪丝建议迪娜给他们俩来个面试。迪娜事先打电话给两个保罗，告诉他们她和朱迪丝周二下午要和他们在必胜客见面。

“什么事？”保罗一号问。保罗二号则问谁会付账。

面试题目很简单，朱迪丝和迪娜把问题列出来，她们逐一提问，两个保罗把答案写下来。第一个问题是：如果你可以隐身五分钟，你会去哪里，做什么？那天赴约的时候，两个保罗都穿着讲究的衬衫。朱迪丝一边吃比萨喝咖啡，一边看着他们用铅笔写下答案，十分享受。第四题是：改编电影《沼泽怪物》，哪个鲁弗斯赛治的居民可以扮演主角？你们会怎么给他说戏？正在这时，门开了，威利·布朗特走了进来。

他穿着旧夹克和白T恤，一个人来的。朱迪丝看着他和当班的店员卡尔文·海顿聊了几句，那店员被逗得哈哈大笑。当他转过头朝她看时，她立即躲开了他的视线。他找了个边上的位子坐下，背对着斜射进来的阳光，所以从朱迪丝的位置，几乎只能看见他的轮廓。只见他翻过纸餐具垫，拿出一支铅笔，趴在纸垫上，似乎在写什么。

“假如你是一只苍鹭，肚子里填满了青蛙肉，”迪娜问，“那你会在谁的头上拉屎？”

两个男孩直叫恶心，迪娜接着说：“你们还要给出拉屎的时间，比如说，在体育课点名的时候。”两个小男生听罢笑得更欢了，朱迪丝突然觉得有点尴尬。为了镇住他们，她说：“还要说出一个拟声词，来形容拉屎的声音。”

保罗二人组顿时呆住了。

另一边，俯在纸垫上写东西的威利·布朗特偶尔抬起头咬一口比萨或喝一口啤酒。朱迪丝猜想他可能在给什么人写一封很重要的信，或者只是乱画而已。奇怪的是，不管他在写什么，朱迪丝都觉得有一点嫉妒。

保罗兄弟已经答到第七题了，题目是：拼出“精子”这个单词，并解释。朱迪丝站起来走到威利·布朗特面前。他一只手里拿着包薯条，另一只手握着铅笔。她走近他的时候，他抬起头，脸上绽开笑容，很惊喜的样子。

“她过来了。”他像是在自言自语。

这话并没有什么，但朱迪丝的脸却红了。

他接着说：“你的那个大花盆应该完好无损地到家了吧？”

朱迪丝觉得整个人都不听使唤，她说：“我只是想谢谢你那天在吉布森商厦帮我。”

他爽朗的笑声让她放松下来。她听到他说他不知道有什么可谢的。

“你帮我甩掉了你那个红脸朋友。”她松了口气，因为自己的声音听起来还算正常。

他微笑着点点头说：“实际上博斯·克劳斯并不是我的红脸朋友，而是红脸老板，不过最近会有变化。”威利·布朗特说话的时候，灰蓝色的眼睛亮晶晶的。

朱迪丝说：“作为一个陌生人，他脸皮真厚。”

“有时候那很管用，你可能想不到。”他开玩笑说。

“能想到。”她说完低头看着桌子。他盘子里只剩下最后一块鲜肉菠萝，啤酒也差不多喝光了。但是那张纸垫背后根本没有一个字，原来他一直在画虫子。

他说：“其实，我本来想等你那边的人少点之后过去跟你打个招呼。”

朱迪丝心里高兴，但没有表现出来。

他指了指对面的红色长椅说：“如果愿意，可以坐下来。”

坐下之前，她故意犹豫了一下。她看了看自己刚才坐的地方，发现迪娜正一脸疑惑地看着她。朱迪丝转身对威利·布朗特说："那你准备到我们那桌说什么？"

"为了那个并不是朋友的红脸男人向你道歉。"

朱迪丝咯咯地笑着，笑得轻松自然。她指了指桌上的纸垫说："我想你很喜欢画虫子。"

他带着几分戏谑的口吻说："画虫子，还有，看那些装农产品的卡车卸货。"

朱迪丝扑哧一声笑了，她差点忘了自己曾这样讽刺过他们："那你以后是不是想做昆虫学家之类的？"

他吸了吸鼻子笑着说："你是说研究虫子的男人？不，我可不想，不过那也不赖，你说呢？我可以在车头上挂条条幅，上面反写着'研究虫子的男人来了'，这样我跟踪你的时候，你就可以从后视镜里看出来。"

朱迪丝拿不准该不该取笑他，她说："我只是过来跟你聊聊天。"说完她突然想起帕特里克·盖斯特曾对她说过同样的话。

威利·布朗特脸上的笑容僵了好一会儿。"我知道，我的意思是……不知道，研究虫子的男人，我只是觉得这挺好笑的。"他说。他的声音越来越小，然后故作严肃地指了指桌上的画说："这些是蝇式钓钩，乱画的，我是远近闻名的钓鱼高手。"说完调皮地看着她。

这话听起来似乎带有某种性暗示，但朱迪丝觉得最好的办法就是装糊涂。"蝇式钓钩是什么？"她问。

"用苍蝇钓鱼，我先画出苍蝇，再系到钓钩上，然后用它们逮住鱼，我喜欢秋天去麦迪逊钓鱼。"

朱迪丝问他怎么用它钓鱼，可当他描述的时候，虽然她看着他的脸，但已经完全走神了。

说到用鹿毛把蝇式钓钩绑起来，他突然停了一下，然后说：“我想我让你觉得无聊了，我可不想这样。”

“不，没有。”朱迪丝说。但她没有再追问蝇式钓钩的事，而是说：“我要过去了。”

他点点头，但她迟迟没有站起来：“我们正在给那两个男生做测验。”

他又点点头。

“拟声词是什么？”她突然问。

他依旧微笑地看着她，眉毛轻轻地扬了扬说：“就是嘎吱嘎吱，吃东西发出的吧唧吧唧声，还有拉上拉链的声音，不知道拉开拉链算不算。”

朱迪丝顾不得矜持，大笑起来。她发现他不留胡子确实更好看，他的脸颊光滑柔软，让人产生一种想去亲吻的念头。她说：“你叫威利·布朗特，对吧？”他脸上闪现一丝惊讶，她继续说：“我在学校的展示墙上看见你的照片了。”

他点了点头，然后朝窗外瞥了一眼。太阳快下山了，空气中弥漫着烟尘。他的声音突然像笛声一样柔和。“你叫朱迪丝·托米。”接着又说了一遍，“朱迪丝·托米。”片刻之后，他转过身看着她说：“当我终于打听到你的名字，然后大声念出来的时候，我觉得就像是飘浮在晶莹肥皂泡里的一个谜，也不知道为什么。”他说完自嘲地笑了笑，好像有些不好意思。这笑容就像一道光亮穿透了黄昏的薄雾。

他费尽心思打听她的名字，这已经足以让她惊喜了，而且他还自言自语地念出她的名字，想象她的名字悬在空中。他奇怪又动人的描述让朱迪丝几乎无法思考，更别提说话了。“坦白告诉你，其实我没那么神秘。”她说。

一种柔和的宁静围绕着他们，他的脸上写着甜蜜，他说他认为每个人都是一个大大的谜。他凝视着她说：“现在我最盼望的是你能给我电话号码。”说这话时，他的声音小得和耳语差不多。

朱迪丝笑盈盈地看着他说：“要电话号码干吗？”

他大声笑了笑，回答说：“不太确定，反正有用。”

“我倒是想给你，但不知道该不该给。”她想起哈利·托米的故事。哈利的妻子想要一套鸟眼枫木家具，他只看了一眼就记住了家具的样式。“告诉你吧，我会给你号码，但你必须记在脑子里，不能写下来。”

“永远？永远不能写下来吗？”

“没错。”

他轻轻地摇了摇头说：“也太严格了吧？”

确实有点不近人情，也难怪他这么说。朱迪丝并不希望他把号码忘了，于是她说：“好吧，在这里不能写，不许在这个餐厅里写。”

她说出号码的时候，他闭上眼睛，然后大声重复了一遍。朱迪丝突然想起整个鲁弗斯赛治的区号都是432，所以他只需要记住最后四个号码就行了。“2731。”他说。

“正确，”朱迪丝说，“3741，或者1732可就不对了。”

他笑着说：“你真是个辣妹，我说得对吧？”

此时的朱迪丝被一种奇怪的感觉包裹着，既害怕又期待。威利·布朗特突然站起身，朱迪丝一下子觉得自己长久以来等待的东西似乎刚一到手就要被抢走了。她赶紧问道：“你去哪里？”

他拿起桌上的帽子，盯着她看了好一会儿，然后俯下身子凑到她耳边。他在她耳边小声说话的时候，那感觉就好像有细小的羽毛扫过她的耳垂。“很高兴跟你聊天，朱迪丝·托米。”他说完走到柜台付了账，然后出了餐厅，径直走向一辆褪了色的雪佛兰皮卡。他把手伸进车窗打开了车门。

后来，朱迪丝第一次登上这辆车时，她才知道有人用大力钳充当驾驶室车门的内把手。在仪表盘上，她看到用粗木工笔写下的几个数字：2731。

那天晚上，朱迪丝正站在浴室里用毛巾擦头发上的水，电话响了起来。她听见从门厅传来父亲的脚步声，然后是他低沉的男中音——你好。后面的话听不清楚，于是朱迪丝把门开了个小缝。

“嗯，知道了。”她听见父亲说。听他的口气，朱迪丝以为是某个大学打来的，或者是他的学生，但是后面一句话让她很意外。他说：“好的，谢谢，我看见朱迪丝就告诉她。”

朱迪丝轻轻关上门，站在浴室里猜测着。浴室的窗户开着，伴随夜里吹来的微风，白色的棉布窗帘微微抖动。也许是哪个女孩，但除了迪娜没有其他女孩打来过。可是如果是迪娜的话，父亲的口气应该比刚才和善一点。

朱迪丝顾不上擦干头发，匆匆穿上衣服走出了浴室。父亲坐在书桌边，正在书堆里埋头写着什么。她从壁炉架上拿起《贵妇画像》，一下子坐进花朵图案的椅子里，然后侧过身，背靠着一个扶手，两条腿搭在另一个扶手上。她打开书，尽量用漫不经心的口气问：“刚才谁打来的？”

他早已抬起头在看她，脸上的表情变得轻松起来："看来有什么浪漫的事在等着你呢，朱迪丝，但愿你已经知道怎么保护自己了。"

本来就焦虑不安的朱迪丝这会儿更急了："什么意思？"

"意思是有个叫威利·布朗特的人打来电话，似乎想请你出去吃饭。"

朱迪丝立刻心花怒放，脸腾的一下红了。她极力掩饰着自己的兴奋，没有转身或从椅子上站起来，只是看着窗外，假装在考虑。

她父亲说："你很想去吗？"

"不知道。"她说。

她依旧背对着父亲，但能感觉到父亲正在揣摩她的心思，但接下来他的声音并不像以前生气或发火的时候那样，这让朱迪丝放下心来。"不管去不去，你应该打个电话告诉他，号码在电话旁边。"

她把头扭向一边，心里慢慢地从一数到一百。

然后把书放到椅子上。朝电话走去的时候，朱迪丝感觉自己好像飘了起来。父亲已经把号码整齐地写在一个信封背后。

电话刚一通，她就听到一个男人的声音说："你好？"

"你好，"她说，"是威利·布朗特吗？"

威利·布朗特用一种懒散的腔调说："不是，如果你是税务员的话。"

朱迪丝笑着问："我听起来像收税的吗？"

"你跟他们一样喜欢兜圈子，"威利·布朗特说，"有个男税务员听上去好像格蕾丝王妃。"

"像格蕾丝王妃？"

"是的，另一个像苏珊妮·普雪特，他们用声音转化器，真恶心。"朱迪丝咯咯地笑了几声，忽然觉得不对。她问："你瞎编的吧？"

威利笑了笑说："是的，有点夸张，只是在你答复我之前没话找话而已。"

满怀期待的愉悦感让朱迪丝的脸直发烫："我为什么要跟你去吃饭？"

"首先，只有你和我，这是我一直盼望的事；其次，我想让你见识一些你从没见过的事。"

"你怎么知道我从没见过？"

"我就是知道。"话筒里传来开怀的笑声。

朱迪丝知道如果声音太大会被父亲听见，所以转身面对墙壁，压低声音说："我从没见过的事也许永远也不想见。"

"是，"他说，"但我说的这件事不同于那些。"

她注意到他说的话并没有语法错误。

"那么到底是什么我没见过的事？"

"我不能说。"

"为什么？"

"这就好像拿起一本小说，还没开始看就直接翻到结尾一样。"

朱迪丝说："我从来都这样，并没有什么不好的。"

"你确实是个较劲的辣妹，不对吗？"他笑着说，"但这并不意味着我会说出秘密。"

她一再试探都没能套出他的话，最后只好说："给一点提示总行吧？"

"穿短上衣和李维斯牛仔裤来就行了，我们吃饭的地方不需要讲究衣着。"

"我还没说要去呢。"她说。话虽如此，但她心里知道谁也骗不了。

“那就五点吧？”他说。朱迪丝故意等了一两秒才说：“好吧，一定，不过要事先声明一下，我不喜欢什么惊喜。”

“遵命，”他说，“你惊喜了吗？”

“什么？”

“我说遵命。”

朱迪丝不得不承认有那么一点点。

“你真的不喜欢这种小惊喜吗？”他问。

挂上电话，朱迪丝想直接下楼回自己的房间，盖着那个漂亮的被子躺在床上，好好想一想眼前这不可思议的事情，但又觉得那样太可笑，太孩子气了，而且会让父亲看出她的心思。所以她回到客厅，又蜷缩进父亲的花椅子里。她重新翻开书，但脑子里却在想到时候该穿什么、他会穿什么、和他一起坐在皮卡里会怎样，还有她在座位上应该和他保持什么样的距离之类。

过了一会儿，父亲提醒她：“就算是假装看书，你也要偶尔翻几页吧。”

朱迪丝觉得脸发热，她没好意思抬头，只是赶紧翻了一页。

11

逃避自己的家

经过几次运送，朱迪丝的储藏室变成了一个可以住人的地方。她用布盖在墙角的一摞纸箱上，用一块大红色的涡纹布遮住煤渣砖墙。她似乎并不只是按照过去的老房间来布置这个储藏室，还想营造出一种童话仙境，或者某种梦境。她开始整理纸箱里的旧书，把最喜欢的一些按字母顺序摆在玻璃书柜里。

拿起《贵妇画像》时，她翻开看了看，书的空白处是她当年密密麻麻的读书笔记。书中有一个段落描述沃伯顿勋爵年收入十万镑，在这个段落下面，朱迪丝用铅笔写着：是达西的十倍还多！她记得自己当年对伊莎贝尔拒绝如此优秀的男人感到无法理解。伊丽莎白·班内特是主动寻找另一半，她知道自己想要什么。但伊莎贝尔·阿切尔从一开始就根本不想找什么丈夫。翻到下一页，朱迪丝看到最上面写着：父亲觉得伊莎贝尔是害怕自己迷失在沃伯顿勋爵上流社会的生活里……

“成为笼中之鸟。”但是她最终嫁给了那个外表儒雅却背叛她的人，不还是一样迷失了吗?

朱迪丝翻到结尾，发现确实是这样：与奥斯蒙的婚姻令伊莎贝尔感到窒息。奥斯蒙对伊莎贝尔说：“要知道，我们是一体的，就像烛台和熄烛器。”朱迪丝当年曾在这句话下面画了一条线，并在空白处写下：哈！把这句发给妈妈看！

她又翻回到书的开头，从第一句开始看，不知不觉一口气看了两小时，没过几天就看完了。她对小说的情节和架构早已熟悉，但是一些细节读起来仍然新鲜，而且和当年的体会有所不同。书中的伊莎贝尔·阿切尔从奥尔巴尼的一个贫困家庭走出来，最后成为英国豪华大宅的女主人。朱迪丝似乎从这个故事里看到了自己的影子。伊莎贝尔的姨妈和表哥拉尔夫装出一副热心肠，但其实就是想看看活泼的伊莎贝尔到底会嫁一个什么样的男人。他们眼看着她拒绝了两个优秀的追求者——沃伯顿勋爵和卡斯帕·古德伍德，最后却因为看走眼而嫁给了精明又残忍的奥斯蒙，最后陷入困境。在朱迪丝看来，整个过程都是这两个人在从中作梗。朱迪丝放弃了威利·布朗特和帕特里克·盖斯特，当然了，他们并不是沃伯顿勋爵和卡斯帕·古德伍德，正如马尔科姆不是奥斯蒙，她自己也不是伊莎贝尔·阿切尔。然而，看到伊莎贝尔·阿切尔再次拒绝了沃伯顿勋爵的恳求，毅然回到罗马，回到奥斯蒙黑暗的豪华宫殿时，朱迪丝觉得自己就好像刚刚参加完某个人的葬礼，而她对这个人有一种出乎意料的亲切感。

周六晚上，几次延期之后，她和马尔科姆最终还是去了峡谷边一个雅致的餐馆吃晚饭。他们俩似乎都认为那个场合适合穿镶着珠片的小黑裙。

一向不怎么喝酒的马尔科姆点了瓶纯格兰杰威士忌。服务生离开后，他举杯对朱迪丝说："为了纪念和我的新娘在'海滨小屋'度过的那个下午。"

朱迪丝看着旁边餐桌上一盘刚上来的主菜，尽量平淡地说："我们也许该喝点酒来转移上床的注意力。"

小黑裙很合身，走在餐厅里，不少男人都回头看她。但这并不足以让她打起精神和马尔科姆共度一个他所希望的浪漫夜晚。朱迪丝明白那是周六晚上，她看见其他人眼里闪烁着喜悦，但总觉得更像周一。

马尔科姆跟朱迪丝说他忙于手头的一桩交易，提到一个开空头支票的议员，还说银行最近要收购加利福尼亚一家有四个分行的银行，收购有多么重要，最后愤愤不平地说不公正的选区划分已经把预选变成了真正的选举，导致两党极端对立。过了一会儿，朱迪丝才意识到他说完了。她的脑海里又浮现出可怜的伊莎贝尔·阿切尔。为什么她最后没想办法离开奥斯蒙呢？她忍气吞声的理由仅仅是出于责任吗？

马尔科姆说："我还能喝一瓶威士忌。"

朱迪丝点了她一向喜欢的曼哈顿酒，但这个晚上她却觉得它太甜腻了，几乎没喝。她突然想起那个晚上在银行里的情景，于是问："你的生意就是我们的生意，这话是谁想出来的？"

"顾问，你觉得怎样？"

她耸耸肩说："总比我的好，我的建议是'你的生意和我们他妈的没关系'。"

马尔科姆轻声细语地说可能她的脾气不太适合人际交往。他喝了口酒，接着说："梅特卡芙小姐遇到了一件怪事。"

朱迪丝没插话。

"她在抽屉里发现一把锁。"

他说得漫不经心，也没有注意她的反应，就好像在讲笑话。两个服务生走过他们身边，马尔科姆转头看着他们手里两个冒着热气的餐盘。

“没听懂。”朱迪丝说。

他回过头看着她说：“没人听得懂，所以我说是怪事，如果是有小偷，那应该少东西，却多了一个，还是个没用的，一把已经被人撬开的锁，而且没人有钥匙。”

朱迪丝想：钥匙就在梅特卡芙小姐手里。它属于那把再也不能保障安全的锁。如果从某种隐喻的角度来说，那把锁也并非没用的废物。

“也许有人跟她交换什么呢，”她说，“放进一个东西，拿走另一个。”

马尔科姆摇摇头说：“什么都没丢，梅特卡芙检查过。她觉得是有人趁她不注意的时候放进去的。”

“是某种……玩笑？”

他耸耸肩说：“很可能。”

“为什么不查查监控录像？”

“查了，但她不知道是什么时候放的，我们的录像只保留七十二小时。”

朱迪丝喝了一口曼哈顿酒说：“你有没有告诉她我曾坐过她的位子？”

马尔科姆一脸的不解，他摇摇头说：“忘了这事，不是什么大事。还有，恶作剧不是你的风格吧？你上次去已经是好久之前的事了，而她是昨天才发现那把锁的。”

不知什么时候他的酒杯已经空了，而且看架势似乎还想喝。朱迪丝意识到饭菜还没有上来。

“那你们准备怎么办？”她问。

“没什么办法。也不完全是这样，爱德和我带了几把坏锁，趁她休息的时候把它们放进了她抽屉的各个角落里。”

“然后呢？”

“她没有不高兴。”

“然后你和爱德与梅特卡芙小姐的荤段子就传开了[①]？”

他大笑着说：“很不幸，没有，这都什么年代了，没人再开这种玩笑。感谢上帝！”

他又点了第三瓶酒。他们的菜端上来时，他看着盘子对服务员说他不想再警告第二次。服务生笑了一下离开了。

他们想尽量吃得慢一点，但还是很快就吃完了。盘子收走后，他们等着上咖啡。这时，马尔科姆伸出一只手，朱迪丝握住了他的手。“说真的，”他小声说，“你仍然是我最着迷的女人，我疯狂地爱着你。”

他没有继续说下去，朱迪丝暗自庆幸。酒精总是让他口无遮拦。曾经有一次，他喝多了，絮絮叨叨地说着太阳、月亮，还有星星之类，仿佛是要表达天长地久之类的意思。“我也爱你。”朱迪丝说。她听得出自己这话说得多么客套，她心里甚至在想，自己对马尔科姆的爱是不是正在一点点消逝，甚至已经不爱了。她希望事实不是这样，然而不需要母亲的忠告，她也知道，“希望”不可能阻止爱情的流逝。朱迪丝曾总结了一个自己的格言——“成功的婚姻”是“整体”大于“所有细节的总和”。但是，刚刚自鸣得意了几秒，她就不得不自问：谁能精确地计算出来呢？谁能抵挡猖獗的捏造数据呢？谁又能避免计算错误？

晚上到家后，马尔科姆要和朱迪丝亲热，她勉强地配合着。正在进

① 在英文中，drawers这个单词既有抽屉，又有女性内裤的含义。

行的时候（事实上朱迪丝并不确定是进行到哪一步的时候，因为她的心思根本不在这事上），马尔科姆突然翻身坐在了床边。

“怎么了？”她问。

“没什么。”他说。虽然急躁不是他的风格，但她明显感觉到他在发脾气。

马尔科姆套上丝绸睡袍离开了房间。还好他没有穿上衣服出门，朱迪丝心想。在她看来，后者是一个更明确的危险信号，因为那意味着可能和梅特卡芙有关。想到自己躺在床上等他回来，而他却躲到房子的某个角落，朱迪丝觉得几乎要疯了。也许他也明白这一点，也许他会心生同情。她想起了那个充满宁静的小储藏室，还有那种毫无拘束，任思绪飘飞的感觉。她恨不得立即跳上车开到“红屋顶”去。可是那里只允许客户在早上七点到晚上九点之间进入，她觉得那点时间根本不够。她再也没见过第一次带她参观的那个眼睛乌黑的年轻人，后来她发现那里有个不修边幅的接待员，朱迪丝心里叫他“小丑”。每次快要关门的时候，他就会开着车在场内转悠，车里放着忧郁蓝调乐团的《马上行动》，音量很大。有一次路过的时候，他咧开嘴冲着朱迪丝笑，露出好几个豁牙。“你不一定要回家，女士，但不能待在这里！”他说。

朱迪丝坐起来，穿上睡衣，发现马尔科姆站在楼下厨房的水池边，空气中有一股烤鸡的味道。那是他在艾伯森超市买的。她想起当年在校园里认识马尔科姆以后，他们经常自己做烤鸡，可她不知道为什么后来就再也没做过。

“开饭了吗？”她问。马尔科姆转过身说：“是的，不过恐怕只剩下一块鸡翅了。”

她走进去站在他身边，看见一直放在窗台上的小陶瓷茶托摆在橱柜台面上，茶托里是她的戒指。这没什么奇怪的，她晚上通常把它放在那儿，只是记不清楚那天晚上是否戴着它。她回想着吃晚饭时的情景，但一会儿觉得没戴，一会儿又觉得戴了。最后只得转身问凝视着窗外的马尔科姆。

“吃晚饭的时候我戴戒指了吗？”

“什么？”他问，似乎刚从沉思中醒来。

她重复了一遍。

“什么怪问题，你当然戴着。我握着你的手，不记得了吗？我绝对看到了。”

他说完又把头转向窗外。然而，从他带刺的话里，她明白自己没戴。她有点后悔，心里想以后要注意一些。

透过窗户，她看见峡谷周围一片黑暗，远处高速公路上的车灯在夜色的映衬下闪闪烁烁。

他说：“红色尾灯、白色前灯，你来我往，穿梭交织，看着还挺有意思。”她没说话。他接着说：“我记得在哪儿看过一句话，说如果人们为某件重大的事焦虑不安的时候，比如，生活方式、未来方向、棘手的问题等，那么第一件事就是要停下来，真正停下来，做一个溪流中的岩石。有些人要么没听过这个忠告，要么自视甚高。”

朱迪丝依然沉默。“停下来看看情况”或许是最好的忠告，实际上她每天都是如此。不过，到底是什么事让马尔科姆担心，或者后悔，以至于要停下来呢？或者只是因为刚才床上的失败而生出一时的挫败感？想到这儿，她握住马尔科姆的手说：“对不起，我……”

马尔科姆立即打断她的话：“不用为任何事说对不起，朱迪丝，你是这世上唯一不需要因为‘重大的事’而向我道歉的人。”

朱迪丝想说她并不赞同，但又觉得他一定会反驳，而这一来一去又会导致怎样的争论呢？他说她没错？她坚持说有错？

转身出门的时候，她说："你来吗？"

"就来，"他说，"我们都力不从心了。"虽然黑暗中看不清他的脸，但她心里知道他嘴角一定挂着一丝苦笑。

"还有机会，"她说，"上楼再试试吧。"

"当然，一定，"他说，"但不是今晚，如果你不介意的话。"

回房间之前，朱迪丝去看了看卡蜜儿。房间里黑乎乎的，她摸索着走到床边，看见女儿蜷缩着，被子被推到一边。每每回忆起卡蜜儿蹒跚学步的时期，朱迪丝心底都会生出怜爱之情。她记得有一天晚上，她和卡蜜儿一起躺在床上，卡蜜儿的头枕在她的臂弯里睡着了，她小小的身体看上去那么柔弱、那么乖巧、那么可爱，完全不是白天那个倔强捣乱的小丫头。有那么一刻，朱迪丝甚至想爬上那个带顶棚的高床，再次把胳膊垫在卡蜜儿的头下，好让她在妈妈的怀里甜甜地睡一觉。但她很快打消了这个念头，她想卡蜜儿不会乖乖地顺从，相反，可能会惊醒，会吵闹，会发脾气。所以她只是跪在梯凳的台阶上，凑近吻了一下卡蜜儿的耳垂。这个小耳垂肉乎乎的，柔软又光滑，像婴儿的一样，总让人忍不住想亲一口。

突然卡蜜儿动了一下。"西奥！"她叫道。

她在说什么？西奥？

"什么？"朱迪丝小声问，但是卡蜜儿似乎又回到了她的梦里。

几天之后，忙了一中午的朱迪丝和露西·梅恩克一起去外面吃快餐。那段时间朱迪丝每天都提前上班，为的是下班后可以到红屋顶的储藏室去悠闲地看看书。但不管她多早，露西总是先她一步，而且剪出不少好片子，解决了许多疑难问题。对此朱迪丝心存感激，但感觉露西多少有些越俎代庖，这打破了剪辑室的某种平衡。朱迪丝的看法有时候会遭遇沉默，她感觉那是一种无声的反驳。有一次，朱迪丝问："要是你，你会怎么剪？"说这话时她尽量让自己显得心平气和。露西毫不保留地叙述着，详细到每一个步骤，无论是流畅性还是完整性都比朱迪丝的方案略胜一筹。朱迪丝更加沮丧了，两个人的友谊似乎只有在剪辑室以外的地方才能恢复如昔。

朱迪丝点了份恺撒沙拉，服务生刚要转身，她又加了杯马天尼："蓝宝石金酒，搅动的，加两个橄榄。"

露西掰开一块面包说："你和马尔科姆有什么问题吗？"

朱迪丝惊讶地眨了眨眼说："就因为我点了酒，你才这样问的吗？"

"你一向不喝酒，至少下午三点不喝。"

"马尔科姆很好，"朱迪丝说，"我也很好。"

"除了可怕的头痛以外。"露西说。

"是，是啊。"朱迪丝说。服务生送来了装在透明玻璃杯里的马天尼，杯口的边缘镶着钴蓝色的边，朱迪丝喜欢这种华丽的风格。露西显然也一样，她对服务生说："给我也来一杯。"

朱迪丝喝下第一口，嘴里热辣辣的。露西说："卡蜜儿怎么样？她好吗？"

朱迪丝想把女儿梦里叫"西奥"的事告诉露西，但还是决定不说得太具体。"从某种角度说，她是个好姑娘，举止得体，成绩优秀，她身边的朋友也都很出色，可事实上，有时候我觉得她是我女儿，但更多的时候我感觉我们只是熟人而已。她还没定型，但最近常不在家里。"朱迪丝记得当年威利·布朗特第一次打电话找她的那个晚上，父亲曾说他希望朱迪丝知道怎样保护自己，“最难的是放手不管，给他们自由。”

露西说：“卡蜜儿胆子大，有主见，将来会有出息的，我敢打赌，赌一栋豪宅。”

露西曾不止一次表达类似的看法，朱迪丝并不介意再听一遍，但还是忍不住说：“可是你没有豪宅，只有一个小公寓而已。”露西大笑说：“上帝，朱迪丝，你不该这么较真，我可是在恭维你！”

她们边吃边喝，除了工作上的事以外，几乎什么都聊。突然朱迪丝发现露西疑惑地盯着她，还听到隐隐约约的手机铃声。

“怎么了？”朱迪丝问。

“你包里的手机在响。”

朱迪丝这才注意到包里响起了《月光曲》的前奏。她从包里掏出一个细长的银色手机，看到屏幕上显示着“未知来电”。正在犹豫是否要接，电话不响了。

“滑盖的？”露西说，“新买的？”

借着酒劲，朱迪丝故作随意地说：“是卡蜜儿的，她丢在我车里了，我怕忘了带回家，所以放在包里。”这完这话，朱迪丝有点惴惴不安，担心露西会突然问出什么让她无法招架的问题。但马天尼似乎同样在露西身上起了作用，她看上去一点也没怀疑。

“这正说明卡蜜儿真的与众不同，”露西说，“有几个小孩会把德彪西的音乐拿来做手机铃声？”

“可能是她钢琴老师弹的曲子。”朱迪丝说完赶紧把电话塞进包里，又突然觉得这真荒诞，一个属于“伊迪·温克斯”的手机，却在自己包里。开账户的时候，银行就要求提供手机号，取现金的时候，提款机上也会要求输入手机号。所以办了信用卡后，朱迪丝就到手机店选了一款最时髦的，但挑了最便宜的话费套餐。自从买下手机，她就忘了这事，直到刚才有人打进电话。朱迪丝觉得有必要研究一下怎么把这手机调成振动。

盘子都空了以后，朱迪丝从玻璃牙签上咬下一颗辣橄榄，接着终于平静地说出了一个在她脑子里盘桓了多日的问题："记得你雇用过一个私家侦探吗？"

露西说："是的，我记得我那次说他是个'私家小鸡鸡'。"

朱迪丝没有理会露西的脏话，接着问："但你觉得他很称职，是吗？"

露西点点头说："也很贵。"她说完给了朱迪丝一个揶揄而又意味深长的笑："为什么问这事？"

"我有个内布拉斯加的女朋友失去联系了。"

露西笑嘻嘻地问："那个男的叫什么？"

"你说谁？"

"你失去联系的那个女朋友。"

"你太讨厌了，"朱迪丝说，"以前肯定有人这样逗过你。"

"可我说得不对吗？"

朱迪丝笑着耸耸肩说："对了一半，其实我想找两个人。女的名叫迪娜·施密特，男的叫帕特里克·盖斯特。"对于自己的脱口而出，朱迪丝也有几分意外，但说出"帕特里克·盖斯特"的名字时，她觉得过去的事就在嘴边了。

"帕特里克·盖斯特，"露西说，"我们以前说起过这个人吗？"

对于露西·梅恩克的追问，朱迪丝并不在意。她说："他住在内布拉斯加，脾气好又能干。父亲骑马摔死了，继父死于农场事故，后来他母亲失去了那个农场。”

露西说：“喜剧可不是这么编的。”

“我最后一次见到帕特里克·盖斯特的时候，他和他妈妈住在一间小黑屋子里，我一直在想他后来有没有从那种地方逃出去。”

服务生过来收盘子，她们俩靠着椅子没说话。之后露西说：“那女的呢？”

离开鲁弗斯赛治后，朱迪丝和迪娜书信来往过一段时间，但后来迪娜对朱迪丝与马尔科姆的暧昧关系，以及她抛弃威利·布朗特的事非常不满，所以她们的信越来越少，最后完全停止了。结婚的时候，朱迪丝曾想请迪娜做伴娘，但又觉得让一个不赞成她婚姻的人来做伴娘不太合适。朱迪丝心里明白，如果不是请她来做贵宾，那根本就不该发出邀请。大约一年后，她写过一封信给迪娜，信中描述了她在加利福尼亚的新生活。可是那封信被退了回来，上面写着：请退回寄信人。朱迪丝一眼就认出那是迪娜的笔迹。朱迪丝当时很心痛，她把信揉成一团扔了，但是现在她觉得当初迪娜那么做也是理所当然，因为结婚没请她，可能伤了她的心，所以才会把信退回来。

“她是我最要好的高中同学，”朱迪丝对露西说，“却慢慢失去联系了。”

“你一直想知道在爱情和婚姻方面，她是否超越了你？”

朱迪丝笑了笑，然后示意服务生结账：“差不多吧。”

露西说她曾在网上找到过几个高中同学，建议朱迪丝也试一下。“一分钱也不用花。”她说。

“试过了，”朱迪丝说，“试了好几个网站，包括一个付费引擎。”想起那个经历，朱迪丝觉得简直是场噩梦。那些网站要求输入他的出生日期，她根本不清楚，还要他的住址，她也不知道。

“那个侦探叫吉尔伯特·史密斯。”露西说完在手机上找出了电话。她读号码的时候，朱迪丝记了下来。

回到制片厂，走过接待区的时候，像往常一样，有三四个人正等在那里。他们或者坐在椅子上翻杂志，或者低头看手提电脑。

“朱迪，亲爱的！”其中一个人说。

朱迪丝转过身，发现那是她母亲。

“妈妈，天哪，你怎么来了？”

被母亲一下子抱住，朱迪丝有点不知所措。母亲终于放开她，然后退了几步，像慈母一样打量起她来。“你看上去有点憔悴，”她说，“你的性生活足够吗？”

露西·梅恩克幸灾乐祸地笑起来，朱迪丝别无选择，只有跟着一起傻笑。

“你看吧，”她母亲说，“脸红一点才好看。”

母亲看起来很快乐。“我要去墨西哥了，”她说，“圣米格尔市。”她听起来得意扬扬，但朱迪丝猜不出为什么。

“圣米格尔。”朱迪丝重复道。

“但我先到你这儿了，”她母亲说，“歇歇脚，我们有七小时。”

“上帝，妈妈，”她压低声音说，“我正忙着呢，手上的活本来三天前就该完成的。”

她母亲丝毫没有离开的意思。

“朱迪丝，宝贝，你上次见到我是什么时候？是你父亲葬礼后不久，我看下一次恐怕就是我的葬礼了！”母亲歪着头说，“我们该好好聊聊。”

露西·梅恩克清了清嗓子，说她一个人可以应付，还说如果需要，她可以跟霍伯和帕托解释一下。

“这个好心的女人是谁呀？”朱迪丝的母亲问。

朱迪丝觉得好像身不由己。她问露西：“你一个人行吗？”

“当然，我确定。”

“你看，问题解决了，”朱迪丝的母亲说，“先说最重要的，带我去吃点好吃的，我肚子饿得咕咕叫。”

母女俩去了汤姆餐馆，母亲点的是素汤面和基安蒂红葡萄酒。朱迪丝不知道母亲要耍什么花招，为了打起精神，她要了瓶曼哈顿威士忌。服务生把红葡萄酒送上来的时候，朱迪丝的母亲看着酒瓶说：“当我喝到剩下四分之一的时候，请再上一瓶。”

她母亲说她一直在接受一个女心理医生的治疗。这个医生的众多理论之一是“残酷的真相”能够带来“情绪释放”，而压抑内心的想法和观点，只会在体内产生毒素。可怕的是，这个理论让朱迪丝的母亲不再隐藏内心的任何秘密。当朱迪丝提起当年与欧文一家去佛罗里达旅行时发生的不愉快，她母亲道出了许多让人难堪的事。

她说：“那天晚上，在勒菲弗尔酒吧，我们都喝了古巴烈性酒，我和戴尔·欧文跳舞的时候，你父亲和瓦妮莎·欧文在男厕所的一个蹲位里偷欢。那并不是他第一次不忠，之前也有过，而且也不是第一次在我的眼皮子底下做，尽管我一直假装不知道。如果说有什么区别的话，那就是这一次他是和一个终身职位授予委员会委员的妻子有染。”她母亲哈哈大笑着补充说：“欲望可以宽恕，但愚蠢就不同了。”

朱迪丝想起父亲从没说过具体原因，但她还是站在父亲一边。“他跟我说过没得到终身职位的事。”她说。

“那他有没有告诉过你，曾经有三个地方要他，没有一个比得上他当时的工作，但他却接受了三个当中待遇最差的一个？”

朱迪丝摇了摇头。

她母亲用叉子猛地戳向一块奶酪说：“两年后，那时你已经去内布拉斯加和你父亲一起住，有一天下午，戴尔·欧文突然敲我们家的门，我记得那是春天，丁香花开着。他当时喝醉了，咧着嘴傻笑，我让他进去了。”她母亲若有所思地嚼了几口，接着说：“那天下午和戴尔·欧文上床的经历至今仍值得回味。”

朱迪丝看了看周围，除了两三个男人在远处喝啤酒之外，没有其他顾客。她说：“如果你说的‘好好聊聊’就是聊这些的话，那我可不想再聊下去了。”

“你听听，”她母亲说，“你说话的口气就像你父亲。”

朱迪丝不得不承认，母亲看起来很精神，并不像同龄的女人那样发胖变形，皮肤松弛，至少没那么严重。她很注意防晒，马尔科姆曾用“保养得当”形容她。这是事实。朱迪丝的父亲也一样，他看起来很结实，身板硬朗，没什么毛病。朱迪丝说：“鲁弗斯赛治的警察说他是坐在马桶上的时候突发心脏病的。”

对面的母亲只是听着。

“他们说可能是用力排便的缘故。”

母亲依然面无表情。这时候朱迪丝意识到，也许是那个关于“残酷真相”的理论让母亲变得如此漠然。最后她母亲说：“唯一遗憾的是死得没有尊严，你父亲可是个要面子的人，从来不求人，在我看来，他有点死要面子活受罪。”

朱迪丝想起当年父亲的葬礼结束后，她和母亲曾去鲁弗斯赛治的一家餐馆吃饭，当时她母亲情绪低落，只要了份沙拉，结果里面的调味品让她难以下咽，但她什么也没说。也不知为什么，朱迪丝那天点的是牛肉汉堡。朱迪丝只和母亲一起参加了葬礼，她差一点就直截了当地告诉马尔科姆不要去，但最后还是找了几个理由：他三个星期前刚接管一家新银行，卡蜜儿上二年级了，放学回家可能高高兴兴，也可能受了什么委屈。“待在家里，把壁炉烧热。”朱迪丝走之前嘱咐马尔科姆，但他有些犹豫，毕竟她是他的妻子，而霍华德·托米是他妻子死去的父亲。起程之前，朱迪丝打电话和母亲商量葬礼的安排时，她提到马尔科姆坚持要去的事。

“让他接电话。”母亲说。把电话递给马尔科姆后，朱迪丝听到母亲说了些什么，然后马尔科姆笑着说：“好的，这我就明白了，凯瑟琳，我会记住的。”

“你明白什么了？”通话结束后朱迪丝问。

马尔科姆怪笑了一下说：“你母亲说你父亲生前就不喜欢看到我，可能死后也不想。”

“不是那样！”朱迪丝说。但他们心知肚明，事实差不多就是这样。

从回忆中醒来，朱迪丝对母亲说：“也许你喜欢那个心理医生的原因是她能让你变成你一直渴望的那种为所欲为的人。”

“那又怎样，妨碍谁了？”

安静地吃了一会儿后，她母亲说：“也许有个事你感兴趣，我那次让马尔科姆不要去参加葬礼，我告诉他因为你不想让她去。”

“为什么这样说？”

“你明知故问。”

“我不知道你什么意思。”

她母亲点点头说：“我记得葬礼进行的时候，你不停地把头发往耳后拨，趁机侧过头看一看有没有人进来。”

朱迪丝感到胸口发闷，她意识到母亲什么话都说得出来，但没有阻止。“你认为威利·布朗特会去，对不对？”

上帝！朱迪丝心里一震，因为她这辈子从没在母亲面前提到过威利·布朗特这个人。朱迪丝瞪着母亲看了好一会儿，然后伸手拿起杯子，把一个小冰块倒进嘴里。一定是父亲告诉她的，朱迪丝心想。她耸耸肩，不置可否地笑了笑。虽然遮遮掩掩，但还是承认了：“他去参加葬礼并不是没有可能。”

她母亲想了想说：“他最终没有来，你是松了口气，还是很失望？”

“松了口气。”朱迪丝说。

她母亲脸上的笑容看上去和蔼可亲：“我该把那个心理医生的名字告诉你。”

说完她把目光从朱迪丝身上移到墙上挂的一串纸板做的三叶草，但其实她并没有真的在看。“葬礼是二月份，对吧？我记得那里所有的皮卡和大卡车都脏兮兮的，马路、人行道，还有窗户，都一样。但不得不承认，那里的人很好。他的学生都来了，还讲了很多感人的事。”她转过头看着朱迪丝说，“我知道你觉得我说这些很愚蠢，但是那天让我想起一个意大利谚语：只有第一场雨会让你浑身湿透。你父亲是我的第一场雨，我承认。而那个我从没见过，连照片也没看过的男孩，那个你父亲眼里既单纯又危险的威利·布朗特，就是你的第一场雨。”

朱迪丝想起钱包里有张威利·布朗特的照片。她想拿出来给母亲看看，却呆呆地坐着，好像是在一个中轴上，拿不定主意向哪边转。就这样，机会稍纵即逝。

远处的桌子边，一个喝啤酒的男人大笑着说："你开玩笑吧？流浪汉只收一美元就和基地大兵成交了。"

"走吧？"她母亲说。

朱迪丝和母亲来到停车场时，太阳已经西下，热浪开始退去。母亲说："还有五小时，带我去什么好玩的地方转转。"

朱迪丝把奥迪车开上费尔法克斯路，然后提到了几个常规的旅游点：农产品市场、墨西哥城、小东京、第三大道。

"我是说好玩的地方，亲爱的。"

朱迪丝茫然地向前开着，母亲看着窗外说："你知道吗？我过去以为那些没有再婚的寡妇是对'性'不感兴趣，但后来发现，其实对寡妇来说，世上有大把纵情欢乐的机会，甚至比那些再婚的人还多。"

朱迪丝以为这种特别的话题终于结束了，但完全没有。她母亲说："拉丁裔的男人似乎很喜欢经验丰富的北方女人。"

朱迪丝说："妈妈，这里没人像你这么说话。"

"那也许你该换个地方。"

"这么说吧，"朱迪丝说，"如果你保证不再涉及任何与你的性生活有关的事情，那就带你去一个地方，我还没带任何人去过。"

她母亲转过头问："哪里？"

朱迪丝不知道该怎么回答。她说："一个神秘的地方。"

"你的秘密据点？"她母亲似乎看到猎物一般两眼放光。

朱迪丝说也许是。

“好的，”她母亲说，“终于有点新鲜事了。”

在红屋顶仓储门口，朱迪丝把门禁卡歪向一边，以防母亲看到上面的名字——伊迪·温克斯。

车子开上一条脏乱的小路，两旁是一成不变的煤渣砖房。她母亲说：“这地方永远也忘不掉。”

朱迪丝偷笑了一下，她记得这句话。很久以前，有时候母亲心情不错，在郊游的路上就会对父亲说这句话。

朱迪丝打开17C储藏室，把门推上去，拧开涡纹图案的落地灯。微弱的灯光照着房里所有的东西，床铺、被子、五斗柜……“是立体模型吧，”她母亲大笑着说，“再放一个粉色的公主电话就是一间少女闺房，美国中部，二十世纪末期。”

母亲的话戳到了朱迪丝的痛处。这布置确实有点过时，但她一直喜欢传统的东西，这有什么错吗？难道比一个穿着薄纱上衣，彩边喇叭裤的母亲还要糟糕吗？

她母亲走进房间，看了看玻璃书柜上的书，然后用手指摸了摸床单上的针线：“那么你会来这里，躺下，然后……”

“看书，思考，休息。”

沉默了几秒，她母亲说：“朱迪，亲爱的，我觉得你是想逃避那个家，却不知道怎么做。”

朱迪丝说如果真的想那样的话，那她当然知道怎么做，但她不想。

听朱迪丝这么说，母亲换了个口气问：“你说你来这儿思考，那你思考些什么？”

“没什么特别的，多数都是看书，有时候打个盹。”

她母亲环顾四周，仔细打量着每件物品。朱迪丝不由得紧张起来，脑海里浮现出那些大侦探在罪案现场调查的画面，大侦探科伦坡、巴纳比·琼斯，还有安杰拉·兰斯伯瑞扮演的那个难缠的犯罪小说作家。这个女作家令人印象深刻，但她想不起她叫什么名字。朱迪丝不知道自己为什么会想到这些，又有什么可担心的？她刚才喝了不少酒，心想大概头疼又要来了。

她母亲说：“霍华德跟我说过这个家具的事，怎么传下来的，你们俩怎么打磨的，怎么大老远跑到乡下找到合适床罩的，但它为什么会在这儿呢？”

朱迪丝一五一十地告诉了母亲。

母亲听完又看了看周围说：“你是和谁一起把这个古色古香的床装起来的？”

朱迪丝感觉脸有点红，她说：“上帝，妈妈！也许真该有人一枪崩了你的心理医生，最好用一把带消音器的枪。”

可是她母亲并没忘记那个问题，依然在等朱迪丝回答。虽然威利·布朗特与鸟眼枫木家具之间的渊源一直是深藏在朱迪丝心底里的一个秘密，时不时会拿出来看一看，想一想，可是此时此刻，她突然觉得这秘密是如此的沉重，突然间想把它从心底里释放出来。

她翻出包里的钱包，从钱包里取出一个小塑料套，套子里装的是两张背靠背放在一起的照片，上面一张是卡蜜儿，背面是威利。朱迪丝从塑料套里抽出两张照片，把它们分开，然后把威利的递给了母亲。母亲把照片拿到落地灯下仔细端详起来，那是朱迪丝用父亲的莱卡相机拍的，也是她自己冲洗的。照片上的威利躺在一张野餐垫上，下身穿着洗白了的牛仔裤，脚蹬一双旧靴子，没系皮带，没戴帽子，上身赤裸，手里握着瓶喜乐滋啤酒，佯装睡觉的样子。朱迪丝的母亲说："哎呀！他看上去像十字架上的耶稣一样招人疼。"看着朱迪丝把照片放回那个秘密位置，她母亲又说："可怜的马尔科姆。"

她母亲脱下鞋，然后上床躺下。"过来。"她说着伸出一只胳膊。朱迪丝脱了鞋躺在她身边，把头枕在母亲的臂弯里，母亲紧紧地搂住了她。不知是被什么情绪触动了，还是突然的放松，朱迪丝竟哭了起来。

过了几天，朱迪丝在储藏室里给吉尔伯特·史密斯打了个电话，打电话时，她的心就如同少女一样怦怦直跳。她说自己叫伊迪·温克斯，要找几个人，以便通知他们参加在内布拉斯加的高中同学会。

"有那么两三个老同学总是很难找的。"吉尔伯特·史密斯说。他的声音毫无感情，听上去有一点忧郁。朱迪丝仿佛看见一双布满皱纹的眼睛，就像哈利·戴恩·斯坦通那样。

"是的，"朱迪丝说，"但还得找。"

吉尔伯特·史密斯沉默了几秒，朱迪丝猜想他可能是在等她继续说，但她没再多说，因为她觉得为什么找某个人是她自己的事，而找人才是他的事。

他说："你有没有用谷歌之类的搜一搜？"

朱迪丝说她搜过了。

"嗯，我想应该能找到他们，"吉尔伯特·史密斯说，"我首先要知道姓名，出生日期，如果你有的话，然后是居住地址以及其他任何你已经掌握的信息，还有七百美元预付金。"

朱迪丝说了三个名字：帕特里克·盖斯特、迪娜·施密特、威利·布朗特，除此之外，还提供了她仅有的一点信息：迪娜的生日她记得，而威利和迪娜差三天。

“没有中间名或中间字母吗？”吉尔伯特·史密斯说。

朱迪丝告诉他威利的中字母是C。

“你知道它代表什么吗？”

“不知道。”朱迪丝说。她觉得威利永远也不会告诉她。朱迪丝反问道：“那你名字中间的字母J代表什么？”

“琼丝。”吉尔伯特·史密斯说，“我父亲的主意，他觉得自己很有幽默感，但我没听到你笑。”

“挺好笑的。”朱迪丝说。她想到一件事，于是说：“还有，如果你找到了威利·布朗特，能不能把我的电话号码给他？”

“你的名字和电话号码？还有其他的吗？没有什么话要转达吗？”

“不，没有。”

“告诉他伊迪丝还是伊迪？”

“伊迪。”

“好的，”吉尔伯特·史密斯说，“一收到你的支票，我就……”

放下电话，朱迪丝立即取下放在玻璃书柜顶上的支票簿。看着自己签下的“托卢卡湖，伊迪·温克斯”，她忍不住想笑。为了找三个二十五年来杳无音信的人，一个不存在的人付钱给一个从没见过面的私家侦探。

朱迪丝把支票塞进写好了地址的信封。担心走的时候忘记，她把信封放在了钥匙旁边。朱迪丝中午就离开了制片厂，她跟霍伯说要去神经科医生那儿看一下偏头疼。到了该回去上班的时候，她突然感觉浑身疲倦。她想也许小睡一会儿就好了，不用太长时间，醒来就能一身轻，要是睡得香点，说不定还会焕然一新。她脱掉鞋，关了手机，躺下不久就睡着了。

/ 水下离歌 /

/

/

/

第二部

To be Sung Underwater

1 第一次，心动

第一次约会来到了。周五晚上，离约好的时间还差五分钟，威利·布朗特敲响了托米家的门。敲门声短促有力，坐在地下室等待的朱迪丝不仅能听见，而且能通过天花板、地板、水泥墙感觉到它的回声。她觉得那声音最后好像一直传到了鸟眼枫木床上，甚至好像触动了她心中的那根琴弦。她盯着地下室的天花板，追踪硬木地板上父亲的脚步声，一小滴汗珠顺着她的腋窝流了下来。

朱迪丝已经准备好一小时了，唯一拿不定主意的是穿哪件长袖上衣来搭配她的牛仔裤和靴子。想到五月的晚上仍有凉意，她最后决定穿父亲的一件棉条纹衬衫，浅蓝色的，虽然旧了，但很柔软，穿在朱迪丝身上像条裙子。对于一头长长的直发，朱迪丝折腾了不下一百次，最后还是用卡子规规矩矩地卡了起来。她希望父亲知道她并不想给任何人以错误的暗示。

头顶上传来门锁打开的声音。

朱迪丝站起身，踮着脚走过波斯地毯，来到楼梯边。她之前同意让父亲单独和威利·布朗特谈几分钟，但没有保证不偷听。她悄悄上了楼梯，把通往地下室的门稍稍打开一条小缝。

她听见他们做完了自我介绍，后面的一句话着实让她吃了一惊。父亲说："那么，威利，为什么不说说你身上有什么值得我注意的地方？"

上帝保佑！朱迪丝祈祷着。然而威利·布朗特的笑声听起来并不紧张。"嗯，"他说，"我干一天活拿一份钱，从不抱怨。"

她父亲说："还有什么？"

威利·布朗特说："我诚实待人，希望别人也这样对我。"

说得太棒了！朱迪丝想，这简直像是对求婚者的面试，而且是突然袭击。可父亲似乎还没问够。

"哦，"他说，"还有吗？"

"就这些吧，"威利说，"我喜欢做木工活，因为我擅长，也许正相反，我擅长，因为我喜欢。我喜欢做墙裙和护壁板，但最感兴趣的是吊顶。"

朱迪丝想不通父亲为什么就不能说点好听的。过了一会儿，威利说："你认为朱迪丝准备好了吗？"

父亲说他这就去看看，但他没有，而是接着说："你知道吗，我小时候在洛杉矶，有一次，公园里一只小狗跟我玩。我追它一会儿，它又追我一会儿，最后我追它时，它越过篱笆，跑到街道上，被车撞死了，游戏也结束了。"

过了片刻，威利说："这是你编的故事吧？"

"是的，"她父亲说，"确实是，那我去看看朱迪丝准备好了没。"

父亲打开通向地下室的门，刚下了几个台阶，就听到朱迪丝说："天哪，爸爸！谁让你像个地方官似的？说《伊索寓言》干吗？"

他温和地说："哈，你听到我们说话了。"

"你没告诉我你要突袭！你为什么不干脆在门口给他一枪？"

看着父亲使劲憋着不笑的样子，朱迪丝气呼呼地走上楼梯。他看见威利·布朗特站在客厅里看着窗外，手里拿着他的鸭舌帽。朱迪丝不得不承认，他看起来并没受什么影响。他穿一件蓝黑相间的法兰绒格子衬衫，悠闲地站在窗边，嘴里还吹着口哨，那曲子她有点耳熟，但说不出名字。

"嘿。"她说。口哨声停了下来，威利·布朗特转过身。"哇哦！"他拉着长音说，"报纸印刷暂停！"

她笑着说："什么意思？"

他身上的衬衫看上去很柔软，里面还有一件干净的白色T恤。"不知道，"他说，"脑子里蹦出这句话，我就说出来了。"

朱迪丝又笑了。接下去，威利再次竭尽全力和她父亲交手了几个回合。最后威利说："很高兴见到你，托米先生，我们会在说好的时间前回来。"朱迪丝和威利·布朗特走出房子，身后的门关上了。他们俩慢悠悠地走向他的卡车，朱迪丝每迈一步，身体就好像更轻盈了一些。她觉得自己好像在梦里一样，怎么打开车门的，怎么钻进去的，她都不太记得。

伴随着轰轰的引擎声，威利·布朗特缓缓地启动了车子。"收音机坏了，"他微笑着说，"如果无聊的话，我给你吹口哨。"

"我喜欢你的衬衫。"她说。

他脸上绽开笑容："这是我的幸运衬衫，我有段时间没穿了。上高中的时候，每次有重大比赛我都会穿。"

"每次都会赢？"

"唉，不是。我说的是幸运，不是神奇。"

她开始默默地记住每一个细节，希望永远保存在心底。

汗水和碎木屑混合的奇妙味道。

驾驶室车门上的一对大力钳把手。

缓缓向前行进的卡车。

金属仪表盘上用粗铅笔写下的数字——2731。

"你把我的号码写在那儿了？"

他转过头说："是的，我那天没带小本子。"

朱迪丝心里琢磨着他的眼睛到底是灰蓝色，还是蓝灰色。

向北拐上缅因街后，威利把车停在一家酒吧门前的斜向停车位上，那酒吧名叫"Y字结"。

"在这儿吃饭？"朱迪丝心里有点打鼓。

"不，只是拿点东西。"

他跳下车，但看到朱迪丝坐在车里不动，他停下脚步说："下来，这里不危险。"进入昏暗的酒吧，朱迪丝的眼睛一时适应不了，而威利已经坐到吧台上，和一个女服务生开起了玩笑："怎么还没准备好，洛林？我两天前就打电话订了。"

朱迪丝转过头，发现墙角有个留着大胡子的秃头男人正盯着她。他脚边有一团黑乎乎的东西，原来是一只狗。它仰着头，正懒洋洋地抓虱子。

“也许你不小心打到我们竞争对手的店里了，”洛林说，“我听说你最近到处接活。”朱迪丝猜测那个女服务生可能三十几岁，看上去膀大腰圆，但胸部很挺，应该是戴了魔术胸罩。至于她的长相，朱迪丝觉得实在乏善可陈。她把视线从那个女人身上转到耀眼的后墙上，那里挂着形似瀑布的灯饰。

“你叫什么名字，姑娘？”

朱迪丝意识到这是在问她的时候，威利·布朗特插话说：“这是朱迪丝·托米。”

那女服务生脸上虽带着笑，但目光却充满了审视：“那么这一定是你常说起的那个‘出色的人’。”

“就是她。”威利·布朗特有点急躁地说。他踩在高脚凳的踏脚圈上站了起来，身子探进吧台，伸长脖子看了看：“该死的，我的袋子哪儿去了，洛林？”

洛林盯着朱迪丝看了片刻，然后走过黑色的烤炉和罐头堆成的金字塔，从酒吧最里面的柜台下面拎出一个大牛皮纸袋递给了威利。威利打开纸袋往里面看了一眼。洛林从一个玻璃门冰箱里取出一盒六瓶装的百威啤酒，然后把它们放在纸袋旁边。

“以后再付吧！”她说。威利·布朗特耸了耸肩，从牙签盒里取了几根牙签。女服务生对朱迪丝说：“你可要小心点，威利只是表面看上去老实。”

威利摇摇头，好像一副很悲哀的样子。“如果人人拿你当笑柄，那装模作样还有什么意义？”他说。没等别人反应过来，他就从吧凳上站了起来，拿起啤酒，示意朱迪丝一起离开。

出了酒吧，威利先把啤酒塞进后车厢的冰盒里，然后开车向镇子的南面驶去。车走得很慢，以前朱迪丝和迪娜看到男孩子们开着车慢腾腾地在街上转悠的时候，她们曾称之为“龟速”。奇怪的是，车子向西开上限速六十的二十号公路，威利依然没怎么提速。他拿了根牙签塞进嘴里，朱迪丝看到几辆车从他们旁边呼啸而过。

路过一个小机场时，朱迪丝问：“出色的人？这是你的原话，还是那个女服务生自己的？”

“我可能说过，”威利说，“但不是经常。”

“那是什么意思？”

“你是说‘出色的人’？”就像听到其他问题一样，他似乎觉得这也很好笑。他看了她一眼说：“值得关注的人和事，这个解释怎么样？比如说，你。”

她看着窗外绿油油的田野，心里美滋滋的。威利把牙签从牙缝里取出来说：“想听我吹口哨吗？”

她笑着说不想听。

穿过两条小溪，他们驶上一条向南的土路，车身开始颠簸。她稍微提高了点嗓门说：“我们这是去哪儿？”

他微笑着说：“我记得我说过会有惊喜。”

她认识皇冠山和克劳山，但其他地方都很陌生。车子开上一个小丘，放眼望去，大片农田和牧草的尽头是一个林木茂盛的小山，临近黄昏，矗立的山峰映衬着澄澈的蓝天，好似一座纪念碑。

“真美。”她说。“说得对。”他说。

他们又朝着小山行进了大约一英里，她说：“你怎么看我父亲讲的那个故事，就是追狗追到街上的那个。”

他侧头看了她一下说：“你怎么知道的？”

她说那是个老房子，墙壁很薄。

“好吧，”威利说，“我觉得你父亲的那个故事是一个警示寓言。你爸爸把你比喻成小狗，而我是那个追逐者，但他不知道我们俩谁的处境更危险。”

虽然她脑子里盘算着怎样反驳，但听了这话心里喜滋滋的。“不好意思，”她说，“但我觉得是你追着我要电话，而不是我追着你。”

他说：“那是因为你可能以为我连电话都没有。”

“也许我认为你有电话，但你连自己的号码都不记得。”

威利开心地笑了。他说：“你说话要小心点了，这样随便评论我，我可是会伤心的。”

朱迪丝能感觉到他是在开玩笑，车里萦绕着轻松愉悦的气氛。

这时，路中央出现了一只大摇大摆的箭猪。威利说起了他从前养的一只狗，那只狗傻乎乎的，不会躲避附近的箭猪。朱迪丝的思绪开始飘忽，她在想，威利·布朗特这样的人怎么会知道“警示寓言”这个词。她记得帕特里克·盖斯特曾告诉她，威利·布朗特很喜欢在他家的谷仓顶上欣赏风景。那种词似乎不太会从这样一个男孩子嘴里说出来。

“我认识的几个家伙，他们的女朋友简直就像那只又老又凶的箭猪，”威利说，“你觉得他们能不能学会躲着点？”

让她意外的是，他好像真的在等她的回答。

“我猜不会。”她说。

他赞同地点了点头说：“你猜得太对了。”

她不知道该说点什么，于是问那只狗后来怎样了。

“哦，我打死那只箭猪以后，它受伤的鼻子恢复得很好。后来我把它送给了一个印第安人。那些人用箭猪毛当项链戴，更恶心的是，他们还吃箭猪肉，甚至连老箭猪都不放过。”他调皮地看了一眼朱迪丝，接着说，“你呢？你吃箭猪吗？”

朱迪丝说有些事就是活一百万年也不会做，吃箭猪就是其中最典型的。

威利·布朗特吸了吸鼻子说：“你会的，当你饿极了的时候。”

皮卡继续前行，先向东，然后向南，再向东，最后开上一条崎岖不平，树荫遮蔽的狭窄小路。周围不再是牧草和农田，而是蜿蜒流淌的小溪。路边不时掠过野生梅子树。“有的树结的梅子比其他的树甜。”威利说。他停下车，拿了个塑料瓶子到路边装满泉水，那水仿佛是从长满苔藓的石头缝里面流出来的。附近的一个树枝上挂着个杯子，威利把水倒进那杯子里喝了一口，然后又给朱迪丝倒了一杯。

“很好喝。”他说。

朱迪丝不得不承认这水确实不错，她把杯子放在泉水下又接了一杯喝下。

沿着小路继续往前，他们遇到了第一个铁丝网大门。威利·布朗特下车推开门，开过去后再把门关上。驶过第二道门时，前方已经没有路了，而是大片倒落的树木残骸。

眼看着无路可走，朱迪丝说：“威利？”这是她第一次直呼他的名字。

“怎么了？”他说着慢慢地加快了车速。

“要是我们被困在这儿可怎么办？”

威利放松油门，卡车滑过一块块大石头和满地的树枝。车子一上一下，但威利还不忘时不时侧过头对朱迪丝笑一笑：“谁说会被困在这儿？”

他们已经到了十分偏僻的地方，偏僻到她和她的父亲都不敢想的程度，可是车子还在颠簸与跳跃中不停地向前冲。突然，前方的路完全消失了。她喊道："停下，威利，停下！"但威利只是笑了一下，然后换到低速挡冲下泥泞的溪岸，进入宽阔的沙石浅滩，车尾随之摆动了起来。接着，皮卡又侧身冲向对岸，一阵起伏后终于开上了开阔的平地。"上帝！"朱迪丝一边说，一边暗自奇怪自己为什么会如此兴奋。"帕西克伸。"威利说。他的口气好像是在说一个圣人或者美女。车子最终停在了绿荫覆盖的小山脚下，朱迪丝迫不及待地问他刚才说的是什么意思。

"帕西克伸？"他说，"这就是我买这辆卡车的理由，他们叫它'限滑差速器'，但真正的原因是，有了这车，就有了去任何地方的车票。"

看着一脸得意的威利，朱迪丝说："可我觉得它是一张把我带进'暮光之城'的车票。"威利温和的笑声让她不那么紧张了。

他们下车的时候，周围的鸟突然尖叫起来，似乎对两个人的入侵感到惊恐不安。威利在前面带路，除了一个背包，他肩上还扛着冰盒。他们从一个斜坡上了山，进入一片松林中。风穿过树林，发出一种深沉的笛音。朱迪丝感觉到脚下的松针异常柔软和光滑。

"你怎么样？"威利时不时地问朱迪丝。除了回答"很好"，朱迪丝没什么可抱怨的，因为所有东西都是威利拿着。

大约十分钟后，她看到下方有一块藏身于松树林中的空地。他们往下走了一会儿，眼前出现一个火山坑。几把帆布折叠椅看上去颇有年代，另外还有一个当桌子用的原木墩，两边各摆着一个小木墩做凳子。桌子和椅子的表面都干干净净，一堆干树枝和生火用的东西早已摆放好。

“我猜你最近来过这儿。”朱迪丝说。

威利坦率地说：“我不想让你看到乱七八糟的样子，所以事先来收拾了一下。”他放下冰盒和背包，然后看着她说：“现在告诉我，朱迪丝·托米，这是不是你的第一次约会？”

“不是，”朱迪丝不假思索地撒了个谎，“为什么这么说？”

“这是我们的第一次约会，你和我的，很重要的约会，至少对我来说是，但我总觉得这也是你第一次和男人约会，所以就更重要了，我只是希望这成为一次真正难忘的约会。”亲切的笑容又浮现在他脸上，“就是那种飘飘欲仙的感觉。”

他递给她一瓶啤酒，她觉得应该拒绝，但还是接了过来。他用啤酒瓶轻轻地碰了碰朱迪丝的酒瓶，温柔地说：“为朱迪丝·托米和神秘之旅干杯。”

之后他把柴火堆在一起，朱迪丝则坐在木桌旁一边小口喝着啤酒，一边观察周围。环绕着她的是北美黄松、软垫一般的松针、蟋蟀、蝉、鸟，还有空谷中风的低吟声。这一切让朱迪丝想起了在字母山的那次奇遇。鸟儿们好像已经安静了许多，似乎警报已经解除，而它们也开始各忙各的。威利能分辨不同的鸟叫声，甚至知道蝴蝶的名字，什么赤蛱蝶、仕女彩蝶、孝衣蝶，还有黄燕尾蝶。

她问他什么叫丝兰灌木，他说：“就是石碱草，牛喜欢吃它的花、种子和根茎。放牧的时候，牛只要一看到就会在灌木丛中来回跑，这时候的牛是唯一能让你发笑的时候。”

他从背包里拿出一块红色条纹布铺在木桌上，然后打开装着食物的袋子，里面有烤三明治、熏牛肉、蜂窝黑麦乳酪。让她没想到的是，凉的烤三明治竟然会那么好吃。

朱迪丝抬起头，正碰上威利的目光。“我只见过大胃王像你吃得这么快。”他说完撕开最后一块三明治，然后把两半都摆在她面前，她挑了个大的。“我就知道。”他说。

他告诉她这块地方属于他母亲的一个表亲，面积很大，风景优美，但不适合种田。威利内心藏着一个愿望，他希望将来有一天能买下这块地，然后造一所林间小屋。吃完三明治，他指着远处的河道，说如果在那里建个土坝，就能形成一个小湖。朱迪丝能想象那番情景：松树林、蓝天、湖水、啾啾的鸟叫声、笛音般的风声。“在那儿游泳一定很棒。”她说。

“钓鱼也不错，我打算将来在湖里养些彩虹鱼和鲈鱼。”

朱迪丝说：“这样吧，如果你陪我游泳，那我就陪你钓鱼，但你要教我怎么钓。”

他说：“那么谈个条件。”

“什么条件？”

“你要教我游泳。”

朱迪丝放声大笑：“你不会游泳？”

他滑稽地耸了耸肩。

树木和山峰的影子渐渐拉长了，天色一点点黑了下来，寒意也随之包围了朱迪丝。威利在火堆里加了些柴，她这才感觉暖和起来。

他把那两把旧折叠椅搬到火堆旁，指着其中的一把说：“那个是你的。”

两把椅子看起来没什么区别，于是她问：“为什么是那个，那是诱捕器还是什么？”

“对，是的，”他说，“一坐上那把魔椅，你就会失控，会脱光衣服围着火堆跳舞。”

她坐下后对他眨了眨眼说：“骗子！”

他摇摇头，假装无辜地说：“上次发生过这种事。”

威利还准备了不少点心：全麦饼干、巧克力，还有棉花软糖。火慢慢减弱的时候，他把柳条削细当烤叉用。威利和朱迪丝对烤棉花糖都挺在行，他们耐心地把棉花糖靠近炉火，但又不至于离火苗太近。表面烘成淡棕色后，再把它夹在巧克力面包中间。这美味让朱迪丝觉得仿佛落入了仙境。

“这就是你说的惊喜吗？”她说，“如果是的话，那我真的很惊喜。”

“不，”他说，“这只是一点好吃的而已，大惊喜就要出现了。”

“出现？什么时候？”

“一小会儿。”

接下去半小时，他们时而说，时而听，想到哪儿，聊到哪儿，总是那么投机。威利又打开一瓶啤酒，有时看看怀表，有时加几根柴火。

“松树枝不好烧，”他说，“但这噼里啪啦的声音可是独一无二的。”

威利吹着口哨走开了，朱迪丝猜想他可能是去小便或者捡树枝什么的。她闭上眼睛，耳畔传过来风声、柴火的噼啪声、蟋蟀的叫声、青蛙的咕咕声。除了这些以外，还有一个男人的口哨声。那是一首歌，只是她不知道名字。朱迪丝此刻远离家人朋友，没有人能看到她和他在做什么，这本应让她多少有点警惕和害怕，可是却没有，只是有些兴奋。

威利回来后又坐进椅子里开始削柳条。

“为你下次来准备的吗？”

他说：“说真的，是想为我们下次来。”

“现在就开始计划了？”

“嗯，是的，我一般都提前准备。”

“我也是。”她沉默了一会儿又说，“有一次和帕特里克·盖斯特聊天，他说你上次搭好房顶后还在他们家干了一段时间。”

“对，是的。”

“他说你跟他们一起吃住。”

“没错。那阵子我爸把我赶出家门了，不记得为什么。”他笑了笑接着说，“住在他们家有点不习惯，他们自称素食者，所以顿顿都是玉米、土豆和甜菜，都是他们自家种的，没有其他东西，连鸡肉也没有。有一天，我问他们家小儿子吃素食感觉怎么样，他说还行，不过他也不太确定，因为他那两个星期才吃了一次而已。”威利说着大笑起来，接着又说：“不过，那女人做的大黄馅饼还挺好吃。”

朱迪丝说：“帕特里克·盖斯特说你干活不要钱。”

“也许吧，记不清了。”

“帕特里克说你晚上坐在他们家谷仓顶上，还会把空啤酒瓶扔到大黄地里。”

“帕特里克话还真多啊。”

“他还说你把在谷仓顶上看到的称作‘无限风光’。”

“真的？我还真不记得了。”

“帕特里克觉得坐在草坪上也能看到一样的景色，而且舒服得多。”

威利没说什么。

朱迪丝又问："那你为什么不坐在草坪上看呢？"

"不知道，也许房顶上看到的更令人兴奋吧。"

"什么意思？"

威利笑呵呵地说："想听真话？"

她不确定自己想还是不想，但还是点头说是。

"好吧，因为谷仓顶和盖斯特太太二楼的卧室差不多在同一高度。"

朱迪丝心里想的是：不要再说下去了，但嘴上却说："然后呢？"

"那是夏天，盖斯特太太晚上通常在一楼洗澡，然后回到卧室打开灯，坐在床上看书或抽烟。虽然很远，但还是足够刺激。"

朱迪丝没想到自己会笑出声："我觉得只有十二岁的小男孩才会那么激动。"

"是的，我想过好多次，我们不是蛇，不能像蛇那样把青春期那层皮整个蜕掉。也许女孩不一样吧。"

朱迪丝也想知道答案，不仅是这个问题，还有其他的："那你只从远处看了看？"

威利坦白地说："也不全是，有一天我壮着胆子说：'盖斯特太太，要是晚上爬到谷仓顶上，我就能透过二楼窗户看进你房间里，如果那样，那将是我这辈子最刺激的事了。'我说的时候故意瞪大眼睛做出一副可怜相，我以为这能激起她的母爱，有人跟我说这招有时候管用，但我可以告诉你，对她根本没用。她看着我说：'我房里有一把上膛的枪，如果你靠近那扇窗户，我就打断你的腿。'"怪笑了几声后，威利接着说："我对她说：'好吧，盖斯特太太，这大概是我收到的最不友好的引诱了。'"说完他又放声大笑，朱迪丝也跟着笑起来。

一通大笑之后，朱迪丝问："就这些吗？"

他说："是的，就这些。那天晚上她在窗户上挡了个帘子，没过几天我就走了。"

朱迪丝想告诉威利一些盖斯特太太的情况，但实际上她也不太了解，只知道盖斯特太太失去了那个农场，后来搬到了渥尔考特，住在一所破房子里，还有就是那个十二月的清晨，她和迪娜冒冒失失地敲门，结果看到了披头散发的盖斯特太太。

正在吹口哨的威利突然停了下来，他看了看表，又望了望天。"好的，"他说，"到时间了。"

他的两只手分别抓着一块红色扎染手帕的两端，然后把手帕卷了几下："我要蒙住你的眼睛，如果你保证不偷看，我就不会绑太紧。"

"你知道的，如果我在这儿发生什么不测，我父亲会追杀你的。"

"他当然会的，"威利说，"哪个父亲不会？"他用手帕盖住她的眼睛，在脑后系了起来。"可以吗？"他问。

她点点头。

"好嘞，坐下，放松。"

"放松"就意味着等待，朱迪丝警觉起来："什么意思，放松？"

"一两分钟就好，到时候告诉你。"

接着他又开始吹口哨。她问："你吹的是什么歌？"

"不喜欢吗？"

"还行，只是好像在哪儿听过，但想不起名字。"

"我也是，"他说，"它总是跳出来，是我妈妈唱过的一首老歌，也许什么时候你可以问问她。"

"如果我能活着见到她的话。"

"你真逗。"他怜爱地说。

威利继续吹他的曲子，朱迪丝突然觉得自己仿佛飘了起来，穿梭在林间，倾听着空谷风声、火堆的噼啪声，还有那动听的口哨声。

过了一会儿，口哨声突然停止。朱迪丝感觉不到威利的呼吸，也听不到其他声音。片刻之前的陶醉瞬间变成了惶恐。

“威利？”

他没有回答。

“威利？”

“再等一秒，”他说，“好，准备好了。”他上前解开手帕的时候，她感觉到他柔软的衬衫碰到了自己的脸。蒙着手帕时朱迪丝一直闭着眼，她缓缓睁开的时候，他正指着离他们最近的两座山峰。在沉沉夜幕下，一束壮观的亮光映衬出山峰的轮廓。一开始她觉得眼前的影像是静止的，但不一会儿，那束光缓缓地在两座山峰背后升起，为它们罩上了硕大的光环。这光环让朱迪丝想到耶稣的画像。转瞬之间，那光环慢慢地向上移动，越来越大、越来越宽、越来越白、越来越耀眼，最后露出整个身影。好一轮丰盈的圆月！朱迪丝承认从未目睹过这样美丽绝伦的月亮。低沉的风声还在林间回响，火堆里噼啪声依旧。月亮已高高地挂在山顶上，在一抹淡淡的云彩身后闪闪发光。朱迪丝吸了一口气，把眼前这一幕深深地印在脑海里。

“那里，”威利·布朗特小声说，“看那个月亮。”

朱迪丝说：“如果哪个人现在把这个月亮原原本本地画下来，人人都会喜欢，但没人会相信，任何人都不会，他们会认为那是你假想的。”

威利说：“也许明天我们就会觉得它是假想的。”

她突然转过身，激动地说：“不，不会的！因为我们亲眼所见。”

威利点点头，微笑着说："当然，不过也许将来某一天，你或者我，清晨醒来的时候会怀疑我们今天看到的。"

看着月光和火焰映照下的威利，朱迪丝忽然觉得此情此景仿佛来自她看过的，或者即将要看的一部电影。她抬起一条腿搭在他腿上，然后坐在他的膝盖上，这样他们就可以面对面坐着。"不会是我，怀疑的那个人不会是我。"朱迪丝低语着，呼吸急促起来。对她来说，此时此刻正在做的事才是真正的惊喜。威利看上去惊呆了。他用一根手指轻轻触碰着她的鼻子、她的眼皮，然后温柔地在她嘴唇上画着圈，她开始吻他，先是在他的嘴唇上游弋，然后是贪婪地吮吸，最后是牙齿和舌头的交织……当他的另一只手慢慢移向她的胸罩扣时，她弓起身子，好让他解得容易些。胸罩扣松开的那一瞬间，朱迪丝感到一阵晕眩。他一边喃喃地说着什么，一边埋下头贪婪地吮吸着她的脖子。他的双手握着她的双乳，轻轻地旋转着、抚弄着，朱迪丝觉得自己的乳房好像在涨大，而当他开始用拇指轻轻地揉搓她的乳头时，她觉得体内好像有什么东西要炸开了似的。

临走时，他把剩下的冰块和水浇在火堆上，还铲了些土盖住余火，然后把空啤酒瓶塞进冰盒里。朱迪丝则站在一边系胸罩，扣扣子。

回家的路上，车子再次冲过浅滩，越过崎岖的沟坎，最后开上平坦的公路。她凝视着窗外的月亮，它已经变成了往日的模样，遥不可及。她侧过身，把头枕在威利的膝盖上。他开得很慢，事实上从来没开快过。她说："现在你知道了吧，这是我的第一次约会，也是我的初吻。"

他说："我希望没让你失望。"

她笑着把头埋进威利的怀里，没想到竟啜泣起来。

"嘿，喂，怎么了？我们没做什么出格的事啊。"

他说得没错，他们俩的手始终都在腰以上。

“不是为那个，”她说，“我只是不想就这么结束了。”

威利·布朗特用手指抚弄着她的头发，突然车子被一块石头硌了一下。威利一改之前的随意，他郑重其事地说：“我要跟你说件事，我想说，你比我见过的任何一个女孩子都有趣得多。”

她吸了吸鼻子，抬起头用纸巾擦了擦鼻涕。

“真的吗？”

“真的。”

“为什么？”

他小声地笑了笑，似乎想到她会问这个问题。他低头看了她一眼，然后又盯着前方的路。她觉得他并没有在脑子里搜索答案，而是等着它自己冒出来。他终于说：“有的事情很难说为什么。”

几分钟后，雪佛兰皮卡从辅路拐上相对平坦的二十号公路。朱迪丝问：“明天下午你来吗？”他摸了摸朱迪丝的鼻子说他当然会去。

2

夏日之恋

周六下午，威利·布朗特早早地来到朱迪丝家，她把他带到后院去和她父亲打招呼，这一次的谈话波澜不惊。朱迪丝让威利看花盆里的酸橙树，她父亲说开花后就会结出酸橙。威利看了一会儿说：“托米先生，如果你再种几棵小酸橙树，也许会成为内布拉斯加最大的柑橘类种植户。”朱迪丝的心悬了起来，但父亲夸张地笑了几声。更重要的是，他们可以趁机找借口回到屋里。

父亲在花园里闲逛的时候，朱迪丝坐在餐桌边跟威利学一种名叫“赌场”的扑克游戏。父亲进屋喝冰茶时，威利邀请他一起玩。父亲没有拒绝，但无论是威利的邀请，还是父亲的接受，都让朱迪丝感到气恼。不过有父亲在，她很快掌握了要领，当代表输赢的牙签在她面前越堆越多的时候，她的不快里又夹杂着一丝幸灾乐祸。

大约下午三点时，威利看了看怀表后说他要开车去镇子南面的一个农户家干活。“乔·米纳特，”威利说，“他想让我给他装修一间房。”威利把视线从朱迪丝转向她父亲，然后问道：“你们俩想一起去吗？”

朱迪丝的父亲笑了笑说很抱歉不能去，因为下午要去学校。他似乎看穿了威利的小把戏，却不无欣赏。

“我能去吗？”朱迪丝问。

“和我去学校？”她父亲笑着问，“当然，想去就去。”

“你知道我的意思，和威利一起。”

父亲看看威利，又看看朱迪丝：“没什么不可以的。”

朱迪丝觉得如果现在给她做心电图的话，那么屏幕上运行的那条线一定是上蹿下跳的。

米纳特的农舍藏在死马公路边一片防护林带后面。威利把车停在房子门口的一辆橙色敞篷吉普车旁边时，一个大块头女人立刻从前门走出来看着他们。很快她身后又出现了一个更壮的男人。朱迪丝想这可能是米纳特先生和太太。他们俩沉默地站着，似乎就在等威利出现。

威利和朱迪丝走上前，威利说：“我是木匠。”

“她是谁？”那男人指着朱迪丝问。

“一个朋友。”威利依然友善地报以微笑。

两个大块头盯着他们。那男人的脸僵硬漠然，女人也面无表情，眼睛里充满血丝。她的脸看上去不太对劲，一边好像掉了下来，松弛得可怕。

乔·米纳特托着笨重的身躯转身进了屋。

他妻子也跟了过去，但走到一半又转回身说："进来吧。"

朱迪丝跟在威利身后走了进去。屋里黑乎乎的，还有一股子恶臭，朱迪丝很少在农舍里闻到这么难闻的味道，她想象着屋里什么地方有一块正在腐烂的臭肉。她几乎什么也看不见，窗户都遮得严严实实，光线昏暗。她不得不伸出一只手搭在威利的肩膀上往前走。

终于，那大块头女人打开了一盏顶灯，不知什么时候，她已经站在了朱迪丝身后。

"那边，"乔·米纳特指着走廊尽头的毛坯墙说，"那是我的办公室。"

"他说那是他的办公室。"米纳特太太小声嘟囔了一句，朱迪丝不明白她在对谁说。

大块头农夫拿出一张黄色皱纹纸，上面画着房间的设计图。威利先看了几秒，然后指出哪些是承重墙，哪些不是，最后向他们建议门窗的样式。乔·米纳特听完后说："我们不是盖泰姬陵。"

这话让米纳特太太狂笑不已。狭小的空间里，臭肉味越来越强烈，朱迪丝觉得直犯晕，还有点恶心。米纳特太太往前凑了几步，坚持要在新办公室的门上加把锁。一旁的朱迪丝说："我到外面去等。"

威利冲她笑了笑，说不会花很长时间。

朱迪丝转过身，米纳特太太往后退了几步，朱迪丝才能往外走。她三步并作两步穿过客厅，向明亮的门廊处走去，最后一把推开门冲了出去，大口大口地呼吸着外面的空气。

没有围栏的院子里杂草丛生，但一片残枝败叶中矗立着一棵朴树，树下放着一把老旧的木椅和一张边桌。朱迪丝走过去坐在椅子上。浓密的树荫下，她闭上眼睛，侧耳倾听着周遭各种昆虫的嗡嗡声。正当她感觉舒服了许多时，一根树枝突然啪的一声折断了。她睁开眼，看见米纳特太太正站在附近盯着她。那女人挤出了一丝笑容，两边的脸显得更不对称了，一边嘴角翘了上去，另一边则更耷拉了。“要块毛巾吗？”她说。

“不，”朱迪丝说，“我好了，可能是吃了什么变质的东西。”

“不是在这儿吃的。”米纳特太太说。她又往前走了几步，虽然不是特别近，但足以让朱迪丝闻到那股恶心的味道。她说：“你是个乖乖女吗？”

“是的，”朱迪丝说，“是，我是。”

那女人眼神犀利地看着她又问：“你确定吗？”

“是，”朱迪丝说，“我确定。”

米纳特太太稍稍前倾，呆呆地站着，似乎在盘算什么。“这小妞说她确定。”她说完古怪地大笑了几声，“你是确定，还是非常确定？”

朱迪丝觉得没有必要理她，她挺直身子，算是做了回答。米纳特太太突然说：“我们没有后代。”说这话时，她右边的脸似乎在做怪相，而下垂的左脸像一尊快要化了的蜡像。“有过一个，但两岁的时候死了。”

如果不是刚才那些古怪的对话，朱迪丝真想同情地点点头。除了阵阵蝉声以外，空气中一片沉寂。最后朱迪丝说：“房间里是什么味道？”米纳特太太似乎从回忆中醒了过来，脸上浮现出错位的疑虑。

她问：“什么味道？”

“不知道，”朱迪丝说，“我只觉得屋里有种怪味。”

“没有怪味，”米纳特太太说，“可能是害虫，他放了虫饵。”

朱迪丝没说话，她心想那女人口中的“害虫”可能是指老鼠之类的，但那味道不是老鼠。她记得以前和父亲把鸟眼枫木家具从棚子里拉出来的时候，她曾闻到过鼠类的味道，而这屋里的不一样。

米纳特太太慢慢走近的时候，怪味扑面而来。朱迪丝意识到那是一种生肉味。那女人在朱迪丝身后压低声音说："他说那是他的办公室，就是你的小情人要装修的那个，但那不是。"她那只正常的眼睛放着光，另一只血丝密布的眼睛则更亮。"他背着我做的，以为我不知道，但我看见了，我就要有自己的房间了。"她看上去又要怪笑，如果她笑，朱迪丝觉得一定会出现惊悚片里的情节。可是眼前并不是惊悚片，而是真切的现实。米纳特太太最终没有笑。她说："那是我的瞭望台。"

"你的瞭望台？"朱迪丝问。

米纳特太太看上去似乎挺高兴，她凑近朱迪丝说："正确，如果你走进去，就可以监视外面！"说完又哈哈大笑，那笑声似乎是从她喉咙深处发出来的。她扭曲的脸上溢满了快乐，腐烂的臭肉味顿时淹没了朱迪丝。米纳特太太又靠近了些说："告诉你的小情人，那门上必须装把锁，一把结实的大锁，而且只有我一个人有钥匙。"

朱迪丝想借故支开米纳特太太，于是她说："水，一杯水。"

正在这时，一道铁门哐的一声打开了，那女人先是一惊，然后走开了。

威利和乔·米纳特走下台阶来到院子里，看起来像两个正常人。威利把一张纸折起来放进口袋，然后对米纳特先生说等他列出所需的木料和五金件后就会马上报价。大块头男人温和地点了点头，双手插进工装裤的大口袋里。"你一干完我就会付钱的。"他说。

"我一两天内就列出材料表。"威利说。

乔·米纳特直视着威利说："很好，不需要花哨的合同，我任何时候都喜欢握手成交。"

米纳特太太压低嗓子悄悄对朱迪丝说："告诉你的小情人，告诉他装锁的事，还有钥匙只给我一个人。"

朱迪丝点点头，尽力装作若无其事地走向威利和米纳特先生。他们正在谈论停在前院的橙色吉普车。"我喜欢所有平直的设计，"威利说，"平的机顶盖，平的挡泥板。"

乔·米纳特点点头，但表情仍然僵硬。

米纳特太太也走过来说："这车是我开的，它什么地方都能去，有人曾把这种车开上国会大厦的台阶，里面还坐着总统。"

大块头农夫没理他太太，他说："不是总统。"

"你开这个车？"威利问米纳特太太。他的声音里透着惊讶。

米纳特太太得意地点点头说："他给我买的。"

米纳特先生依然看也不看他太太一眼，朱迪丝甚至在想，他是不是从来都不看她。"是M38型号的，"他对威利说，"从一个寡妇手里买的。后绞盘是拉姆齐公司的，但那女人根本不识货。"

米纳特太太挪到朱迪丝旁边，悄悄说如果朱迪丝乐意，她可以带朱迪丝开吉普车去兜风。

朱迪丝机械地点了点头。

威利正在询问车上的防空灯，朱迪丝说："我们走吧，威利，我不太舒服。"

朱迪丝猜想自己看起来一定不太好，因为威利刚看了她一眼就立刻跳上皮卡。他冲着米纳特先生大声说周二前会报价，然后马上发动了车子。

“还好吗？”他问。她点点头，但没说话。她感觉还有些恶心，于是把头靠在车窗上。他说：“如果需要停车就告诉我。”

朱迪丝依然没回答。

过了几分钟，她觉得不那么难受了，于是做了几次深呼吸。“我好了，”她说，“好多了。”

“确定吗？”

“是的，确定。”

威利松了口气，笑着说：“那太好了，刚才我差一点就想吻你，只是要吻一个刚刚吐过的女孩还真有点难度。”

朱迪丝抿嘴笑了笑。

“什么东西让你不舒服了？”

“那股臭味，”她说，“像腐烂的臭肉，我以为是那房子里的，但其实是她身上的，那个女人演吸血鬼一定能媲美文森特·普莱斯。”

“是的，米纳特太太，她脑子缺点东西。”

朱迪丝问什么意思。

“她是半个疯子，五年前米纳特先生曾把她送到医院，可后来她姐姐把她领出来，又带回了米纳特家，人人都能看见她，反正我没见过她开车。”威利好像想起了什么，他接着说，“早在高中的时候，他们就是一对小情侣，他比她大一岁。他带她参加了他的毕业舞会，第二年他又参加了她的。我妈妈记得很清楚，因为那两次舞会上她都穿着同一件黄色的波点连衣裙。”

朱迪丝问：“你真的会去他们家干活吗？”

“当然会，如果价格谈妥了的话，我可以周末干。”

一阵寂静后，他说：“你知道的，我这辈子再也不想为博斯·克劳斯工作了。”

他没有继续说下去，只是慢慢地向前开，表情透着几分严肃。没过多久，他的脸舒展开来，还吹起了口哨。朱迪丝盯着他看了一会儿，然后靠在他的身上，接着用蚊子哼哼一样的声音说：“哪里？”

“什么哪里？”

“你刚才想吻我哪里？”

威利笑眯眯地说：“嘴唇，除非你还有别的想法。”

“好笑，我的意思是你要把我带到哪里去吻我？”

“哦，这个啊，”他凝视着前方说，“不用担心，我知道一片隐蔽的小树林。”

“他知道一片隐蔽的小树林。”朱迪丝撒娇地重复道。

威利把车向东拐上一条小土路，不久前方出现了一个大门，门上有一个牌子写着“私人领地”。他下车打开那个大门，然后示意朱迪丝把车开进去，她有点犹豫，但还是开了进去。威利把大门关上后，她准备挪回副驾驶的位子，但威利打开门坐了上去。“你来开。”他说。她开得比威利慢，但是更专心，因为不停地有树枝、灌木，还有石块的干扰。她感觉到威利在盯着自己，于是快速地瞥了他一眼，他脸上挂着迷人的笑容。

“怎么了？”

“没什么，”他凑近了些说，“你双手不要离开方向盘，不会有事的。”

他伸出一只手来回抚摸她的下巴和脖子，慢慢地，充满着柔情。朱迪丝觉得身体的某些部位又酥又麻，仿佛被充了电一样，又似乎有什么东西在小口地咬噬着她。他开始解她的衬衫纽扣，她几次拨开他的手。

她觉得自己应该严肃地推开他，但就是严肃不起来。很快她就感觉到自己的衬衫前面被打开了，一只手温柔地抚过她的胸前，另一只手沿着她裸露的后背向上滑动。这时车轮被一块石头硌了一下，她的手抓得太松，以至于方向盘在她手里滑开了。她大叫一声："啊！"

皮卡缓缓地骑上了路堤。很多年以后，朱迪丝设想自己的电影的时候，她觉得这一幕应该是完全无声的。

一瞬间所有东西都静止下来，过了片刻威利突然大笑起来，笑得上气不接下气。朱迪丝愤愤地想，要不是他不停地骚扰，也不会这样。她本想训训他，但好像身上的插头被拔掉了似的，只是跟着一起傻笑起来。

最后两个人安静了下来，朱迪丝看着车前的土墙问："怎么办？"当她转过身看着威利的时候，发现他脸上的笑容凝固了，一脸认真的样子。他慢慢地俯下身，还没碰到她，她就已经感觉到了他滚烫的双唇。

后来，每当朱迪丝回忆起那个夏天的威利·布朗特，都是从这些开始的。在那之后，朱迪丝觉得体内潜藏的东西一下子都释放了出来，好像体内住着的已经是另一个不同的自我。每当洗完澡站在镜子前，虽然还是不确定自己美不美，但她觉得没那么多缺点了。她对"性"已经不再茫然，甚至开始想象和威利一起"做爱"将会是多么美妙和自然。一想到要带着这样一个秘密面对父亲，她不禁苦恼起来。走进厨房，她看见父亲正坐在那儿看报纸。也不知为什么，在父亲面前，朱迪丝总是会压制住内心对威利的渴望。她觉得这样才能自然地把威利说的那些奇闻逸事转述给父亲听，才能让父亲觉得威利是个有趣的小木匠。比如说，威利相信外星人（为什么不呢？如果上帝之类的神明能创造无数生命，那为什么不能有一两个生活在其他星球呢），但他不相信铜币（如果我竞选总统，那我要禁止发行铜币，禁止塑料制品，还要禁止饲养吉娃娃，我不需要没有毛的小狗）。每次威利说这类事情的时候，朱迪丝都会用心记着，然后讲给父亲听，而父亲总会赞赏地笑一笑或点点头。这些话给她父亲的印象是：就算威利不是头脑简单，也差不了多少，朱迪丝对这类人的兴趣不会持久，所以威利并不危险。凭直觉，她认为父亲对威利是放心的。

有一天上午，迪娜打来电话问："你和威利准备什么时候……鬼混？"

"谁说我要去了？"

"谁说你不去？"

"我什么也没说。"

"但你去的时候会告诉我，对吗？"

朱迪丝背靠墙坐在门厅的地板上。快到中午了，天气十分闷热。她早上起床的时候，父亲已经开车出去了。他在餐桌上留了张条子，上面写着：去大湖镇办事，一会儿就回来。爱你的爸爸。

"我要是真去的话，结束之后你就会知道。"事实上，即便没有真正的"做爱"，那些耳鬓厮磨已经足够让她陶醉。为什么就不能那样持续下去呢？她有点困惑。

"你做过之后多久会告诉我？"迪娜说，"我可不想五天之后才知道消息，我要的是第一时间汇报。"

从朱迪丝第一次和威利约会，迪娜就一直在刺探他们的进展。她最喜欢问：什么感觉？和他一起开车出去是什么感觉？吻他是什么感觉？他的手放在你那儿是什么感觉？

当朱迪丝说到他是多么娴熟地解开她的扣子和胸罩时，她说：“上帝！只有我自己脱掉衣服，保罗二号才能碰到我的乳房。”

那次在必胜客做过面试后，迪娜选择了保罗二号，但她已经开始想换回到保罗一号。一个周六的晚上，迪娜和保罗二号在星光汽车影院度过了他们的初夜。迪娜说：“我来好好跟你讲讲可怕的保罗二号，他的吻糟透了，不知道为什么他想舔我的耳朵，而且他的手一直冰凉，昨晚还黏糊糊的，好像刚吃了牛皮糖似的。”

朱迪丝说：“你没说清楚，你刚才说要讲讲他的可怕之处。”

“总共做了三次，我想以你这样的数学天才，应该知道这有多可怕吧。”

朱迪丝没说什么。一只苍蝇在门厅嗡嗡地叫着，她伸手抓了张父亲的报纸，然后卷起来打向那只苍蝇。

迪娜说：“我认识一个哈里逊镇的女孩，她自认为爱得轰轰烈烈，但又是个顽固不化的天主教徒。她害怕下地狱，所以不管和她男朋友去什么地方，她都会把鱼子酱涂抹在内裤上，因为她希望男朋友觉得她的私处有鱼腥味，这样她就不会失守。”

“她那招有用吗？”

“用处不大，还是怀孕了，那男的就甩了她。不过我听说她现在还是经常点鱼子酱比萨。”

朱迪丝轻蔑地哼了一声，然后对迪娜说那女人真恐怖。

“也许，”迪娜说，“但那是真事，除了比萨的情节之外。”

那只苍蝇落在了前门的窗户上，正好在投信口的上方。上一周，东海岸大学正式拒绝了她的申请，所以只剩下斯坦福了，而进这所学校的机会更是微乎其微（弗拉德先生知道他们一般只会录取候选名单上的前两名）。她曾把被拒绝的事告诉威利，她说斯坦福是她能够进入理想大学的最后机会。但她心里暗自惊讶的是，她根本不在意被拒绝这回事。有一次她啰啰唆唆地跟威利说起普林斯顿、斯坦福、艾莫里·布莱恩、维也纳华尔兹、盛大的篝火晚会，还说遇到他之前所有这一切似乎很重要，但现在都无所谓了。等她好不容易讲完了，威利才说："那你要上本地的大学？"她告诉他要么本地学校，要么林肯大学。"我错过了林肯大学的注册日期，但弗拉德先生写信帮我争取到了延期。"她说。"延到什么时候？"他问。她说七月中旬。威利下意识地点了点头。

这时苍蝇落在了朱迪丝身边的地板上，她慢慢扬起手里的报纸，还没来得及打，它就飞走了。

迪娜说："威利现在在干活吧？"朱迪丝含糊地说是的，威利去了米纳特家，如果她没记错的话，混凝土浇筑已经完成，承重墙顶上的椽子也架好了。威利这几个周六都在米纳特家干活，每个周日下午两点就会离开那儿直接开车到朱迪丝家。每次他身上都混杂着汗、木屑，还有啤酒的味道，让朱迪丝想起在吉布森商厦停车场的情景。通常他们第一件事是到镇子南面一个隐秘的小湖边，威利会脱得只剩一条平角短裤，然后慢慢地走进水里，一言不发，直到湖水淹没到他的脖子，然后他会故意把头没进水里片刻，再缓缓转过身走回岸上。他把这个过程称为白人的传统沐浴仪式，还有一回他又说是白人采水蛭的仪式。有一次朱迪丝说："在我面前，你没必要那么害羞吧。"于是他下水前脱掉短裤挂在一棵树上，没有一丝尴尬。迪娜后来曾问她："你看到他光着身子是什么感觉？"朱迪丝想起他从水里出来的时候，身上沾满苔藓。她回答说："好像眼前出现一个原始人。"

想到这儿，朱迪丝对着话筒说："你今天下午和保罗二号有什么活动吗？”迪娜说：“唉，没有！”朱迪丝听罢问迪娜想不想跟她和威利一起出去玩。“我们要去湖边，”她说，“我正在准备三明治呢。”

“什么三明治？”

“超级好吃的，来不来？”

“你确定威利不会介意吗？”

“当然确定。”朱迪丝知道威利渴望她的陪伴，正如她也想和他黏在一起。但他并不是个小气的人，带上迪娜这个电灯泡，他不会有意见的。再说迪娜那天晚上要去皇后冰激凌店打工，所以也不会在夕阳西下，夜幕将至的时候因为想支开她而感到尴尬。

周日下午威利赶到她家门口的时候，朱迪丝和迪娜已经挽着一篮子三明治在等他了。威利看上去很精神，他说那天上午他的一个朋友去给他帮忙，整个房间都弄好了。

“什么意思，听不懂。”朱迪丝说。她坐在驾驶室中间，那意味着要骑跨在变速杆的底座上。她和迪娜都穿着T恤和热裤，里面是游泳衣。

“意思是我很快就会拿到工钱了。”威利说。他解释说，材料一到米纳特先生就会先付材料钱，全部结束后付清所有工钱。“按照现在的进度，我们很快就能拿到钱了。”威利边说边把三挡换到四挡。他的指关节不经意间触碰到了朱迪丝的大腿内侧，一阵麻麻的痛感顿时传遍了她的全身。

威利没有在通常的路口转弯，朱迪丝看了她一眼。

“我今天想带你们去个特别的地方，天然泳洞。”威利调皮地看了她们一眼说，“只要你们这些女孩胆子足够大。”

朱迪丝说迪娜下午五点要去上班。

“要是不去呢？”威利问。

"爱德先生会吃人。"迪娜说。

威利大笑了几声，然后又开始吹他的保留曲目。

"我听过这首歌，"迪娜叫道，接着又有点沮丧地说，"不记得叫什么名字了。"

朱迪丝说她也一样。

威利说："帮我干活的那个人有一套蓝宝音响，我出四十美元他就卖给我，我打算买下来，我的哨声是很特别的，我愿意奉献给你们，但有时候我也需要休息休息。"

皮卡拐上一条土路，经过一个农舍，进入一扇写着"禁止进入"的大门，穿过一个广阔的牧场。最后，威利找到一个入口，进去后是一条弯弯曲曲的小路，两边满是榆树、桴树和柳树。再往前，车子驶过一条水流湍急的小溪，溪水里的石头把车身颠得摇摇晃晃，这让朱迪丝常常撞到威利身上，但越是靠近威利，她就越后悔带上了迪娜。

一个陡峭的石崖出现在他们眼前，岩壁间有一小股泉水倾泻下来，仿佛一条笔直的铅锤线。威利把车停在一块光秃秃的地方，因为经常有车停在那儿，已经不怎么长草了。他们沿着一条小路向水边走去，没多久就发现一片宽阔的沙滩。继续往前，出现了一个大鹅卵石围砌起来的水池，水流从上面飞驰而下。

"到了！"威利说。

"你怎么找到这种地方的？"朱迪丝问。她有点着迷了，总是想知道威利到底能找到多少个这样神秘的地方。她觉得威利好像一个古里古怪的地理学家，他的特长就是探索山林、寻找泉水，发现隐秘之地。

威利耸耸肩说："威克买下这里之前，我们一帮朋友常来钓鱼。"

他从冰盒里抽出瓶啤酒，然后拿下帽子，脱掉衣服和靴子。准备脱外裤前，他看着迪娜说："如果你比较敏感，最好遮住眼睛。"之后又笑着对朱迪丝说："我知道朱迪丝通常都这样。"

水池的四壁很陡，穿着平角短裤的威利一只手抓着柳树枝，然后纵身一跃跳进了水里。朱迪丝转身对迪娜说："我的超人不会游泳。"

迪娜哈哈大笑，眼神始终跟着在水里瞎扑腾的威利。"你不会游泳？"她说，"你这么大了，怎么可能不会游泳？"

威利好脾气地看着她说："要是用心学，也不难。"

迪娜又大笑，朱迪丝说："他对溺水的恐惧可以说有点病态。"

威利狡黠地看着她说："既然你们游得那么好，干吗不下来？"

"我们要看看你出来的时候是不是浑身沾满水蛭。"

"我要下去。"迪娜说。她解开T恤的扣子，露出鲜绿的比基尼。朱迪丝觉得迪娜这件泳衣要么太紧身，要么尺码太小，但可以肯定的是，她的双峰陡然间高耸了起来。

威利说："这个泳衣会造成呼吸困难。"

"是她困难，还是你困难？"朱迪丝一脸坏笑地问。"是新的吗？"她问迪娜。

"去年买的，"迪娜说，"只是一直不敢穿。"

朱迪丝本想问她为什么今天就有勇气穿出来，但忍住了，只是说看起来很漂亮。事实上她心里不得不承认真的很美。朱迪丝对威利说："不好看吗？"

"好看，是的，可以说让我'大饱眼福'。"

朱迪丝心里并没有不快，她只是在迪娜蹚进水里的时候，故意冲着威利撩起水花，假装埋怨他。

上岸后，他们围坐在平坦的岩石上，威利从冰盒里拿出啤酒，他们一边喝，一边吃着火腿乳酪三明治和烤土豆条。迪娜被晒得受不了，跑到树荫下躲着，但没走远，他们彼此都可以看见。

“这地方还属于皮尼家族的时候，他们在前门上挂了块牌子，上面写着：打猎的和钓鱼的，听到铃响，请来和我们美餐一顿。”威利喝了口啤酒接着说：“老拉尔夫·皮尼和我是一类人。”

这话让朱迪丝想起伊莎贝尔·阿切尔的表兄拉尔夫。她随口说：“你知道我正在看的那本小说的女主人公吗？她说她并不想要金山银山，只要能满足她的想象就可以了。”

“嗯，当然，”威利说，“但你要知道，这个‘想象’意味着什么，我的意思是假如每次换季你都想象一柜子的新衣服，那可怎么办？”迪娜紧接着说：“不对，应该是假如每个狩猎季你都想象一把新猎枪怎么办？”威利说：“反正那个说法不太公平，因为你要是能吃鹿肉，那就不能吃丝绸和羊毛，除非你是一只蛀虫，可我们都不是。”朱迪丝发现这段对话虽然不太好解释，但蛮有意思。

她正准备再喝一口啤酒，却发现酒瓶已经见底了。威利咬开另一瓶酒的盖子，把酒递给她，然后开始到处找打水漂用的小石子。这时，朱迪丝感觉眼前好像出现了三个自己，一个跟在一个后面。第一个朱迪丝渴望着威利的抚摸，第二个盼望迪娜马上消失，第三个则是此刻躺在地上，胸脯一起一伏的朱迪丝。

迪娜抬起头，斑驳的树影投射在她脸上。她松开马尾，抖了抖脑后的红发。朱迪丝说：“阳光照着你的头发真美，应该有人画下来。”说完猛地转回头看着正在摆弄石头的威利问：“是不是，威利？是不是有人该把她画下来？我是说，如果你是画家，难道不想把她现在的样子画下来吗？”

注视了迪娜一会儿，威利说："问题是，我一点都不会画，如果让我画，最后出来的肯定不漂亮，真正需要的是能画得和她本人一样美的人。"

"我要找的，"迪娜说，"是一个车后放着画架的牛仔硬汉。"

"还要有一麻袋的钱来满足你的想象。"威利说。他把最后一块石头丢进水里，然后走到朱迪丝身边躺了下来，把头枕在她的膝盖上。她轻抚着他的前额，他闭上眼睛，好像马上要睡着了似的。看着威利心满意足的样子，朱迪丝觉得他越发可爱了，甚至有点嫉妒他。

快到五点的时候，威利把车驶进皇后冰激凌店的停车场。迪娜仍然穿着比基尼，外面套着T恤和热裤，"太好玩了，谢谢邀请，我该请你们进去吃顿打折汉堡，可是……"迪娜一边下车，一边指了指不远处爱德蒙得森·卡特拉斯先生的车。

朱迪丝和威利又重新驶上公路，朝着戈登镇开去。威利知道那里有一个老奶奶每个周日都会出售她自制的辣椒酱。朱迪丝说："很好玩。"

她觉得他好像点了点头，又好像没有。

"你不觉得吗？"

"是很好玩，是的。"他笑嘻嘻地说，"只要能看到你，哪儿都是美景。"

"迪娜也是美景。"朱迪丝说。

威利小声嘟囔了句什么。

"你不太对劲，威利？"

他没有回答。

"跟迪娜有关吗？"她问。

车子向东行驶在二十号公路上，驶出古德奈特镇后，前方出现一栋房子，房前的自卸车旁站着一个男人。朱迪丝发现竖起的车厢里是一只僵硬的死马，她赶紧把脸扭向一边。威利通常会对这种事评论一番，但这次却例外。朱迪丝也没出声。过了一会儿，他终于说："有一次我和几个人打牌，忘记在哪儿了，但记得一个叫托比的家伙讲了个故事，最后一句是'为什么你想去踢一只已经被人踢过的狗？'那个老头特别会讲故事，而且人很好。他说这句话的时候表情冷酷，讲完以后过了几秒，大家才哄堂大笑，我也是其中之一。"

他说完又陷入了沉默。

"你的意思是？"朱迪丝问。他没有回答，她接着问："你是说迪娜像一只被踢过的狗？"

"我是说她外表看起来很好，但实际上她想要的是一个可以让她索取很多的男人，而她给予的会很少。"

她能感觉到他还有话要说，于是问："所以呢？"

"所以，跟她那样的人在一起，要么为她惋惜，要么瞧不起她，除非你是那种毫无主见的人，她不怎么需要你，你却很需要她，结果是她轻视你，然后另找一个人，好让你知道她不在乎你。总之就是下贱。"

下贱？他怎么会说出这个词？朱迪丝心想。她问："所以你说你画出来的她不会好看？"

"我一直在想这事，其实也是因为我根本不会画。小学的时候，有一次我画了个饲料箱，我的老师却说是个很好看的茶壶，只是应该再加上壶嘴。我还真加上了。"

他说完又小声吹起了口哨。他们沿着什维尔镇边缘的公路向前行驶。谷物升降机、带水池的市政公园、合作服务站一一从他们眼前闪过，然后又是一片片农田和牧场。在威利转向四十五号公路的时候，朱迪丝心里纠结着，她觉得威利的话重重地侮辱了自己的朋友。迪娜聪明有趣，而且在鲁弗斯赛治高中，迪娜是和朱迪丝看法最相近的人，仅凭这最后一个理由，朱迪丝就无法相信迪娜的未来会是威利描述的那样。即使真的相信，她也不想知道这个预言。

“送我回家。”她说。

口哨声停了，威利看着她。她直视前方，但能够感觉到他正在揣测她有多生气。“送我回家。”她再次说。威利在农场的一条小路上掉头往回开，经过炼油厂的时候，自卸车、男人、死马都已消失不见。接下去的几英里，车里弥漫着让人不安的沉默。行驶到古德奈特镇西面的时候，威利才开了口：“我想我们可能有不同意见，但不知道是什么事。”

朱迪丝不吭声。他接着说：“我猜可能是因为对迪娜的评论吧。”

皮卡停在朱迪丝家门口，她一言不发地走下车。虽然知道威利还没走，但直到关上大门，她也没有回头看一眼。等到他走的时候，她却躲在窗帘后面一直看着皮卡慢慢消失在街角。

家里一点声音也没有，静得像座空房子。

上帝！朱迪丝想，居然把迪娜比喻成被踢过的狗！什么样的脑袋瓜才会产生这样的想法?

回到楼下的卧室，她看到一封没有签名的信，那是林肯大学录取她的确认函。她拿起钢笔，一挥手签下了自己的名字，然后在信封上写下地址，接着贴上邮票。但突然间，她的冲动冷却了下来。根本不用着急嘛，她心想，七月中旬决定也不迟。想到这儿，她把尚未封口的信封扔进床头柜的抽屉里，之后跑上楼看了看外面。天还没黑，她觉得不想待在家里，于是拨通了皇后冰激凌店的电话，嘱咐迪娜，爱德先生一走就打电话给她。

“他已经走了，”迪娜说，“你在哪儿？”

“家里，威利走了。我们吵架了。”

“你和……为什么？”

“我五分钟就到，见面再告诉你。”她说。然而，当她走过五个街区、经过一户户篱笆院墙、路过一个个草坪洒水机、看过一群群嬉笑玩耍的孩子，最后穿过公路来到冰激凌店的时候，她的火气已经降了下来。她听见自己告诉迪娜吵架是为了一首歌。

“哪首？”迪娜问。

“《没有名字的马》，他一直吹那首歌，我让他别吹了，他却说‘你不喜欢？’我说‘不只不喜欢，我讨厌，因为那歌词又傻又做作。’然后他说‘你的意思是只有傻子和做作的人才会喜欢？’就这样吵起来的。”而事实上，那段对话从头到尾都是开玩笑的口吻。让朱迪丝暗自高兴的是，自己不费吹灰之力就让这些话听起来像吵架。

“因为这里没有人会让你痛苦。”迪娜哼唱着。唱到“啦——啦——啦”的时候，朱迪丝也跟着唱起来。唱着唱着，她觉得情绪没那么糟了，对迪娜的信任感又回来了，同时也可以说找回了对自己的认同感。

迪娜给她送来了一个干酪汉堡，大份洋葱，还有好多小吃和番茄酱，都是迪娜喜欢的。“那首歌超傻，”迪娜说，“但你们俩为它吵架也傻得可以，你不该打个电话给他吗？”

朱迪丝还没意识到自己有多饿，她咬了一口汉堡说：“也许，不知道。”

走在回家的路上，朱迪丝知道已经八点了，因为她连续听到几扇开着的窗户里传来连续剧《吉星高照》的主题歌。虽然朱迪丝并没有太关注那部剧，但她认为他们舍弃老主题歌是个错误。她记得剧中的男人每一集都穿同一件衣服，更离奇的是，剧中凡是爱上某个男人的女人一定会很快死去。但是威利却一直喜欢看，直到剧中的丹·布劳克死了。“他们换掉了霍斯，”威利跟她说，“但霍斯是不可替代的。”

一到家，朱迪丝就直接走到电话机旁拨通了威利父母家的电话，在这之前，她从没主动打过电话给他。

是他母亲接的。

“布朗特太太吗？我是朱迪丝·托米。”

“哦，我是。”威利的母亲说。她的声音很柔和，似乎她对他们的事心知肚明，而且听起来是一种愉快的口吻，好像她听到的不只是朱迪丝，还有什么好消息似的。

“不知道威利在不在？”

“哦，”布朗特太太说，“出什么事了吗？”

“没有，刚才我不舒服，他送我回家了，只是想告诉他我现在好多了。他不在，是吧？”

“是的，还没回来。”

“那如果他九点前到家了，你能不能让他给我打个电话？”朱迪丝的父亲还没回家，但也快了。按照他的规定，朱迪丝晚上九点之后绝对不能接电话。

布朗特太太答应了，她说：“如果他回来很迟，我会留张条子告诉他你好多了，让他早上给你打电话。”

九点到了，朱迪丝开始心绪不宁。电视里正在播《不可能的任务》，但她一点也看不进去。她回到房间躺在床上，看了一小会儿书，然后关了灯。虽然很困，但差不多半小时就会醒来一次。午夜时，车前灯扫过地下室的窗井。她听到车门砰的一声关上，然后楼上传来脚步声，接着，通往地下室的门开了。

“嗨，爸爸。”朱迪丝说。

“嗨，宝贝，”他在楼梯口说，“玩得好吗？”

“很好，不过现在困了。”

“那做个好梦。”他说着轻轻带上了门。

朱迪丝一点也睡不着了。她躺在被子里，脑子里翻来覆去想着威利：他在哪儿？在干吗？和谁在一起？她觉得此刻不管他在做什么，和他在一起的都应该是自己，如果他身边是另一个人，那也太愚蠢、太不公平了。一幅幅画面在眼前此起彼伏，一直到时钟指向凌晨一点二十五。她坐起身打开灯，心想灯光可能会驱散她脑子里的混乱。果然，她平静了下来。就在这时，她听到一阵敲击声。她吓得不敢动，仔细听着外面的动静。那声音又来了，咚，咚，咚。她溜下床，踮着脚靠近窗井。

“朱迪丝？”

“威利？”

他正趴在窗井沿上低着头冲她笑。那姿势很怪异，就好像在往洞里窥视一样。她拉起窗闩，推开了窗户。“我想你。”她娇声说。

“当然了，”他小声说，“我也想你。”

“对不起，我……”

“别说了，我本不该说那些话，说她将来会是个……”

“下贱的人。”朱迪丝说。

他咯咯地笑着说：“是的，实际上，我越想越觉得可能我真的错了。你以后随时都可以带上迪娜，我没意见。”

“那你不会为她惋惜或者瞧不起她？”

他做出大笑的样子说：“我都说过我可能错了，况且她是你的闺密，我知道该怎么对她。”

窗子两边固定着小链条，所以只能拉开几英尺。“你等着。”她说。

麻利地穿上绿色泡泡纱睡衣，朱迪丝蹑手蹑脚地走上通向侧院的楼梯。唯一让她头疼的问题出在门上，拉开和关上的时候都叽叽嘎嘎响。进到院子里后，她屏住呼吸，仔细听着楼上他父亲卧室里有没有动静。

她转到房子背后找到了威利。他正背对着她坐在窗井沿上。天上没有云，四周都是清晰的月影。“威利。”她小声喊道。他转过身来，她一边往车库退，一边示意他跟过去。

威利靠近的时候，她指着楼上的卧室说：“嘘，我爸爸……”话还没说完，威利就一把拉开了系在她腰间的睡衣带，然后把她拥进怀里亲吻起来。他的吻透过她的嘴唇传遍她的全身，那感觉好像是有什么热乎乎的液体从身体里渗了出来。他紧压着她，她则背靠着光滑而又弧线优美的博纳维尔车身。她仰起下巴，他用双唇抚弄着她的脖颈。接下去，急促的呼吸伴随着一阵手忙脚乱，当她急切而又笨拙地拉扯他的皮带扣时，他突然不动了。

“怎么了？”她以为自己哪里做得不对，可能把他弄伤了。

“你看！”

他的语气让她觉得不妙。顺着他的视线，她看到楼上的灯全亮了。父亲的侧影出现在一扇窗户前，他穿着宽大的睡衣站在那儿，双眼盯着窗外。也许他不是在看他们，但确实是盯着窗外。

“灯亮了多长时间？”

“刚看到。”威利小声答道。

他们俩呆站在原地，看着亮灯的窗户，一动也不敢动。片刻之后，就在他们眼前，她父亲的影子转了个身消失了，然后又从东边的窗户前一闪而过。

“他要去浴室，”朱迪丝一把推开了威利，匆匆系紧睡衣带说，“我得回去了。”

朱迪丝转身往回走，她并没有感到遗憾，只是觉得必须回去。通往地下室的门嘎吱一声打开的时候，她听到楼上传来马桶的冲水声。进门以后，她飞快地下了楼梯，三下两下钻进被窝，没弄出半点声音。躺在床上，朱迪丝有一种“侥幸逃脱”的感觉。她发现自己是幸运的，因为父亲恰好夜里醒来去小便，恰好他睡眼蒙眬，恰好去浴室之前，他还看了看夜幕下的院子和天空。正是这些“恰好”给朱迪丝带来了幸运，她感觉很庆幸。然而，一闭上眼睛，满心的感激就让位给了威利。他的影像清晰而又虚幻，瞬间就把她带回了几分钟前那炽烈缠绵的一幕。“好好睡一觉。”这是她离开之前威利在她耳边说的话。

第二天一大早，朱迪丝上楼吃早饭，一进厨房就看见父亲站在烤箱边，嘴里吹着跑调的曲子。

“是《笨蛋与喷气机》吗？”她问。

他被吓了一跳，转过身笑着说：“哦，我昨天听到这首歌，它就一直在我脑子里打转。”他看起来有点得意扬扬的，朱迪丝觉得，一个时刻疑心女儿会干出什么傻事的父亲应该没这么轻松。他把面包、黄油和果酱一一摆上桌，然后问：“睡得好吗？”

3

威利的家

接下去的周日，朱迪丝去威利父母家吃晚饭。布朗特家在镇子北面，路口有一块牌子，上面写着：F.L.布朗特，底下还有一行字：推销员禁入，说的就是你。

说起来威利是和父母一起住，但差不多一年前开始，他基本上都是早出晚归，夜里回来睡觉，大清早出门干活，很少在家里吃饭，于是那个下午就变得很难得，这让朱迪丝有点紧张。威利已经从工友那里买下了二手的蓝宝车载收音机。此时，俄克拉何马市广播电台正在播放歌曲《来自孟菲斯》。朱迪丝没听过，但很喜欢。

“知道我现在想什么吗？”威利突然问。

“我给你父母留个好印象？”

“炖肉，”他看了她一眼说，“我妈妈做的炖肉简直绝了。”

皮卡好不容易穿过一个牛群，前方出现了一座常常能在农场看到的房子：白色的双层小楼，斜坡屋顶，四周围着铁丝网，旁边有谷仓、玉米筐，还有北侧摆成弧线的一排饲料箱。但明显不同的是，看不见锈迹斑斑的工具杂乱地堆放在一起。

朱迪丝感叹眼前的整洁时，威利说："我妈妈喜欢干净，但弗兰克不在乎。"

"弗兰克？"

"我爸爸。"

房子里也一样整齐，几乎没有任何小摆件，一个巨大的编织毯盖住了客厅里一大半干净的木地板。房里好像没人，但一股浓香扑鼻而来，这表明有人就在附近。朱迪丝想，可能是炖肉，也可能是馅饼或者烤面包之类的。威利上了楼，朱迪丝看见壁炉架上摆着一排带金属相框的照片。其中一张引起了她的注意，她上前仔细地看了看。那是威利，大概十四岁，还没长开的样子。他开心地笑着，手里高高地提着一串个头不小的褐色虹鳟鱼，看上去还是个瘦高的男孩，长着一对大耳朵、蓝眼睛，脸颊像红苹果似的。他阳光健康的样子让朱迪丝想到诺曼·洛克威尔。多年以后，再次端详这张照片，朱迪丝觉得"厄运"这个词离他很远很远。

"那是有一年夏天在麦迪逊河边照的。"一个女人的声音从身后传来。

朱迪丝转过身，脸红了起来。她觉得自己刚才痴痴地盯着威利照片的样子肯定傻兮兮的。这一定是威利的妈妈，不是吗？她什么时候进来的，自己怎么一点都没察觉？朱迪丝心想。"他看起来很小。"朱迪丝说。

那女人笑了笑，亲切的样子和威利如出一辙。一双灰蓝色的眼睛也和威利一个样。她棕色的头发已经有些花白，看上去像刚刚梳理过的样子。“十年前的，但好像就在昨天，”她依然笑眯眯地说，“你一定是朱迪丝。”

“我想你是布朗特太太。”

“不介意的话，就叫我艾拉。”

朱迪丝说当然不介意。看着艾拉，朱迪丝心想，有一天威利老了，他的眼睛也一定会像他母亲一样温柔漂亮。

楼梯上传来靴子声，接着威利出现了。他头发乱蓬蓬的，一副乐呵呵的样子。朱迪丝觉得他在这所房子里似乎特别自在，但不明白他为什么不愿待在家里。

“爸爸呢？”他问。

“应该在玉米地里，不过就要回来了。今天威汀家的小伙子们过来帮忙了。”

威利笑着说：“我早就告诉他了，两个人才能干我一个人的活。”说完，他走到外面去洗脸。

为了不冷场，朱迪丝问起那块碎布大地毯。

“这个织法很容易，”威利的母亲说，“我把它搭在膝盖上，每天织一点，边看电视边织。”即使不笑的时候，她嘴角也带着一丝暖意，这也许是她给予威利的另一个礼物。“这种棉比较好织，但我认识一个女人，她曾用旧粗布织出了一个比这还大的，”布朗特太太笑着说，“那块地毯真了不起，如果不认识她，你会觉得那根本不可能。她叫弗朗西斯·莫尔，人非常勤快。”朱迪丝没听说过这个人。透过窗户，她看到威利光着膀子，正在用肥皂认真地擦洗上身。她从没看过情色电影，但她觉得如果要制作给女孩子们看的话，那开头应该是这样的。威利的母亲注意到朱迪丝在看什么，这让她再次羞红了脸。

“他总是很爱干净。”他母亲说。朱迪丝担心威利的母亲会看透她的心思，一时想不出该怎么接话。还没等她想好，布朗特太太接着说：“威利对你赞不绝口呢！”

“有吗？”布朗特太太点点头直视着她说，“他说你比他之前所有女朋友加起来还要聪明漂亮。”

她羞涩地笑了，一脸甜蜜。“我一点都不知道。”她说。

布朗特太太又凝视了朱迪丝一会儿，然后移开视线说：“想帮我一起装盘吗？”

朱迪丝看见屋外来了两个和自己差不多大的男孩，他们走近威利，用帽子拍打他，几个男孩子瞬间打作一团。这种男人之间的嬉闹，朱迪丝觉得永远都无法理解。几秒后，外面走进一个年长的男人，又高又瘦，步态蹒跚。朱迪丝听不见他说了句什么，但看见男孩子们立即停止了打闹。那男人向窗户里看进来，朱迪丝赶紧躲避他的视线。

“那是威利的爸爸？”她问。威利的母亲瞥了一眼说：“嗯，是的，是弗兰克。”

炖肉做得很烂，用叉子就可以分开。除了炖肉，还有豌豆、土豆泥、豆角咸肉砂锅、胡萝卜葡萄干沙拉。威利和朱迪丝坐在桌子的一边，威汀兄弟坐在另一边，威利的父母则分坐在两头。威利的母亲一直忙着给大家的盘子里添菜，而他父亲很少说话。威利介绍朱迪丝的时候，他只是点了一下头，然后就自顾自地吃起来。威汀兄弟似乎很少接触女孩，朱迪丝不止一次发现他们盯着她。

“好了，小伙子们，”威利终于说，“她就是个漂亮女孩而已，如果你们跟她说话，她也会跟你们说的。”结果他们更拘谨了。又过了几分钟，威利用极其夸张的口吻和蔼地说："好吧，如果你们非要像白痴一样盯着她，看在上帝的分儿上，拜托不要再流口水。"这时，他父亲突然把餐巾扔在盘子边，然后站了起来。

他喃喃地说："谢谢你，艾拉。"之后绷着脸看了看朱迪丝和威利，接着转身走了。威汀兄弟匆匆把盘里剩的菜扒进嘴里，也跟着他走了。威利的母亲马上拿起三个甜饼放进一个纸盒里，然后小跑着追了出去。餐桌边只剩下威利和朱迪丝。

"这是怎么了？"朱迪丝问。

"弗兰克生气了，没什么大不了。"

两个人傻坐了一会儿后，朱迪丝说："我觉得他不喜欢我。"

"这和你一点关系都没有，只是我爸爸想让我干农活，"威利摇摇头说，"我想他最大的心愿就是让我找一个乡下女孩，这样我就能回到地里去。"

对朱迪丝来说，这话的意思简直就是：他父亲不仅不喜欢她，而且永远不会喜欢。朱迪丝觉得这太不公平，因为他只是瞟了她一眼，根本不了解她，而恰恰相反，她确信威利的母亲只花了短短几秒就看出了她的性格，而且似乎乐意继续了解她。

朱迪丝听见自己竟然说住在农场里也没那么可怕，这让她心里吃惊不小。

威利盯着她看了好一会儿，那表情让人难以琢磨。"这可是我第一次从你嘴里听到错误的想法，"他笑了笑补充道，"当然，我想也不会是最后一次。"

朱迪丝愣了一下说："这么说吧，如果我真的把家安在乡下，我会把门口的牌子改成'木匠禁入，说的就是你'，那你会怎么办？"威利挠了挠脖子说："那我就举枪自尽，或者找一个崇拜好木匠的女孩，再不然就扯下那块牌子，大摇大摆走进去。你觉得我应该选哪个？"

他说完咧开嘴笑了，这时门廊上的铁门哐的一声响，威利的母亲走了进来。

"孩子们，想吃甜点吗？"她问。

她的声音依然温柔如常，似乎刚才什么事都没发生过。也许确实不算什么事，朱迪丝心想。

她帮忙洗过碗，然后和布朗特太太一起走进院子。威利则去谷仓里修补耕作机上的裂缝，他说那是父亲交代的任务。临出门之前，威利把帽檐转到后面，然后戴上了一副墨镜，两边各有一个皮眼罩，怪里怪气的。

"怎么样？"

"像个精神病，这是什么玩意儿？"

"焊工护目镜，很高兴你喜欢。"

威利走了之后，朱迪丝跟着他母亲走出院子去看羊群。一出院门，两只小羊羔就紧紧地跟在他们身后。"这些是索美塞特羊，"布朗特太太说，"是我坚持要养羊的，但羊毛价如今低得可怜，所以我们现在的品种都是肉羊。"

"那是美洲驼吗？"朱迪丝指着远处一只长脖子的动物问。

威利的母亲点点头说："它的名字叫艾尔登，它能防范土狼，可是只有情绪上来才会把狼赶走。我们还找了只名叫特尔克的獒犬跟它做伴，但特尔克也一样不大尽职。也有人用驴，但弗兰克不愿意，他觉得骡子聪明，根本瞧不上驴。"

朱迪丝俯下身，轻轻地拍了拍跟在布朗特太太脚边的小羊。

“它发育不良，”威利的母亲看着一只羊羔说，“两个月前它还站不起来，其他小东西在它身上踩来踩去的，所以我把它单独放在一个围栏里。一般我们都给这些体质不好的羊羔喂营养液，但是过了一周，这只还是站不起来。弗兰克说：‘看来就这样了，我得把它处理掉。’后来他就忙得忘了这事。第二天吃晚饭的时候，他说：‘记得我准备扔掉的那只小羊吗？今天早上我去的时候，它站得稳稳当当的。’”威利的母亲抱起那只小羊，它粉色的小鼻头蹭着她的胳膊：“他和我一样高兴，弗兰克是那种心肠很软的人，只是他没给你足够的机会看到他的这一面。”

半小时后，开车回去的路上，朱迪丝跟威利提起这段对话。他轻轻地哼了一声说：“箭猪的心也很软啊，不过不值得去验证。我了解弗兰克·布朗特，可以告诉你，大多数时候他是个脾气暴躁的人。还有那只小羊的事，他高兴是因为羊不死就可以拿来卖钱，那只羊活不过八个月。”

两个人都沉默了，只有收音机里传来低沉的歌声，那是罗德·斯图尔特的《我爱玛吉》。回到镇上，他们直接开到了学校的篮球场。威利告诉母亲他和朱迪丝要去打篮球，这倒不假，但他没说结束之后他们还要去威利的某个“秘密据点”。布朗特太太给他们装了牛肉三明治、甜饼，还有一瓶柠檬水。朱迪丝想，消灭完那些好吃的，他们也许打打牌，也许就直接吻个够。不管做什么，她都满心期待。朱迪丝想起刚才那只红鼻子小羊依偎在布朗特太太怀里的情景。

她问：“你怎么会不喜欢住在那儿呢？”

“你是说住在乡下？”

她点点头。

威利盯着前方的土路说：“我一直预感自己不喜欢干农活，但也不太确定，直到有一年夏天，好久不下雨，但有一天突然下起冰雹，超大的冰雹，老天真是慷慨！往东半英里的农户没受影响，完全没损失，但我们地里的作物全毁了，所以我爸爸带我去钓鱼。那是我妈妈的主意，直到现在我都想不通她是怎么说服他的，但她确实做到了。那时候我十一二岁，我们把吃的用的都装在一辆绿色老式德索托车上，然后开到麦迪逊，在那儿整整钓了一周的鱼。第一天晚上，我父亲看起来从未那么高兴过，我是说从来没有。那天晚上，钓鱼营地里有个大型营火会，一向滴酒不沾的父亲喝下一两瓶啤酒，开始滔滔不绝地和人聊天。另外一天晚上，有个人问他在家乡是做什么的。他说：'我是种地的，但我们今年唯一的收获就是冰雹。'周围的人愣了一秒，然后他突然仰天狂笑，那之前从没听他那样笑过，那个笑声就好像正在摘除肾结石似的，后来大家都哄笑起来。”威利停顿了一下接着说：“那个营地有专门熏鱼的烟熏器，我们还带了一个荷兰炖锅，可以烤面包。不知道为什么，好像那时候我第一次感觉到不一定非要过种地那种辛苦的生活。后来我们回到乡下，他又变得木讷了，就像你刚才看到的那样，从早到晚都没表情。我记得我曾经祈祷再来一次冰雹，结果来的不是冰雹，而是我的决定。我决心不再走父亲的老路。”

他们离开缅因街向学校开去。“好了，”他说，“我讲了个故事，现在轮到你讲给我听了。”

朱迪丝突然有点慌乱，每当大家开始轮流讲笑话的时候，她都会这样。“我要讲的，”她说，“让我想一个。”

他们停下车朝球场走去。威利一边走，一边把篮球放在食指尖上旋转着。“结尾必须是开心的，”他说，“就像我的故事一样。”说完用另一只手快速地拍打篮球的一侧，好让它保持旋转。

4

似有似无的期待

一天早上，朱迪丝上楼到他父亲的浴室里。她本想找一支新牙膏，却在浴缸边的绿色瓷砖缝里发现了一根丝状的东西。她把它抽出来，用手指掐住两端一拉，才发现是一根长度到肩膀的浅金色头发。那不是他父亲的，不是每隔一周来清扫一次的希尔太太的，也不属于任何她认识的人。几小时后，朱迪丝正在图书馆里给一些破损的书盖红色“作废”章，思绪纷乱的脑子里突然蹦出一个人影，教工食堂的那个女服务生——宗德拉。就是她！朱迪丝心想，一定是她，还能是谁呢？想到这儿，朱迪丝眼前浮现出一张张画面，最后她仿佛看到满脸皱纹的父亲正俯下身亲吻那个脸色苍白的女孩……朱迪丝使劲地摇摇头，才把那些画面清除掉。但出乎意料的是，她对此事的反应相当平静，正如对普林斯顿大学拒绝她入学的反应、对字母山上那对痴缠的小情侣的反应一样。这是她不曾想到的。

那天下午，父亲在浴室里洗澡，他的钱包放在梳洗台上。朱迪丝偷偷拿走钱包，从里面找出一张小卡片，上面的字很小，是手写的，都是父亲认为重要的电话号码。在卡片的最边上，她看到一个字母Z打头的号码：2323344，但是不知道这个区号是哪里。父亲走后，朱迪丝拨通了电话，接线员告诉她232是大湖镇的号段，还问她要不要接通。礼貌地拒绝后，朱迪丝挂断了电话。大湖镇位于铁路边，大约在鲁弗斯赛治南面六十英里的地方。朱迪丝又陷入了想象，她似乎看到父亲神采奕奕的，身上散发着淡淡的香味，正驾车行驶在三百八十五号公路上，广播里放的是《魔笛》，或者《波希米亚》。想着想着，朱迪丝平静了下来，就好像一只死死抓住她的大手慢慢松开了。她唯一的感觉就是"轻松"，没有其他词能够形容。她现在的想法是：父亲觉得幸福，那么自己也会快乐，尽管她还不大情愿用"幸福"这个词。

几天后朱迪丝和威利到古德奈特镇北面树林里的一块空地上野餐。吃完三明治，他们拿出混合着樱桃伏特加的柠檬汁喝了起来。这个地方很隐秘，只有夕阳温和地照在他们身上。他们在地上铺了条毯子，然后打开一个车门，这样就能听到收音机里的音乐。朱迪丝的裤腿向上卷着，衬衫的两个衣角系在一起，肚子都露在外面。威利正忙着打开一小包牛肉干上面的锡箔纸，那是他怀俄明州的一个朋友刚刚寄来的。

"好的，我想起来一个。"朱迪丝说。

"一个什么？"他问。

"故事，你不是说要我也讲一个嘛。"

威利脱掉上衣，把它卷起来当作枕头，然后咬了口牛肉干。"好啊，"他说，"要有好结局。"

她讲起了那套鸟眼枫木家具的故事，讲述了她的曾曾祖父哈利·托米是如何记住了那套家具的样子。“他可不是写在仪表板上的。”她告诉威利。她还讲到她曾曾祖父不仅买下了家具，而且还悄悄把它们藏在妻子不知道的地方。

朱迪丝讲完后，威利凝望着淡蓝色的天空说：“我喜欢这故事。”

朱迪丝觉得这回答比她想要的更多，她说：“我也是。”

威利起身走到皮卡前，从挡泥板上的牛肉干盒子里拿起一块，然后说：“那套家具现在就摆在你房里？”

“嗯。”

即使是在嚼牛肉干，他的表情也很滑稽。“为什么问这个？”她说，“你想什么呢？”

他说他觉得在这么一个与世隔绝的地方，她也许想穿着内衣晒晒太阳。朱迪丝不相信他真是这么想的，但威利一再怂恿她脱掉外衣。

“有什么不行呢？”他问道，“那是我崇尚的东西。”

朱迪丝说他崇尚的东西还真让人尴尬。

他笑着说：“我的意思是，能看到你的只有我和喜鹊，或许还有一只迷途的小母牛？”

要是放在一年前，甚至一个月前，朱迪丝一定会狠狠地回击他的谬论。然而，此时的朱迪丝并没有这么做，她觉得自己似乎沉溺在一种放纵的情绪中，一心想讨好他。

“这种地方只有猎人才会来，”威利说，“而现在显然不是狩猎季。”

“我们不是猎人，不也来了吗？”朱迪丝嘴上虽这么说，但已经开始解扣子了。

威利静静地站着。

收音机里传来《美国甜心》的旋律。

朱迪丝的白色胸罩是彭尼牌的，很薄，没什么特别的设计。在如此遥远的空旷之地，闭上眼睛，伸展四肢，她感到阳光轻柔地抚过全身，四周弥漫着慵懒的气息。虽然闭着双眼，她也知道他在看着自己，能感觉到他的目光在她身上游移，甚至能想到那目光会在哪里流连。那首歌的旋律依然回响着，朱迪丝想：这歌一定是八分钟版的。她感觉自己轻飘飘的，仿佛躺在一个悬浮在地球表面的魔毯上。

正是在那天晚上，她确信做出某种决定的时候到了。她慢慢睁开眼睛，然后侧了个身，她知道这样会让她的胸脯显得更丰满。

他看着她说："危险的女人。"朱迪丝急切地等待着什么，但她无法说出内心的焦灼。她想问他：为什么我躺在这儿，而你却站在那儿？可她的嘴唇翕动了一下，还是没能说出来。他来到她身边，开始吻她的脖子。她觉得自己整个身体都在向上，用力贴紧穿着一条干净牛仔裤的他。牙齿抵着牙齿，他们的吻瞬间就像烈火一样燃烧起来。贪婪的欲望从体内升腾而起，就像那天在车库里一样。无论后来多少次和威利在一起，这种强烈的情欲总会让她惊喜不已。当朱迪丝拉下她的内裤时，一切都停了下来。

她睁开眼问："你怎么了？"

他说："我还没准备好。"

朱迪丝想了片刻才明白他的意思。"好吧，没关系。"说完她又闭上眼睛躺了下去。他继续吻她，但只是轻轻地，不像刚才那样热烈了。

她又睁开眼，脸上第一次有了几分不解的愠怒。"怎么了？"

他只是用灰蓝色的眼睛凝视着她。唐·麦克林的歌声已经停止，一个播音员正在提示说十二种型号的农用拖拉机价格绝不会更低了。威利的手从她的胸前缓缓地往下移，马上就要到她渴望的位置时，他却停了下来。她知道那也是他想要探寻的地方，于是盯着他皮带的下方说：“你的‘小朋友’看起来不想再等了。”

威利说：“如果把决定权交给它，那我的人生可就麻烦大了。”

朱迪丝气恼地把头转向一边，但这似乎让他更觉得好笑。他温柔地说：“你也看到了，它并不希望别人说它小。”

朱迪丝才不在乎他的“小朋友”喜欢什么，不喜欢什么。她冷冷地说：“请帮我把内衣脱了，行吗？”

他的手指在她的脊柱上滑动：“我并没说我们要就此停下来。”

虽然他没做什么，但充满柔情的只言片语和皮肤的轻触已经让她平复了下来。

伴随着一种似有似无的期待，他们没有完全停下，而是沉醉在缠绵缱绻中。用威利的话说，就是“聊胜于无”。后来朱迪丝把这一段讲给迪娜听的时候，她称那是“爱河边的徘徊”。

关于后来的情节，朱迪丝只记得一些片段：赤裸扑克游戏、渐渐暗淡的光线、一团团云雾、远处的雷声、被闪电撕裂的阴沉天空，还有落下的第一滴雨。回家的路上，广播里唱着《爱斯基摩人奎因》。威利随意地说：“知道吗，听你讲鸟眼枫木家具的时候，我在想，也许那才是最适合的地方。”他滑稽地笑了笑，补充说：“做一桩大事的地方。”

原来威利是这么想的。他身体前倾抓紧方向盘，雨水哗啦哗啦流过风挡玻璃，闪电在空中劈出一条巨大的弧线。朱迪丝意识到，他的决定是正确的，如果她怀孕了，那他们就犯了不可原谅的大错，特别是他，因为他年长些，而且责任更大。静下心来琢磨了一番后，她觉得并不怎么介意威利的那个想法，事实上，她挺喜欢那主意的，那样的话，在那套家具的家族历史上，他们不就可以秘密地添上一笔了吗？

5
甜蜜周四

第二个星期的一天下午，朱迪丝正在图书馆忙着把旅游、地理和历史类的书籍重新上架。那是周四，楼里几乎没有人。在主管汉弗莱太太看不见的角落里，朱迪丝偷偷翻了翻《墨西哥省钱之旅》。正当她幻想着和威利一起开车去南部的厄尔巴索时，威利突然出现在眼前。他似乎故意憋着不笑。

“别笑。”他说。

“为什么？”

“我现在马上要带你去一个地方，如果你笑了，也许就搞砸了。”

马上？朱迪丝一边想一边向柜台望了一眼，发现汉弗莱太太正盯着他们。

“我已经告诉她了。”威利说。

“告诉汉弗莱太太？你怎么说的？”

“你的狗被车轧了，但还没死。”

“可我没养狗。”

“那只狗叫‘机会’，现在你非常焦急，担心它挺不过去。”

朱迪丝愣了半天，然后突然喘息起来，身体微微摇晃了一下。她靠近他，他抱住她、安慰她。她注意到汉弗莱太太从柜台后面向他们走了过来。可能是来表示关心的，朱迪丝心想。她假装抽泣着，但汉弗莱太太轻快地走到他们跟前说：“别演过头了。”

他们一路飞奔跑下楼梯，来到楼门口。朱迪丝不得不竭力保持着焦急不安的表情，但一跑出门，她立刻笑得稀里哗啦。“你不仅是一个厚颜无耻的骗子，而且还被汉弗莱太太识破了。”

威利也乐坏了。他说：“那个女人之所以选择相信我，是因为她觉得一个小姑娘在这里忙一下午太可怜了。”

朱迪丝埋怨他自作聪明。

“哈哈，我观察了你整整一分钟，其实你除了站在那儿看书，什么都没干！”

突然间就和威利在一起了，朱迪丝觉得有点反应不过来。她喜欢走在他身边，而不是待在毫无生气的图书馆里。正在琢磨自己对威利的感觉时，她听到他说：“没有什么事比逃学更开心。”在威利看来，人生不一定要像人们教导你的那样不知疲倦、循规蹈矩，他觉得跳脱平淡的生活对每个人都是值得的。

她说：“那你刚才说要带我去的地方是哪儿？”

威利笑着答道：“你爸爸出去了，几小时内回不来。”

朱迪丝盯着他说：“你怎么知道？”

威利说他自有办法。

一个朱迪丝还在想他的消息是不是可靠，但另一个朱迪丝兴奋地跳出来发号施令。“先把我送到家门口，”她说，“然后把车停在一两个街区外，再走小路进门，我会把通到地下室的侧门开着。”

朱迪丝在门口下了车，快步冲进屋跑下楼梯，刷好牙等待着。一开始，她穿着衣服躺在床上，一会儿又站起来脱掉外衣，最后干脆全部脱掉钻进了被窝。她闭上眼睛，双手放在胸前，感受着一颗仿佛就要蹦出来的心。终于，她听到门把手在转动，接着是嘎吱声，最后是靴子踩在水泥楼梯上的咚咚声。她没有睁眼，只是等待着那股汗水、碎木屑，还有酒精混合在一起的味道。她想他一定是去喝酒了，要不然停个车，再走两个街区哪儿要那么长时间？她闻不出是哪种酒的味道，于是问他。

“威士忌，”他从口袋里掏出一个酒瓶说，“想来一杯吗？”

在那个下午之前，朱迪丝曾听说过第一次是很困难的事，但具体是怎么样的，对她仍然是个谜。而在那个下午之后，她知道了：那确实不容易，但也没那么恐怖，更像是一串令人愉悦的变奏，而不是单调乏味的。威利一点也不莽撞，想到她可能会出血，他在她的身下垫了块黑毛巾。虽然她感觉到他戴的避孕套滑溜溜的，但当他真的开始进入她的身体时，她还是有种被入侵的感觉。他建议她把身体向上推，她觉得这主意愚蠢又可怕，但当她真的试着做的时候，才发现确实是好主意。之后一切都……无比美妙。结束后，威利说：“聋子听见了声音，瞎子看见了颜色。”朱迪丝笑了，她既感到幸福，又觉得宽慰。不仅是因为进行得很顺利，而且她此刻并没有因为懊悔而纠结，反而觉得还不够。她说：“我还想来一次。”

他说：“还会有很多次的。”

他们躺在床上，被子堆在脚下。两束傍晚的阳光透过地下室的窗井照进昏暗的房间里。她的一只手放在他的腿下面，另一只手抬起来放在头顶，手指在枫木床头的弧面上来回摩挲着。威利侧过身，用手支起头，凝视着朱迪丝。过了一小会儿，他小声说："现在回不了头了。"

他说完躺了下去，一束阳光倾斜着照在他的脸上。当他开始吹起跟他母亲学的那首曲子时，一缕微尘在他面前跳跃闪动着。很多年以后，当朱迪丝回想起这个瞬间，她觉得那一刻好似魔法仙境一般。

每天下午干完活，威利都会去接朱迪丝。虽然每次出门的活动都不一样，有时候去皇后冰激凌店，有时候打保龄球，有时候到游乐场玩碰碰车。但几乎所有的晚上，在回家之前，他们都是在户外某个僻静的地方度过的。后来，每个星期四下午的约会都在朱迪丝的房间里。为了见朱迪丝，太阳一出来威利就出门干活，中间也不吃饭，到下午一点半的时候他就可以干满八小时。汉弗莱太太调整了朱迪丝的排班，空出了周四下午（为了表示感谢，朱迪丝时常会带一些白面包和家里种的番茄送给她）。每次朱迪丝问威利是否确定她父亲真的出去了，威利总是说他确定，但不愿说他是怎么知道的。至于她父亲去哪儿了，他说他不知道。不过他的信息基本可信。她父亲通常下午出门，直到天黑才到家。朱迪丝推测他一定是去和宗德拉约会了，但她并不想追究细节。反正父亲出门了，这才是最关键的。

有一个周四，在楼下亲热之后，威利躺在床上说："周四下午就好像美妙的周末夜晚，我巴不得下个周四马上就到。"

"我也是。"朱迪丝说。被子折放在床尾，和威利躺在自己房间的旧床上卿卿我我，这似乎更像一对夫妻的寻常生活：某个周日的午后，琐碎的家务完全不影响浪漫的情事。只有威利才能让她相信：即便偷食禁果，她仍然可以是个好人。

日子一天天过去，朱迪丝和威利对他们的秘密约会已经习以为常。对他们来说，每个可预见的明天似乎都和昨天差不多。多年以后，这些日子会出现在朱迪丝的回忆中，但她也会想起另外一些完全不同的时光。那是一些没有关联的小插曲，但它们同样深埋在朱迪丝的记忆中……

有一天，朱迪丝和威利，还有迪娜一起开车到镇上的教堂。那个教堂是一座古旧的白房子，矗立在两条土路——爱乐森和贝赛尔街交叉口。迪娜和朱迪丝用手遮住眼睛上方，趴在窗户上往里看，只见一片黑压压的座位，还有烧木柴的炉子。教堂旁边有一个围着篱笆的墓地，里面打扫得很干净。威利走进去，从一个墓碑转到另一个墓碑。迪娜突然退了一步大声说："我以后要在这里结婚。"朱迪丝调侃她说："跟保罗一号、二号，还是三号？"因为那个糟糕的吻，迪娜刚刚移情了保罗一号。不会解扣子的保罗二号去参加为期一周的化石夏令营了。迪娜大笑着说按照她的速度，结婚的可能是保罗九号或十号。这时，威利走近她们问："什么保罗九号十号？"迪娜不说话了，脸有点红。这让朱迪丝很奇怪。她说："迪娜想有一天在这里结婚。"威利赞许地点点头，然后转向朱迪丝说："那你呢，朱迪？你想和哪个倒霉蛋在这里结婚吗？"几个人莫名其妙地笑作一团，然后话题就转到别处去了。

另一个下午，天气阴沉闷热，朱迪丝和威利与几个上高中的男生玩半场篮球。威利一直吸引他们的注意力，然后突然把球扔给朱迪丝，她轻轻松松就投进了。那几个男孩不得不转而防守她，他们的手总是碰到她，好像她也是男生似的。但她不是，她知道，他们也知道。最后，几个人相互握手的时候都兴高采烈的，甚至那两个输给了女生的男孩也一样。打完球，朱迪丝和威利找了个野餐的地方，滑腻腻的皮肤、满身的汗味，这些都让朱迪丝的欲望难以抑制。

有一次，朱迪丝在一条小河边踩着水花，试图引诱威利下水学游泳。他拒绝说："我淹死了怎么办？"她说："不会的，你这只大旱鸭子。"他们你一言我一语地争论着，直到她说："如果我溺水了，你要救我可怎么办？"他简单地说了句："那我就跳下去。"

还有一天上午，朱迪丝正在工作，威利来找她，问她想不想跟他一起开车去南达科他州的温泉镇。博斯·克劳斯让他去那里买一套工程图和一把射钉枪。威利到的时候，迪娜和保罗一号碰巧也在，威利就把他们俩也叫上了。

"那里很好玩，"威利说，"你们可以带上游泳衣去水上乐园，我去办事的时候，你们就尽情地去玩。"接着，他冲保罗·威尔斯笑了一下说："我猜你见过迪娜的那件绿色泳衣了。"

那男孩低头看着自己的脚，嗫嚅着说没有，从没见过。

朱迪丝觉得保罗·威尔斯也许有一天会变得英俊，但那一天还很遥远。

他的T恤太小了，两只袖子吊在胳膊上。看着他脸上的疤痕，朱迪丝就想起以前他脸上的痤疮。其实，这些和他的刘海都还说得过去，但瘦削的颧骨和一双黄眼睛就太难看了。

"你会喜欢的，因为那件泳衣布料很少。"威利说。这话让迪娜脸上泛起了红晕，而保罗则一直红到脖根。

朱迪丝看着威利说："你都二十四岁了，怎么像十二岁小孩一样乱说话。"

几个人分头回家收拾东西，威利说他要去拿些东西，之后到朱迪丝家与他们会合。去温泉镇的路上，几个人都挤在驾驶室里。威利开车，朱迪丝坐在威利和保罗一号中间，迪娜侧身坐在保罗的膝盖上，背对着车门，双腿越过朱迪丝的膝盖，放在威利的腿上。这样的姿势很不舒服，但是亲昵的肢体接触似乎让友情变得生动了。被压在底下的保罗一号问什么时候能让他吸一口气，其他人哄笑起来。迪娜回答说："等我们心情好的时候。"

又是一阵大笑。他们在哈迪斯餐厅吃完干酪汉堡后，威利给其他三个人买好了埃文斯水上游乐场的门票，然后出发去办自己的事：买工程图和射钉枪。没费什么劲，他就找到了博斯蒂奇公司的射钉枪。随后又到一家药妆店给朱迪丝买了份礼物，最后在河街边的一个小咖啡店消磨了几小时。到了约定时间，他动身去接其他三个人。另一边，几个"游泳健将"玩得不亦乐乎。他们顺着长长的螺旋形滑梯往下滑，最后掉进温泉池里。威利不时地喝几口生啤，看见他们走过来，他打招呼说："看来没有人把自己淹死。"空气突然变得甜蜜起来，朱迪丝抓着威利的手，迪娜甚至弯起一只胳膊吊在保罗·威尔斯的肩膀上。

"有没有人从泳衣里弹出来啊？"威利说。

这话引起了一阵窃笑。原来冒冒失失的保罗一号滑下去的时候头朝下栽进了水里，泳裤被冲到了脚踝上。

"听上去糗大了。"威利说。朱迪丝玩得很开心，她像只小猫一样钻进威利怀里。

迪娜说："我们看到了他的小鸡鸡。"

威利说："某些人会把你们这种行为称作窥阴癖。"迪娜说她需要比那个更大、更有诱惑力的，说完歇斯底里地笑了起来，弄得保罗哭也不是，笑也不是。威利说：“每个鱼饵都有上钩的鱼，每条鱼也都有它的鱼饵，这种事情，萝卜青菜各有所好。”

朱迪丝心里很赞赏威利的善良，她知道他是在给可怜的保罗找台阶下，但还是忍不住说：“不是每个鱼饵都能钓得上鱼吧？”

威利盯着她看了好几秒，然后说：“有谁饿了？”

之前有人给威利推荐了一家意大利餐厅。去那里的路上，几个人议论着驾驶室后面传来的味道，那是放在射钉枪枪架上的工程图的味道。“是氨水味，”他解释说，“消除鼻窦炎的灵丹妙药。”在餐厅里，除了朱迪丝以外，他们都点了意大利面。她要了份肉团，结果不得不假装很好吃的样子。兴致颇高的威利一直在活跃气氛。面条送来之前，他炫耀了一下指关节变硬币的戏法，然后又要来迪娜的毕业戒指，先假装把戒指一口吞下去，然后摊开手掌，最后从朱迪丝左胸前的口袋里把戒指拉了出来。“这是你的还是迪娜的？”他一边问，一边把戒指轮流往朱迪丝的食指、中指上套，以表明太小了套不进去（其实套在无名指上正好）。吃饭的时候，话题又转到了水上游乐场，诸如有多少人在里面游泳，深水区又装了新滑道，还有奇形怪状的泳衣之类。威利一边用叉子旋转着面条，一边说苏族和夏安族曾因为争夺温泉镇而开战，两个部落都知道，泡在温暖的水里就算不能医治百病，但至少能暂时忘却病痛。

保罗一号说：“我听说软弱的印第安人用温泉镇跟一个白人换了一匹马，那马连三十美元都不值。”本来那个下午朱迪丝还挺同情保罗一号的，但听了这话后觉得根本不值得。威利说：“不知道，我从没听过这种说法。”这个回答让朱迪丝高兴起来。

保罗一号用一块蒜蓉面包蘸着盘子里的肉酱说：“这样啊，我也只是听两三个人说过。”

朱迪丝想换个话题，于是她看着威利说：“你的中间名是什么来着？”她一向喜欢问这个问题，因为他从不回答，但这次却例外。

“查理曼。”他说。

“什么？”她知道那是字母C打头的。

“查理曼大帝。”

“不是！”朱迪丝说。他眨了眨眼，面无表情地回答：“说得对，不是。”接着他转向迪娜说：“我都跟朱迪丝说过一百遍了，唯一能知道我中间名字的人就是我未来的新娘。”

迪娜说：“你以为这样就能让她主动提出嫁给你？”威利点点头说：“你会的，不是吗？”

朱迪丝说她会提出让他们付账。

威利一口喝完手中的啤酒，抓过账单，然后把车钥匙推到保罗一号面前，保罗一脸诧异。“慢慢开，别把我们的小命给送了。”威利说。

朱迪丝说她可以开。

威利笑着说：“不，你不能。你要陪我坐在后面。”

她没答应：“你的意思是坐在后车厢里？”

他确实是这个意思，原来这不是突发奇想，他早已在一块大油布下藏了两个旧衬垫，上面放着两个拼在一起的睡袋。“这样就不会冷了。”威利说。她能感觉到他脑子里正打鬼主意。天已经擦黑，河上飘来的风冷飕飕的。他们在睡袋里紧紧地挤在一起，伴随车身的摇晃，朱迪丝很快就感到体内血液奔涌。威利摸索着解开她的衣服……突然间，皮卡开始减速。

他们俩愣了一会儿，然后坐起来朝驾驶室里瞄了瞄，发现迪娜正冲着后面喊叫，但听不清她说什么。保罗·威尔斯把车慢慢驶上了路肩。刚一停下，迪娜就跳下车说："那张图纸上的味道进到我眼睛和鼻子里，我头疼得要命。"

站在皮卡另一边的保罗一号说他觉得没那么呛人。

这时朱迪丝真希望自己的胸罩扣没被解开。威利说："那这样，把图递给我，保罗。我放在后面，不会影响到你们。"

但威利话音未落，迪娜就直摇头："驾驶室里到处都是那股化学品气味。"

"我们已经把车窗摇下去了，我还跟她说可以打开风翼。"保罗·威尔斯说。迪娜说："那你打开风翼，保罗，我到后面去。"

空气仿佛凝固了几秒，然后威利说："行啊，可以，那我到前面看看，可别让那图纸把保罗给熏死了。"

位置就这样被调换了。威利跳下后车厢，把头伸进驾驶室夸张地嗅了嗅，朱迪丝趁着这个机会赶紧把胸罩扣系上。保罗一号似乎没注意到，但没能逃过迪娜的眼睛。

迪娜把一条腿跨进车厢，嘴里叫着："哎呀！看来他没浪费一丁点时间，是不是啊？"

朱迪丝没有回答，她觉得这个位子换得人人都不高兴，除了迪娜还能怪谁？迪娜钻进睡袋的时候，朱迪丝极不情愿地往旁边让了让。

"对不起，"迪娜说，"我就是怕那些化学物质进到我的肺或者脑子之类的地方。"

皮卡在路肩上慢慢加速后，驶上了平滑的路面。

"真的！"迪娜说，"对不起，我想我刚才应该把头伸到窗外就行了。"

过了几秒，一阵冷风吹进来，朱迪丝才开口说："没关系。"

"什么？"迪娜大声问。

朱迪丝转过身凑近迪娜的耳朵说："没关系。"

她睁开眼，上方是深邃的夜空和闪闪的星星，月亮在山峰间移动的样子让朱迪丝感觉很奇妙，她突然觉得和威利分开一会儿确实没什么关系，又不是他向东，她向西。他们还是在一起，向着同一个方向，以同样的速度。对她来说，时间还多着呢，什么都来得及。过了一会儿，她又趴到迪娜耳边说："今天几号？"

"七月十七日。"迪娜说。

这意味着大学延期申请的截止日已经过去了三天，那么她即将理所当然地踏进鲁弗斯赛治州立学院。

"为什么问几号？"迪娜说。

"不为什么，"朱迪丝说，"就想问问。"

6

和你在一起的每分每秒

这是个让人眼花缭乱的夏天。多年之后，朱迪丝发现她对这个夏天最深的记忆就是和威利·布朗特在一起的分分秒秒，仿佛置身于一个避风的港湾，时间为他们停留。鲁弗斯赛治是个小地方，她和威利就生活在这个小地方的一个小圈子里，远离光怪陆离的诱惑。这并不是说外面的世界不存在，而是它很难侵入他们的生活。后来的一天下午，日落前一两小时，斜阳照在一处偏僻的空地上。朱迪丝背靠着一棵树，手里拿着《华盛顿广场》。十码开外，面对一片开阔的草地，威利时不时扔起一块石头，然后用棒球棍击打出去。偶尔的击打声打破了周遭的沉寂。只见他把一块石头抛向空中，接着猛地一击，石头沿着弧线飞了出去。他看着它落到地上，然后又四下里寻找棒球大小的石头。找石头的过程中，他说："他们弄到了星光剧场的詹姆斯·邦德双场票，一部是《永远的钻石》，另一部忘了叫什么。”

朱迪丝翻了一页书。他们亲热之前，她看书的时候心猿意马，但之后就不同了。因为她喜欢《贵妇画像》，所以她父亲又在拉皮德城的一家二手店里买了本《华盛顿广场》。他把书放在餐桌上，书的外面裹着一张黄色包装纸，包装做得非常漂亮，朱迪丝很好奇是什么人包的。在扉页上，父亲只写了一行字：送给朱迪丝，吻你。你的爸爸。但是书里还夹着一张字条，上面写着：父母的警告：当心斯洛普医生。朱迪丝很快就明白了这个警告的意思。斯洛普医生的女儿名叫凯瑟琳，她相貌平平，没有什么过人之处。她父亲对她的失望更加深了她的自卑，最终变成一把枷锁（朱迪丝不止一次地想，父亲送她这本书是不是想让她明白有这样的父母是多么幸运）。

她抬起头对威利说：“对男生来说，詹姆斯·邦德有车，有武器，还有一堆辣妹。但在女生眼里只是肖恩·康纳利和他迷人的口音罢了。”

威利绷着脸说：“那些男生得到电影里的大胸妹了吗？”

朱迪丝摇摇头继续看书。看到凯瑟琳的姑姑拉维妮娅想尽办法美化卑鄙的莫里斯·汤森时，朱迪丝感觉自己的肺都要气炸了。

威利说：“你听说了吗？麦克思·杰克逊和弗农·托普把自家种的大麻卖给了卧底警察。”朱迪丝依然埋头看书。

威利似乎自言自语地说：“这两个人脑子进水了。”

又打了几球之后，威利说：“你知道肖恩·康纳利真正的名字是托马斯吗？顺便说一下，加里·库珀的真名是弗兰克。”

她抬起头。威利光着身子，在傍晚的霞光里，他的皮肤闪着光泽，就好像表皮下面有一根根发光的细丝。此时朱迪丝希望手里有一台相机。她还没有他的照片，也没有一张合影。她合起书说：“没说不去呀，我只是说那些电影主要是拍给男生看的。”

事实上朱迪丝对所有电影都有兴趣。就算不好看，她也会琢磨他们是怎么拍的，问题出在哪里。

他一动不动地站在那儿看着飞出去的石头，远远望去就像一尊雕像。当他伸出手击打一块小石头的时候，朱迪丝看见他肚子上一点赘肉也没有。她经常想，威利饭量那么大，但为什么总是那么瘦。她说：“问个问题，如果你是个演员，需要取个艺名，那你会起什么样的？”

这种没头没尾的问题，威利常被问到。“什么类型的演员？”他说，“动作明星，还是什么？”

他说着又击出一块石头。咚的一声，石头落在了不远处。

“爱情片的主角。”朱迪丝说。

威利一口气说了好几个名字：撒迪厄斯·莱特福特、杰克·奥克斯、詹姆斯·蒙塔古。朱迪丝大笑着说：“难听死了！”

威利说只要仔细想想，那些名字都不错：“当然了，如果你喜欢亲切点的，那我就叫‘莫莫·莫可可’。”

朱迪丝又乐了：“莫莫·莫可可？”

威利点点头说：“没错，莫莫可以演喜剧里面那些神经质的小人物，就像《赤胆威龙》里的沃尔特·布伦南。”

他说完把球棒扛在肩上，笑容满面地盯着朱迪丝，直到她忍不住说：“怎么了？”

“你特别想让我也问你会取什么样的艺名，对不对？但我就不问，谁让你嘲笑我说的那些名字来着。”

“伊迪丝·温克斯。”朱迪丝说，但紧接着又改成了“伊迪”。

“伊迪·明克丝？”威利说，“最后一个字是‘丝’？假如电影里有伊迪·明克丝，我会买票的。事实上，我想我也许已经在某种电影里看见过她了。”

“温克斯，笨蛋，伊迪·温克斯。”

“土温克斯，伊迪·土温克斯？”

朱迪丝说每次他这样，她都会觉得和他在一起白头到老简直是个挑战。

威利说：“哦，我想你会发现我越老越有魅力。”

他从冰盒里拿出一瓶啤酒，走过去坐在毯子上喝了一口，然后看着远处说：“我喜欢这儿。”

“你哪儿都喜欢。”

他点点头说：“对，大多数都喜欢。”说完往她身边靠了靠：“我还喜欢这香水味。”

香水的牌子是查理，是那天他们去温泉镇水上乐园的时候他买给她的。药妆店的女孩跟他说那是前卫的香型。它的确不赖，朱迪丝不得不承认。“我也喜欢，”她说，“味道挺提神的，你不觉得吗？”

威利点点头。一只喜鹊尖叫了两声，然后又恢复了寂静。他看似漫不经心地说：“我在想，也许下下个星期六我们可以开车去丹佛。”

这算是新鲜事。他们已经去过温泉镇，还有一天开车去了风洞国家公园，但丹佛是个更有特色的地方，开五小时才能到。

“到时候带你去个高级的地方吃饭。”

“真的吗？”

他点点头。威利之前已经去图书馆查过丹佛的资料。他找到了一个餐馆，据说泰迪·罗斯福曾去过。在那个餐馆的顶层可以俯视火车站和市中心。他说他们可以黎明前出发，下午一点左右去吃饭。那样就有时间先去大百货商店买点东西。

“买什么呢？”朱迪丝问。

“也许给你买件新衣服，还有鞋子之类的，可以穿着去那家餐厅吃饭。”他乐呵呵地描述着他的计划，一点也不掩饰他的兴奋。

整个安排非常刺激，朱迪丝无法否认：“那么，我们拿什么支付这趟冒险之旅？”

“米纳特家的房子快好了，他会付钱给我。我要买些工具，但还会有剩余的。”

“我们当天去当天回吗？”她想到了父亲，不知道他会说什么。

“当然，”威利说，“我已经订好餐厅了，没什么可担心的，我说那天是你生日，所以他们会免费送甜点。”

“说不定还有人要唱生日歌，可怕！”朱迪丝说。

他伸伸懒腰打了个哈欠，然后把头埋进她的膝盖，想要打个盹。听到远处传来哀鸠温和的叫声，呜呜咕，呜呜咕，朱迪丝昂起头，柔和的光线透过树叶洒下斑驳的影子。她抬起一只手放在威利的胸前，感受着他均匀的呼吸一起一伏。后来她才知道，比起那些她憧憬的，用画笔描述出来的所谓幸福，那一刻才是最纯粹的。

7
要账风波

七月末的一个周三下午，威利给米纳特家的新房间刷了最后一次油漆，然后折起帆布，收好了工具。米纳特先生不在家，所以威利把门锁钥匙给了米纳特太太。她接过钥匙紧紧地攥在手里，威利告诉她，所有的材料费已经付过了，剩下的都是人工费，还说他周日下午会去拿钱。他邀请了朱迪丝一起去。到的时候，他们已经在院子里等着了。

大块头农夫坐在朴树下的一个旧椅子上，头上顶着草帽，脚下蹬着皮靴，手里拿着个蓝色搪瓷杯。他旁边还坐着个没戴帽子的男人，小个子，尖下巴，眼睛贼溜溜，看上去凶巴巴的。天很热，但他却穿着件红黄印花的粗布外套。威利下车的时候，这个男人猛地喝了一口酒，然后把他的蓝杯子放回了临时充当桌子的长凳上。凳子上还躺着一把枪，威利可能早已看见，但朱迪丝刚刚才注意到。

米纳特太太坐在门廊的木台阶上，身体向前弓着，腿向两边分开，宽大的围裙搭在膝盖上。她的半边脸看上去似乎在等待什么，另半边向下垂着。她说："他带了她的小丫头来。"

威利似乎当这是个玩笑。他冲那女人笑了笑，然后礼貌地对米纳特先生说："我是来结账的。"

"结过了。"米纳特把茶杯放在手枪边说，"我走的时候已经付清。"他双手交叉放在圆鼓鼓的肚子上，看上去像尊佛像。此时的朱迪丝一心想离开，她预感到此行将不会有什么好事。

威利回到车里取了一个文件夹："这些是……"

"是什么都不关我的事。"米纳特说。

那个小个子男人站了起来。朱迪丝心里顿时明白了这个男人的用意，但不确定他到底扮演什么角色。

威利似乎欲言又止，他看了看手中打开的文件夹，然后合起来对米纳特说："我们握手达成了协议，你预付材料费，然后……"

"没错，"米纳特说，"你一边干，我一边付，结束时付清。"他说完做了个深呼吸，好像在思索什么："事实上，我没签合同就把事情交给你这样一个没执照的家伙，这是有风险的，这都不用提了。虽然你拖拖拉拉，不过总算干完了，我的钱也都付清了。"

空气凝固了几秒，米纳特看似随意地把手伸向凳子。他拿起茶杯喝了一口，又放回手枪边，然后双手抱在脑后，伸出双脚。朱迪丝瞥了一眼他的脚，看见破袜子下的脚趾正在不停地蠕动。

那小个子男人有些紧张，他把椅子向后倾斜着，双手插在外衣口袋里。米纳特先生此时笑容满面，而这个男人似乎笑不出来。

威利说："我活这么大一直都诚实待人，但是……"

他停了下来，似乎不知道该怎么说下去。朱迪丝看着他，感觉到他根本没想到米纳特会喝酒，没想到凳子上会摆着手枪，没想到会出现一个凶神恶煞的小个子男人。他是威利，他总把别人往好处想。

“但是？”米纳特先生的手又放回大肚皮上，一副镇定自若的样子。威利没有回答。米纳特又笑着说：“你说你一直都诚实地对待别人，但是，但是什么？”

“但是什么！”米纳特太太粗声叫道，似乎抢了米纳特先生的风头。威利看了一眼米纳特太太，然后又转头盯着那个农夫说：“但是这一次，我不得不说你就是一个浑蛋肥球！”

朱迪丝和其他人一样被这话吓了一跳，米纳特太太突然大笑起来，乔·米纳特直发愣，而那个一脸凶相的小个子男人从左边口袋里掏出一支枪，砰的一声，子弹击中了威利附近的荒草。可能那男人的手因为紧张抖了一下，但他似乎松了口气，脸上现出自然的笑容。

米纳特太太的笑声更刺耳了。

威利上前一步，朱迪丝一把抓住他的胳膊。“我们走，”她说，“走吧。”威利没再往前冲，朱迪丝放下心来，拉住他的一刹那，她知道他改了主意。他向后退了一步。

米纳特太太笑了好一阵然后说：“小情郎听小丫头的!”

朱迪丝一直拽着威利，最后他还是跟着她朝皮卡走去。但走了几步，他似乎并不情愿就这样离开。朱迪丝松开他的胳膊，快步跑到车门旁。她一心想离开这个地方、这些人。她预感到会发生什么事，虽然不知道是什么，但她是对的。

正当威利把手伸进车窗开门的时候，一颗子弹射向车厢的一侧，威利一下僵住了。

“别管它，威利，咱们走。”朱迪丝说。但威利从车门向后走了几步，查看了一下弹孔，然后转身看着米纳特和他的同伙。小个子男人傻笑着，而米纳特带着冷静的微笑，依然镇静地盯着他们。威利说：“真有意思，我还以为所有的浑球都长一个德行，但是瞧瞧你们俩！”

米纳特太太又歇斯底里地笑起来，朱迪丝大吼一声说：“威利，行了！”她转动大力钳打开车门。

他上了车。让她没想到的是，车子竟然顺畅地开了出去。

当朱迪丝认为车已经开出了手枪的射击范围，她说：“他们真可怕，可怕的人。”

威利没说话，只是手握方向盘，双眼凝视前方。她注意到他的下巴在抽动，这是她从没见过的。朱迪丝不仅没见过他生气的样子，甚至想都没想过。足足半小时后，他才说：“那个小矮子是左撇子。”

虽然这话说得没头没脑，但他总算开口了。朱迪丝说：“他是谁？”

威利摇摇头说：“不知道，不是本地人。”过了一会儿他又说：“米纳特对尼克·帕克也用过这招，尼克帮他做了一个枪柜。波特费尔兹夫妇车祸死了，留下个十八岁的女儿，米纳特从他们女儿手里买下全部物业，花的钱只值原来的四分之一，之后又把不适宜种庄稼的丘陵地倒手卖给了从其他州来的猎人，卖价是他当时买下全部物业的钱。虽然没到处炫耀，但他并不在乎别人说他捞了一个免费农场。”

朱迪丝本来想说提醒过他，但最后还是说：“你什么时候知道这些事的？”

威利没有正面回答，但又好像是在回应什么问题，一个他问自己的问题。他说：“但是，那个男人答应过的，我们握手约定了的。”

三天后，米纳特夫妇去怀俄明州买稻谷车，威利和博斯·克劳斯手下的伙计，还有威汀兄弟一帮人开车来到米纳特家，把威利刚装修好的那个房间拆得七零八落。威利带了铁棍、大锤子，还有啤酒。等朱迪丝从图书馆下班后赶过去时，除了楼板托梁以外，其他东西转眼就不见了。一帮男人情绪高昂，不仅是因为啤酒和刚才的行动，他们似乎还沉浸在主持正义的兴奋当中。地上是一堆堆拆下来的东西：墙裙、胶合板、石膏板、吊顶……到处都是裸露在外的钉子，吊灯躺在一堆电线中。

“你准备把这些东西怎么办？”朱迪丝问。威利说：“就放这儿，都是米纳特的东西，他付了钱，按时付的，而且是全款。”

他们本来可以破坏得再彻底一些，但走之前还是用木板挡住了敞开的门，满地的垃圾也清理掉了。威利和朱迪丝回头看了一眼，她说：“现在高兴了？”

他看着一片狼藉的景象摇了摇头。“跟高不高兴没关系。”他说。

第二天中午刚过，鲁弗斯赛治的警长出现在博斯·克劳斯的工地上。威利发现他的车开了过来，但假装没看见。特德·赛尔曾在海军服役，还在一个大学的球队打过后卫。他看上去壮硕结实，是体育评论员们经常形容的那种“保龄球”式体形。他的声音低沉单调，几乎没有任何起伏。他从容地停车、下车，等周围敲敲打打的声音停下之后，他说：“昨天在米纳特家发生的事，有谁了解情况？”

没人回答。赛尔警长面无表情地点点头，然后压着嗓子说：“不，我想不是这样。”他盯着威利的眼睛，下巴稍稍歪向一边。赛尔神色平静，不过威利知道赛尔警长表面一向如此，但只要碰上罪案，他可是个狠角色。他说："你呢？威利，知道谁干的坏事吗？"

威利想了一下说："我只知道米纳特的握手屁都不是。"

局长点点头，看了看其他人，又转向威利："嗯，好的，只是问问。"他把脸转向一边，看起来并没有不快。他说："我告诉米纳特了，我要跟很多人了解一下情况，他赖工钱已经好几年了。"他说完伸直后背长叹了一口气，威利知道问话结束了。"那好吧，"他说，"如果你听说了什么，就来找我。"准备上车时，他冲博斯·克劳斯点点头说："要是我轮子上发现哪怕一颗钉子，我都要找你赔。"博斯·克劳斯报以大笑，以表明他只当是个玩笑。

那天晚上，朱迪丝问威利："你觉得这事算是结束了吗？"

"是的，我感觉米纳特先生一开始并不想装修那个房间，是米纳特太太想要的，现在米纳特先生该满意了。"

"除了臭名远扬以外。"

威利把车驶进停车场。"他去找赛尔警长，虽然没什么用，但他还能有什么办法？"

朱迪丝总觉得这事还没完，因为像米纳特这样的人总是有很多坏心眼。在那之后的一个星期里，朱迪丝有时候感觉背后有人盯着自己，观察自己，甚至研究自己，可一转身却什么人也没有。有一天他们打算先去吃比萨，然后打桌球，或者去看女子保龄球赛，最后找个私密的地方。

威利说："你当然看不见任何人，因为跟着你的并不是一般的侦探，而是隐身间谍，那些隐身的才最难缠。"

"你才是，"朱迪丝说，"其实你最难缠。"

当皮卡向右拐上十号公路，朱迪丝提到了一件怪事，让他吃惊不小。她说有一天早上，她看见了米纳特夫妇，米纳特太太开着那辆橙色吉普车，而乔·米纳特坐在副驾驶位子上。他们四处转悠，车开得很慢。

“真的假的？”威利说，“她出现在镇上，还开着车？”

朱迪丝点点头说：“你觉得他们在找什么？”

皮卡驶进保龄球馆的停车位后，威利笑着说：“消失的房子？”

朱迪丝没有笑，她说：“我觉得是在找你！你这个傻瓜！”

威利耸耸肩说：“我又不是难找的人。”

她承认他说得没错。威利停好车，然后靠近朱迪丝，用手拨开她的头发，在她的脖子上吻了几下。

8

树林惊魂

当朱迪丝从保险公司的日历上撕下七月的时候，她的脑海里浮现出一些黑白电影中的情节：微风吹落一个月又一个月，暗示时间在流逝。朱迪丝不禁留恋起远去的日子。七月的离去意味着夏天即将告别，而有些事将会改变。八月底之前，鲁弗斯赛治州立学院就要开课了。让朱迪丝没想到的是，威利也打听了入学的事情。他的想法是住在家里，周末和节假日干活，至少要修十二门课。

“为什么？”朱迪丝问。她觉得自己应该喜欢这个想法，但并非如此，这似乎不在她的计划当中。

威利耸耸肩说：“原因很多，其中之一是我不想大冬天在工地上挨冻。还有一个是我妈妈想让我读法律预科班，当然了，我爸爸希望我上农艺专业，还说要帮我付学费。”

听上去他好像已经和父亲讨论过上学的事了。“你将来想做律师，还是种地？”

“不只是种地，我想经营农场，买下小农场，发展成巨无霸，那些农场主日子过得很不错。”

他们正在去一片林地的路上，朱迪丝把那个地方称作“密林坡”。他们喜欢去那里野餐，威利还常带着他的来复枪射击小铁罐。朱迪丝在一旁观察开车的威利。他穿着件栗色衬衫，嘴里吹着轻柔的口哨，似乎毫无尘世的烦恼。她无法想象他成为律师，或者农场主的样子。从孩提时代玩火柴棍开始，到渐渐搭出有模有样的东西，再到用削过的柳枝建起完整的堡垒。朱迪丝觉得，如果说谁是天生的建筑师，那非威利莫属。

“那么你上学是为了我？”

“不，”他说，“是，也不是。我的意思是，和你在一起让我有了想法，而且你说过你觉得在农场生活也没那么可怕。”

朱迪丝的确说过这话，是在那个愉快的下午，和威利母亲在一起的时候说的。但是，一想到走在校园里可能会在某个角落发现威利抱着书假装是个学生，她就觉得怪怪的，不仅奇怪，甚至有点恐怖，好像他会去那里监视她似的。

“我跟篮球教练谈过，”威利说，“我可能会加入球队，也许不是首发，但教练说如果我状态好，会给我上场的机会，就是先做那种板凳队员。这样的话，我一年后就有资格申请奖学金。”

车子驶入了林区，前方只有一条布满车辙的石子小路。方向盘时不时突然在威利手中滑动，为了给他让出点空间，她往边上坐了坐。路两旁的松林变得越来越密。

过了一会儿，她说：“你想回篮球队吗？”

“是的，我一直都喜欢。”他似乎想弄清楚自己是否真的喜欢，“回去打篮球听起来很有意思，但是并不很现实，就像回头去找以前的女朋友。”他似乎意识到自己说错了话，赶紧补充说：“我并不是说回头找以前的女朋友听起来很有意思。”

之后他们俩都没再说话。到了目的地，朱迪丝拿出毯子和吃的东西，威利打开一瓶啤酒，然后开始四处找射击用的罐子。从前的这个时候，他们通常强烈地渴望彼此的身体，第一件事总是相拥缠绵。但刚才车里的一番谈话让他们陷入了各自的心事。还没吃完三明治，威利就起身到一边去练射击了，朱迪丝并不意外。除了刚喝完的两个空啤酒瓶，他只找到两三个生锈的铁罐子。他把这些瓶瓶罐罐摆到大约五十码之外的一块木头上，背景是一座小山。

“想打第一枪吗？”他问。她拒绝了，然后从包里拿出小说《瓦解》。那是鲁弗斯赛治州立学院新生书单中列在首位的。朱迪丝打算这个暑假把它读完。前一天晚上她刚看完《华盛顿广场》，还有点依依不舍的感觉。小说中，资质平平的凯瑟琳·斯洛普因为被无耻的莫里斯·汤森所欺骗，最终选择了独身和尊严。这虽然算不上一个幸福的归宿，但比她父亲要好一些。这个父亲，一向不对女儿和她的追求者抱什么期望的好医生，最后在怨恨中郁郁而终。这个结果朱迪丝倒是很满意。吃早饭时，朱迪丝跟父亲聊起小说的结局，父亲只说了句“詹姆斯是古板的清教徒”，朱迪丝觉得他等于什么都没说。最打动朱迪丝的一点是，小说中强势的人物看起来非常冷酷，但整部小说却弥漫着温情。她非常喜欢最后一章，早上重温了一遍，这会儿还直后悔出来的时候没带上。

威利又消灭了一瓶啤酒，他安好瞄准器，然后把衬衫脱了。在朱迪丝眼里，光着上身的他更有吸引力。他曾告诉她那把枪口径5.6毫米，能装十发子弹，是他十三岁生日时父亲送的礼物。朱迪丝见过很多好看的枪，握起来也应该不错。但这把却不同，枪托似乎是硬塑料做的。她看着威利举起枪，瞄准，扣下扳机，瓶子随之碎裂开来。接着他连续击中两个酒瓶，再下面一个没打中，第五枪响过之后，最后一个瓶子应声落下。

“真是神枪手！”朱迪丝说。

他转过身说：“最过瘾的是用五十毫米口径的巴雷特枪射西瓜，会出现你说的那种‘瓦解’。”

朱迪丝觉得那个可爱的威利又回来了。她说她能想象那个情景，一定很好玩。

他开心地点点头，连喝了两瓶啤酒后，他把两个空瓶子摆在木块上，然后连发两枪，砰！砰！朱迪丝嘲笑说这并没有远距离打靶射击的效果，所以他又重新打了两枪，砰！砰！之后他又拿起一瓶啤酒说：“只剩一发子弹了，留着做压轴表演。”

“怎么表演？”

“你走到一百码远的地方，用步子测，然后把瓶子顶在头上。”

“顶在我头上？”

“正确。”

朱迪丝忍不住笑着说：“听上去你想成为世界上最弱智的女朋友杀手。”

“你说谁的女朋友最弱智？”他说，“看来你不乐意。”

“没错，威利陛下。”

他仰头喝光啤酒，用手背擦了擦嘴。“那就用手这样拿着瓶子行不行？”他边说边给她示范。

“不行。”

“你用左手拿，反正不用左手写字，就算出了什么差池，也不影响你做作业，况且不会有事。”

朱迪丝点点头，然后说：“不行。”

威利笑着摇摇头，然后兴致颇高地说：“好吧，我自己来。”他说完一只手抓起空酒瓶伸出胳膊，另一只手随即扣动了扳机。碎玻璃散了一地，他仍然保持着射击前的姿势。

朱迪丝说：“嗯，有点水平！”威利看上去很高兴，他说：“要是多带点子弹就好了。”

那天晚上，朱迪丝一直在想白天说的一些话，她想不通自己为什么会那么不矜持。比如，她说：“好吧，既然子弹用完了，干吗不扔了枪到我这儿来。如果你过来，我就不会说那么多‘不行’了。”

他走到她身边，脸上的笑容瞬间化为一种渴求。他扣下手枪的安全栓，目光顺着她的腿慢慢上移到她的胸前。朱迪丝闭上双眼，晕眩与迷乱袭遍全身，她觉得那是一辈子都忘不了的体验。

激情平息后，他抬起身说：“聋子听见了声音。”她接了下句：“瞎子看见了颜色。”他们躺在地上，一直到心跳恢复正常。林间回响着小鸟的叫声，朱迪丝心满意足，但脑中一片空白。不知道过了多久，她听到他说：“五月五日，五月十八日，六月二十八日。”

困倦的朱迪丝睁开眼睛问：“什么意思？”

“威利·布朗特难忘的约会，”他笑着回答，“到现在为止，所有的约会对我都很重要。”

“再说一遍。”

他照做了。她还是不明白他在说什么，于是问：“到底什么意思？”

威利干笑了一声说："上帝，朱迪丝·托米！你知道你刚才做了什么吗？是爱情测验！但你得了零分。"

他虽然在笑，但朱迪丝感觉到一种轻蔑。她伸出手搂住他的头，她知道他喜欢这样。"告诉我吧，威利陛下。"

"那好吧，"他说，"五月五日，周六，吉布森商厦停车场的相遇；五月十八日，周五，第一次约会、第一个吻；六月二十八日，周四，枫木床上的第一次。"接着他还一一说出了朱迪丝那几次穿的什么衣服，甚至六月二十八日那天做爱后她穿上了哪一件他都记得。朱迪丝有点感动。

"你怎么会记得这些？"她问。

威利耸耸肩说："就是记得。"她闭上眼睛，却依然能感觉到他灼热的目光。他说："如果真想知道我就告诉你，我写在放袜子的抽屉底上了，永远都不会消失，我觉得那些日子值得永远保存。"

她凝视着他说："是不是只有那几个日子？只和你我有关？"他没有立刻回答，她又抢着说："哈！你还写了和其他女孩约会的日子！"

威利说："我只是说那几天是威利·布朗特的重要日子，但并没说只写了那几天。"

朱迪丝笑着说："好吧，哪天我也许上楼到你房间，翻开你的抽屉看看还记了些什么。"

吹了一会儿口哨后，威利才说："八月十三日。"

"你是说去年吗？"

"不是，马上就要到的。"

两个星期后就是这个日子。朱迪丝问："八月十三日，什么日子？"

威利说："周一。"

"别逗了，说吧。"她说。

“月圆之日，我们可以去野营，煎鸡蛋，”他笑着说，“除非你有别的安排。”

朱迪丝心里其实都等不及了，但嘴上却说要看看有没有空。

并肩走向皮卡的时候，夕阳映照着他们长长的影子。威利走到车后把铲子和电锯往边上挪了挪，留出个空位把野餐篮放进了车厢。接着像往常一样检查所有的轮胎。朱迪丝闭上眼，聆听着笛音般的微风、小鸟的鸣叫、蛐蛐的聒噪声、远处摩托车或是锯木机的突突声，还有飞机的嗡嗡声，恍惚中，她觉得仿佛身处梦境。

“看见什么了？”威利一句话惊醒了她。

“没有，”她说，“我只是在听。”这时，远处发动机的声音突然停止了。“你以前听见过这声音吗？摩托车还是锯木机什么的？”

他点头说：“锯木机。”

飞机的嗡嗡声也走远了，只有小鸟和昆虫微弱的协奏。朱迪丝不禁想起了威利上次带她看月亮的那块小空地。她说：“希望有一天你能建起属于你自己的野营地。”

威利转过身，在柔和的光线下，朱迪丝看到他光彩熠熠的脸庞。“嗯，也许，如果一切顺利的话。”

车子慢慢开出林地，涉过小溪，穿过一片片齐整的棕黄色麦田。朱迪丝背靠着车门，两条腿搭在威利的膝盖上，暖暖的风吹过她的胳膊，钻进她的衣服里。

“我们可以叫它‘蓝月亮营地’，”她说，“我会给你做个牌子。”

他们都不说话了，气氛恬淡静谧。她喜欢“蓝月亮营地”这个名字。他们还给其他几个地方取过名字，比如，密林坡、八十亩树林，但似乎

“蓝月亮营地”更耐听。她转了个身，把头放在威利的膝盖上。威利吹着他母亲喜欢的那首歌，朱迪丝慢慢睡着了。突然间，他猛地刹住车。

她一下子坐起身。

前方大约一百码的地方横躺着一棵黄松，葱绿的树枝向周围伸展着。朱迪丝并没有觉得害怕，但威利的脸让她紧张起来，似乎出了什么状况，他开始倒车，轮子在狭窄的路上滚动着。

在倒下的松树旁，一个陌生的男人从路边的林子里向外张望着，接着又躲进林子。

威利的车无法动弹，发动机旋转着，但轮子却只是原地空转。接着好像奇迹一般，其中一个轮子动了起来，整个车身踉踉跄跄地向前挪动。之后他们掉头向密林深处驶去。

“怎么了？”朱迪丝说，“发生什么事了？”

威利猛踩油门，引擎声听起来要爆炸了似的，整个底盘上下颠簸着。这车的引擎声一向不小，但从没像此刻这样震耳欲聋。她看着他，他的脸紧绷着，她又看了看后车窗，并没有发现什么。

没过一会儿，一辆从路边小树丛里蹿出来的车跟在了他们身后。那是一辆橙色敞篷吉普，里面坐着两个人，一男一女。

“是米纳特和他的太太。”她说。

“是的。”威利说。皮卡飞过狭窄的小路，接着来了个急转弯。越过一条干涸的水道时，朱迪丝的头重重地撞上了驾驶室的金属车顶。

她回头看着橙色的敞篷车叫道：“是他太太在开，他手里拿着什么东西。”她觉得看起来像手枪，但不想这么说，也不敢相信。

威利把车转了一个大弯。

她说：“他们想干什么？”威利刚张开嘴，她就听到嗖嗖两声响，接着看见风挡玻璃顶部出现了一个洞。她一回头，发现后车窗也有一个周围布满裂痕的小洞。

“该死！”威利说。

朱迪丝一直盯着后面，橙色的敞篷吉普消失了一会儿，又出现在一个山坡上。毫无疑问，那就是手枪，米纳特向他们开了枪。

“躲到下面去！”威利咬着牙说。她伏下身，他又喊道：“再低点。”

皮卡一路向前狂奔，她蜷伏在车地板上，吓得都不会哭了。她不知道该说什么、做什么，似乎也没什么可说可做的，只有让威利奋力摆脱他们。朱迪丝听到金属的撞击声，砰！砰！砰！她希望那是底盘撞击石块的声音。她脑子里闪过一个念头，他们知道了拆房子的事，他们手里有枪。威利也一样，但他已经没有子弹了。这车速度很快，而且装有限滑差速器，但终究躲不掉吉普的追逐。朱迪丝觉得这太可怕了，她差点要哭出来，心想要是父亲在就好了，要是没来这个偏僻的鬼地方就好了，都怪威利砸了那房子。

“这样，”威利急促地说，“我在前面停下，车一停，你就冲下去往树丛里跑，不要回头。”“什么？”朱迪丝抬头看着他说。她看见他用一只手拉扯着衬衫的扣子，不知道他为什么这样。

“准备下车，”他说，“把手放在门把上，我一说下车，你就冲下去。”

她感觉到车子爬上山坡，又突然向下冲去。原来他们已经开到了一个小山脊上。突然，他猛踩刹车，车身摇晃了一下停住了。

“下车！”他叫道。

她打开车门跳了下去，然后弯腰冲向树丛，直到钻进去躲了起来。

听到吉普车正在靠近，她把头稍稍抬起一点，看见威利的红色皮卡停在路边，车后面的树丛上挂着威利的衬衫。

“威利？”她叫了一声，但没有回应。

吉普车翻过山脊，一看到威利的卡车，米纳特太太就开始刹车。半蹲着的乔·米纳特用枪对着那件衬衫。在朱迪丝想象的电影里，这个时候米纳特夫妇往树丛中窥视的镜头应该是极慢的，几乎静止的特写。这时，藏在路另一边灌木丛里的威利站了起来，双手举着铁铲样的东西。突然间，铁铲猛地砸向米纳特的脑袋。

米纳特太太一边躲，一边使劲向左打方向盘，吉普车冲进灌木丛，很快停了下来。

威利仍然握着铲子，他冲到吉普车前，一只手伸进车里把米纳特拽了出来。米纳特的枪已经掉了，他双手紧紧抱着血淋淋的脑袋，好像怕脑壳裂成两半似的。威利把他推倒在地，用脚踢他的胃和肚子，接着退了几步，高高地扬起手中的铲子，然后整个拍在米纳特冒血的脑袋上。朱迪丝一直在慢慢向威利靠近。米纳特肥胖的身躯缩成了一团，而威利再次挥起铲子。这时，米纳特太太向吉普车后面爬去。朱迪丝知道枪就在那里，她想提醒威利，却吓得说不出话来。她张嘴叫着威利的名字，但只是唇语，没有声音。

米纳特太太拿到了枪。

威利还在打米纳特，朱迪丝瞥了一眼，那张大脸的肉似乎都翻了出来。可威利好像什么也没看见，眼神冰冷，似乎一心要置米纳特于死地，就连枪声响起都没能吓住他。他把视线从米纳特血肉模糊的脸上转向拿着枪的米纳特太太。她很可能再开枪，威利很可能一枪毙命，但威利的目光吓住了她。枪响之前，他手中的铁铲已经把她手里的枪砸到了地上。

威利捡起枪，米纳特太太盯着受伤的双手，瞪大的双眼里充满了恐惧和慌乱。威利转身看着一边喘气一边试图站起来的乔·米纳特，然后上前几步，用枪口对着米纳特的头。

“威利！”朱迪丝终于喊出了声，这一次他听到了。

她又喊道：“威利，不要！”

虽然依旧保持着瞄准的姿势，但他听到了。只见他肩膀一松，把枪放了下来，但并没有收手。他用枪托砸向米纳特的后脑，米纳特又倒了下去。朱迪丝想，这回可能真的死了。威利对着吉普车连续开枪，直到子弹全部打光，然后站在那儿大口喘气。

朱迪丝这才感觉到周围的颜色、鸟叫，还有蛐蛐声都回来了。

“威利？”

她小声呼唤着。

“结束了。”他说着放下手里的枪。

米纳特太太走过去，坐在地上扶起丈夫的头放在膝盖上。她在爱抚一个死人，朱迪丝想，但突然看到他鼻子里冒出一个血泡，她觉得自己搞错了，实际上他还活着。

“你待在这儿，”朱迪丝对米纳特太太说，“我们去找人帮忙，叫医生和警长来。”

她以为米纳特太太除了继续抱着丈夫的大脑袋，用大拇指抚摸那只还有皮肉的耳朵以外，不会有任何反应。但米纳特太太却抬起头，脸扭曲而惨白。

“我们看见了，”她说，“看见你干了什么。”

威利立即冲到她面前，眼神又变得凶狠起来。他抓起米纳特太太油光光的头发，然后凑近她的耳朵，咬牙切齿地说：“你该死的丈夫想杀死我们，那我为什么不现在就解决了你，把你喂蜣螂之类的东西，闭上你的臭嘴。”她立即就闭嘴了。

眼前的结果是朱迪丝不曾预料的。离开米纳特夫妇后，她和威利顺着刚才的路线往回开，威利之前在吉普车附近的灌木丛里发现了一台倒在地上的锯木机。他把它带上了车，打算用它锯开横在路上的那棵松树，但后来发现根本不需要，他用手抓起树梢，就把整棵树拖到了一边。

他们继续向南行驶，朱迪丝问：“我们怎么办？”

“一直往前的话，就到墨西哥边界了。”威利说。他声音里听不出一丝感情，朱迪丝觉得眼前几乎不是那个她认识的威利，而是另一个他，手拿铁铲的他、触及她底线的他。只是拽了一下，这个新的威利就把他们的命运之绳给拉紧了。

“别这样，说真的，我们去哪里？”

他看着她说：“去叫救护车，然后找赛尔警长，告诉他发生了什么，告诉他米纳特先生和太太想杀死你和我，所以我想杀了他。”

“还差点成功了。”她说。

他没说话。

“你好像一点都不在意。”

“在意什么，朱迪丝？”他似乎怒气未消。

“你都把他打成肉饼了。”

他张开嘴做了个深呼吸，然后说：“我们可不是在做游戏，那个男人恼羞成怒，他想杀了我们。”

车子开上公路，朝着镇里驶去。

“也许你本来就不该激怒他。”

威利转动方向盘，把车停在了路肩上。朱迪丝突然担心他要做什么，但他只是盯着前方看了几秒，然后转身对她说：“朱迪丝，我不在乎那些人，事实上，他向我们开枪的时候，我甚至不在乎我自己，唯一担心的是那个狗娘养的会杀了你。一想到有什么小人，还有……像米纳特那样的人渣会伤害你，我简直要疯了，不知道该怎么形容。”

“好了，好了，我懂，当然懂。”朱迪丝竭力安慰着，让他平静下来继续开车。

盯了她好一会儿后，他才终于移开视线。他看了看后视镜，然后启动皮卡上了公路。朱迪丝放下心来，她觉得自己经历了一个漫长的冒险之旅后，终于踏上了回家的路。

回到镇上，赛尔警长面无表情地听着他们的叙述，偶尔用铅笔在纸上写几个字，大多数时候都在随意画着大块的几何图形。他们找他的时候，他正在家里吃晚饭，但他似乎并不介意。威利终于说完后，他转向朱迪丝问：“还有吗？”

她摇摇头说：“没什么了，米纳特先生在后面追我们的时候开过枪，后来威利把他拉下车，米纳特太太又向威利开了枪。”

赛尔警长看着她说：“在威利打米纳特先生的时候？”

朱迪丝点点头。警长看着她，等她继续说。米纳特已经被抬上救护车，正在送往医院的途中。他们知道他的伤情，用赛尔警长的话说，就是“奄奄一息”。

“我打了他，坦白讲，出手有点重，”威利抢着说，“也许有点失去理智了。”

赛尔警长转向威利问：“失去理智？”

威利说：“米纳特突然袭击我们，不只如此，还想杀了我们，所以我气坏了，开始打他后就停不了手。”

赛尔警长看着他，等着下文。

“但他还是停手了，”朱迪丝说，“我喊了一声‘威利’，他就没再打了。”她说完才意识到他是过了一会儿才停的，用枪托打了米纳特的脑袋后停下的。

警长不置可否地点点头，过了几秒才说：“车在外面吗？”

他们一起到外面给弹孔拍了几张照片，最后发现一共中了七枪。

接着他们要求威利和朱迪丝在一份声明上签字。后来朱迪丝心想，声明里的内容大部分属实，但也并不全是真的。声明里说：威利·布朗特和朱迪丝·托米是一场预谋袭击的目标，袭击者乔·米纳特先生和其太太躲在暗处。声明确认了袭击发生的路段，还有一段是：米纳特太太开着吉普车跟在布朗特先生和托米小姐驾驶的雪佛兰卡车后面，米纳特先生向布朗特先生和托米小姐开枪，至少七枪击中了布朗特先生的车。布朗特先生停车后用长柄铁铲击打米纳特先生。正当布朗特先生打米纳特先生的时候，米纳特太太向布朗特先生开了一枪，但没打中。之后布朗特先生夺下米纳特太太的枪，冲着吉普车打完了子弹。后来布朗特先生和托米小姐离开现场去叫救护车，并且到警局报案。

“情况是这样吗？”赛尔警长问。

朱迪丝和威利都点点头，赛尔把钢笔递给他们签字。

走出警察局的时候，天已经完全黑了。赛尔跟在他们身后，什么都没说，似乎也不打算说。朱迪丝觉得他并不让人感觉高高在上，于是问他：“我们会有事吗？”

赛尔警长伸了伸背：“如果你们说得属实，那就没太大问题。乔·米纳特不是那种守规矩的人，名声不好。”他嘴角浮现出一丝不易察觉的笑，然后接着说：“如果他有什么三长两短，你们也许会收到感谢信。”

乔·米纳特虽然没有死在威利的铁铲下，但情况也不妙。《鲁弗斯赛治晚报》的记者援引一位医生的话，说他“神经受损”。米纳特被指控蓄意谋杀，米纳特太太被认定为从犯。但赛尔警长说他们俩现在的情况还无法接受审讯。所谓的“情况”是指米纳特处于半植物人状态，而他脑子迟钝的太太要照顾他。

最大的问题是朱迪丝的父亲。她夜里回到家时，他正坐在椅子上看书。在他抬头准备跟她打招呼的刹那，他的脸色一下变了。“怎么了？”他问，“发生了什么事？”她犯了个错误，竟然哭着进了家门，甚至哭得稀里哗啦，涕泪横流。他站起身，迎上前搂住了她。她想起自己十一二岁的时候，每当那些男生和母亲眉来眼去，她也曾这样伤心委屈。“怎么了，宝贝？”他问，语调像是在哄小孩，“告诉我发生什么了。”

她开始解释：米纳特夫妇有多可怕，威利去拿工钱时米纳特那个左撇子同伙是怎么向威利开了两枪，米纳特和他的疯子太太怎样追他们并朝他们开枪，还有威利是怎么停下车保护她……可是说着说着，一个个离奇的情节毫无头绪地冒了出来，连她自己都觉得这事听起来有点玄乎。她感觉到父亲明显生气了。

第二天一大早他就去了警察局，回家时带来一个消息：乔·米纳特不会死，米纳特太太已经证实了威利和朱迪丝的叙述。

“那就没事了，对吧？”朱迪丝问，但他父亲一脸严肃。

“米纳特夫妇追踪威利，”他说，“因为他们认为威利毁了那房子。”

他看着她，等她解释。

“他们没付钱给他，爸爸，他们有协议的，威利干完了，可米纳特却赖账。”

“书面协议吗？”

她低下头。

“他们追威利，”她父亲说，“但实际上打算干掉你们俩，放火烧车，然后推下山谷。他们已经跟踪了你们好几天，一直在等你们单独去某个只有一条通路的偏僻地方。”

有那么几秒，朱迪丝吓得不敢动。然而，虽然父亲知道了她和威利“单独去偏僻地方”，但他并没有追究，似乎有更重要的事让他担心。“你的行为很危险，朱迪丝。”他声音不大，但很严厉，“那个男孩让你处境危险。”

“这么说不公平！”朱迪丝说，“他从头到尾唯一担心的就是我，我已经说过了！”

她父亲伸出双手，指间相触。她知道父亲又要陷入他自己的世界里了。可他突然说：“这里是内布拉斯加州，朱迪丝！如果你惹了别人，人家就会报复。”

“这话应该告诉那个可恶的米纳特先生！”

父亲把双手指尖放在唇边，抬起头看了朱迪丝一眼，她觉得那眼神看上去很遥远。“他们都应该明白。”他说。

朱迪丝无法思考，只知道一切都变了：天空的颜色、空气的味道、父亲的眼神、父亲对威利的看法，一切都不同了。

过了些日子，有一天朱迪丝来到图书馆值班，两小时后，她对汉弗莱太太说她不太舒服，想去医务室，但她直接走回了家。发现家里没人，她就下了楼，没开灯，没换衣服就躺下睡着了。

不知道过了多长时间，她被父亲的声音吵醒，听到他在楼上打电话。他的声音有点奇怪，听起来好像忧心忡忡。朱迪丝踮着脚走上楼梯，躲在半开着的门口。她听到父亲说："但你明白这事很重要，对吗，雷内？"沉默了几秒后他又说："游泳？什么该死的游泳？"接着又是一阵沉默，最后父亲平和地说："好吧，雷内，我理解，到时候通知我。"她听见父亲放下电话，但没有其他动静。突然响起一个女孩的声音："你来还是不来？"

朱迪丝退回地下室，在黑暗中躺了一两小时。一开始顶楼的房间里传来微弱的歌剧唱段，她不知道是什么曲子。后来安静了一会儿，接着又听见脚步声，还有模模糊糊的说话声，是他父亲和那个女孩。突然，楼梯口的门响了一下，接着她听到父亲说："不是那边。"门关了起来。不一会儿，她就听到车库门砰地响了一下，然后是车子开出去的声音，但她没有动，依然静静地躺在昏暗的地下室里。

她琢磨着和父亲在楼上的女孩会是谁呢？是那个叫宗德拉的，还是另有其人？纠结了一会儿后，她决心不去多想。不管是谁都没关系，不需要介意，而且雷内是谁、是游泳还是什么其他水下活动都无所谓。想到这儿，她又接着睡了。

日子一天天过去，对威利的渴望一直折磨着朱迪丝，越是不去想，感觉就越强烈。她总是想象自己和威利在一个远离尘嚣的地方，那里安全、奇妙、令人陶醉……最后却发现那个地方已经无处寻觅。有时候她会出现幻觉，仿佛置身于音乐剧《天堂》所营造的仙境之中，那是一个每八年才出现一次的村庄，每次出现后都会消失于无形，吉恩·凯利能找到回去的路，而她不能。她和威利很少聊天、很少触摸彼此，他也不吹口哨了。朱迪丝能感觉到威利无法理解米纳特的行为，他一直被这件事困扰着。她记得有一次他们坐在车里，默默地望着远处的河水。他自言自语地说了句："我不知道为什么打他的时候停不下来，想不明白。"之后又陷入沉默。

有一天下午，威利去医院看乔·米纳特。本来他是想去说声对不起，没想到事情会这样。但刚一进病房，米纳特便激动起来，大喊大叫，接着米纳特太太冲着他尖叫。两个人都像疯子一样，这一刻，威利觉得自己根本没有什么可抱歉的，甚至想扯下输液管勒死他们。讲完医院发生的事后，他问朱迪丝："我不该那样想，对吧？"

"但你忍不住，威利。"她说。她说的是大实话。他无法控制怒气，她也是。她产生了一个可怕的想法，之前所有那些让她沉醉流连的激情和缱绻已经慢慢地溜走，终将烟消云散，就像一场无法挽回的梦。

一天清晨，天空落下雪花，大概是从黎明开始下的，路面上只覆盖了薄薄的一层。虽然雪不大，但至少带来了人们渴望的变化。前一天还灰尘密布的干燥空气，这时已变得温润潮湿。透过客厅的窗户，朱迪丝看到威利开着落满雪花的皮卡停在房前。他们一起开车来到公园，打开驾驶室的空调，一边看着窗外，一边吃点心喝咖啡。

威利告诉她，几年之前的八月份，这里下过一场暴雪，当时各家各户都响应号召，出来清理街道上的积雪。还说有一年，十二个月当中有十一个月都能看到雪迹，只有七月从山顶到地面都没有雪。

"天哪，真会吹牛。"朱迪丝说。她感到一丝惊喜，因为自己的声音里又有了往日的欢快。

"想打赌吗？我愿意赌一下，你来说赌什么，"威利怂恿她说，"来吧，说个最大的。"

她本想说赌六个吻，但又发现说不出口。

"不，谢谢，"她说，"你知道答案，而我不知道，我才不赌呢。"

"也许我是个江湖骗子。"他说。

朱迪丝咬了一口点心，然后说他可能是可能不是。

再过几分钟朱迪丝就要去图书馆值班，威利下了车，倒着走到球场的中央，又沿着雪地上的脚印走了回来，然后回头看着自己的杰作。

“真了不起。”朱迪丝有意恭维他。

“我告诉你，”他说，“这个方法可以迷惑你的跟踪者，他们会以为这些脚印是天外来客留下的。”

朱迪丝说：“说得很对。”

他开心地笑着回到驾驶室。这时候朱迪丝意识到两件事：第一，威利一直在努力寻回他们的秘密花园；第二，她突然觉得自己已经身处其中了，这种感觉就好像是顽固的头痛终于结束，一切如常，从前的自己又回来了。她靠近威利，在他的耳垂上吻了一下，这一吻就停不下来了。威利也一样，但他克制着自己。

“哇哦，小姑娘，这可是在公园里。”威利笑着向后仰了仰说。他灰蓝色的眼睛一闪一闪的。“也许我今晚该早一点去接你。”

“我们去瀑布下的那个水潭边，”她微笑着说，“天然泳池。”朱迪丝知道那个地方足够隐秘，而且通往外界的路不止一条。

中午的时候雪全都化了，但甜蜜的感觉依然留在朱迪丝心里。下班后，他们径直开到水潭边。把车停稳后，便迫不及待地在驾驶室里亲热起来。结束后，他说：“哟！我们好像都忘了怎么做了。”吃三明治的时候，他说起他们计划在山顶上煎鸡蛋的事，她根本忘记了，但没说破，因为她记得威利曾把这归为他难忘的约会之一。下车之后，他们在周围散步，突然停下脚步，似乎听到身后的树枝沙沙作响，但发现是虚惊一场。他说：“米纳特的事不会再发生了，我真正的失误是纠结于我和米纳特的恩怨，不过现在不会了，现在我只考虑你和我。”他们的手自然地拉在了一起，继续向前走去。

9
我的爱，再见

八月十三日的清晨，周一。天蒙蒙亮的时候，朱迪丝透过地下室的窗井看见邻居家绿瓦屋顶的上方飘着薄薄的云。她套上羊毛袜，穿上厚厚的长袍给父亲熨那件蓝色衬衫，那是他上班要穿的。九点半她准备去图书馆的时候，天气已经暖和起来，她只穿了轻软的衬衫、短裤和凉鞋就出门了。

她的脸上洋溢着喜悦，过去的一两天，她想通了很多事，威利想回学校的事已经不那么奇怪了。甚至她还旁敲侧击地鼓励他去提高球技，因为她觉得如果能在某个寒冷的夜晚和迪娜坐在温暖的体育馆里给威利加油，那也没什么不好！前一天晚上，她和威利去野营地看了月亮，再前一天，她在他的耳边说悄悄话，让他带上那个双人睡袋，那样他们就可以紧紧相拥着看月亮从山顶升起。朱迪丝还有个奇怪的感觉，好像威利有什么事瞒着她。她和迪娜提起这事，迪娜咧嘴笑着说她打赌威利是想求婚。这话让朱迪丝惊了一下，但并没有很害怕。她觉得也许威利没这打算，毕竟这太快了，她还太小，他也没准备好。可是如果他真的说出来，她也不会不高兴。当然了，她会说："不，现在不行。"但是，为什么不行呢？虽然她确实想过要默默努力，将来从事电影制作，但实现的机会又有多少呢？况且，在这里或者附近也可以有自己的事业，也许没那么轰轰烈烈，但仍然可以很体面。

几小时过去了，身在图书馆的朱迪丝一直翻来覆去想这些事情。大约十一点半，她在图书馆里忙着上架，脑子里却在想象一个气派的律师事务所，黄色的墙砖，透过前门的玻璃，可以看见几个镀金的字——布朗特律师事务所。就在这时，汉弗莱太太出现了。

"朱迪丝？"汉弗莱太太一脸欣喜地说，"有你的电话，你可以到我办公桌去接。"

死亡，一定是有人死了，这是朱迪丝的第一反应。她不知道为什么，但假如这是真的，她永远也不会原谅汉弗莱太太脸上奇怪的光彩。图书馆的电话是墨绿色的，听筒躺在笨重的座机旁。朱迪丝拿起电话说了声"你好"。

"是朱迪丝·托米吗？"一个男人问。那声音听起来并不沉重，反而是很高兴的样子。

"是的。"

"我叫丹尼尔·蒙哥马利，是斯坦福大学招生处的。"他停顿了一下，似乎是为了让朱迪丝听懂他的话，"很高兴地通知你，你已经被录取为本科生，秋季就入学。"

"丹尼尔·蒙哥马利？"她问。她想让他说下去，让她确信这是真的，丹尼尔·蒙哥马利又讲了一些细节，还说正式的通知书已经寄出。

放下电话，她转过身对汉弗莱太太说：“斯坦福大学录取我了。”汉弗莱太太上前两步说：“祝贺你。”她没有拥抱她，甚至手都没伸一下，只是站在那儿微笑。最后她说：“最好给你父亲打个电话。”

刚响了一声，她父亲就接了起来。他说这正是他期待的消息。学校先把电话打到了家里，虽然没说原因，但他猜到了。“这真是个好消息，”他说，“你努力了，朱迪丝，这是应得的。”

“哦，爸爸。”她说着小声哭了起来。她没想到自己会这么高兴。进入斯坦福就意味着要离开父亲，离开鲁弗斯赛治，离开威利。虽然假期可以回来，但不管什么时候，只要想到要去遥远的学校上学，她就感到害怕，就好像一个宠物要被放到野外一样。然而此刻，当这一切变成现实的时候，她的感觉却更像一只冲破围栏的小马。斯坦福要她！斯坦福！她觉得自己兴奋得有点等不及了。用一个词形容，就是“沸腾”。她记得以前打听过帕洛阿尔托这个城市，因为父亲曾说：“那样的城市正适合你这样的人。”

朱迪丝恨不得立即把这个消息告诉威利。整个下午，她都在想上学后的安排：每天给他写信，每星期通一次电话，每个假期都回家……分离只会让她更想念他，还会让米纳特夫妻去见上帝，或者让他们搬走，或者至少滚得远远的，再也不会打扰她和威利的小世界。然而那天晚上，威利穿着那件蓝黑格子的法兰绒衬衫来接她，那件衣服被他称作“幸运衫”。朱迪丝发觉这个时候告诉他似乎不合适。

车子在二十号公路上向西行驶着。虽然威利吹着口哨，但似乎有点过于专注的样子。“你怎么了？”她问。他好像对这个问题很不解，转过身说：“什么事也没有。”说完又继续吹他的口哨。

车子驶出公路朝小山开去，穿过林荫小道，越过小溪，经过那个山泉的时候，朱迪丝看见岸边的树枝上依然挂着个小锡罐。第一次约会的时候她曾经用那个罐子舀水喝，然而此刻，她觉得那仿佛已是很久以前的事了。到了装着铁丝网的大门时，朱迪丝下车打开门，车通过后，她又把它关上。一阵颠簸后又涉过几条小溪，经过漫长的夏天，溪水已变成涓涓的细流。

车子停在老地方后，威利在前面带路，肩上放着冰盒，手里拿着黑色的平底煎锅。朱迪丝则把笨重的双层睡袋抱在胸前。他们穿过树林来到他们的秘密营地，朱迪丝发现一轮圆月已经高挂在淡蓝色的天空上，她觉得有点失望："看来你的满月没有等我们。"

威利看着天上点点头说："但还是满月啊，不能小看。"

他们继续向深处走去，朱迪丝说："那如果看不到山顶上升起月亮，你拿什么给我一个'大惊喜'呢？"

威利假装很惊愕的样子。他没怎么喘气，看上去一点都不累。"到了，"他说，"我觉得这次轮到你给我'大惊喜'了。"

"我要想想看。"朱迪丝说。

终于翻过山顶来到营地，朱迪丝一边大口喘气，一边看着远处的河流，威利曾说将来要在那里建一座蓄水坝。虽然没能看到月亮升起的刹那，但她感觉心里溢满了幸福。笛音般柔和的风声穿过松林，伴随着鸟儿和昆虫的歌声。威利生起火，打开两瓶冰啤酒。朱迪丝突然意识到，威利·布朗特和斯坦福大学同样需要她。

"怎么了？"威利说。她摇摇头微笑着说："不知道。"接着指了指周围说："我在想这些，还有你。"

他点点头，脸上绽开笑容："我也想说这个。"

威利烤了一些腌肉，肉熟了之后把鸡蛋打进了看上去像是放了咸肉油的平底锅。鸡蛋融进油里，表面一层浮了起来。

“你喜欢吗？”威利问。朱迪丝觉得问题有点怪，因为鸡蛋还没成形。

“蛋黄可能凝固了。”她说。

她以前从来没有一次吃过六个鸡蛋，但在八月十三日这天晚上，她竟然全吃了，甚至还没吃够。威利还带了些他妈妈做的酸奶饼干和野樱酱，最后连同腌肉和鸡蛋一起，全部被他们吃了个精光。

柔和的月光下，跳跃的火堆旁，在柔情蜜意中，他们尽情地吃着喝着。朱迪丝感觉到威利和她都没有像以往那样直奔主题，似乎有什么事情正在酝酿。她在等他开口，等他给她一个惊喜，然而他没有。这时她意识到可能他在等她先说。最后，她脑子里蹦出一句话：今天发生了一件怪事。可她还没来得及说出，他先开口了。“你知道那棵树有什么特别的吗？”他盯着一棵松树说。

“什么？”她问。

“它里面有一个软木塞。”

她没看见什么塞子，于是问：“软木塞？”

他点点头说：“你坐在那儿看不见，要站起来才行。”

她起身小心地靠近那棵树，心里想这肯定又是一个典型的威利式恶作剧。“哪里？”她说。这时，她看到了：在银圆大小的树洞里果真揳着一个软木塞。她回头看着威利，他开心地笑着。

她说：“如果我把这个塞子拉出来，会受伤，或者发生什么尴尬事吗？”

“希望不会。”他说。

她慢慢地抽出塞子，那个新凿的树洞里躺着一个小天鹅绒袋子，里面是一个银色指环，一颗小钻石完美地镶嵌在指环上。朱迪丝拿起它，立刻想起了那次在温泉镇威利让她戴迪娜的毕业戒指的情景。

在朦胧月光和冉冉燃烧的篝火的映照下，威利温柔的双眼似乎闪着点点泪光。他微微颤抖着说："你出现之前，我以为自己活得自由自在，但实际上不是，现在才是真正的生活，比任何我曾梦想过的都要美妙，我再也不想回到以前了。"他还没说完，她就一下子扑到他怀里，任凭泪水涌出眼眶，心里觉得一切都有希望。她说："哦，是的，威利，是的，我愿意，当然愿意，我要嫁给你，大学一毕业就回来嫁给你。"

他们一直紧紧地抱着，可是威利的手突然松开了。

"你的意思是？"

她急切地解释着被录取的事，告诉他那有多么荣耀，还说她会每天写信，每星期打电话，每个假期都回来看他。

"我们可以在我十八岁那年的六月结婚，你可以在鲁弗斯赛治州立学院待一年，然后转到那边的大学去，那一带什么样的学校都有。"

"你是说去加利福尼亚？"他站在夜色中看着她说。

"我喜欢这戒指。"她说。

他的目光转向火堆："我本来想找个更高级的地方，但米纳特没付钱，我……"

"不，威利，这已经很好了，"她说，"一切都那么完美。"

她觉得他好像是点了点头，但又不能确定。

那天晚上，他们在一起的感觉与以往不同了，缠绵中交织着难舍与留恋。筋疲力尽后，朱迪丝把头枕在威利的胳膊上。夜空中繁星点点，每一颗都闪着光亮。黑色天幕的映衬下，皎洁的月光更显柔和。此时月亮的外围显现出一个宽宽的白色圆环，最外圈是一条细细的黄色光带。

三个星期后的一天，朱迪丝准备出发乘火车去加利福尼亚的奥克兰，然后坐汽车去帕洛阿尔托市。威利开车送她去火车站，出发的时候天还没亮，车里放着俄克拉何马电台的广播节目。突然，朱迪丝好像听到了什么，她关掉收音机，竖起耳朵听了一会儿，但没什么声音，只是感觉到脚下在轻微地抖动。

“火车来了。”她说。

威利没说话，也没伸出手搂紧她。自从去营地看过满月之后，他几乎没问过问题，也没提出什么意见，而是陷入了一种沉默状态。为了让他放心，朱迪丝说了好多的甜言蜜语。她安慰他的时候，他的眼里越发流露出不舍。

整个夏天他们都没有拍过照，直到临走前的一个下午才终于有了机会。相机是跟父亲借的，照片是她自己洗的。傍晚前的阳光让他们的皮肤泛着光泽，有几张出奇地好。有一张威利的，她很喜欢，于是裁掉边框放在了钱包里。照片上的他佯装打瞌睡，没穿上衣，一只手拿着个啤酒瓶。在那些他给她拍的照片里，她最喜欢的一张是穿着短裤站在矮树杈上，笑得很自然。那个姿势让她的上围看上去挺丰满。她突然想起这张照片，于是从包里拿出来递给他。他看着照片点了点头。

轰隆隆的火车声渐渐清晰，威利的双手从她的肩膀上滑落下来，极力保持着微笑，接着用食指温柔地摸了摸她的鼻子，然后转身握住车门把手。他把她的两个行李箱从后车厢里搬下来，他们一起来到月台。火车喘着粗气进站的时候，他们没有说话。就在他把她的行李放进火车门的一刹那，她动摇了。此时如果她改了主意，他们瞬间就可以把箱子拉回来。她突然希望自己能够分身，一个去上学，一个留下来和威利·布朗特在一起。然而，汽笛声拉响了，火车头发出尖厉的声音，似乎要摆脱制动器的控制。朱迪丝觉得火车已经开始动了，她突然伸出胳膊搂住威利的脖子，近乎疯狂地吻他。汽笛声越来越大，她在他耳边喊道："我爱你的一切！"说完她松开手，踏上台阶走进了车厢。她回头看着窗外的威利，他双手插在上衣口袋里，就像那次在吉布森商厦的停车场里一样。只是那一次的他悠闲自在，而此刻的他木然呆立。然而，当她再一次凝望他时，已然过去了二十七年。

/ 水下离歌 /

/

/

/

第三部

To be Sung Underwater

1

二十七年后的寻觅

红屋顶的储藏室里，朱迪丝睁开眼，感觉头昏脑涨，迷迷糊糊。她几乎睡了一下午，直到那首德彪西的乐曲响起。“你好。”她说完才发现自己声音太大了，因为想假装清醒。这可是工作日的下午，如果是露西·梅恩克，或者霍伯、帕托打来的可怎么办。

“伊迪吗？”一个男人平淡地说。

“找谁？”

“伊迪·温克斯。”

朱迪丝这才想起，《月光曲》不就是伊迪·温克斯的手机铃声？

“哦，”朱迪丝说，“我听不清，线路不太好。”

“我是吉尔伯特·史密斯。”

朱迪丝没说话，心想谁是吉尔伯特·史密斯？

“吉尔伯特·史密斯，你雇我去……”

“哦，对。”

“我查到你想找的人了。”

“好的。”她说。

“我想最好见面再说。”

“好的。”

那个侦探提议第二天上午在好莱坞大道的哈姆雷特汉堡店碰面。他问她十点半行不行。

这意味着她又要中途溜号或者迟到，两个都不妥。“十点我在上班，”她说，“明天早一点怎么样，七点左右？要么晚上六点以后？”

吉尔伯特·史密斯说明天不行，如果她愿意，周五的这两个时间都行。

现在是周一，周五听上去像明年一样遥远。

“你是做什么工作的？”吉尔伯特·史密斯礼貌地问。朱迪丝没有正面回答。她说：“那行，我明天想办法出来。”

挂了电话，坐在床边的她发现都快四点半了，什么时候睡着的呢？怎么会睡这么长时间？想到这儿，她从包里掏出自己的电话，查了一下未接来电。露西·梅恩克打了五次，米克·霍伯两次，利奥·帕托一次。短信只有一个，是露西的。她说：坏消息，帕托不让我们剪下一部剧了。听得出我快疯了吗？我快疯了！你在哪儿？

朱迪丝回忆着自己出来时找的借口，看医生？还是考试？根本记不起来了。她拨通露西的电话说：“我吃了舒马曲坦，现在好多了，马上回去。”

回到制片厂，她在走廊里碰见一个同事，但那个人避开了她的视线。她推开剪辑室的门，一束光照了进去。里面只有露西一个人，她转过头说："天哪，你终于回来了。"她们开始绞尽脑汁地剪片子，一直到午夜。剪出六分钟的片子后，她们决定先回家。在空荡荡的停车场里，朱迪丝说："明天晚上我们还加班怎么样？"她用遥控器打开奥迪车门，然后又加了一句："明天上午十点半我有事，十一点半左右才能到。不过能干完的。"

坐在车里的露西似乎有话要说，但朱迪丝一下子钻进车里转动了钥匙。

第二天上午，朱迪丝把车停到好莱坞大道附近一个老式车库二楼的斜坡上。这个车库是木质结构，从朱迪丝停车的地方可以看到格劳曼中国剧院的玻璃幕墙。剧院里挤得满满当当，哈姆雷特汉堡店就在对面。朱迪丝到的时候是十点二十。吉尔伯特·史密斯说他会坐在餐厅的最后面，手里拿着绿色活页笔记本。他还问她会穿什么。"黑白两色。"她说。这正是她身上的颜色：黑平底鞋、黑直筒裤、白上衣、钻石耳钉。这是她一贯的严肃打扮。

她脑子里的吉尔伯特·史密斯依然是哈利·戴恩·斯坦通的模样，但眼前跟她打招呼的男人简直是个庞然大物，不是一般的胖。他梳着平头，大脑袋显得格外平，身上的衣服、裤子、皮带、鞋子都是黑的。朱迪丝觉得他很可能高中时期在球队里打前锋，后来在海军陆战队服役，最后变成一个喜欢听约翰尼·卡什，到处刺探消息的吃货。

虽然知道是他，但朱迪丝还是问："吉尔伯特·史密斯？"绿色笔记本摆在他面前的桌子上，旁边放着《泰晤士报》的体育版。起身打招呼的时候，他气喘吁吁，似乎一个小动作就让他筋疲力尽。"是伊迪·温克斯吗？"他说。

坐定后，他伸手叫服务生，朱迪丝看了看四周。这里气氛随意，吃饭的人很多。窗外是晕头转向的游客和表情冷漠的本地人，看了让人心烦。“我好几年没来过好莱坞大道了。”

“我也不常来，”侦探说，“只是今天在附近办事。”他的眼睛深陷在满是肥肉的脸上，那眼神像是在从暗处窥视她似的。

一个女服务生走了过来，三十五六岁的样子，是个白人，说话生硬无趣。过去这家餐厅只雇用黑人，朱迪丝非常赞同这个做法，尽管有时候她也在想，如果自己是越南人或者危地马拉人，那么这个政策会不会太不公平。不管怎样，这个做法已经消失了，在法庭的辩论中一去不返。“花茶。”她说。

女服务生看着她，似乎在说：“没了吗？”之后没有写任何东西就走开了。她没准会往热茶里吐唾沫的，朱迪丝心想。

吉尔伯特·史密斯说：“温克斯这名字听起来很有意思，是英国名吗？”

她感觉他在故意找碴，不禁有些恼火。“我想它来自某个单词。”她说。侦探哈哈地干笑了几声，朱迪丝看见他胸前衣服下面的一团肥肉震颤着。他轻快地说：“这个词是你梦见的吗？”

她感觉到双颊通红：“如果你担心酬金的话，那我告诉你，不会少的。”

侦探的脸松弛下来，好像他们达成了一致似的。“我知道。”他说。这回他的声音才是她喜欢的哈利·戴恩·斯坦通风格。“你不知道，我一丁点也不担心，我没老婆，没孩子，也没什么存款，大部分人成天就担心没钱，”他似乎很认真地说，“我养热带鱼，但我并不担心它们。”

拉着脸的女服务生端给朱迪丝一小壶热水和一个茶托，上面放着两个茶包：伯爵红茶和柑橘白毫。热水根本不热，但看起来很清透，而且打开茶包的外衣，把它浸入温水的过程能让人平静下来。她说："你在电话里好像说找到我的朋友了。"

吉尔伯特·史密斯打开那个绿色笔记本，翻了几页后，咔嗒一声打开活页夹，然后把一张纸从金属环中取了下来。他拿起那张纸，然后开始叙述："帕特里克·盖斯特，过去的十二年里一直居住于巴西东部，经营牧场，同时种植大豆。目前正在开发一个海景高档社区，并建了一个网站，向富有的美国佬兜售房产。"

朱迪丝盯着他说："你在开玩笑。"

吉尔伯特·史密斯抬起厚重的眼皮："事实上，我过去会开一些小玩笑，但后来放弃了，干我这行不适合开玩笑。"他说完继续念道："盖斯特先生娶了巴西人玛利亚·玛德琳娜·阿布鲁·席尔瓦。他们有四个女儿，玛格丽特、莫尼卡、马利亚、玛丽安娜。"他停了下来，把那张纸扣在桌子上，撕开一袋粉色的甜味剂倒进咖啡里搅拌起来。

朱迪丝发现刚才听到的消息让她高兴不已。她仿佛看见绿草丰盈的牧场上，帕特里克·盖斯特正遥望着异乡的大海；看见他和他的巴西妻子，还有四个女儿在灯下其乐融融的情景；看见白色的房子、深色的房梁，还有飘飘的白衣。

吉尔伯特·史密斯放下咖啡，一边在纸上扫视着，一边说："下面再看威利·布朗特和迪娜·施密特。我们运气不错，找到一个就等于找到了另一个。他们都住在内布拉斯加州的大湖镇。"他把纸放低了些，然后又用猎鹰般的眼睛盯着她："事实上，他们住在一个地方。"

"什么？"朱迪丝说完立即后悔了。

吉尔伯特·史密斯缓缓地点了点头，眼睛移向纸的下端说：“没错，他们结婚了，在一九七八年六月二十五日。”

那是她嫁给马尔科姆一周年的日子。

“真为他们高兴，”朱迪丝故作镇静地说，“这是最让人意外的消息。”

吉尔伯特·史密斯关切地看了她一眼，然后又盯着那张纸说：“他是个建筑商，主要建独栋住宅，不过现在已经退休了。他太太在诊所工作，有两个儿子，一个上高中，一个在海军服役。他们在大湖镇的房子，还有在内布拉斯加鲁弗斯赛治的地产都没有贷款，没有犯罪记录，没有任何官司。”

侦探又看了看，然后把那张纸塞进一个文件夹，显然他觉得没什么值得说的了。“布朗特先生和太太的号码在这儿，但考虑到这个情况，我擅自做主，没有把你的号码告诉布朗特先生，”他微笑着说，“如果你希望，我仍然可以联系他。”

朱迪丝摇摇头。

侦探把文件夹推到她面前说：“里面还有那个牛仔的地址，当然了，还有卖房子的网站。”

朱迪丝打开文件夹，瞥了一眼那张纸，上面的字一行行整齐地排列着，后面还有几张照片。其中一张是成群的婆罗门牛，背景是晴朗的蓝天。那是帕特里克·盖斯特的牛，她心想。

他说：“满意吗？温克斯太太。”

朱迪丝低头看着结婚戒指，意识到失态后，她抬起头看着侦探说：“满意，看起来很详细，我还要付给你多少？”

他摇摇大脑袋，不屑地挥了挥手说：“你支票的钱就够了，没有额外费用。”她起身准备离开的时候，吉尔伯特·史密斯递给她一张名片说：“万一还有事可以找我。”等红灯的时候，朱迪丝随手把名片扔进了路边的垃圾桶。街对面的格劳曼中国剧院前，人流更加熙熙攘攘，一个装扮成黑武士的演员正摆着姿势和两个小男孩合影。另一个演员正在喝一个塑料杯里的水，毛茸茸的胳膊底下夹着个爱慕照相机。一辆低矮的汽车从旁边经过，里面四个西班牙裔的小男孩闷闷不乐地看着窗外。

迪娜嫁给了威利，威利娶了迪娜。这简直是世界上最令人吃惊的消息!

不过转念一想，朱迪丝又觉得没什么可奇怪的。她想起当年和威利在一起的时候，迪娜最爱打听的那些事、她看威利的眼神，还有和威利分手后她的信突然就中断了……

朱迪丝对自己说，这很好，很好，总比其他想象中的版本好。这说明威利很快就恢复了，可以打电话跟迪娜聊聊，看看他们怎么样，迪娜、威利，还有他们的两个儿子。

那天晚上，朱迪丝和露西一直忙到深夜，第二天一大早又接着干，但工作并不顺利。傍晚时，她们俩累得脑子都转不动了。露西想请朱迪丝去汤姆餐厅吃点东西，但朱迪丝拒绝了。她来到储藏室，打开吉尔伯特·史密斯给她的文件夹，然后看了看时间，六点四十五分。这时候内布拉斯加西部应该是七点四十五，她心想。她一连吸了三口气，然后慢慢地呼了出来。反复了几次后，她练习着说“你好”，声音响亮，但很正常。最后，她按下了威利和迪娜·布朗特的号码，接着是拨出键，然后把手机放在耳边。几乎是同时，一个女人生硬的声音传了过来，一听就知道是迪娜。朱迪丝立即挂了电话，什么也没说。

第二天晚上，朱迪丝收到了一条语音信息，是迪娜的声音，她说请打电话的人留言。朱迪丝没有回，但四五天之后再打电话时，接电话的声音很像威利。朱迪丝没说话，他又说了一遍“你好”。

“威利吗？”她说。

“沃伦。”

“沃伦？”

“威利的儿子。”

“哦，能叫一下威利吗？”

“他不在。”

“什么时间能找到他？”

“你说打这个号码吗？”

“是的。”

“永远找不到，这个号码找不到他。”

“那我该打什么号码呢？”

沃伦捂住话筒大喊道：“我不知道！你想知道就自己来接！”之后又对着话筒说：“我们想找他的时候，就给另一个号码留言。”

他念了一串号码，她记了下来。

“行了吗？”沃伦说。他似乎准备挂电话了。

“是的，”朱迪丝说，“非常感谢。”

挂电话前，沃伦说：“别说我没提醒你。”这话让朱迪丝一头雾水，为什么？可他明明没有提醒她任何事情。提醒了吗？不，没有。

来不及多想，朱迪丝就拨通了那个电话。铃响了三声后，一个声音说：“这里是M.莫可可，请留言，我也许会回复，也许不会。”之后传来嘟的一声，朱迪丝挂断电话，有点不知所措。

M.莫可可？莫莫·莫可可？这不是当年他给自己取的喜剧艺名吗？

朱迪丝想。虽然声音听起来不太像，不是她记忆中的那个威利，但就是他。他用“M.莫可可”这个名字只是开个小玩笑，还是给她的某种信号呢？她该不该再打呢？

又反复做了几次深呼吸后，朱迪丝再次拨通了电话，嘟声响过后，她说：“我是朱迪丝·托米·惠特曼，我想找威利·布朗特。”她留下号码，又放慢重复了一次，之后挂了电话。

此时是下午四五点。这天早上朱迪丝是六点前到的制片厂，本来打算奋战一天，但上午十点左右就开始不舒服。她心想可能是吃了舒马曲坦的原因，虽然头不疼了，但反应迟钝，还恶心。“回家吧。”露西说。很明显，她更喜欢自己一个人工作，而不是和朱迪丝一起。“好好休息。”所以朱迪丝就来到储藏室，她觉得在这里可能会感觉好一点。她把枕头垫在身后，腿放在“蜜月小屋”的被子上，本想看看书，但无法静下心来。眼睛盯着书，思绪却在飘飞：那个男孩，威利的儿子，有威利一样的声音。他说“我们想找他的时候，就给另一个号码留言”。这是什么意思呢？为什么威利从来都不在家？他们分居了？离婚了？还有威利的留言为什么是那样的？他为什么只说“M.莫可可”，而不是“莫莫·莫可可”？是不是因为“莫莫·莫可可”听上去像个提供小丑出租的公司？

《月光曲》刚响了一声，朱迪丝就跳了起来。

她盯着细长的手机。

响第三声的时候，她弹开手机盖说：“你好？”

“伊迪·温克斯？”一个女人说。

“是。”

“我是奥克斯谷银行的艾肯，你好吗？”

朱迪丝说很好。

“好的，我只是想问候你一下，顺便告诉你，你的名字已被列入透支名单。你开了一张四百美元的支票，但账户余额不足，差得不多，大概五十美元。不过，假如你今天不还款的话，我们会收透支费。”

“你们打电话给客户，帮他们节省透支费？”

“没人要求，但我们尽力为客户着想。”

“为什么？”

“为什么？”

“是的，我的意思是，你们为客户着想，所以设立名目繁多的费用？然后靠这些收费你们就能发财？”

朱迪丝没想到的是，特蕾莎·艾肯只是温和地笑了笑，然后压低声音说：“我不能评价银行政策，但说实话，我们之所以打电话，是因为有些客户为了那些‘名目繁多’的费用气冲冲地找上门来，我们分行的经理招架不住了。”

朱迪丝去银行存钱的时候，还顺便去了开户柜台，为的是感谢特蕾莎·艾肯的灵活应变。之后她开车回到家，这是她一个星期来第一次天黑前到家。她打开门，一股肉卷的香味扑鼻而来，这才意识到今天是周三。餐桌上摆着桑娅写的字条，内容是：**惠特曼先生和太太，饭菜在冰箱里，桑娅**。朱迪丝打开冰箱，拿出两个盖着莎伦保鲜膜的大盘子，盘子里装着肉卷、烤马铃薯、胡萝卜拌豌豆。从微波炉里端出热腾腾的菜时，朱迪丝差点要流口水了。来不及坐下，她就拿起了叉子。

听到院子里女孩们嬉笑的声音，她走到厨房窗前向外张望。傍晚柔和的光线下，卡蜜儿的三个伙伴正看着另一个女孩大笑。朱迪丝认识那个名叫多丽·麦克奎德的女孩，她爱搞怪，崇拜罗伯托·贝尼尼。

只见她站在跳板上，双手比画着，假装要做一个超高难度的转体动作，朱迪丝觉得那可能就叫“转体三周”。她的表演引来了姑娘们的嘘声，一个是劳伦·哈特曼，一个叫伊莎贝拉，还有一个朱迪丝不认识的。几个女孩穿得很少，头发漂染过，都有一口完美的牙齿。朱迪丝确信除了劳伦·哈特曼以外，其他几个女孩肯定都嫌弃那些肉卷，而劳伦会尝一口，然后说好吃，似乎真喜欢的样子。劳伦冰雪聪明，漂亮又善良，朱迪丝喜欢她，甚至有点嫉妒她的父母。这时候，多丽虔诚地在胸前画了一个十字，然后像个炮弹一样冲进泳池里，一两秒后从水面冒出来，脸上带着灿烂的笑，其他几个女孩欢呼着，好像这个动作得了十分似的。朱迪丝突然发现没看见女儿。卡蜜儿呢？黄昏聚会中的女主人哪儿去了？卡蜜儿出现了，在露台下的树影中，她一边走来走去，一边拿着手机专心地讲电话。其他女孩冲着她喊了句什么，朱迪丝听不清。卡蜜儿抬头看了一下，皱了皱鼻子，然后笑嘻嘻地冲她们竖了一下中指，这引得几个女孩开怀大笑。

桑娅独自一人坐在阴凉的露台里看书，偶尔抬头望一下，看上去像个可有可无的看护，一个收费的密探。她穿着牛仔裤，过时的棕色T恤前印着一行看不清的文字。有件事朱迪丝挺吃惊，那就是桑娅居然会跳水。她有一次曾看到桑娅站在跳板上，穿着极其时髦的黑色连身泳衣，眼睛平视前方，似乎在酝酿情绪，之后果断地向前走了几步，从跳板上一跃而起，笔直的身体在空中画了一个优美的弧线，然后倏的一下钻进水面。朱迪丝希望她此刻能再跳一次，还穿上那件紧身泳衣，在这些姑娘的注视下走上跳台，来一个超乎她们想象的表演。

朱迪丝已经把食物一扫而光，收拾碗碟后，她从包里拿出伊迪·温克斯的手机，查了查信息，什么也没有。她觉得很沮丧，双眼盯着电话，仿佛那是一个不能打开，却装满秘密的魔盒。最后，她关了电话扔到一边，脱掉鞋子开始整理信件。她拿起一张陶瓷厂的目录坐了下来，立即被封面漂亮的寝具吸引了，目光落在一个玻璃餐烛架上。烛架上写着几个字：代刻姓名。朱迪丝翻看着目录，心里想，为什么有人喜欢把自己的名字刻在烛台、肥皂盒之类的东西上？是不是要告诉别人：这些东西是我的，其他没有我名字的你随便拿，别客气？想到这儿，她把目录丢进了回收袋，她觉得那根本是画蛇添足。

打开厨房通往院子的门，她出现在姑娘们面前。卡蜜儿这时已经坐在了同伴中间，正一张张地翻看算命扑克。

“卡蜜儿？”

卡蜜儿翻开一张牌，说了句什么，引来一阵笑声。

“你爸爸来过电话吗？”

卡蜜儿抬起身子，摇了摇头。

“他打过，”另一边的桑娅合起书说，“他说八点到九点之间回来。”

朱迪丝想了一下说：“肉卷太好吃了，桑娅，星期三真是好日子。”

桑娅微笑着说：“真高兴除了劳伦还有人喜欢。”

朱迪丝猜得没错，其他女孩果真不领情。“没什么事吧？”她问。

“一切正常。”桑娅说。

姑娘们安静了下来。在某种类型的电影里，接下去的情节会是几个女孩凑在一起，商量着杀死桑娅，也可能是杀了父母。“有事到屋里找我。”朱迪丝说。她听到一个小声的回应，好像是说“不可能有事”。接着从算命的桌子边传来一阵窃笑。

朱迪丝生气地转过身说：“你是谁？”

四个女孩齐刷刷地看着她，像木头人似的。朱迪丝盯着其中那个她不认识的女孩，卡蜜儿发现后说："天哪，妈妈，这是奥丽芙，你见过她不知多少次了。"

朱迪丝不记得见过名叫奥丽芙的人，从没见过。但她并不想当众争吵，所以默不作声走回房里，拾起当天的《纽约客》，然后坐在前窗附近开始看报。光线暗下来之后，她望了望北面的院子，凤仙花依然盛开着。看到那株绣球，她想起那是卡蜜儿为了挣钱买一个毛绒猴子而帮她一起种的。似乎就是几个月前的事，实际上屈指一算，已经八九年过去了。那时的卡蜜儿每天晚上都会给毛绒猴子搭个小床，吃饭的时候也要给猴子留个位置。猴子的食物是葡萄，朱迪丝和马尔科姆总是一个人逗卡蜜儿，另一个偷葡萄吃。然后卡蜜儿会说："啊！我看见小猴子吃了一颗葡萄。"或是带着夸张的表情说："有人偷吃！"人小鬼大的卡蜜儿，从小就不好骗。那时的她喜欢茶点会、毛绒动物，还有图画书。可以说在那个时期，朱迪丝对她的爱最为强烈和纯粹。只要卡蜜儿看到朱迪丝坐着没事，她就会黏过来，执意让朱迪丝给她念故事书。什么小象巴巴、好奇的乔治、玛德琳，或者是阿摩司与鲍里斯之类。她会说，"请讲这个"或者"现在讲这个"，她不要保姆或者马尔科姆给她念，就喜欢朱迪丝的声音。朱迪丝总是报以微笑，对这个小姑娘，她永远都有求必应。

"惠特曼太太？"

黑暗中出现一个身影。

"哦，嗨，桑娅，你吓了我一跳，我刚才……"在想什么呢？遗憾卡蜜儿长大了？希望高中时代的恋人能打电话来？担心丈夫是不是出去和助手厮混了？她打开灯，立即摆脱了刚才的情绪。她看清了桑娅T恤上的字——与我无关。这是什么意思？是什么事？桑娅光着脚，所以进来的时候一点声音也没有。朱迪丝挥手让她坐在另一张椅子上。

“坐，坐下，这么好的房间，没人真可惜。”桑娅坐下后，朱迪丝说：“你知道吗？刚才我想起你跳水的姿势那么漂亮，你高中的时候练过体操吧？”

桑娅点了点头。

朱迪丝记得桑娅好像曾说过当啦啦队长的沮丧经历，但她觉得再提那事也没什么好处。于是她问：“它们有关系，对吗？跳水和体操？”

“跳水和体操有关系？”桑娅反问道。朱迪丝有些不快地说是的，她觉得肯定有关系。

气氛尴尬了几秒后，朱迪丝又问：“那个新来的女孩，她怎么样？”

“和卡蜜儿的大多数朋友一样好。”朱迪丝知道这话的意思，桑娅也知道朱迪丝接下去要问什么，所以她抢先说：“她上高级课程，还是网球队的，校队的三号。”

朱迪丝点点头，突然意识到桑娅知道得真多。

“顺便说一下，”桑娅说，“我觉得你以前没见过奥丽芙。”

朱迪丝微笑着念叨说：“看来我还没失忆。”桑娅到底想说什么呢？朱迪丝想。“桑娅，有什么事吗？”

“好消息，”她停顿了一下接着说，“我猜你知道，我要去GCC了。”

“GCC？”

“格兰岱尔社区学院，学习护理。”

“哦，桑娅！太好了。你会成为出色的护士！”看样子朱迪丝本该知道这件事，所以她又补充了一句，“我一直都这么认为。”

桑娅点点头说："下个星期开始上课，不过我想告诉你，我已经算过了，每天都能赶在卡蜜儿之前到家。"之后她们又讨论了很多细节：要上几门课、上什么级别的课、路上要用多长时间等。商量这些事的时候，朱迪丝心里一直在想桑娅就要从保姆变成护士了，虽然还是打工，但护士的收入要好得多。桑娅说："再次谢谢你，没有你和惠特曼先生，我不可能去上学，我是说你们借钱给我买车和保险，还有其他东西。"

什么时候借钱给她买车和保险了？朱迪丝有点糊涂。看着喜笑颜开的桑娅，朱迪丝一边上楼，一边用平静的口吻说："真的，桑娅，这没什么，我们一直想帮助你，我想不出还有谁比你更值得我们这么做。"

说是在八点到九点间到家的马尔科姆，进入车库的时间是十点二十三分。在楼上的卧室里，朱迪丝能听到他在微波炉里热菜发出的砰砰声，还有他和卡蜜儿，以及几个女孩闲聊的声音。几个小姑娘正在看电视，好像是歌舞片。三十分钟过去了，他还没有上去，于是朱迪丝下了楼。在客厅里，她看见马尔科姆坐在孩子们中间，手里拿着杯红酒，面前的茶几上放着个空盘子。

朱迪丝最近曾做过一个梦，梦见马尔科姆全身赤裸地坐在一个满是波斯地毯和鲜艳枕头的房间里，周围大多是女人，也都光着身子。当穿着衣服的她走进去时，他跟她说话，好像一切都很正常的样子。此时马尔科姆朝她看了过来，脸上的笑容凝固了。"又头疼了？"

什么意思？朱迪丝想，我看起来很糟糕吗？很痛苦吗？还是像泼妇一样？"没有，只是睡不着。"她瞥了一眼宽大的平板电视，里面正在放《恐怖小店》，史蒂夫·马丁在里面扮演一个爱唱歌的虐待狂。"我在想你能不能……"

“好的，妈妈。”卡蜜儿宁可把电视声音关小，也不愿意多和朱迪丝说几句。

马尔科姆则站起身笑着说：“我们可以把门也关上。”

朱迪丝一个人回到楼上，又从背包深处掏出银色的手机，看了看短信，还是没有。夜里醒来，马尔科姆正背对着她呼呼大睡。她把包拿进浴室，伊迪·温克斯的手机上依然没有任何未读短信。

第二天下午，在制片厂的女卫生间里，朱迪丝刚打开手机电源，露西走了进来。“你在这儿啊！”她说完就闪身进了一个蹲位。露西和朱迪丝整个上午几乎都在清除露西之前剪辑的部分，然后按朱迪丝的意愿重新修改。

三天过去了，朱迪丝仍然没收到威利的回复，这让她越发坐卧不宁。有一天晚上，她在厨房的水池边做饭，但脑子里却纠缠着一些问题：他为什么不打电话？为什么要费心做一个似乎是为她定制的留言，却不回话呢？为什么他给某一条鱼准备好鱼饵，它一口咬住，他却让它在长线的另一端苦苦挣扎呢？如果他永远不原谅她怎么办？讨厌她怎么办？他根本不相信过了这么多年她还好意思打扰他的生活？她把面条倒进漏勺的时候，突然卡蜜儿在她身后说：“那个奇形怪状的新手机哪儿来的？”

“你在说什么？”

“就是你包里的那个古怪的手机。”

朱迪丝转过身，看见卡蜜儿手里拿着伊迪·温克斯的手机。她故作轻松地说：“我要把你的话告诉利奥·帕托，他给的手机，这样他们就能随时抓到我了。不过我可能要跟他解释一下，在十三到十六的年龄群中，奇形怪状不是贬义词。”

卡蜜儿弹开手机盖，看着屏幕不停地按键，弄得朱迪丝心惊肉跳。“天哪，”她说，“把它放回去，这不是你的，甚至不全是我的，可别弄坏了。”她觉得自己的声音听起来怪怪的。突然想起自己要做什么，她赶紧把面条捞进碗里。

卡蜜儿看着手机说：“这个号码你告诉爸爸了吗？他有时候找不到你。”

“没有，卡蜜儿，这是片厂的电话，是他们找我用的。”

卡蜜儿仍然摆弄着手机，这里按一下，那里试一下。“好像没有赠送多少免费通话时间？”她问。

“也许，没问过，我也没打算用它打电话。”

“能不能把号码给我？万一有急事什么的。”

“不，卡蜜儿，不行。原因解释过了。”

卡蜜儿突然不按键了，而是一脸惊讶地看看朱迪丝，又看看电话。“有人一直用它打电话！”她说。

朱迪丝从来不知道“冒冷汗”是什么感觉，但此时她懂了。她该说点什么，或者做点什么，但只是站在原地。

卡蜜儿继续研究着手机。

“卡蜜儿，我说真的，把手机放回去。”

卡蜜儿抬起头，表情变得温顺起来，朱迪丝知道她又在打小算盘了：“哎呀，妈妈，我又不是在你包里发现了手枪。”

“那是我的包！”朱迪丝说完就发现这话根本没用，她的权威时代已经过去了。不知不觉中，卡蜜儿已经长成了叛逆少女。

卡蜜儿笑着耸耸肩，实际上占了上风的她伸出双手假装投降，然后转身去把手机放回了朱迪丝的包里。回到厨房后，她说：“308是哪里？”

“什么？”

“电话区号，308，打出的电话是这个号，不知道是哪里的。”

“我不知道。”朱迪丝说。够了！她心想，然后反问道：“顺便问一下，西奥是谁？”

“西奥？哦，是西奥·雷恩，水球队的，他是多丽的男朋友，至少以前是。”

“什么时候分的？”

“不太清楚。”卡蜜儿动人的小脸显得从容自若，朱迪丝不禁打了个冷战。她几乎能猜出卡蜜儿此时脑子里的话：顺便问一下，西奥是谁？要不我们打308区号找西奥？也许不是完全一样的用词，但八九不离十。

以前卡蜜儿回学校后，朱迪丝的工作效率会提高，但如果说今年有什么区别的话，那就是完全相反。不上班的时候，她尽量不去储藏室。这个周末，她计划要和马尔科姆、卡蜜儿开车去海滩，还要参观亨廷顿花园，但头疼和疲倦一直缠着她，结果两次出游她都在车上睡着了。

工作越来越不顺。一天上午，露西递给她一张即时贴，上面写着：播放日期还剩十二天，朱迪丝，该死！我要的电视剧在哪里？！底下没有落款，其实也不需要，谁不认识帕托歪歪扭扭的字迹！

“我进来的时候，它贴在监视器的正中间。”露西脸上的担忧让人吃惊，“你觉得他会不会炒我们鱿鱼？”

“不太会。”朱迪丝说。而实际上，正如她对手头的剪辑工作毫无把握一样，帕托会做什么，她也没底。同样无法确定的还有自己的婚姻、对女儿的教育，甚至不知道自己的行为将给生活带来什么样的危机。星期天，朱迪丝多年以来第一次踏进教堂的门，却觉得那里和家里、制片厂一样充满了欺骗。在教堂的停车场里，她坐在车上，不知道接下去该干点什么。这时候，她自己的手机响了，是马尔科姆打来的，他说正带着卡蜜儿和她的朋友参加圣塔莫尼卡露天音乐节。

“没搞错的话，有亲戚在乐队里表演，”他说，“还会有很多摆小摊儿的。”末尾是老一套：你来吗？

朱迪丝拒绝了。她说要抓紧时间去剪辑室干几小时，却没有去制片厂，而是去了储藏室。伊迪·温克斯的手机没电了，于是她插上电源。刚一充进去，她就急着查短信。没有。她一头倒在床上，书也没心思看。她把手放在肚子上，闭上了眼睛。正在做梦的时候，德彪西的曲子轻柔地响了起来。

朱迪丝抓起电话，弹开盖子，不顾一切地喊道：“威利？”

过了好一会儿，才听到一个声音说：“是，是我。”

是他的声音！只有一点点沙哑而已。

“哦，威利。”朱迪丝有点哽咽地说，“你好吗？”

他沉默了几秒说：“我挺好。”

这时朱迪丝感觉到房子开始旋转，很慢很慢。她想说话，但不得不先闭上眼睛。

威利说：“我想让你帮我做件事，朱迪丝。”

她一连吸了三口气，然后呼了出去。睁开眼睛后，一切恢复如常。

“朱迪丝？”

“对不起，威利，你刚才说什么？要我帮忙？”

“是的，我要你来看我。”

“什么？”

“是的，我说让你来看我。”

“什么时候？”

“立刻，我是说马上。”

朱迪丝笑了一声说：“你不知道这多么不可能。”

他没说话。

朱迪丝说：“这个时间不合适。”

“这是唯一的机会，向上帝保证，朱迪。”他的声音听起来遥远而微弱，“现在是最好的时间。”

2

亲爱的，是你吗

和常人一样，朱迪丝讨厌撒谎，可她却开始四处说谎，确切地说，是同一个谎言：她母亲的一个朋友从墨西哥打来电话，说她母亲进医院了，问她能否坐飞机赶过去。

“听起来很紧急，可能有生命危险，”朱迪丝在电话里对露西说，“我必须去。”

“上帝，朱迪丝，霍伯和帕托会大发雷霆的，你跟他们说过了吗？”

“没有。”她知道自己本该先和他们打招呼。突然间她做了个决定。“我正在给利奥写条子。”

“你能不能让马尔科姆去呢？”露西问，“我们已经有两个片子赶不及了，可能他们还会拿来第三个。”

“我不能让马尔科姆去，”朱迪丝说，“而我不能不去。”

沉默变得越来越长，最后露西说：“你要飞到哪儿？”

朱迪丝早有准备。她说：“莱昂，然后坐出租车到圣米格尔。”

“天哪，朱迪丝，看起来会很辛苦。”

马尔科姆倒是很体谅。他说没问题，如果她同意，他可以请几天假陪她一起去，让桑娅照顾一切，她应付得了。当朱迪丝表示不用他去时，他说那好吧，但如果凯瑟琳病情恶化，她可以打电话给他，他会马上赶过去。

她说手机在墨西哥可能打不通，但如果情况严重，她会想办法通知他。如果没有电话，那就代表平安无事。

在卧室里，朱迪丝先是拿出了手提箱，但最后还是决定背她的单肩包，因为它看起来更随意，更像临时有急事。如果某个人急着出门去看病重的父母，那她会抓起这种包，把东西胡乱扔进去。

马尔科姆已经叫了车送她去机场，一辆黑色的加长林肯提前几分钟缓缓地驶进了车道。马尔科姆在入口处对着司机挥了挥手。天气异常闷热，上午的太阳已经十分刺目。朱迪丝和马尔科姆都站在树荫下等着。

“对不起，赶得这么急。”朱迪丝说。她朝着卡蜜儿的房间看了看，心里顿时柔软起来。她真希望看看她，拉着她的手说声再见，但是她在学校。桑娅也去上课了，她就要成为护士。“你告诉卡蜜儿我会很想她，好吗？”

“当然。”他深情地笑了一下说，“我还会告诉她，你不会给她带个穿山甲回来。”

有一次他们在外旅游时曾买过一个涂着虫胶漆的穿山甲玩具。当时十一二岁的卡蜜儿说那是个“完全不合适的礼物”。有一段时间，她把它放在阳台的栏杆上，晚上从远处看简直就像一只大老鼠。后来卡蜜儿的一个朋友用鼓槌把它的外壳敲裂了。

司机穿着深色套装，看起来很年轻。他礼貌地接过朱迪丝的包，然后放进林肯车里。

马尔科姆对朱迪丝说："东西带齐了吗？手表、钱包、眼镜，还有脑子？"这也是他的老一套。

"前三个带了。"朱迪丝说。

"票呢？"

"电子票。"

"护照？"

护照？为什么要护照？墨西哥，对了，是要去墨西哥。"哦，上帝，简直不敢相信，"她说，"我完全忘了。"

她看了看黑色的林肯车，引擎在转动，空调冒着冷气。马尔科姆大步走回房内，一转眼就拿着护照出来了。"你真走运，还在有效期内。"

朱迪丝摇摇头，把护照塞进包里，感觉直冒汗。"上帝，"她说，"我脑子真不够用了。"

"也许，"马尔科姆稍稍前倾了一点说，"不过，其他事情都可以打高分。"

他似乎在等待什么。火热的太阳下，司机站在车的后门边，假装耐心地欣赏着峡谷的风景。朱迪丝无法再等了，她必须走。

"我会打电话给你。"她说完转身走开。听到脚步声，司机赶忙打开宽大的后门。车里飘着淡淡的丁香味，很凉快，这让她想起帕萨迪纳市那间凉爽的小花店，名字叫雅各布。他们曾去过一次，但她记不得是为什么事。车身缓缓向前移动，朱迪丝突然意识到刚才她转身的刹那，马尔科姆是在等她吻他。只是脸颊上轻轻地一下，但仍然是个吻。这就是马尔科姆期望的。她想起内布拉斯加的那个女人，迪丽亚·盖斯特。还是小姑娘的迪丽亚，在她父亲生命中最后一天出门干活的时候，没有亲吻她的爸爸。朱迪丝疯了似的寻找着按钮，想要把窗子放下来，远远地给他一个吻或者挥挥手，但此时车已经驶上马路，而马尔科姆正关上身后的大门。

这个夏日的上午，洛杉矶的天气闷热难熬。然而六小时后，当朱迪丝走出拉皮德城小航站楼的出口时，她仿佛一脚踏入了怡人的秋日。金黄的树叶映衬着翠绿的草坪，湛蓝的天空深邃幽远，田野的芬芳沁人心脾……似乎一切都充满了希望和慰藉。她感觉到一种不可思议的时光穿越，瞬间就回到了二十七年前那个晴空万里的早晨，仿佛看到自己出发去帕洛阿尔托、看到威利·布朗特站在月台上目送着火车渐行渐远。如果此时威利出现在面前，带着从前的笑容，那么紧紧的拥抱会让这幻觉就此成真，时光倒转，永不回头。

然而，威利并没有出现。除了停车场偶尔的人影外，什么也没有。她扫视着停车场，寻找威利那辆褪色的红色皮卡，又看了看出口周围，最后看看表。他们约好了在这里见面的。

“打扰一下？”

她转过身，看见一个大腹便便的男人正在跟一个三十出头的漂亮女人说话。“你不会是朱迪吧？”

那女人摇摇头朝别处走去，那男人站在原地看着她。

朱迪丝过去对他说：“朱迪什么？”

那男人转过身问：“你是朱迪？”

“朱迪什么？”朱迪丝又问。

“嗯，我不知道。我老板就说让我来接朱迪，加利福尼亚来的，拓荒航空。”

“朱迪，还是朱迪丝？”

那男人似乎糊涂了：“也可能是朱迪丝吧。”

“你的老板叫什么？”

“威利·布朗特。”

朱迪丝看看周围说：“他人呢？”

“他来不了。”那男人突然想起什么似的，一把拿下帽子，露出一头乱七八糟的白头发，“你是不是啊？”

朱迪丝不禁笑着说：“我想问一下，他到底是说朱迪，还是朱迪丝？”

“问题是他没怎么说，只说她很迷人，当然了，你是很迷人，如果……”他说话结结巴巴的，脸也开始发红，似乎有点急了，“你到底是不是啊？”

朱迪丝端庄地笑了一下说：“是的，我是朱迪丝·惠特曼，我来看威利·布朗特。”

那男人扣上帽子，忙不迭地接过她的包。“这边。”他说着向停车场走去。

朱迪丝心想，要给这个男人画漫画是很容易的事，因为他长得太有特色：大圆脸，厚实的溜肩，梨子形大鼻子，五大三粗，活脱儿一个卡通熊。他拿着她的包穿过草坪，不时躲闪着头顶的金黄树叶，最后走进冷清的停车场。大概听到她跟在后面，或者以为她跟着，他一路都没有回头，直到停在一辆黄色的轿车前。车门没锁，车窗也开着。那男人一扬手把朱迪丝的小包扔进后座，然后帮朱迪丝打开副驾驶室的车门。朱迪丝看了看前座，又瞅了瞅后面的包。“我怎么确定不会被你拐了？”她说。

那男人一脸不解地问：“不被什么？”

“你在暗处，你知道我的名字，那你叫什么？”

“拜驰。”

“拜驰？”

他点点头说：“拜驰·拜腾。”

“好的，拜驰·拜腾先生，告诉我，为什么威利·布朗特自己不来？”

“他本来要来的。”那男人似乎没打算解释。他绕过车头钻进驾驶室，然后发动了引擎。朱迪丝本打算把车号写下来，但仔细一想，之后又怎么办呢？给机场的雇员留张字条？怎么跟人家说呢？如果加利福尼亚的一个男人报案说他妻子在墨西哥失踪了，请把字条交给他？

朱迪丝上了车，拜驰系上安全带。这是一辆别克，看上去刚洗过。拜驰伸手打开CD盒，她看见六个光盘竖在塑料卡槽里。

“你选一个。”他说。

朱迪丝看了看，.有好几个音乐家的作品：史蒂夫·厄尔、莱斯特·杨、约翰尼·麦瑟斯、布鲁斯·斯普林斯廷，还有小瓦尔特。为了能放松一下心情，她选了维瓦尔第的《四季协奏曲》。从光盘上的小标签来看，它属于鲁弗斯赛治公立图书馆。当她调了一下音量，然后从欢快的E大调《春》快进到舒缓一些的第二乐章时，他们已经上了公路。车子向南行进着，安静而平稳。窗外掠过玉米田，接着是一片刚刚显现出棕绿色的冬小麦。朱迪丝心底涌起一阵喜悦，她转头看了看旁边的男人。就在刚才，她还在想他会不会把她给绑架了，但此时却觉得他正在帮助她逃亡。

“拜驰先生，你是威利的朋友吗？”

他点点头。

“威利今天不舒服，是不是？”

那男人迅速看了她一眼说：“是的，是这样。”

“但他昨天还好好的？”

那男人说他说不准。

“那是上个星期？上个星期他好吗？”

“你到那儿就知道了。”

朱迪丝感到很奇怪，这话很像威利说的。以前他总是匆匆带她出去，她问他去哪里，他就会说：你到那里就明白了。朱迪丝曾问他：“如果我不明白呢？”威利会简单地说：“你会的。”

“那里是哪里？”朱迪丝问。

那男人说：“你说什么？”

“我们去哪儿？”

“哦，威利的木屋。”

“威利有木屋？”

拜驰点点头。

“在哪儿？”

“鲁弗斯赛治南边。”

“威利还在盖房子吗？”

“不怎么盖了。”

“那他做什么？我是说忙些什么。”

这一回，朱迪丝清楚地感觉到拜驰的眼神暗淡下来。“你饿吗？”

他问。

她是有点饿了，在飞机上只喝了点番茄汁。

他伸手从座位后面拿出一个红白相间的小冰盒，然后放在驾驶台上。“别客气，”他说，“我吃过了。”

冰盒里放着黑麦面包，里面夹的是五香熏肉和蜂蜜奶酪，旁边还有一瓶冰块裹着的啤酒。她尝了尝面包说：“Y字结酒吧还在吗？”

拜驰点点头。

“这个面包是他们家的？”

这次他微笑起来，好像受到表扬了似的。“当然。”他说。

望着窗外的乡村景色，一种美好的感觉油然而生。笔直的公路两边，黝黑的土地看上去湿湿的。

朱迪丝说土是湿的，拜驰说：“是啊，鲁弗斯赛治那边一滴雨都不下，可这里的降雨一天就差不多有三英寸。我在机场听到几个种地的人在聊天，其中一个人说：‘三英寸没问题，但我更希望是下三天，每天一英寸。’这就是我们种田人的想法。”

“你也是农夫？”

“以前是，我已经为威利工作十五年多了，盖房子也要看老天的脸色，但不像种田人那样靠天吃饭。”

大约一小时后，他们到达了二十号公路，接着往东驶向鲁弗斯赛治。朱迪丝的好奇心搅动起来，但让她失望的是，拜驰放慢速度，然后转上了一条向南的小路，车速快得让朱迪丝有点受不了。

“我想去镇上看一眼，”她说，“买点东西什么的。”事实上她想去商业区、皇后冰激凌店、公园，还有那座曾是她曾祖父母的，后来是她父亲的，现在属于她的房子。自从父亲的葬礼后，她再也没回过那里。

拜驰自顾自地开着，好像没听见似的。这一带比较干燥，尘土在车后飞扬，但田地和农舍看起来整洁有序，比她记忆中的更漂亮。白色的伯特利教堂出现在前方，还和从前一样的墓地、一样的小屋、一样精心修剪的草坪、一样孤独矗立着的美丽教堂。当年迪娜曾渴望在这里结婚，也许她如愿以偿了。

“能在这里停一分钟吗？”朱迪丝问，但拜驰的脚甚至没离开油门一下，只是说要赶时间，虽然不停地右转，左转，绕过一栋栋农舍，但他们始终是向南，向着远处的山峰。记忆中的影像出现了，小溪、松树、岩壁间潺潺的山泉……那些他们曾打开又关上的大门全都敞开着，狭窄起伏的小路变得平坦了些，威利曾驾着皮卡在这条路上娴熟地躲闪树枝和石块，那曾是让他非常得意的事。朱迪丝脑子里突然蹦出一个词——限滑差速器。车速慢了下来，拜驰没办法开快。朱迪丝把车窗放低了些，蝉声和松林的味道交织出奇妙的画面和情感。她真想跳下车去走一走。车子涉过几条溪水，水流越来越细，车轮下时不时传来石头咔嗒咔嗒的碰撞声。又是几条细流后，他们到达了一块光秃秃的空地，把车停在一个土坡脚下。那是许多年前他和威利初次约会时停车的地方。

拜驰·拜腾转头看着朱迪丝，好像终于完成了一个棘手的任务似的：“威利说到这里你就知道怎么走了。”

朱迪丝望着小山点了点头。她走下车，从后座取出她的包，然后弯下腰，透过副驾驶的车窗对拜驰说：“你会来接我吗？”

拜驰似乎被个问题搞糊涂了：“为什么不，当然。”

“什么时候？”

“什么时候都行，随你。”

“我怎么联系你呢？”

“什么？”

“我怎么找到你？你有手机吗？”

“哦，没有，手机在这里不能用，但威利能找到我，他会告诉我的。”

“好吧。”朱迪丝说。她心里开始觉得这趟行程似乎有点荒唐。最后，她对拜驰表达了谢意。

“不客气。”他说。朱迪丝向后退了几步，拜驰倒好车后，又停下来把头伸出车窗问：“你有多久没见过他了？”

朱迪丝告诉了他。

“好的，”他说，“做好准备。”说完把头转向前方开走了。

朱迪丝把包带往上拉了拉，然后抬头看着山坡，耳边响起笛音般的风声。天还不冷，但站在阴凉处的她能感觉到很快就会凉下来。准备什么呢？她想不明白。松树枝开始慢慢地摇摆，她想也许有人正盯着自己。这一幕用在惊悚片里真是完美至极，她心想。但这不是惊悚片，对吗？这是她的电影，真实的人生。

她开始往前走，眼前的坡道似乎比记忆中长了些，走在柔软的松针上，脚下感觉滑溜溜的。第一次摔倒时，她用手撑住了。第二次滑倒后，她不得不停下来喘口气。微风送来一阵林木的气息，这让她放下心来。再往前走，她闻到了一股炖肉的香味。快到山顶时，她放慢了脚步。也不知道为什么，她伏下身子，一点点地向前挪，然后悄悄地向山下眺望。

眼前的景象让她惊住了，从前坑坑洼洼的地方如今变成了一大片度假营地，几个斜顶的小木头房子点缀其间，屋顶是白铁皮的，地面干净平整。营地中央的石头烤架上冒着缕缕轻烟。顺着树林间的石子小路，朱迪丝发现一个水塘，露出水面的木桩上系着一条红色的橡皮船和一条灰色小艇。绿色的松林间夹杂着泛黄的杨木和桦木。一切都完美得让人不敢相信，如果要做一个宣传怀旧露营地的画册，那么眼前这个景象完全可以用作封面。但是怎么没有人呢？威利在哪儿？

朱迪丝跪在松针上搜寻着。最外圈的那个最小的房子显然是厕所，而最大的那个像是度假屋。他可能在其中的一间里，朱迪丝心想。她蜷伏在地上，倾听着鸟儿和昆虫的欢叫、风的低吟浅唱，等待营地的动静。太阳渐渐落下，半小时内天就要黑了，可还是没人出现。

突然，不知从哪儿来的声音吓了她一跳。“别担心，没人要抓你。”是威利，绝对没错，朱迪丝心想。他的玩笑口吻让她很欣喜。

“你在哪儿？”

“我坐在这儿看你的滑稽表演。”

他的声音好像是从柴棚方向传来的。在柴棚的影子里，似乎有一个穿着深色衣服的人坐在椅子上。

“你不打算下来吗？”他说。

她捡起包，拍拍裤子上的灰，慢慢走下山坡。可能是感觉到了她的犹豫，她走近的时候，他站起身走到黄昏的阳光下，但这反而让她更疑惑了。从前的威利身形单薄，而这个男人体形粗壮；从前的他皮肤光滑，算是半个美男子，而眼前这个男人的脸只能用粗糙来形容，最糟的是，看上去还有些浮肿。这个男人似乎身体不好，而且显老。然而，她走到他跟前时，他把帽檐向后捅了捅，脸上的笑容说明这确实是威利。

“你看看你，”他说着伸出一只手摸了摸她的鼻子，轻轻地，和从前一样。她闭上眼睛，好让他抚摸她的眼皮。她睁开眼时，他嘴角依然挂着笑。

“这些年做什么了？去西部阻止时光流转吗？看起来还像当年一样危险。”

她不知道该怎么形容他。他的脸不仅有点肿，而且发黑，好像经历了太多的风霜雨雪：“是呀，嗯，你看起来像是去亡命天涯了。”

他的目光移向别处。不笑的时候，他看起来很憔悴。她四周看了看，斜阳下的营地看上去很美：“你建的吗？营地，还有这个池塘？”

“哦，是，这些，还有其他的，”他柔声说，“后来我发现不是很喜欢去湖里钓鱼，所以就建了这些。”

朱迪丝惊讶地扫视着周围：“蓝月亮营地，我好像说过要给你做个牌子。”

她突然意识到他的眼睛一直没有离开过她。她转过身，他微笑地看着她说：“你这么远过来……”他没说完，但她明白他想说什么。这就是他们之间最为奇妙的事情。

恍惚中，她似乎感觉到他在靠近自己。她走上前，他伸出胳膊把她拉进怀里，紧紧地抱住了她。她突然觉得好受多了，依偎着他，闻着他身上的烟味，她可以闭上眼睛，想象他的宽恕、聆听风的回声、闻着炊烟的香气，回到从前的日日夜夜。

过了好久，他松开她说：“饿了吗？”

“本来不饿，可闻到做饭的香味就……”

他慢慢走向火堆，身体僵硬，好像承受着无法负荷的重物。石头壁炉砌在一个阳光晒不到的角落里，木头框架，栅格状的顶，三面围着石头矮墙。其他的东西都是露天摆放的：木质的野餐桌上是一个小铜碗，碗里放满了薄荷糖。壁炉里的烤架用链子固定着，这样就可以把两个黑色的深口铁锅直接放在炭床上。锅盖上覆盖着热木炭，威利拿起一个长柄钳，把木炭拨到一边。然后抓着电线做的拉绳把锅盖拎了起来。混合着洋葱、牛肉，还有番茄的浓香霎时弥散开来。

“老天，”朱迪丝说，“什么呀，香得要命。”突然意识到“要命”这个词在这里不恰当，她决定不再用了。

威利喃喃地说：“红辣椒。”说完放回了盖子。之后他转过身，又一次长久地凝视着她。“是你，”他小声说，“你真的来了。”

朱迪丝大笑着说：“是呀，我来了。”

过了一会儿，她又说：“这不是我们第一次来时的那个厚木桌子吧？”

他摇摇头说：“那个很久以前就坏了，这大概是第三个了，但都差不多。”

她看着周围说：“我们现在坐的地方算是花棚，还是亭子什么的？在伊迪丝·华顿的小说里，好像把这种地方称作凉亭。”

威利看了一圈，似乎在考虑伊迪丝·华顿说得是否贴切，但看来他并不认同：“我们从来都叫它‘木桌区’，如果我让别人来拿什么东西，我就说到木桌区去拿。”

朱迪丝承认这名字更实在，但如果是在她的电影里，还是会用凉亭这个词。

威利说：“五分钟就能开饭了。”他指着一个带门廊和石头烟囱的木屋说：“想休息的话，那间是你的。”

对朱迪丝来说，这种安排很好，甚至可以说让她安心。她曾设想威利会有什么想法，自己会有什么期待，特别是想到马尔科姆和弗朗欣的事情。但是威利衰老的样子让她吃惊，骨骼、皮肤，还有肌肉的变化都显而易见，想要找回从前的激情似乎荒谬而又不可想象。

小木屋十分舒适，地板、墙面、屋顶都是松木板钉制的，三扇窗户都镶着亮黄色的边，门附近的墙上钉着几个旧马蹄铁做成的衣钩。棕灰相间的老式被子盖在铁质的床架上。小木桌上摆着一个红色的瓷碗、一个装着水的白色锡罐，旁边放着一个灯笼。白色五斗柜最上面的两个空抽屉是留给她用的，但朱迪丝关了抽屉，然后把包放在柜子上。她觉得只住一两天，不用那么费事。

她拿出放在化妆包里的充电器，之后发现根本没有电源，于是又放了回去。再看看手机，也没有信号。她拉上化妆包，然后从背包最底下掏出毛衣。天气已经凉下来了。

朱迪丝走出小屋，看见火堆边的威利正喝着锡杯里的酒。他已经收起了木桌上的小红碗，又摆出两个放着刀叉的盘子、一条面包、两个扣在一起的馅饼烤盘，还有一个装着冰镇酒的红色锡杯。

“那是你的，”他指了指说，“我想你可能需要提提神。”

饭前喝点酒本来就很享受，而且红杯子里的冰镇酒又那么诱人。但刚喝了一口，朱迪丝就不由自主地抖了一下。“哎呀！”她叫道。

“有点辣吗？”威利说。

“何止是辣，什么酒啊？”

“苏格兰威士忌和酸橙汁。”他品了品自己杯中的酒说，“可能酸橙汁不够。”

她又尝了一口，之后放下杯子看着他说：“威利，你怎么样？”

他无所谓地耸耸肩说：“晚上比早上好。”说完又忙着准备饭菜，显然不想继续这个话题。他切下一厚一薄两片面包，分别放在两个盘子里，之后端起放着厚面包的盘子，揭开铁锅盖，从里面舀出一大勺红辣椒酱抹在面包上，然后把盘子递给朱迪丝，接着给自己那块面包也涂上，但量少得多。

朱迪丝看着他递过来的一大盘说："我猜你记得我的口味。"威利嗓子有些嘶哑地说："嗯，我记得。"

坐在桌边后，他打开烤盘盖子，里面是新鲜的番茄片。"熟得晚，但很好吃。"他说。她尝了一些，他则拨了几片到自己盘子里。

威利吃了些番茄片，但饭菜几乎没动。大多数时候只是一边喝酒，一边看着朱迪丝吃。辣椒酱、面包、番茄片，没有一样不好吃。朱迪丝一边吃，一边赞不绝口。

威利说他很高兴她喜欢。"辣椒味道比较淡，"他说，"我过去喜欢特别辣的，但现在不了。"

"不，正好。"她直起腰看了看夜色中的木屋，通往池塘的小路此时已经洒上月影。

"明天你要带我去看池塘。"她说。

"不太大，"他说，"不过足够了。"他起身拿起她的空盘子，还准备给她添一些。她说："一点点。"又喝了一口酒之后，她觉得没那么呛了，大概是冰块化了的缘故，"你这儿怎么会有冰块？"

他还是给她盛了一满盘。"有个小丙烷冰箱，"他指着一个小屋说，"那儿是厨房，不过冰箱是唯一的电器，炉子是烧柴的，没有自来水。"

野餐区的角落里藏着一个木质小柜子，威利从里面拿出瓶苏格兰酒，遮遮掩掩地倒了一大杯。他提到自己装了套太阳能淋浴设备。"住在这儿不会浑身发臭，"他说，"只要有太阳就行。"朱迪丝发现他没有加冰块，所以喝起来很安静。她咬了口辣椒说："谁做的面包？"

"哦，是我的私家厨师，"他夸张地看看周围说，"他去哪儿了？”朱迪丝被逗乐了，这是威利过去的玩笑风格。“那炉子上该有烤箱吧？”

威利说有，但这面包是他用荷兰炖锅做的。他指了指正在炖辣椒的黑铁锅。

“那就是荷兰炖锅？”

“是啊，你以为是什么？”

“不知道，我以为就是个铁锅，我听说过荷兰炖锅，但一直不知道是什么东西，还以为是那种带小门的锅。”

威利似乎觉得这话很好笑，他从桌上的碗里拿起一块薄荷糖，扭开两头的糖纸。“那次我和父亲去麦迪逊河的时候，他曾教我怎么用它做饭，”他把薄荷糖放进嘴里说，“你记得我跟你说过这事吗？”

朱迪丝说记得。

“我父亲曾说起他三十几岁的一年夏天，几乎所有的农田都被冲垮了，我祖父坚守在田里，而我父亲和他妈妈暂避到布拉克山的营地里，唯一能用来做饭的就是荷兰炖锅。我父亲说那是他生命中最开心的日子，睡在帐篷里，从早到晚钓鱼，每晚用荷兰炖锅做饭。”威利摇摇头，从鼻子里发出几声笑，“后来我父亲长大了，接手了那个讨厌的农场。”

看来他和父亲仍然有隔阂，不过朱迪丝也并不觉得奇怪：“他还健在吗？”

“应该还在吧。”

朱迪丝说：“你知道吗，有时候我会打你父母家的电话，什么也不说，只是听你母亲说‘你好。’”她摇摇头接着说：“我也不知道为什么这样，所以别问。但有一天晚上是你父亲接的，我没说话，他说‘威利，是你吗？’声音听起来很不安，好像你失踪了，或者以为你出什么事了似的。”

虽然光线昏暗，朱迪丝仍然看到威利的脸一沉。他勉强地笑了笑。“‘以为我出事’很贴切，很长时间以来，我父亲都是这么想的，”他喝了口酒说，“你走了之后，他更是生拉硬拽要我回去干农活。后来我和迪娜交往后，他又去找迪娜。跟你说吧，他就像斗牛犬，逮住猎物绝不放松，差点就说服了迪娜。每次我回家，他都会狂轰滥炸，不让我走，所以我后来就不回去了。我母亲想办法缓和关系，她让父亲承诺不再提这事，但我回去后，没一会儿他就板起脸不说话，但我好像能听见他在想什么，听见他所有的理由：这是布朗特家族的田地，是属于布朗特家的合法地盘，有很多年轻人在田里没日没夜地干，就想多找份活干，而对你来说，这一切唾手可得。有一个周日，我们开车离开了那儿，我跟迪娜说她想怎么样都行，但我永远也不会再回去。”

风停了，树枝不再摇曳，只听见池塘边传来蟋蟀和青蛙微弱的叫声。

“你再也没回去过？”

他似乎有点奇怪。“当然，没回去，”他吸吮着薄荷糖说，“哦，偶尔带着迪娜和孩子们去过，但我没下车，只是让他们进去，然后我去镇上，到点再去接他们。每次等迪娜和孩子们收拾东西的时候，我母亲会出来，隔着车窗跟我聊几句，但父亲只是站在门廊下看着我，后来干脆不回去了。”

片刻之后，朱迪丝说：“天哪，威利。”

“唉，没办法，”他喝了口酒说，“我母亲很好，她时不时会到大湖镇和我们住一段时间，帮迪娜做事，给孩子们做好吃的。我记得她们常做炸面圈。”他剥开一块薄荷糖接着说：“那些面圈很好吃，夏天她会做黄桃冰激凌，后来她得癌症去世了，对我父亲打击很大，可能他接你电话就是在那段时间。”

“那之后你还是不回家？”

威利凝视着远处，朱迪丝知道这是“不”的意思。他说过他永远也不再回去。两人都沉默了，只有夜晚的声音。

“迪娜没有劝你回去？”

“哦，她劝了，当然。但迪娜一向不善于说服我。”

“结婚也不是她的主意吗？”

威利鼻子里发出一声冷笑说：“好吧，告诉你，那是我的馊主意。”

“结婚仪式的日子是谁定的？”

“也是我，如果我没猜错的话，迪娜知道我的意思，但她不太介意。”

朱迪丝想了想说：“迪娜怎么样？”

“不错吧，我想，说实话，近来我们不怎么见面，但她算是个称职的妈妈，比我想象的好多了，我跟儿子关系还行，说不上有多亲密，但还不错，特别是在他们能帮忙干活以后，一直到他们自以为知道很多事之前，六到十二岁之间，那些年相处得很不错，一起打球、钓鱼，还教他们木工活，不多，一点点。有段时间相处得很开心，让我的注意力分散了许多。后来他们到了青春期，开始拿我当局外人，很快我真的就成了陌生人。也许母亲和女儿的关系不一样。”

“也差不多，”朱迪丝说，“我母亲曾说过有了孩子的父母更容易疏离。”

威利报以大笑。虽然又是一阵沉默，但气氛轻松了起来。过了一阵，他说：“我父亲花言巧语地劝孩子们去田里干活，他们可能去了，只是不告诉我。越大越狡猾了，小的时候只是调皮。”

威利站起来，把煤铲进壁炉，放进引火柴。火着了之后，他又加了一根劈开的松树枝，火焰很快就腾了起来，木柴清晰的噼啪声听上去像人工模拟的一样。威利说松树枝之类的木材燃烧热度不够。朱迪丝身上的毛衣太单薄了，她忘了这里的晚上有多冷。她竖起衣领，把椅子向火堆挪了挪。她伸开腿，几乎要碰到威利的脚。

“好了，”她说，“这样暖和多了。”温暖的石头壁炉、蟋蟀和青蛙的合唱、高高的松林、黑色天幕上闪烁的星星，这一切让朱迪丝有种轻飘飘的宁静感。无声地享受了一会儿后，她说：“梅林达。”

“什么？”

她想了想说：“我想起了镇上那个长得像雕像一样的银行职员，姓什么忘记了，爱德蒙得森会记得，每次她一进皇后冰激凌店，他都会像一只得了狂犬病的狗一样流口水。”

“梅林达·佩恩。”威利说。

“对，迪娜以前说她肯定穿3D罩杯，胸前那两个大东西好像能捅破人的眼睛似的，我总是在想她的胸是不是真的。”

过了几秒，威利说：“是真的，是。”

“什么？”

“那是真的，你不是想知道吗？”

“你怎么知道的呢？”

“就是知道，”他又喝了一口说，“如果你也想知道，告诉你吧，那是在你没了音信之后。有些女人看见男人的心被卡车碾碎，她们认为自己能把那颗心再拼起来。”

朱迪丝想避开心被碾碎这个话题，她笑着说："这也许只是你为自己的拈花惹草找的借口而已。"

威利说也许是，也许不是。

过了一会儿，他接着说："她嫁给了爱德蒙得森，你知道吗？"

"什么？嫁给爱德蒙得森？"

"是的，他成了奶品大亨，也许还算不上，不过也有六七家店。那些店对她还是有影响的，不能小看他。有段时间我拼命地干，一心想赚大钱，然后……"他没说下去。

一个火苗突然蹿起来，接着是噼啪的爆裂声。

"我也赚了不少钱，但等到有钱的时候……"

这个话题让朱迪丝如坐针毡。她不知道该说什么、该用什么语调。她说："什么？"

"已经无关紧要了。"威利说着用一根钢筋捅了捅火堆，"有一次我和迪娜吵架，她说：'要是你听说朱迪丝离婚了，你会怎样？也离了去找她吗？'你也知道，气头上会说出一些平时说不出的心里话，然后我说：'没错，我会的，第二天就去。'"

朱迪丝等着下文。

"迪娜狂笑，你绝对没听过她那种爆发出来的笑声，带着彻头彻尾的藐视。她说她看到你把我变得多么愚蠢，还说你回来和我结婚之前还会再嫁十几个银行家。"威利沉默了好长时间才说，"你知道我的反应吗？我盯着她的眼睛说'你说得不对'。"他深深地呼吸了一下接着说："当然了，那是很久以前的事了。"

朱迪丝没接话，她能说什么呢？难道说回来前不会嫁十几个银行家？只会嫁两个？

威利说："迪娜过去常说她看到的是真实的朱迪丝，而我看到的是梦里的，但两个说法我都不信。"他沉思了一会儿又说："我告诉你我是什么时候彻底清醒的，如果你想听的话。有天下午，我在大湖镇的一家酒吧里，我们正在建一所房子，但因为暴雨停工了。一起干活的人都有地方去，就我没有，所以进了酒吧。有个骑哈雷摩托的人因为暴雨无法去华盛顿，所以也进了酒吧。他每隔一会儿就会走到窗前看看外面的闪电和大雨，然后又回到酒吧里发牢骚。我们俩聊了起来，没过多久我就把你的事跟他说了，还告诉他我要赚好多钱把你赢回来。我听见自己大声说着，但心里突然间明白，一切都无济于事了。"朱迪丝明显听出了威利喘气声中的噪声，他似乎上不来气，"除了天气以外，那家伙也有困扰。他是个历史迷，他说他一辈子就想出一本关于……该死，我忘了，好像是'岩壁上的印第安人'之类的书。最后终于出了，然后就期待着能够看到轰动。他说：'你以为自己会从此不同，但没有，你还是你。'他看上去很失落。他还说：'所以现在我只能坐在过去不想去的地方和现在不想去的地方之间。'"威利咯咯地笑着说："之后我们俩就喝了个烂醉。"

他站起来添了几根柴火，拉了拉椅子上的垫子，然后坐下继续喝。朱迪丝依然等待着，她觉得他还有话要说。他已经憋了二十七年，现在只想说出来。很快他接着说："当时我想，你带走了我的血液，留下一具僵尸，但事实不是这样。确切地说，你给了我过去，但带走了我的现在。有那么一刻，我觉得你会追随你的心回到这儿来，那我就有希望了，但是'现在'已经没了，你带走了它。"火光映照下，一丝苦笑似乎浮上他的嘴角。

"我用酗酒来解脱。"

朱迪丝觉得把他的酗酒归咎于自己似乎不太公平，但那个“带走现在”的说法让她心痛得无法反驳。她说：“那时我们太年轻了，威利。”

“不，我们不！”他突然激动起来。之后望着远处的松林和池塘说：“至少我不是。”

接下去的几分钟，只听见火焰和夜的声音。终于，威利柔声说：“根据一分钟蛐蛐叫几声，你可以判断气温，但我想不起来怎么算了。”

朱迪丝开始数那叫声，但发现很难。他们一起竖起了耳朵。威利说：“有一年，我们家的人几乎争论了一个冬天，关于能不能根据灯蛾毛虫的大小预测第二年秋天的雨情。我母亲一直说可以，父亲则说不行，他说一只肥蛾虫只能告诉你它们不缺吃的。我希望母亲说得对，但知道她是错的。”

他们继续聊着，威利一边喝他的苏格兰酒，一边加柴火，直到朱迪丝困得抬不起头。她把表靠近壁炉看了看说：“都十二点多了，威利。”

“你应该把那玩意儿扔掉。”他说。

“我要去睡了。”

他仍然盯着火堆，似乎依然徘徊在回忆中，似乎话还没有说尽，但她太累了。拿着电筒去厕所的时候，她既意外又宽慰，因为里面只有新鲜的泥土味。她往回走时，威利拿着盏灯从她的木屋里走出来。

“我已经帮你把火点上了，”他说，“想让房里暖和点，我是说快一点暖和起来。”

她点点头表示了感谢，说她相信不会冷的。

“需要什么就大声叫。”他说。这句话可以有多种解释。她笑笑说：“如果需要我会的，但不需要。”

走到门口时，他叫道：“好好睡。”

她回头望着火光中他的身影，突然觉得自己已经差不多习惯了他容颜的改变。“谢谢，”她说，“我会的。”

进了小屋，她发现威利已经把一件旧李维斯外套挂在马蹄钩上，壁炉烧得很旺。朱迪丝有种奇怪的感觉，不知是周围的声音被放大了，还是她的耳朵突然灵敏起来。她不知道，也不在意。最重要的是她来了，身在此处，而且心里高兴。壁炉里的火光跳跃着，她脱掉衣服躺下来。被子是法兰绒的，好像刚刚洗过，也可能是新的。她拉了拉被子，看了看木板地、木板墙、木板屋顶，有那么一瞬间，她觉得仿佛躺在一个漂亮的玩具盒子里。很快，还来不及想其他事，她就沉沉地睡去。

半夜里突然醒来，她发现火已经燃尽，月光下，随风摇曳的树梢映照在木屋的墙上。多年来藏在她脑子的三个字忽然冒了出来：结束了。

结束了。

简单、冷漠，而又残忍的三个字。

实际上只是“残忍”，不是吗？她也不知道，仿佛是，又好像不是。

她想起去斯坦福上学之前，她和威利约好每周日晚上都要通电话。最初，这些电话，还有定期的书信和卡片让朱迪丝过得自在惬意，一如过去他们在秘密花园里的时光。然而，随着时间的流逝，在帕洛阿尔托城的生活开始起了变化，而威利最终成了这变化的牺牲品。朱迪丝沉醉于看外国电影，在咖啡馆里高谈阔论，去坐满了精英少年和儒雅成人的礼堂里听演讲……偶尔，她也会突然想起威利，想起他举枪射击的情景，想起他不用射钉枪就可以轻易把胶合板分成两半，甚至想起他举起铁铲站在米纳特先生面前的样子。然而，这些画面让朱迪丝动摇了。她开始考虑威利是否能融入她未来的生活。后来她明白事情并非那么简单，但十八岁的时候，在单纯的校园里，一切看起来都不复杂。周日晚上的谈话开始吃力无趣，甚至有些烦人。她觉得更愿意和朋友或者室友聊天。室友是一个从夏威夷来的华裔女孩，漂亮甜美。她的声音像银铃一样，似乎只吃些新鲜胡萝卜和橙子就能活。她觉得同威利聊天和与她的朋友聊天之间的差别是“隐藏”与“分享”之间的差别、“舒服”和“开放”之间的差别。整个冬季，和威利的电话仍然维持着。每到周日晚上七点，朱迪丝都会在宿舍接到他的电话，而她的室友总会悄悄地溜出去，直到电话结束。有个周日的下午，马尔科姆·惠特曼和几个朋友问朱迪丝和她的室友想不想和他们一起去奥克兰的蓝调俱乐部。朱迪丝以为这帮精力旺盛的男生是看上了她的外国室友。她的室友拒绝后，那些嘻嘻哈哈的男生仍然没有走的意思，这令她非常意外。他们继续鼓动她，说那里多好，乐队多棒，烤肉多好吃。“兜风的好日子。”马尔科姆补充说。她微笑着，不是因为这句话，而是想到如果换一个时代，换一个地方，那么这些男生可能就是艾莫里·布莱恩的追随者。马尔科姆站在一边专注地看着她。他瘦瘦高高的，漂亮的长发精心地绑在一起。朱迪丝想起晚上要和威利通电话，于是她说对不起，她很想去，但要早点回去学习。就在男生们即将放弃之前，马尔科姆清了清嗓子，然后说他是活动的组织者，他现在正式把决定权交给朱迪丝。他的朋友们嘀嘀咕咕地抗议起来，他则满脸笑容地对他们说：“哦，嘘。”

她只记得那个俱乐部里黑乎乎的，充满音乐声。里面有几个黑人，还有三两桌白人大学生。待了一会儿后，她开始喜欢那感觉，环绕在空气中的音乐节奏让她心情愉快。他们一帮人喝着生啤，吃着排骨和凉拌卷心菜，马尔科姆对她照顾有加。她忘了戴表，有几次，两首歌中间停顿的时候，她突然发觉已经过去好长时间了。“你想回去吗？”马尔科姆时不时问一句。每次凑近她的时候，他的长发都会擦过她光溜溜的胳膊。她确实该走了，但说出来的却是："还不想。"最后，她意识到原先的计划泡汤了。她本打算喝完一瓶啤酒就走，这样和威利说话的时候，她还是那个周日晚上郁郁寡欢的朱迪丝。但她还是要了第二瓶。她记得很快就喝掉了半瓶，还把椅子向后倾斜，两只脚悬空起来。

回到宿舍的时候已经深夜两点，室友早已睡下。房里有一股好闻的橙子味，电话线被拉了下来，电话旁边的一个本子上写着：

你的朋友威利7：00打过电话。

8：00

9：00

10：00

最后我拔了电话线。

（醉醺醺的，是他，不是我！！）

正是在看室友留下的字条时，朱迪丝脑海中出现了那三个字——结束了。她知道威利不会再打电话，不会再写信。他从此没了音信。

朱迪丝借着月光看了一下手表，两点四十。她并没有睡多长时间。她下了床，感觉屋里冷飕飕的。蹑手蹑脚地来到窗前，她看见威利还坐在木桌边，手里拿着杯子，眼睛盯着炉火。

3
重温旧时光

第二天早晨，朱迪丝哆哆嗦嗦地穿上衣服，又取下挂在墙上的外套，居然很合适。她发现威利已经在石头壁炉前忙着生火，清晨明亮的光线下，他的样子着实让人一惊。夜里看上去黝黑的皮肤此时泛着一种棕黄色。有那么一瞬间，朱迪丝甚至怀疑他是否去照过人工日光浴之类的东西。当然了，威利永远不会做这种事，所以那奇怪的脸色一定是因为某种健康问题。

“你是不是熬了一夜？后来睡了吗？”她问。

“你怎么知道？”

“我夜里醒来就看到你坐在这儿，现在还在这儿。”

“哦，后来睡了。”他转过身，面对着她，她觉得他是有意的，有意坦然地面对她，所以她强忍着，没有把视线移开。那奇怪的颜色甚至侵入他灰蓝色的眼睛里，以至于眼神看上去暗淡无光。“你怎么样？”他问，“睡得好吗？”

“不错，床很舒服，房里真是漂亮。”

他看着远处点点头，她觉得他似乎在搜寻什么。

桌上已经摆了一包切片熏肉、一塑料桶鸡蛋，还有几个大番茄。“我来帮忙，”她说，“但先要……”她指了指厕所。

回来的时候，黑色煎锅里的熏肉已经嗞嗞作响，香味四溢。她一边切番茄一边问：“那里有人用过吗？”她问。

“是的，不过蹲坑是新的，你来的前一天拜驰和几个小伙子现挖的，可以说是为你准备的。”他指了指靠在柱子边的铲子，铲把上卡着一卷卫生纸，“我喜欢能随身带的东西。”

“非常高级。”她说。这是马尔科姆的惯用语之一。她感到心里微微地刺痛了一下，到这里之后她还是第一次想起马尔科姆。

威利滤好咖啡，她给自己倒了一杯。“那里有糖和奶精。”他指着橱柜说。在装着糖的小纸盒和咖啡伴侣瓶旁边，朱迪丝发现两瓶贴有红色标签的尊尼威士忌，还有半瓶吉尔比杜松子酒。朱迪丝把一包奶精倒进咖啡，边搅边问：“感觉如何？中午杜松子，晚上苏格兰？”

“差不多。”威利说着往煎锅里打进四个鸡蛋，刺啦一声，蛋液开始冒泡。

“是不是那些酒伤了你的身体？”

正在用锅铲轻压鸡蛋的威利停下来看着朱迪丝说：“你该不会是要劝我戒酒吧？还是别浪费时间了吧，对我没用。”

他把烤好的面包、煎鸡蛋，还有几条炸肉片分放在他们俩的盘子里，之后咬下一块肉咀嚼起来。她能感觉到他脑子里装着问题，那些他希望不用问就能得到答案的问题。

“那你准备就这样喝死吗？”她说。

他微笑着说：“嗯，是的，就这样。朱迪丝，人人都有了结自己的方式。”

这话让朱迪丝很不舒服，她调侃说：“那么你这个老家伙准备用什么了结自己？”

威利笑着说：“也许用‘无聊’吧。”

好吧，朱迪丝心想：既然二十七年都没管闲事，现在也可以不管。朱迪丝听了听树叶的沙沙声，然后说：“今天早上醒来的时候，愣了一会儿才想起我在哪儿，一想到是在营地里，和威利在一起，我就觉得一身轻松。我觉得幸福是世界上最难找的东西，但是想起自己在哪里的那几秒，我感觉到了幸福。”他们四目相对，彼此点了点头。那一瞬间，她觉得自己把他从那些纠结在心里的问题中解脱了出来，无论那些问题是什么。

他说：“你是要吃呢，还是只看一看？”

朱迪丝发现自己饿坏了，大口大口地吃了起来。用最后一块面包蘸完蛋黄后，她抬起头，发现他正饶有兴味地看着她。

“我并不总是这样吃的。”她说。

“如果你总这样，而且还这么苗条，别人会议论的。”

她笑着说：“议论什么？”

“说你和魔鬼做了交易，”他喝完杯里的酒，然后伸了伸胳膊说，“想去池塘转转吗？”

那不只是一个池塘，其实只比湖小一点而已，对岸的距离看上去恰到好处。树荫遮蔽下的码头，一边系着条平底小艇，另一边拴着红色橡皮船。二十码开外的松林里掩映着一座小木屋，和其他木屋一样自然朴素。门廊上放着个旧木桶，木桶上方露出几支船桨。墙上挂着一排救生背心，大多是鲜艳的橘黄色，有两三个已经老化褪色。

朱迪丝摸了摸其中一件旧背心说：“这些是什么？航海文物吗？”她发现自己的口吻很像马尔科姆，心里有点愧疚。

威利并不介意，他说：“这些还能用，对我来说用处很大，但迪娜认为只是装饰物。”

“我喜欢。”朱迪丝说。这一刻，她觉得如果把那个木桌区称作凉亭的话，那么这里就是船屋。她走进去，发觉里面和门外一样冷。屋里摆设简单，只有一个烧木柴的炉子、一套手工做的松木桌椅，还有几层放着书和棋的架子。一扇面对池塘的窗子几乎占据了整个墙面。她说：“如果这不是世界上最讨人喜欢的房间，那我想不出还有哪个是。”

威利扫视了一圈，然后挠挠脖子说：“不知道，但我可以告诉你，大冷天在这儿待一整天，再喝上一瓶酒，你可以好好地沉思冥想。”

朱迪丝走到书架前，发现大多是路易斯·拉摩和汤姆·克兰西的书。“天哪，”她说，“你有大富翁跳棋[1]？”她抽出它说：“我们生一堆火，玩大富翁吧！”

“好啊。”威利说。朱迪丝摆好棋盘、筹码和卡片，威利调了一下风门，放进些纸板、干树枝、稍大一些的柴火，之后点燃了报纸，看着火着了起来。当他坐到桌边准备玩的时候，她发现他手里的杯子又满了。具体是什么，她看不出来。

他并没有豪饮，而是偶尔喝一小口，好像静脉注射似的。他开始琢磨棋盘，棋盘上的日期被一些指令挡着，比如“邮件”“交易”，还有

① “大富翁”是一种多人策略棋牌游戏，游戏者分得游戏金钱，凭借掷骰子和交易策略，买地、建楼以赚取租金。

“找买主”。最后他说：“怎么才算赢？”

“钱最多，”朱迪丝说，“成为最有钱的猪。”

“好吧，”威利说，“我可是很贪财的。”

朱迪丝建议新手先玩两个月一轮的。她看得出威利以前从没玩过这游戏，但似乎挺感兴趣。她还发现有些交易卡被什么人改动过。“双峰胸罩店。”他看着一张卡片说。买下后又笑眯眯地说：“买胸罩店的机会可不是天天都有啊。”

“我猜是你儿子改了这些卡片。”

威利说这倒像他儿子的幽默感，她则说有其父必有其子。

大富翁是卡蜜儿六七岁时收到的生日礼物。除了中国跳棋，大富翁是朱迪丝、马尔科姆、卡蜜儿都喜欢的游戏。刚一开始玩，马尔科姆就发现所有标价出售的东西越早买进越好。玩了几次之后，卡蜜儿和朱迪丝才发现这个窍门。

炉火很快让屋里暖和起来，朱迪丝脱了外套。“别停下来。”威利说。

“我想你是那种病入膏肓还会开黄腔的人，对不对？”朱迪丝问。威利说他当然希望如此。朱迪丝掷出骰子后，把棋子跳到标有“邮件”的位置上。“说不定是迪娜来的信。”她说。

威利说：“也许是……你丈夫叫什么来着？”

“马尔科姆。”

“也许是他的信。”

“错，”朱迪丝看了看卡片说，“是我的半文盲儿子，他说小蛇营地太好了。”

一盘下来，朱迪丝赢得轻轻松松。威利说：“我喜欢这游戏，可惜输了，当然了，有你在对面脱衣服，什么游戏都好玩。”

朱迪丝玩得很开心，她问他是否想来一盘三个月一轮的。

“为什么不？”他伸了个懒腰说，“这次我们玩个花样。”

“什么花样？”

他靠着椅背看了看窗外的池水说：“要是我赢了，你就把你的表丢到水里去。”

她看了看手腕上的卡地亚表说：“我的表值点小钱，威利。”

“但你不知道多少钱。”

“不知道。”

“因为那是个礼物。”

“是的。”

“那好吧，”他说，“我不会把它扔到水里，只是替你保管。”

他没有再追问下去，她点点头，松了口气。“那要是我赢了，你要告诉我一个秘密。”她说。

“什么样的秘密？”

她笑嘻嘻地回答：“随你，但最好是有分量的。”

他耸耸肩，双手合起来晃了晃骰子，看上去把握十足的样子。

“你真要跟我赌啊？威利，你是大富翁高手吗？”

“半小时前我还不知道大富翁是什么东西。”他说。他的话没错，但之后的游戏证明他学得很快。他不再冒险，不再借高利贷。游戏一开始，所有能买的他都买下，包括“螺纹避孕套商店”“弗莱德美食店”“野人用品店”。第三个月的第三十一天是游戏的结束日，到这一天前，他已经把手里的店全都卖掉了。他得意地笑着说：“好嘞，我们数数手上的现金和存款，减去贷款，我剩得也不算多。”

朱迪丝懒得数，她交出卡地亚表，看着他漫不经心地把它塞进外套口袋，她心里想不知道还能不能见到这表。

吃过午饭，他们来到池塘边。威利取下两件新的救生衣，递给朱迪丝一件，自己穿上另一件。

“我猜你从没找时间去上游泳课，对吧？”朱迪丝问。

他深吸了一口气，拉紧最后一个搭扣：“是的，没有。”

鲜亮的橘黄色背心让他的脸显得更黄了。“我以前曾打算教你游泳，而你答应过教我钓鱼。”

“没错，过去是计划过。”

池水轻拍码头，两只小船轻柔地随波摇荡。威利先打破了沉默。他说：“我们坐橡皮船吧。”

这是一个完美的秋日，树荫下凉爽，而阳光下暖暖的。

坐在后面的威利说：“美人在船头，大笨熊在船尾。”朱迪丝往前走，威利扶着码头，保持船的平衡。船的做工和朱迪丝想象的不一样。座椅低矮，而且前座和后座是对着的。这种设计看上去友好，其实不实用。“怎么划呢？”

“不划。”威利说。

“那怎么往前？”

他握住面前的控制杆，奇迹发生了，细长的小船慢慢地掉了个头，然后向开阔的水域驶去，水面几乎没什么声音。

她小声问：“你怎么操纵的？”

他指了指面前的木头盒说：“这个船叫‘电牦牛’，盒子里面有一个电池驱动的小马达。”他满意地扫视着水面说：“我以前喜欢用桨，但现在划不动了。我还装过一个带小马达的轻便车，但噪声太大。我喜欢安静，所以做了这个船。”

“你做的？”

“是的，我做过好几条小船，大多是和儿子们一起做的。一般冬天在车库里开始做，春天放进水里。我们还做过几个单人皮艇、一个帆船、一个漂网船，还有码头那儿的小艇。有一次我还给两个儿子做了个迷你明轮船。”

他描述的是一种完全不同的生活，朱迪丝的心情很复杂。一方面觉得欣慰，另一方面又有点遗憾。“听起来很有意思。”她说。

他看着对岸，小声地抱怨说：“孩子们不再来了，十几岁后就没再来过，不过，公平地说，和他们在一起也有过好日子，和迪娜也是。但有时候闹得很僵。去年圣诞，两个儿子想要高档摄录机，不便宜，迪娜说要什么蒸汽加压咖啡机，老式的还不行，非要意大利的。我说我们要意大利的咖啡机有什么用，她看着我说：‘那不只是个咖啡机，威利，还可以做卡布奇诺，表面有一层泡沫。’虽然我懂得不多，但有一点我明白，房子里华丽的垃圾越多，生活就会变得越怪异。”

朱迪丝大笑着说威利肯定也买了一堆怪东西。

“当然，没错，我也买了好多古怪的电机回家，”威利若有所思地说，“但那是我的职业，迪娜又不是要开油炸饼店。”

“后来呢？”

“什么？”

“高档摄录机和咖啡机？”

“哦，给他们买了别的东西，坎贝拉大衣，高档的，很保暖。”他发出的声音既像喘气，又像偷笑，“但那些大衣并不受欢迎，结果吵了起来，我不得不找个清静地方喝闷酒。”

朱迪丝夸张地笑着，假装没察觉这话背后隐藏的苦涩。橡皮船平稳地行进，她闭了会儿眼睛说：“我们像一只天鹅在水面滑行。”

大约一分钟后，突然传来沉闷的扑腾声。朱迪丝猛地睁开眼，看见三只鸭子滑向水中，然后收拢翅膀稳定下来。水面泛起阵阵涟漪，接着又重归平静。没有人说话，水面更加静谧。她把救生衣脱下来，放在脑后做靠垫，接着把脸转向一边对着太阳，然后闭上眼睛，拖着长音“嗯——”了一声。他知道威利在看她，但并不觉得不自在，反而像在阳光下一样舒坦。她依然紧闭双眼，倾听着橡皮船缓缓地劈波前行，仿佛沉入了无边的宁静。这时，威利的话把她拉回了现实。

“想停一下吗？”他看着远处的一个小码头说。

“那是谁家的？”她问。

“我的，实际上是儿子的，他们修的，他们想有自己的秘密领地。”

威利把船开向小码头，一所小房子出现在视野中。一开始掩映在树丛里，后来朱迪丝才看清，那房子是在一棵粗壮的杨树上。原来是个外观独特的树屋。接近码头时，威利跪下来系缆绳。他艰难地站起身，她赶快把头转向一边，不忍看他的样子。

“孩子们管这块地方叫田纳西，”他说，“不知道为什么，他们会说：‘我们要去田纳西，带些腊肠面包，划独木舟到那儿。’”

朱迪丝走向那棵杨树，路上野草丛生，树屋显然已经废弃了，但看上去精致考究，屋顶和侧墙都是木瓦，窗口钉着几块细长的木条。其实它并不完全是靠杨树支撑的，从悬浮的平台到地面有一根长杆。

“他们怎么上去的呢？”朱迪丝问。

威利跟在后面，每走几步就要停下来喘会儿气，他指了指树上。“看见那个了吗？是个绳梯，但它挂在对面的树上，要先爬上那棵树把它荡下来。孩子们说那是为了防印第安人，”他笑着说，“有一次我好不容易爬上去，结果发现他们所谓的防印第安人，其实是怕人看到他们藏在那儿的色情杂志。”

回到码头的时候，他呼吸里的噪声更明显了。朱迪丝提议坐一会儿。威利让她坐在一张旧木椅上，她没有坐，而是走到阳光照耀的码头上。她脱了鞋坐在码头边缘，两只脚在冰凉的水里踢打着，威利把椅子挪到了树荫下，朱迪丝又闭上了眼睛，仰着头享受和煦的阳光。她想到了“向阳性”这个词，马尔科姆曾说加利福尼亚人都有“向阳性”。那是在他们搬去洛杉矶不久后说的。他这话是个隐喻，不只是说他们到了阳光充足的地方，更意味着接近财富、高贵，以及名望。换句话说，就是站在聚光灯下。她到船上取了条浴巾，又随手拿上了可以做枕头用的救生衣。把浴巾铺到码头上后，她开始卷裤腿。

“还不如都脱掉，你觉得呢？”

她看着树荫下的他说：“这话好像是威利的风格。”

“我这可是个好主意。”

朱迪丝凝视着柔滑的水面。她里面穿的是高档的布鲁明戴尔内衣，样式不是那种很端庄的，曾被马尔科姆形容为“有挑逗性”。

“除了我们俩没别人。”威利说。

朱迪丝瞄了瞄对岸说：“这是私人池塘，对吗？没有打猎或钓鱼的人吧？”

“没有。”

她直视着他说：“如果我脱了，你不会有什么非分之想吗？”威利笑了一下说：“特殊的药物治疗，朱迪丝，让我几乎没想法了。”

朱迪丝自然地脱下长裤，整齐地叠放在码头上，没有一丝尴尬，这让她暗自惊讶。

“没必要停下来。”他说。但她没有脱衬衫。在码头躺下之后，她把脚踝交叠在一起，又一次闭上眼睛。他没有说话，她也是。她只是躺在那儿，感觉阳光抚摸她的身体，倾听码头发出的奇怪而又生动的嘎嘎声，还有水波摇晃橡皮船的声音、偶尔的鸟叫声……心里暗自感慨着，多年的忙碌没有带来什么快乐，而如此简单的生活却让她心生满足。

她闭着眼睛说：“我父亲喜欢小阳春似的天气，他一直想让我体会一下，但我在这儿的那年，它没有出现，没有突然变暖而产生的色彩。夏天过去，冬天转眼就来了。”

过了一会儿，朱迪丝侧了个身看着树下的威利：“你没来参加我父亲的葬礼。”

“没有。”

“我那时希望你来。”

“我会去的，要是知道的话。那时我们已经搬去大湖镇了，而知情的人没兴趣告诉我。”

她想他指的是他父亲，也可能是迪娜。但应该还有人想让他知道，朱迪丝心想：“你妈妈没告诉你？”

他摇摇头说：“我妈妈喜欢你，朱迪丝，但是……她也许看上去宽容大度，但其实不是。”

这次轮到朱迪丝不说话了。

威利说：“你知道吗，你走了以后，你父亲对我的态度很奇怪。有次在商店里碰到他，他冲我点头打招呼，但我刚一转身他就走了。还有一天在酒吧里也是，一转眼就不见了，不过后来他又走过来说要告诉我一件事。他说他一直反对我和你在一起，确实，他一直针对我。他板着脸站在那儿，好像我要打他似的。我跟他说没关系，我不奇怪，还说如果我是他，我可能也不希望你嫁给我。他来了兴趣，问我为什么。我说因为我前途暗淡，等等。他说不是这个原因，还说他认为我很有前途，但是我会给你带来危险。我大笑着说：'见鬼，活在世上谁没危险。'但跟他争执也没用，他有他的想法，我只能感谢他说出了心里话。"他顿了顿又说："当然了，如果你真的在乎我，他说什么都没用。"

朱迪丝坐了起来。她凝视着水面，打算说出实情。"不能看他说了什么，威利，重要的是他做了什么，"她看着阴影里他病态的身躯说，"是他找人把我弄进斯坦福的。"

威利满脸惊讶地说："你骗我。"

朱迪丝点点头。她理解他，因为连她自己都不敢相信："真的，你记得那个骑摩托车的人吗？就是那个大雨中跑进酒吧，让你清醒了的人。我也碰上了同样的事，只不过让我清醒的人叫雷内，雷内·格索特。"

那是发生在朱迪丝参加的一个诗歌朗诵会上。她之前几乎没去过那种场合，但她的夏威夷室友要去，所以她也跟着去了。就在等诗人的时候，有人把朱迪丝的室友叫走了，于是她走到点心桌前，想喝点苹果汁和葡萄酒。这时，一个年长的男人突然出现在她旁边，有点胖，但短小精悍。他穿着运动服，打领带，自我介绍说名叫雷内·格索特。他问她是不是朱迪丝·托米。雷内·格索特说他是芝加哥大学的，是她父亲的朋友。他问她父亲是否跟她讲过镍币纸牌游戏？她父亲怎么样？她在这里还适应吗？"适应"，这是他用的词。她永远也忘不了这句话：你适应吗？过了一会儿，有人叫走了雷内·格索特，朱迪丝就再也没见过这个人。但是他的突然出现，还有他似乎了解什么情况的样子让她惴惴不安。朗诵会进行到一半的时候，朱迪丝猛然想起她在家里地下室门口偶然听到的一段对话。当时她父亲正兴奋地和一个名叫雷内的人通电话，朱迪丝那时以为雷内是个女人，但是……突然的掌声打断了她的思绪，朗诵结束了。另一首开始之前，她站起身往门口走去。诗人正在讲话，朱迪丝没听清，但知道是在说她离席的事，因为观众哄笑着，目光都聚焦在她身上。几天后，在校园聚会上，她碰到一个在招生处工作的年轻女人。朱迪丝把话题引到了那个女人的工作上，问她喜不喜欢这工作、同事怎么样、工作压力大不大一类的问题。之后又问她除了高考分数、平时的成绩、课外实践以外，还有什么人会被录取。那女人耸耸肩，举例说，运动特长生、少数族裔。有一类人被她称作“赞助生”，指的是那些名人或大额捐赠人的孩子。此外，她还提到与大人物有关系的学生。朱迪丝问她是否认识雷内·格索特。她说当然认识，他是副院长，非常有影响的人物。朱迪丝问她是否听说过入学申请中有个词叫“游泳者”，那女人喝完杯中的红酒，心不在焉地扫了扫周围，然后说她当然知道，“游泳者”就是候选名单里条件比较差的学生，还说为什么叫“游泳者”，她也说不来，也许是比喻他们正在逃生吧。之后那女人和对面的什么人招了招手，就借口离开了。朱迪丝往外走的时候，一个同学抓住了她的胳膊，问她怎么了。朱迪丝说没事，只是感觉浑身无力，想呼吸一下新鲜空气。室友看上去一脸糊涂，但朱迪丝没有停下。出了那个令人窒息的房间，走进夜色中，她突然感觉与从前不同了，心里开始怀疑自己。她确信如果别人知道了她是怎么进来的，一定会瞧不起她。她曾见过几个黑人和西班牙裔的学生上课时因为答不出教授的问题而无地自容的样子，她感觉自己和他们一样。他们为什么会在这儿？他们是怎么进来的？她从没跟父亲提起过雷内·格索特，从没把他的问候和祝愿转达给父亲，从没和任何人提起过雷内·格索特的帮助，不管是她母亲，还是马尔科姆。直到今天告诉了威利。听完她的叙述，他不屑地耸耸肩。

“那又怎样？你还不是毕业了？而且成绩合格，对吧？”

她点点头。实际上她的成绩相当优秀。

“这说明你父亲多么希望你能摆脱我的魔爪。”

“可能是针对你，但不只你一个，”她停顿了一下，试图找一个准确的说法，“是所有他认为我想嫁的人。”斜阳下，水面闪着柔和的光泽，看上去亲切温暖，但她知道其实水很凉。她和威利讲了父亲告诉她的那个故事，关于她爬上五斗柜挥动袜子的故事。还说了她父亲如何采用“战略撤退”而到了鲁弗斯赛治，之后又说起某个晚上她父亲把车开上泥路，关掉车灯，在黑暗中越开越快。她终于停下了，似乎已经足够。

“他觉得这里对你来说太小了。”威利温和地说。朱迪丝突然心生怜悯。

“我想是的。”她说。朱迪丝想告诉威利她的生活并不如意，于是开始讲起了她最近的烦恼。从仓储公司的那个小伙子称她为伊迪·温克斯，一直到她如何丢了钥匙、如何去了酒店房间、如何看见了她丈夫的助手以及可能是她丈夫的男人、她的头疼、她如何把一个储藏室变成了她在鲁弗斯赛治地下室的房间……讲完后，她长长地舒了一口气：“啊！我不知道这些听起来是不是莫名其妙。”

威利说：“人生就是一个拼图游戏，不是吗？一开始只有几小块，结婚后一下子翻倍，有了孩子后突然发现多得应付不过来，而且每天还在增加新的。”他干笑了一下接着说：“我想佛教徒之类的人可能会劝导人们对变幻莫测的人生报以欣赏的态度。”

“也许会。”朱迪丝说，但她心里并不十分赞同这种观点所蕴藏的一种“无法改变”的消极。她之所以喜欢剪辑这一行，是因为在剪辑室里，一切都可以改变，只要技术足够好。无论是情感，还是生活的波折。她把这个想法告诉威利，心里觉得自己表达得非常贴切，但威利却看着她说：“这么说，你成天待在一个黑屋子里工作？”

朱迪丝从没这样想过，她大笑着说：“不完全是黑的，但确实很暗。”

树影慢慢移动，最后遮住了她。还没来得及感觉凉爽，冷意就阵阵袭来。她盯着自己的手腕，想起已经把表交给了威利，不过又觉得知不知道时间也无所谓。空气越来越凉，她站起身穿上长裤。

威利伸展身体四周看了看，然后柔声说：“不想扫你的兴，但我们要回去了。”

朱迪丝说她饿了。

“好吧，这就走，”威利说，“我也渴了。”

回到营地后，威利给她倒了一小杯苏格兰酒，自己却倒了一大杯。之后他把几个煤球放进炉子，打开顶盖，又往底部的一个三角形的洞里捅了捅。他过去一直是这么生火的。烟囱开始冒烟，他去厨房里拿了个大袋子，里面装着一听番茄酱、一盒饼干、一个洋葱、几个柿子椒、两个鸡蛋，还有一包碎牛肉。他们俩一起忙活起来。朱迪丝负责把辣椒切成两半，去除辣椒籽，威利切完洋葱，又把几种原料混在一起倒进了旧的金属拌料钵，接着把两只鸡蛋打进碗里，卷起衬衫袖子，双手按压黏糊糊的混合物，把表面压得平滑些。滑溜溜的液体从他的指缝中渗了出来。过了一会儿，他突然停下手中的活计，侧耳听着什么。他这个姿势让她紧张起来，不由得想起当年威利也曾这样停下来听着远处刺耳的吱吱声，最后才知道那是乔·米纳特的锯子发出的。

“怎么了？”她问。

威利似乎想起了什么，他说：“哦，我在想上次洗手是什么时候的事。”

放下心来的朱迪丝微笑着说："你是个有趣的男人。"威利显然很高兴，他说："我是，难道不是吗？还是要声明一下，我开始前洗过了，放热水器里的水洗的，是温水。你想洗澡的话，现在正合适，虽然不是特别热。"

朱迪丝已经喝光了杯中的威士忌，这会儿兴致正高。"什么？"她问，"你不觉得我现在是最佳状态吗？"

"事实上，我想你看上去比最佳状态还要好那么一点点，"他微笑着说，"不过我视力不好，你又站得远了点。"

浴房设备简陋，但该有的都有。头顶上方有一个结实的台面，台面上搁着一个黑色的金属桶，里面装着水。三面用帆布围起来，还有红木条隔开的排水道。墙角架上放着新的洗发水和护发素，还有香皂。上一次用这些牌子是什么时候的事了？朱迪丝心想。她快速脱下衣服挂在衣钩上，然后走进浴房。拉了一下从顶上垂下来的金属链，水哗的一下喷洒出来。她担心水凉，于是做了个深呼吸，但欣喜地发现非常温暖。水力有些不足，浸湿头发花了一些时间，但她一点也不在意。能够一边欣赏窗外池塘边的暮色，一边享受热水流过身体，她感觉身心舒畅，思绪开始驰骋……"超越世俗"，这话是谁说的呢？是什么意思？自由、爱……她不知道一小杯苏格兰威士忌会将她带往何处？

穿上干净衣服，用毛巾包起头发，她回到凉亭里，看见威利正在一块板上揉面团。

"水都用完了？"

"应该没有。"

"你应该知道的。"

"在里面看着池塘的感觉我喜欢。"

他用一个空罐头瓶切下面团的边缘，然后说："是啊，我给别人建过好多高级浴房，但这个是最独一无二的。"

吃过牛肉馅的柿子椒后，他们又享用了甜点——涂抹了黄油和野樱酱的热面包。

饱餐一顿后，朱迪丝说："上帝！"

"你看到他了？"他说。朱迪丝忍不住笑起来。

洗完杯碟，擦好荷兰炖锅，她的头发仍然湿漉漉的，于是他们来到小木屋的壁炉边，开始玩纸牌。自从那年夏天和威利分开之后，她就没再玩过，但几把过后，她说所有东西都回来了。

他一边整理手里的牌，一边说："你说的是游戏规则，对吗？"

"除了规则还能有什么？"

他耸耸肩说："我只是想问问。"

岁月漫长而残酷，有太多的东西都没有回来，但不论有多少改变，那声音、那眼神、那迷人的笑容还在。

威利边洗牌边说："你知道你为什么来这儿吗？朱迪丝。"

把两个人的分数记在纸上后，她说："很可能是来指导你玩牌的，我超过你十三分了。"

他微微地点了点头。她觉得头发差不多干了，于是走近壁炉梳理起来。她把头偏向一边，然后是另一边，好让头发垂下来。屋里暖洋洋的，她感觉衣服有点热得穿不住。他把手里的牌合在一起，啜了一口酒，然后看着她。

"我想你知道。"她说。

"知道什么？"

"知道我为什么来。"

“知道，是的。”他声音沙哑地说。

“为什么？”

“哦，是因为你好奇。”她等着他把话说完，但他没有。“好奇什么？”

“不知道，”他和气地说，“就是好奇。”

“那你呢？”她问，“你说我必须来，还要赶快来，这又为什么？”

“一样。”

“什么意思？”

“我也好奇，”他笑着说，“区别是，我的好奇心更重。”

她梳理好头发，拿起了纸牌。他一边盘算着出哪一张牌，一边说：“你什么时候必须回去？”

他当然注意到了她的包放在五斗柜上面，衣服仍然在包里。“不确定。”她故作轻松地说。这话不假，她确实还没想好。“你多久会放我走？”

“一会儿就可以，”他笑着说，“这里不适合过冬，这几天热水就要用完了。”

壁炉里的火跳跃着，他看着她，等待她的回应。朱迪丝的回答出乎她自己的意料。她说：“就顺其自然吧。”

威利似乎也没想到。“行，”他说，“行啊，但假如你要走的话，要提前两天通知我，我可不想哪天大清早起来，看见你拿着包站在台阶上。

“好。”

虽然知道自己会有麻烦，最后她还是承诺再待三天。“好的。”

他走后，她把衣服放进柜子的抽屉里，把空包塞进床底下，然后美美地睡了一晚上。第二天早上，威利的口哨声吵醒了她，还是当年的那首曲子，但自从到这儿来这后，她还是第一次听到。

她走近他时，他停下吹口哨看着她："你起来了，还以为你会错过早饭呢。"他精神不错，似乎放松了些。身体看上去并没有什么好转，但很安心的样子。朱迪丝觉得这可能是因为她答应再住三天的缘故。

威利把咸牛肉放进涂了油的甜点模子里。

"知道你刚才吹的什么曲子吗？"她问。

他点点头，把第四个肉团放进模子里："你走了之后没几年，有天晚上在一个酒吧里知道的。"

"我也是，"她说，"只不过不在酒吧里，不记得在哪儿了。"

其实她记得一清二楚。有一次她在厨房里吹这首曲子，马尔科姆不仅说出了名字，而且唱了几句，但她记不清了，好像有一句是"这世上没有任何形容词能够描述充满魔力的你……"

"你这是准备做什么？"她问。

"碎肉蛋，儿子和我都喜欢吃。迪娜通常会看一眼，然后嘟囔说胆固醇高之类的，她在一个保健医生那儿工作，有时候会大惊小怪。"

他把鸡蛋打进碎肉中，然后再放进荷兰炖锅。

"看起来很好吃。"她说。

他点点头说："要耐心等十五分钟才能享受到美味。"

朱迪丝喝了口咖啡，又做了个深呼吸。周围除了偶尔的鸟叫，只有低沉的风声回荡在树林中。"不知道怎么回事，"她说，"我突然觉得耳朵里像是被清洗过了一样，只能听见悦耳的声音，呼吸也顺畅了。"她微笑地看着他接着说："也许你可以用'躲避喧嚣'来宣传你的蓝月亮营地。"

"再加上'可口的饭菜'和'才气四溢的对话'，怎么样？"

“当然要加上。”

威利今天似乎有了些胃口，他吃了一碗多碎肉蛋。洗盘子的时候，他随意地说：“也许我们可以再去玩那个大富翁，把赌注加大一点。”

经过一番讨价还价后，他们决定如果威利输了，他还要讲一个秘密，不能流于一般，要够分量。如果威利赢了，朱迪丝必须裸身去划船，但她提了个条件：假如温度低于24℃，这个赌就不算数。

威利说24℃太高了，对于裸身划船来说，21℃足够暖和。

最后他们折中为23℃。

“要是低于23℃怎么办？”威利问。朱迪丝说那是他运气不好。

这一次他们玩的是六个月一轮的，经过几次交替领先和正面交锋，最终还是威利险胜，而朱迪丝只能寄希望于测气温。那天下午，威利坐在椅子上。温度计升到了22℃，回落到21℃的时候，威利说：“你知道的，一般情况下，22℃和23℃没什么区别。”

朱迪丝说对她来讲不一样，还说她准备穿得严严实实走上“电牦牛”。

威利一边系救生衣，一边假装生气地说：“早知道你这么赖皮，我就不会和你打什么该死的赌了。”

出发没多久，他们就来到一片沼泽地边缘，一只母鹿抬头看了他们一会儿，然后懒洋洋地走到一边吃草去了。

“我们没吓着它吧？”威利说。

朱迪丝说她很高兴母鹿不怕他们：“真想不通为什么会有人射杀它们。”

“哦，我过去常这么干，不过后来基本放弃了，原因是有一次一只长耳鹿受到惊吓往回跑，但跑出去两三百码后，它感到安全了，还回头张望。而这时候高杀伤力的手枪正在远处瞄准它。就在那一刻，我觉得这样对它太不公平。”

船继续向前行驶，他接着说：“有一次我和一个家伙去打猎。我带了弓和箭，不是你在电影里见过的那种，是带缆线和滑轮的复合弓。结果那家伙说我们要在四五十码之外射箭，我才知道根本没用。怎么可能从那么远的地方用箭射死一只鹿！但他说不可能一下打死它，而是等它失血而死，再顺着血迹找到它。我心想：见鬼去吧，我还是找点别的事做。”

“然后呢？”

“什么意思？”

“你和那家伙后来做什么了？”

“哦，我们分道扬镳了，我借口要去买狗。”后来我们在酒吧碰到了。“打着鹿了？”我问。“没有，你买到狗了？”他问。我哈哈大笑，之后我们掷骰子喝啤酒，我觉得这更有意思。

朱迪丝仰头迎着太阳，深深地呼吸着。

临近傍晚，威利回到屋里小睡了一会儿，朱迪丝则出去散步。踩着柔软的松针，她漫步在树荫下，那感觉仿佛是在梦里。远处深色的松林间，有一棵白蜡树闪着耀眼的黄色，还能听到咕咕的叫声，可能是鸽子或其他什么小动物。她一边欣赏风景，一边侧耳倾听。感觉脚下的松针变厚了，她便躺了下来，双手交叉放在脑后，直视着天空。

从前的那个夏天，她曾和威利一起去风洞国家公园。在风洞的尽头，他们发现一块直径不足两英尺的空地。那里凉风徐徐，拉科塔人曾一度认为那块空地是他们生命的源头，祖先的诞生地。威利不认同那种说法，他说真实的故事是：最早的一个印第安人从那块空地走出来，看了一眼南达科他州，然后又钻回洞里。但朱迪丝觉得她和那些美国土著一样，并不觉得那一小块岩石空地有什么神秘之处。她只觉得洞口有风，而且一点也不奇怪，因为这个现象正说明了不同的气压会造成空气流动。从回忆中出来，朱迪丝觉得真相是什么都无所谓，重要的是感受泥土的气息。躺在柔软的松针上，透过摇曳生姿的树枝仰望苍穹，她能够感觉到大地舒缓的呼吸声。

她站起身继续往前走，两次看见松针和落叶上有丢弃的酒瓶，玻璃瓶身满是污垢，金属盖子上全是锈迹。她觉得这简直不可思议，就好像威利失去她之后的生活再现。朱迪丝爬上山脊，映入眼帘的是大片农田、谷仓和农舍，她转身顺着山坡下到一处隐秘的树林里，跟着鹿的爪印，她竟然看到了池塘和船屋。原来她碰巧来到了另一条通往营地的小路。走上一个缓坡，她来到船屋的后面，一个怪异的景象出现在她面前：一棵天然松木上装着滑轮和绳索，顶上挂的是一面破旧的三角绿旗，像很久以前用于船和船之间的那种信号旗。旗杆底部绑着一个生锈的黑色邮箱，箱子里面有一面磨损褪色的红旗子，也是三角形的。从旗杆的位置到缓坡下，一条小路逐渐变宽，足以让一辆越野车自如地通过，甚至卡车也没问题，只要够小心。这条路蜿蜒着穿过树林，通向一个缓坡。再往前是一条向东的下坡路，路面崎岖不平。拜驰带她走的并不是那条路，但朱迪丝猜想从那条路进来应该更容易些。回到营地后，她把看到的情景告诉威利。

他却说："那边没什么好看的。"他已经睡了一觉，这会儿正在案板上揉面团，"我还以为你会走我们过去常走的那条路。"

"那旗杆是怎么回事？"

"儿子们弄的，"他摇摇头说，"有一天他们心血来潮，谁也拦不住。大儿子爬到树顶，拴上滑轮，穿上绳子，然后锯掉了所有的树枝。

他们干了好几天，早饭也不吃，兴奋得不得了，但确实挺有创意。”

说完他开始用锡罐把面团切成小块。

“杆子下面那个装着红色三角旗的邮箱是干吗用的？”

威利立即说：“我想要什么东西的话，就把红色的旗升起来，把字条放在邮箱里。”

她凝视着他说：“然后森林仙女会在黎明前把东西送给你吗？”

威利笑了一下说：“差不多，只是我不知道拜驰原来就是森林仙女。”

“你就这样在那儿隐居？”

“是的，不是吗？”他耸耸肩说，“本来我可以自己找吃的，杀野生动物，不过我跟你说过，对打猎已经没太大兴趣，除了虫子以外。我曾跟父亲提过这个，而他看着我说‘不是不感兴趣，是你太懒了’。”威利费力地笑了一下又说：“他也许是对的。”威利指了指桌上的信封和铅笔说：“我列了个采购清单，你看看还有什么想要的。”

单子上工整地写着：两磅碎牛肉、药、鸡蛋、番茄、S–n–G。

“药？”

“是，继续吃，直到重新投胎，我是他们的摇钱树。”

她不知该怎么反应，于是又问：“那S–n–G呢？”

“苏格兰酒和杜松子酒，拜驰知道牌子，”他微笑着指了指单子说，“你想要的我都可以添上，只要不是萨克斯第五大道精品百货的就行。”

朱迪丝本想问问酒精是否会影响他的药物作用，但又觉得没什么意义。她看着他说：“我想要的这里都有了，威利。”这话有恭维的意思，她看得出他很受用。但过了一会儿，当他把面团放进荷兰炖锅时，她说：“他能不能帮我买顶帽子？”她担心坐船的时候太阳晒伤她的脸。

“当然可以，会给你买顶时髦的，有衣服要洗吗？我有几件脏衣服要送到镇上去洗。”

朱迪丝有点惊讶地问：“拜驰洗衣服？”

“不，不是他，他拿给别人洗。”

朱迪丝想到假如再住四五天，就意味着要换洗好几次衣服。她甚至觉得不该再耽搁那么多天了。但她还是说：“把我的衣服也送去会不会让镇上的人知道你和一个穿着布鲁明戴尔内衣的女人在一起？”

威利摇摇头说：“洗衣服的女人是个印第安老太太，她不喜欢说闲话。”他用褪了色的蓝眼睛凝视着她，温柔地说：“现在是否可以把你的衣服放到门廊那儿去？”

她不由自主地点点头，连自己都不知道为什么：“好的。”

第二天早上，朱迪丝打开门，发现她的衣服已经洗好熨好，齐整整地叠放在两个塑料袋里，另外还有一顶崭新的帽子，粉色斜纹布上印着一只白色的鹿。朱迪丝一开始觉得这明明是乡村少女戴的，但当她站到镜子前，才发现它很有味道，是她喜欢的。

一起吃早饭的时候，朱迪丝对威利说：“一个湖岸小屋，有洗衣服务，还有私家代购、自动橡皮船，蓝月亮营地快成我心目中首选的度假营地了。”

威利说他很高兴她喜欢。

她环顾四周，小鸟聊得正欢，那种奇怪的感觉又来了，所有的声音似乎都被放大。“我不想啰唆这营地能租多少钱，但如果再建几个木屋，这里会是家庭聚会、举办婚礼，还有休养的完美胜地。”威利把目光移向别处，她立刻意识到自己说错话了，似乎亵渎了这块地方。于是她赶紧说：“不过，来来去去的陌生人会破坏这里，对吧？”

他点点头，接受了她的投降。“我想会的，是的，但我要告诉你，这事最终由你决定。”

她不解地看了他一眼。

“事实上，”他说，“我死了以后，它就是你的，这是它的未来。”

朱迪丝心里一震，她问：“那迪娜和孩子们呢？”

“迪娜，她一心想拆了，我想她把这儿看作负担，至少是个累赘。两个儿子也早已不感兴趣了，况且如果他们乐意，我留给他们的钱够他们建十个这样的地方。他们会把电器、计算机、摩托艇，还有其他乱七八糟的东西带进来，他们觉得一个营地没有那些就没法待。他们都知道这事。至于是不是失望或吃惊，他们没表现出来。”

“怎么会不吃惊呢？”

他耸耸肩说：“我不知道，我想从一开始迪娜就知道我建这个营地的时候，心里想的是你。”

朱迪丝有点不知所措，她明白他建起这个地方、照顾这个地方、不断地修缮，这一切都是因为有一天她可能回到这里、爱上这里，最后接管这里。这让她既感到烦恼，又有点受宠若惊。是的，她喜欢这儿，这儿的空气、声音、景色，但一想到没有威利，她就觉得恐惧。要是威利给她所有的原料，却把食谱带走，那该怎么办？“我不知道，威利，我喜欢这儿，可是……”她没有说下去。

“没关系，朱迪丝。”他的声音依然充满柔情，“等时候到了，你会做出决定的，这样或那样，你会的。”

朱迪丝点点头。他分明早已想好了，现在只是把决定告诉她而已。她还想再谈谈，但话题就这么结束了。

对于朱迪丝来说，每一天似乎都风平浪静，她总觉得她的快乐和他们的情感能够改变恶劣的天气。虽然她的注意力并不全在营地里，但也差不多。不过每当想起马尔科姆、卡蜜儿或利奥·帕托，她心里还是会痛，但是在白天，只要威利一句话、一口好吃的，或是林间一闪而过的飞鸟，就足以让她忘却痛楚。然而，到了夜里，躺在冰冷的床上紧紧地裹着被子，她心里的刺痛会变得强烈。有好几回她都下决心告诉威利，时间到了，她要走了，但每当黎明破晓，她却又不着急了。她觉得其实也没人担心她，也许她不在他们过得更自在！除了霍伯和帕托，谁会真的想她呢？卡蜜儿有朋友、有作业，马尔科姆有……管他有什么呢！不会有事的，没关系。她反复深呼吸了几次，松开紧握的拳头，心里想母亲会赞同自己的想法。

尽管如此，她还是决定去打个电话。拜驰带她来到最近的电话亭，在克劳福德小镇的一个加油站后面。她专门挑了一个家里可能没人的时间。电话拨通后，果真没人，这让她舒了一口气。“嗨，是我。”她留言说她很好，但母亲情况不妙。打电话前，她就已经把要点写在了卡片上：寄生虫、肠炎、双腿积水、墨西哥医生，肠胃病专家。当确定自己已经按计划描述出了棘手的状况后，她长舒了口气说：“好消息是，她有希望好起来，精神也不错，只是需要些时间才行。”她用手捂住话筒，自言自语地大声说：“好啦！问题解决了！”之后又对着电话说：“我要走了，别担心我，在这儿打电话真是折腾人，我可能不会再打了，除非有什么坏消息。想你们，吻你们的耳朵。”

她本打算在镇上买点东西，但又决定直接回营地。拜驰在那棵松树旗杆下接她，但回去的时候，她问他是否可以把她送到另一侧，那是她和威利从前上山的地方。

“当然可以。”拜驰说。之后车里一直静悄悄的，直到涉过最后一条小溪，来到光秃秃的山脚下时，她转过头对他说了声谢谢。

“很高兴为你服务。”拜驰说。

她没开车门，而是看着拜驰说：“你很忠于威利。”

拜驰耸耸肩。

“为什么说这个？”

拜驰·拜腾似乎有些戒备。她说：“是不是因为他信任你？”

朱迪丝直接给出了答案，拜驰顿时放松下来。“哦，是的，”他高兴地点点头说，“一直是，从一开始就信任我，你不知道他对我有多好。”

回到营地，朱迪丝没找见威利。寻到码头时，看见红色橡皮船不见了。过了几秒，她才发现威利正驾船漂在池塘对面。朱迪丝本想大声叫他，却闭上了眼睛。她感觉码头微微地摇晃着，耳边响起哗哗的水声、沙沙的树声、啾啾的鸟叫声，还有橡皮船隐隐的突突声。

睁开眼时，威利灿烂的笑容出现了。

“你在那儿干什么呢？”她问。

他耸耸肩说：“没干什么，等你。”

“我本来想去买点东西的，但后来发现只想回到这儿来。”

“又来这一套。”他说。

那天晚上，他们坐在壁炉边，他说他本来就想好了要在池塘边等着，一直到她回来，不管多长时间都会等。

“那如果我不回来了呢？”话一出口，她就后悔了，但威利看起来很笃定的样子。

“我知道你会回来的。”接着又打趣道，“你的高级手表和家当都在我这儿呢。”

“那只是很小的原因。”朱迪丝说。

威利安静地听着。

“你知道为什么，对吧？”

“哦，当然，”他说，“我知道。”

这些天威利时常会喝醉，但并不是烂醉。这天下午，当斜阳投下树影，寒意渐渐袭来的时候。他们又玩起了纸牌，朱迪丝也陪威利喝了点苏格兰酒。他的精神状态很好，但身体还是那样。很明显，他生病了，但似乎并无大碍。每天中午后，他通常会去屋里打个盹或休息一下，而这时候朱迪丝会去散步或者看书，有时候洗澡，或者用荷兰炖锅做点吃的。她烤的南瓜很美味，但苹果蛋糕根本没法吃。天气没什么变化，只是有两次空中乌云滚滚，还有一天早上，冰冷的大雨倾泻而下。这时她第一次在大白天萌生了离开的想法。然而，到了下午三点左右，天又放晴，码头的积水在温暖的阳光下升腾不见了。她和威利清扫了地上的树枝和松针，然后商量起去池塘划船的事，就好像什么都没发生似的。

又一个阳光明媚的寒冷清晨，威利忙着用他的铁棍捅炉灰，朱迪丝则在一旁用干抹布擦桌子和长凳。她感觉到他在看她，于是转过头，他的目光在她身上停留了片刻，然后转向了水面。“也许还会升温，”他说，“我们总该有几天好日子。”

朱迪丝心想，在她的电影里，此时会出现意味深长的画面：棕黄的树叶、暗淡的光线、静止的池水，没有对话，只有塞缪尔·巴伯舒缓的慢板。

她像小孩一样沉浸在下棋的快乐中，自己都觉得有些不好意思。他们通常边玩边聊，除了大富翁之外，奥赛罗棋也是她的最爱。每次威利赢了，他都会用禅宗般平静的语气引用这个游戏的宣传语：“用一分钟入门，用一辈子成为大师。”

一天下午，他们正在码头边的木屋里下角斗士棋，朱迪丝看见窗外的池塘里突然冒出一个东西，灰白的头，钩状嘴，黑色的身体呈月牙形。

“那是乌龟吗？”她指着水面问。威利突然起身从墙上拿下手枪，然后冲到门廊上。只见他靠着门廊柱，稳了稳手中的枪，然后瞄准目标。枪响了，水花四溅后，那个东西没入水面。

“见鬼！”威利望着那东西消失的地方，咬牙切齿地说。

“是乌龟？”朱迪丝问。

“啮龟，”他依然盯着水面说，“这枪简直是垃圾，瞄得很准，但打偏了，真气人！”

“啮龟怎么得罪你了？”

他眨眨眼说：“它吃小鱼。”

他要杀死乌龟的这股劲让朱迪丝感到很不解。她回到椅子上坐下来，他已经下了一个棋子。她说：“我记得你有一天说过，除了鱼和虫子之外，你对打死其他动物不感兴趣了。”

他点点头。

“但你刚才看起来很兴奋的样子。”

“是啊，我该把乌龟也加上才对。”

“为什么？”

他抬起头看着平静的水面说：“好吧，说起来有点不好意思，但你都看到了。你应该知道，我是个旱鸭子，说不准哪天会掉进这池塘里，我并不担心沉入水底，只是怕被那只该死的乌龟吃掉。”他挑起眉毛，样子有点滑稽，但声音却很冷静：“它会撕开我尸体上的皮。”

朱迪丝突然大笑起来。“你知道你是谁吗？你是虎克船长，而那只乌龟，”她指着池塘说，“就是鳄鱼！”说完她模仿起“滴答滴答”的声音，又笑得前仰后合。

“你爱怎么笑就怎么笑吧。”威利假装无可奈何地说。

朱迪丝说：“那我就是斯米先生了。”

“随便你。”

“或者斯米太太！”朱迪丝笑得停不下来。好不容易憋住后，她说：“我问你，什么样的女人会嫁给斯米先生？”说完又忍不住笑起来。

威利抬起下巴，夸张地吸了吸鼻子说：“好吧，你就知道拿我开心。”

她知道他这是在逗她，可是慢慢地，出人意料地，开心的情绪转变成强烈的柔情。她伸出胳膊握住他的手说：“你真有意思。”一瞬间，温暖的感觉传遍她的全身，在她体内翻涌，那感觉陌生而又深刻。那天晚上，当她醒来看见窗外他的木屋时，突然感到兴奋难眠，这感觉已经消失了很多年。她穿上外套走向他的木屋。有几个晚上，他门外的灯笼亮了一整夜，但那天却没有。在门口，她听见里面传来断断续续的鼾声，可当她打开门闩，那鼾声立即消失了，但他并没有动。透过月光，她看见他侧躺着，面对墙。她脱了外套，拉起厚重的毯子。“是我，”她小声说，“我冷死了。”他既没说话，也没转身。但当她挤进被子，用胳膊搂住他庞大的身躯时，他一把抓住她的手放在他胸前。

她以为他们可以这样一觉睡到天亮，但根本睡不着。

“暖和点了吗？”他悄声说。

她喃喃地说是的。

时间仿佛静止了几秒，她用手轻轻地扳过他的肩膀，然后躺下来，任凭他解开她的睡衣。他没有吻她，她睁开眼。借着微光，她看到他正痴迷地看着自己。他抚摸着她的眼皮，然后用一个手指温柔地滑过她的脖颈。他的触摸让她有些难以自抑。他一层层脱去她的衣服，一只手在她的小腹上游走，然后向下伸去……她感觉身体在慢慢迎向他的手指，听到自己微弱的呻吟声，她的意识开始模糊。当她突然松弛下来后，他说："聋子听见了声音，瞎子看见了颜色。"

她只是躺着不停地喘气。

"太容易了，是吗？"他问。

她忽然感到自己太贪婪，或者说是自私。"你怎么办？"

他费力地笑了笑说："朱迪，小傻瓜，我十几年都没有这么快活过了。"

朱迪丝说她不信。

他笑着说："尽管怀疑吧，但你错了。"他伸出胳膊，她把头枕在上面，然后钻进他怀里，很快就沉沉地睡着了。一觉醒来，阳光洒满房间，威利已经起来去凉亭生火了。她四下环顾，看见一个和她屋里一样的松木桌，边缘也镶着亮黄色，但其他的就都不同了。家具似乎并不匹配，几乎每个角落都盘着蜘蛛网，布满灰尘的地板上，一串清晰的脚印通向前门。五斗柜的顶上放着一面带框的镜子，还有十几个塑料药瓶堆放在一起，镜子边缘卡着两张照片。朱迪丝起身走到柜子前，发现那是两张多年前见过的照片，但她还是凑近仔细端详起来。一张是十四五岁的威利，他开心地冲着镜头微笑，一对大耳朵，红苹果似的脸颊，手里拎着一长串鱼；另一张是在黄昏柔和的光线下，朱迪丝穿着短裤站在矮树杈上，脚跟靠在一起，竭力让自己看上去更俏丽些，但现在看来那是白费心机。照片上的她和他一样生机勃勃，一样看不出与任何悲惨的命运有关。

4

永失我爱

威利答应什么时候讲出他的秘密？明天？还是后天？朱迪丝不愿去想。她赢了一盘棋，但他说如果她不兑现“裸身巡航”的话，他就不说出秘密。在威利看来，温度计测出的结果令人扫兴。有两次，指针上了23℃，但随后又掉了下去。威利不动声色地说：“好吧，没关系，那我的秘密就再多藏一会儿。”朱迪丝只能装作无所谓的样子。这是个特别的下午，朱迪丝觉得比前几天要暖和些，于要她故意去查看温度计。指针指向22℃，但她回来的时候说：“你猜怎么着？”

他看着她问：“多少？”

“温度计说23℃。”

他的脸一下子明亮起来。“好啊，那我们赶紧去吧，万一它掉下来半度，你又要耍赖了。”

上船之前，她脱得一丝不挂，然后让威利把衣服装进一个塑料袋。他套上救生衣，又递给她一件，但她拒绝了，理由是光着身子穿件橘黄色的救生衣是多么怪异。“小熊维尼的造型只适合小熊维尼。”她说。威利答道：“以防万一。”

她还是顺从了，然后又戴上太阳镜和粉色的约翰迪尔帽。

威利上下打量着她说：“我的天！”

“只要蚊子咬一口，我就要穿上衣服。”朱迪丝走进船舱坐定后说。而事实上，没有蚊子，也没有其他咬人的虫子，适应了之后，朱迪丝觉得很自在。一片静默中，橡皮船向前滑行，她闭着眼睛享受阳光的亲抚。睁开眼时，她发现威利嘴角挂着笑。

“笑什么？”

“不知道，只是在欣赏那漂亮的太阳镜。”

朱迪丝摇摇头说：“欢迎来到梦幻岛，在这里男孩永远不会长大。”她躺下来，重新闭上了眼睛。她想象不出和生病的威利亲热会是怎样，但在他的目光下，她觉得十分坦然。虽然不会大声说出来，但她确实很享受这一刻。

他们把船系在树屋附近的码头上，然后开始享用薄饼和蒜蓉腊肠。这情景让她的思绪飘回了从前的野餐。他穿着衣服，而她全身赤裸，就像马奈的那幅画：林间小溪旁，一个裸体女人正和两个穿着黑色外套的时髦男人一起野餐。不同的是，画中的那两个花花公子似乎更热衷于讨论政治或是哲学，而不是触手可及的裸体女人，而威利的眼神要比他们专注得多，那样子仿佛没有明天似的。他毫无顾忌地赞美她的身体，形容那是一种“圣洁的美”。

柔和的阳光洒满码头，她躺下来佯装睡着了。一旁的威利似乎也打算要付清他的“赌债”。“你有二十七年没有见过我，”他说，“但我没见过你的时间并没有那么长。”

她眨眨眼抬起头：“什么意思？”

“我去了那儿，这就是我的秘密，没有你的信和电话之后，我就去了。”他微笑着点点头，眼睛凝视着水面，“我不知道还能有什么办法，所以跳上长途车，转了好几次才到，之后住在雷德伍德城的一个小旅馆里。我的箱子里带着枪和瞄准镜，但发现那里人人都背着双肩包，所以我也买了一个，把望远镜和其他东西都装了进去，然后坐车去了帕洛阿尔托市。说实话，我觉得自己像个怪物，走在街上，好像人人都在看我，我的靴子、皮带扣、帽子……我很恼火，不明白为什么，只觉得他们个个都神气活现。我按照你信封上的地址找到那儿，看见一个带玻璃幕墙的水泥建筑里有人进进出出，不只是女孩，还有男孩。我没有进去，而是找了一个能看到入口的长凳。但刚一坐下就有人盯着我，所以我就躲到了一个二手商店。第二天，我又去了，穿着球鞋，身上的旧斯坦福大学T恤盖住了我的皮带，背着包，手里还拿了几本书，什么书我早忘了，只记得我坐在那儿假装看书，其实是盯着过往的人。坐了一天也没看到你，但就在天快暗下来的时候，我看见三个人穿过一块大草坪，从走路的样子，我认出中间那个是你。一边是个高个子男生，他的头发垂在肩膀上，手里拿着个网球拍，身后背着包，另一边是个漂亮女孩，长着东方面孔。你偶尔和她说两句，但你的注意力几乎都在那男孩身上，那个瘦得皮包骨头，看上去有点神经质的男孩。你们旁若无人地聊着笑着，直朝我走过来。距离很近，我能听到你的笑声，甚至说话声。那一刻，我手足无措，只得继续假装看书，你们刚一经过，我就抬起头盯着你。几乎是在同一时间，你和那个男孩瞥了我一眼，然后继续向前走。我看着你，心想你刚才也许认出了我，但你依然走着聊着笑着，之后你们三个人走进那栋楼，门就关上了。而我，就好像被子弹击中了头一样，脑子一片空白，却又无法立即死掉。我像个僵尸一样走回雷德伍德城，把球鞋、T恤，所有东西都留在了那个破烂的小旅馆，然后直接去了汽车站，花了三天才回到家。长途车经过埃尔科，还是里诺山区的时候，我看着窗外，尝试着去理解你。你那么快就适应了那边的生活，但我觉得自己永远也适应不了。最后我想明白了，我是陆地动物，而你是两栖的。你可以选择，住在那儿或这儿。但看见你和那个东方女孩，还有那个留着长发的男孩在一起的样子后，我就觉得你不可能再愿意回到鲁弗斯赛治了。”说话的时候，他一直望着池塘，之后转向朱迪丝，脸上带着冷冷的笑：“但并不是说我放弃希望了。”

对于威利描述的那一天，她没有印象了。和克丽丝多、马尔科姆一起回宿舍，这样的情景可能有十几次。“我没看见你，威利，相信我，我真的没看见……”

他深长地呼吸了一下，然后望着远处说：“哦，是，那个男生，我想他就是……”

他是，也许是，朱迪丝心想。“不知道，也许，不过谁都有可能，那个女孩应该是我的室友克丽丝多，夏威夷人。”她说。

他点点头，脸转向别处。

朱迪丝不明白他为什么会带枪。把枪藏在行李箱的衣服里，他脑子里究竟想的是什么？她问道：“你怎么会带枪去？”

他耸耸肩，好像那是很普通的事，或者只是随手一放而已。“你体会体会我当时的心情，也许就会冒出奇怪的想法。”

“什么样的奇怪想法？”

他摸摸脖子说："好吧，我想的是，我知道听起来可能有点怪，我打算找到你的房间，如果边上没人，我就用它打碎窗玻璃。"

"打碎玻璃？为什么？"

"我也不太确定，可能就想让你注意吧。"

她本想追问为什么，但又觉得是明知故问。他就是想让她看见窗子上的弹孔，让她的记忆从四面八方涌来，那样她就会想起他。

树影已经移到她身上。"有点冷了。"她说。"你可以穿上衣服，不过我还会跟你打这样的赌，这赌打得很值。"他说。

她穿好衣服，边整理领口边问："如果重来一次，你还会和迪娜结婚吗？"

沉默了一会儿，他才说："会的，坦白地说，儿子们帮我熬过那些痛苦的日子，还有迪娜，也不能说她有什么不好。"

此时，朱迪丝觉得他所描述的正是她的婚姻，或者说是她婚姻中的某一个部分。在卡蜜儿喜欢看图画书、喜欢毛绒猴子、喜欢茶点聚会，小脸整天带着纯真笑容的那个阶段，只要一想到小姑娘笑呵呵的面容，朱迪丝的烦恼和疲惫都会烟消云散。对于马尔科姆，谁又能说他有什么不好呢？毕竟是一个也许爱他，也许不爱他的女人把他拉进了婚姻。所以有什么可抱怨的呢？

橡皮船安静地行驶在水面上，威利笑着说："有一天狂风暴雨，回到家，我看见一扇窗户被冰雹打碎了，客厅里迪娜正在用铲子疯狂地往外铲冰雹，我过去帮忙，但她却莫名其妙地笑起来。我问她：'笑什么？'她说：'比起朱迪丝在加利福尼亚的生活，我敢说铲冰雹更有意思。'不知道为什么，我们俩都觉得，一边在客厅里铲冰雹，一边想着你，这事很好笑。"

朱迪丝说她很高兴能成为他们的笑料，但脑子里依然在回放她和马尔科姆的婚姻。她想这也许正是她询问威利婚姻的原因。一个婚姻像是深思熟虑的结果，另一个则更像报复，而两个似乎都合情合理。她说：“马尔科姆和他的助手……我并不是很确定，但那无关紧要。每次我仔细看的时候，都觉得他是个陌生人，就好像科幻电影里的机器人。”

他似乎在等她说下去，但她发现自己刚才的叙述既不完整，又对丈夫不敬，况且这个没用的话题也无法取悦她的“听众”，所以她没再继续。过了一会儿，威利说：“有段时间，我们给孩子们养了几匹马，其中一匹母马受伤了，不能骑，只能拉着它在马厩附近转一转，给它喂食喂水、帮它刷毛。有时候，我觉得大多数婚姻就像那匹马，你仍然能照顾它，却无法享受它。”

悲观的比喻！朱迪丝心想她母亲会喜欢的。她抹掉脑海中的马尔科姆，开始谈论她母亲那些关于婚姻的警句，然后又讲了母亲对“说出真相”如何的无所顾忌，如何跟朱迪丝描述她的私生活。“她现在在墨西哥，我去看过，是个很美的殖民城市，圣米格尔德阿连德。他们以为我正在那儿照顾身患神秘疾病的母亲。”橡皮船在水面滑行着。“我是几个星期前才把你的事告诉我母亲的，她去墨西哥时路过我那里，我给她看了你的照片，就是那张没穿衣服，手里拿着啤酒瓶的。看了那照片，她说为马尔科姆感到难过。”

威利苦笑了一下说：“我还以为她会同情那个没得到姑娘的家伙。”

“这说明人人都为自己着想，我还觉得她应该同情我呢！自从发现马尔科姆和他的助手之间不清不楚，我每天都反应迟钝，而且……很脆弱。一开始是工作上，后来干什么都是，脑子里总是想，够了，够了。”她沉思了一会儿，叹了口气，然后笑着对威利说，“我患上了严重的偏头痛，一天到晚只想睡觉。”

距离岸边差不多还有一百码的时候，威利说：“知道吗，我不是那种苛求的人，朱迪丝。但诚实地说，我们的生活都是一场惨败。人生没有什么比相爱更有意义，得到爱人的心，你就不会彷徨，即便过着清苦的生活。我们都很渺小，朱迪丝，所有人，尽管我们用忙忙碌碌来逃避，但依旧改变不了这个事实。我们微不足道，就算有雄心壮志，但其实做不了几件有价值的事，我们就会魂归泥土。”他关了电源，让船自己滑向码头。

威利已经病得很重，朱迪丝看得出来，但她不晓得究竟到了什么程度。她看过那些放在柜子上的药瓶，猜测它们可能是止疼用的。她没问他，他也没主动说起。有一天在船屋里下棋，他突然放下薯条，说要回屋里休息一下，之后费了好大劲才站起来，盯着门看了一会儿，才迈出步子。

“你没事吧？”

“没事，只是瞌睡来了，”他扶着门框说，“给我几分钟，很快就会回来，让你输掉裤子。”他动了动眉毛，但那看上去只是一个苍白的表情，而不是甜蜜的调情。透过窗户，朱迪丝看着他从小路走向木屋。中途他停了两次，似乎是在看风景，也许是假装的。最后，他消失了，但朱迪丝仍然盯着他最后站立的地方。

她想起当年他们去风洞国家公园的时候，参观完洞穴后的行程令他们失望。先坐了很长一段电梯，然后进入了一条亮灯的水泥通道。唯一的惊喜是有人突然关了所有的灯，伸手不见五指。她转身去抓威利，但抓了个空，因为灯灭之前他走到另一边看什么东西去了。此时她的感觉就和那个瞬间一样：伸出手，但威利不在原地，漆黑的洞里，满心莫名的惶恐。

接下去的两三天，一切如常，舒适愉快。一个下午，橡皮船又行驶在池塘上。“威利，”朱迪丝说，“你想不想告诉我‘C’代表什么？”

他诧异地看了她一眼，她解释说她指的是他的中间名。

“嗯，也许吧，但不能说。”

“我就猜到你会这么说。”

他做了个鬼脸说：“你应该晓得，我不可能知道它代表什么。有这个名字的时候，我还小，还以为是诚实推动着这个星球。”

他们沉默了一会儿，朱迪丝突然意识到没有了鸟叫声，也记不起最后一次看见浮在水面的鸭子是什么时候。她心里开始嘀咕，如果和威利一直住到冬天，那会怎样？

威利说：“有意思的是，迪娜两三年前也问过中间名的事。”

朱迪丝说如果他们俩结婚的话，她会在婚礼上就问这个问题。

“可我告诉迪娜的时候，她完全不以为然。”

“那就告诉我吧，别让我惦记了。”

“我并不觉得你有多惦记，说真的。”

她大笑着说：“好吧，没那么惦记，那就算好奇吧。”

他没搭话。她抬头望了望，几片白云飘浮在淡蓝色的天空上。冷冷的秋风中，她说：“我爱这个小池塘，爱这条橡皮船，爱陪在身边的这个人。”

开口的时候，她并没打算这么说，但还是说了出来。他仍然不说话，她一直望着天空。

最后她说：“对不起，我不知道为什么……只是有点触景生情。”

“没什么。”他说，但那声音里分明藏着怨气。

她把目光转向他，他的脸上毫无表情，头转向一边，眼睛一动不动，双唇紧闭，强忍着盈满眼眶的泪水，不想让它滑落。但最终还是有一小滴流了出来，他不得不用手抹去。“该死！”他咬着牙说。他开始咳嗽，朱迪丝看得出那是在掩饰什么。接着，他打开电源，小船又开始向前移动。

第二天，天空雾蒙蒙的，朱迪丝去浴房洗澡。虽然不觉得很冷，但她没想到，黑色水罐里的水几乎是冰凉的。她把手伸到水下等了一会儿，希望它热起来。匆匆洗完头，她冻得起了一身的鸡皮疙瘩。三下两下擦干身体，她赶紧跑进凉亭，站在火堆边取暖。之后的一天，洗澡更是冷得可怕。她开始注意到营地里有一种奇怪的寂静，只有偶尔的鸟叫声，她脑中不禁浮现出被遗弃的动物。夜间的气温让人有点无法忍受，她被冻得直打寒战。她穿上好几层衣服，竖起外套的领子，夜里还要坐在壁炉前烤火，但她没有抱怨寒冷，他也没有。

那天晚上，她从背后搂着威利，一阵风吹进来，然后是一阵嘎吱声。她等着那声音停下来，却一直在响。

“威利？”她小声说。

“嗯。”

“什么声音？”

“树。”

“为什么？”

他似乎不想回答，但过了几秒，他说：“因为天气冷。”朱迪丝紧紧地搂住了威利，感觉自己好像抱着一个看不见的依靠。

第二天早晨，松针上凝结着霜花，厕所的马桶垫透心的凉，她只得半蹲着小便。风刮了一整天，树枝颤动着，光线和影子急剧地变化角度，寒气刺骨。眼前的突变让朱迪丝感到恐惧，原来笛音一样的风声现在变得低沉了，更像是双簧管。

他们在船屋的壁炉前打了一天的牌，没有做午饭，而是吃了点腊肠和薄饼后继续玩。威利咬开杏仁，把壳子扔进火里，然后看着手里的牌说：“男孩遇见女孩，男孩失去女孩，”之后抬起头又说，“算不上什么故事，我想。”

她说：“换成‘女孩遇见男孩，女孩失去男孩，女孩又找到男孩，她很高兴。’怎么样？”

威利笑着说：“那是我们的结局吗？”

“不知道，”她自我解嘲地笑笑说，“我想是吧，不过你肯定要取笑这想法。”

他一边洗牌，一边说：“有些事，朱迪丝，有些事我们必须面对，要接受。我只是你生命中的一个章节，也许是美好的一章，甚至可能是你最爱的一章，但只是一章而已。而对于我，你却是整本书。”

“不，不，威利，关于我，你说得不对。”她说。她并没有说出她心里的想法，那是更加残酷的真相。事实上，他占据了书的大部分，只是她太粗心、太大意，或者说太自私。改变结局，已经太迟了。

打完牌，威利取了两根柴棍扔进火里，之后又从一堆棋里拿出“垄断者”。她从不喜欢玩这个，因为这游戏好像总也结束不了似的，但这时她却突然来了兴趣。他们把棋盘摆在一个折叠桌上，两个人都买了分散的房产，都没有提出通过交易来完成垄断，他们似乎都不想赢，而是享受着边玩边聊，边取暖的感觉。后来，他们把棋留在桌上，到凉亭里做晚饭。

树枝嘎吱嘎吱地响了一整夜，朱迪丝清醒地躺着，感觉自己仿佛慢慢走向一个葬礼。她搂紧他，心里知道他还没睡，而且也睡不着。她轻轻地呼唤着他的名字："威利？"

他没有回答。

"我想可能时间要到了。"

他不回答，也没有动。过了一会儿才说："我知道，在这里过冬天不行。"

"等天好了，我还可以回来，五月或六月吧，工作不忙的时候。"

他的声音很小，似乎来自遥远的地方。他说："不要，朱迪丝，别做承诺。"

"好的，但我会来的。"

第二天吃早饭的时候，他凝望着池水说："后天吗？"

她没有回答，他转头盯着她。她点了点头，动作很微小，她不知道他是否看见了。实际上他看得很清楚。他似乎有话要说，但没开口，只是把目光慢慢移开了。

他仍然做饭，却不怎么吃了。在船屋里，他们把棋搁在一边，开始玩拼图游戏。整个拼图有一千块，图案是克劳峰的彩色风景画。这座山在鲁弗斯赛治西边。他们没有说话，只是看看形状，然后放进图案里。过程很慢，因为图案很碎，而且颜色不明显。游戏里附有一张奥马哈国立图书馆提供的拼图介绍。朱迪丝伸了伸懒腰，然后大声念着介绍上的文字：画里的山峰是克劳人和苏族印第安人之间的传奇战场，战争发生在一八四九年秋天。数量较少的克劳人被苏族人追击，最后克劳人丢弃了他们的山，逃之夭夭。克劳人曾在山上待了三天，夜夜燃起篝火，唱歌跳舞，嘲笑山脚下的苏族人。可是，第四天黎明前，苏族人发现山顶悬挂着牛皮绳，这意味着克劳人穿过苏族人的营地溜之大吉了。

朱迪丝读完后，威利说："哈！不能说那些印第安佬不狡猾。"

她找了些淡绿色的图块插进图案里，脑子里晃动着一个画面：秋日的夜里，克劳人悄悄地溜下山，神不知鬼不觉地消失在黑暗中，冒死和苏族人开了个小玩笑。

连续两天夜里，朱迪丝都没有先睡，而是一直等到威利睡下后，关掉她屋里的灯，然后走到他的房里，躺在他身边，让他伸出双臂搂住她，把她拉进怀里。此时此刻，"性"对她已经不重要，他似乎也是。她不知道威利是否真正睡安稳过，因为每次她醒来，或者动一下，他都会问："还好吗？"

是的，她每次都这样回答。

第二天，他们把拼图移到壁炉前，前景的树林，还有山脚下成堆的岩石都已经拼好。她一边转动图块，一边说："你知道吗，我可以留下来。"

他抬头看着她说："留下来做什么？"

"帮忙，"她躲避着他的目光说，"陪着你。"

"你是说类似临终关怀？"

她转过头，看见他板着脸说："不用！"

"我们这儿有临终关怀的地方，没那么落后。"

"我不知道，威利，我的意思是……"她无法说下去，因为她也不知道这是什么意思。

"你看，朱迪丝，"他的声音柔和了些，"这里不是冬令营，是夏令营，一向都是。"

"那我明年夏天再回来，明天夏天在这里见，我不知道怎么来，但一定会来。”

他点点头，但没有什么表情：“你知道你走之前能帮我做件什么事吗？”

“什么？”

“给我画个牌子。”

他找了一块长约四分之三英尺的胶合板，还有白漆，之后给拜驰写了张条子，让他帮忙买支小毛笔，还有几品脱色漆：灰色、黄色和蓝色。“钴蓝色，告诉他。”朱迪丝说。威利问道：“不要长春花蓝吗？”她凝视着微笑的威利，把他的影像深深地印刻在心里。

威利给胶合板的两面刷上白漆，朱迪丝则在纸上画好草图。他想让她写的字是“蓝月亮营地”。她的设计是：大写的营地名字在木板的一侧，从远处看上去有天然的雕刻效果，而另一侧是浅蓝色的月亮笑盈盈地挂在山顶上。刷颜色的空当，他们会继续拼图、打牌、吃东西。

晚上，她做了一锅炖牛肉，饭后甜点是桃子馅饼。威利边吃边评论着，似乎很满意她能用荷兰炖锅做出美味来。但是他吃得很少。晚饭结束后，他加了些柴火，然后盯着跳动的火苗。

过了好一会儿，他说：“就是明天了。”

他把安排告诉了她：拜驰已经帮她订好去丹佛的晚班飞机，之后转机至洛杉矶。下午拜驰会来接她，保证有足够的时间开车到拉皮德城。

“好的。”她呆呆地说。心里万分不舍。

“今天是星期几？”

“星期六。”

周一一大早会到家，她心里想。

他问：“你有周六晚上的感觉吗？”

“不，”她说，“我已经好久没感觉到周六晚上有什么特别的了。”她看着夜色中的他，动情地说：“还记得那时候，周四下午每每让人感觉到像周六的夜晚。”

他长长地呼了一口气说：“我也是，很久以前了。”

入夜，他们坐在壁炉旁，直到薄雾笼罩了整个营地，湿气不断地积聚，最后化成水珠从树上滴落。钻进威利铺着法兰绒被单的大床，朱迪丝感觉很舒服，但她只能静静地躺着，假装睡着了。她觉得他同样如此。如果睡着了，他的喘息声会很粗重，但此时却一点也听不到。到了深夜，她感觉自己慢慢地睡去。

醒来时，她首先发现威利不见了，然后感觉到屋里寒气逼人。看着透过迷雾的微光，突然想起今天是离开的日子，她心里一阵绞痛，又把头重新放回枕头上。忽然，屋外响起刺耳的敲打声。她走到窗口，看见威利正把他们做的新标牌钉在她的木屋侧墙上，那个位置是一进营地就可以看见的。

她穿好衣服走了出去。“看上去很漂亮。”她说。

他转过身，她看见他强颜欢笑的脸：“是好看，不是吗？饿了没？”

看来他起得很早，一顿丰盛的早餐已经备好。有蒸蛋、有腊肉。和前两天不同的是，他也一起吃起来。吃完蒸蛋后，他又烤了个面包，还抹上了野樱酱。树枝上、凉亭的横梁上都不停地滴着露水。朱迪丝凝望着池塘，水面雾气缭绕。

“别担心，”威利仍然乐呵呵的样子，“太阳就要出来了，会出来的。”

“那就好。”朱迪丝说。

在这之前，凡是离开某个地方，她都是大清早出发，为的是躲避那种让人矛盾的离愁别绪。但此时，威利贴心的安排让她没什么顾虑。然而，威利有说有笑的样子着实反常。继续玩拼图的时候，他还吹起了口哨，她忍不住问道：“天哪，威利，你是不是很高兴把我甩了呀？”

他一直在吹那首歌，就是过去常常吹的那首。“不，不是，我晚上想好了，要感激你大老远来看我，这可不是容易的事，我不想让我的情绪带来阴影。”

他们用荷兰炖锅做了最后的午餐：牛肉、米饭、蘑菇汤。他吃了不少，她甚至在想，他是不是渡过难关，渐渐好转了？是不是趁着夜深人静逃脱了死神的魔爪？然而，这只是荒谬的幻想而已，她明白，但宁愿这么想。午饭后，他的动作变得迟缓起来，似乎白天的伪装已让他不胜负荷。

“你想睡一会儿吗？”她问。可他却笑了。

“在你走前的最后一天？”他说，“阳光灿烂的时候？”

事实上，微弱的阳光勉强穿过雾气，但威利似乎热切地希望她能觉得这是个好天。他提议最后一次去池塘上转转。朱迪丝也很乐意，所以压根没提天冷这回事。

她去浴房收起牙刷和洗发水，然后把衣服叠好装进包里。威利拍拍门说：“要去湖边的话，最好快一点。”他走进房间，手里拿着她的表。“回到文明世界，你也许需要它，”他环顾四周说，“这个房间会想你的。”

“反之亦然。”她学着他的口气说。

他拆开一个口香糖扔进嘴里，嘴角又浮现熟悉的笑容。“我们都没事，”他说，“没事。”他把她的表放下之前曾看了看，现在又拿了起来。后来她才想到，从她到这里的第一天，他就一直关心着时间。他们来到船屋，准备好电动橡皮船。

“带点吃的吗？”朱迪丝在他身后叫道。但他似乎没听见。她想他们也许可以在他儿子的码头小坐一下，最后一次聊聊天。

她拿着点心走上码头时，木板仍然湿漉漉的，但雾气已经消散，天空蒙着一层薄薄的云。让她吃惊的是，威利已经做好了准备，不仅是橡皮船，还有那条扁平的小艇。他从船屋走出来，胳膊上搭着两件救生衣，一新一旧。他留下旧的，而把橘黄色的那件递给她，然后开始解绳扣。他站在那儿，身体开始摇晃，朱迪丝突然一阵心痛。她默默地走上前抱住他。她以为会闻到淡淡的酒精味，但嗅到的却只有松树、薄荷，还有木头燃烧的轻烟。

“你身上有圣诞节的味道。”她耳语道。说完用力把他抱得更紧些，竭力不哭出声来：“像从前那些没有变味的圣诞节。”

就这样，他们沉默着抱在一起站了好久。最后，威利退了一步。“最好还是出发吧。”他说着把救生衣穿在厚重的外套上，然后系紧带子。她看了一眼那个放着桨的小艇，不解地问：“坐那条船？”

“我本来这么想的，但又改主意了。”他没有开任何玩笑，只是走进橡皮船，然后抓着码头边缘，帮她把船稳住。他把船掉了个头，不一会儿，仿佛喷了一口气，橡皮船就平顺地向前驶去。

沿着池塘边缘行驶的时候，他们遇见一只母鹿，也许正是他们之前见过的那只。它抬着头，竖着耳朵，眼睛四处搜寻。水面很冷，但阳光不时从云缝中倾斜下来。朱迪丝一度看到远处岸边的松树闪着绿莹莹的光，但转眼就被乌云遮蔽，一片灰暗。渐渐的，她发现中心水域的方向有一道奇异的亮光，威利也注意到了。万籁俱寂中，船愈来愈靠近那道光，朱迪丝觉得他们仿佛发现了一条通往仙境的密道。船滑进阳光照射的水域，威利关掉了发动机。霎时间，世界似乎停止了转动。一幅画面浮现在她脑海里：多年前，一个雪夜，她和父亲静静地站在鲁弗斯赛治的缅因街上，眼睛盯着那个曾叫“西部服饰”的小店。

这时的威利看上去容光焕发，朱迪丝觉得也许是阳光的作用，但也可能是因为这瞬间的美景，也许自己也显得光彩动人。他们久久地凝望着彼此……最后，朱迪丝担心自己会说出什么不合时宜的话来，所以没有开口，而是打开了脚边的小冰盒。

“想来点腊肠和饼干吗？”她问。

她抬起头，发现他正回头望着码头。他转过来说：“不，谢谢。”他声音柔和，却近乎拘谨。

朱迪丝打开一包饼干，阳光一下不见了，她突然感到一种令人窒息的沉寂，一种爆发前的沉寂。她感到有些不对劲，手停在半空，猛地抬起头。威利坐在对面，笑容可掬地看着她，看起来十分诡异。

“嗨！”

一个声音从远处飘来。

一个男人站在码头上，似乎是马尔科姆。

“你们好！”马尔科姆的声音再次响起。

朱迪丝转过头去看威利。

他仍然微笑着，但那似乎不只是瞬间的笑，而是穿越了时空，从最初到最后。接着，他的眼睛闭了一下，然后又缓缓地眨了眨，眼里一片虚无。周遭的一切都慢了下来，他的笑容开始变幻，她似乎看到一个孩子般的笑靥，满是希冀与渴望。他的嘴唇微微地动了动，却说不出话来。他合上嘴，然后又张开，似乎再次尝试着说些什么，但依然没有声音。他长长地吸了一口气，又缓缓地吐了出来。他放弃了说话的念头，眼睛有些湿润，却再一次明亮起来。然而，他脸上的笑开始变得陌生，仿佛焦虑而又热切。后来，每当朱迪丝在脑海里一遍遍重放这个笑容时，她感觉到那就像一个人费尽心力送给你一样礼物，却不知道你是不是喜欢、会不会接受，甚至能不能理解。忽然，他伸出胳膊抓住两侧的船舷上缘，然后决然地抬起肩膀向后倒去。

橡皮船倾覆的一刹那，朱迪丝猛吸了一口气，然后紧闭双眼，拼命咬住牙关。一阵刺骨的寒冷之后，她一下子弹出了水面，大口大口地呼吸着。橡皮船整个倒扣了过来，船舷的上缘几乎都没入了水面。

“威利？”她大叫着，“威利？”

她游向船的另一侧，没有发现威利，接着深吸了一口气，想要潜下去，但完全下不去。她疯狂地扯开救生衣的带子，抖动肩膀把它甩到一边，然后一个猛子扎了下去。她在船舱里摸索了一圈。

他不在那儿。

再次下水时，她睁大眼睛，但黑暗中什么也看不见。浮出水面后，她大声呼唤着：“威利，威利，威利，威利！”

一次又一次下水，什么也没有。她知道再也找不到他了。又一次冲出水面的时候，小艇出现了。她听到马尔科姆平静地说：“朱迪丝？”

5

尾声

在船屋的壁炉前取暖的时候，拜驰·拜腾到了。他似乎是被告知要在某个时间出现在某个地点，却不知道会发生什么。拜驰一进屋，就看见浑身湿透的朱迪丝缩成一团，马尔科姆在旁边守着。拜驰似乎在到处找威利。

“威利被淹死了。”朱迪丝说。她的声音听起来遥远而木讷，好像不是她自己的。

拜驰盯着她。

“他死了，”她说，“你得去叫个警察或什么人。”

他走后，马尔科姆试着从她嘴里套出点情况，但她只是呆坐在壁炉旁，眼睛凝视着水面。不知过了多长时间，拜驰带着两个警察冲了进来。其中一个只瞥了朱迪丝一眼，然后说：“那么，是朱迪丝·托米。”

她神情呆滞地看着他。

“我是赛尔警长。”他说。

真的是他！虽然头发已经花白，脸有些松弛，但毫无疑问就是赛尔警长。

“威利·布朗特溺水了？”他看着她问。此时的马尔科姆好像一个不存在的人。

朱迪丝点点头。

赛尔警长温和地说：“想说点什么吗？”

她原原本本地说了，尽量不遗漏任何细节。马尔科姆在一旁听着。讲完之后，赛尔警长指了指地板上水淋淋的橘黄色背心问：“你当时穿着那个救生衣？”

朱迪丝说是的。

“他穿了吗？”

她点点头说：“他不会游泳。”

“他的救生衣系紧了吗？”

她又点点头：“但他的和我这件不一样，那件是旧的，带子是系的，没有搭扣。”

她裹着毯子带他去了船屋。外墙上挂着另一件旧的救生衣。赛尔警长拿下救生衣，用大拇指的指甲压进衣服里，结果衣服没有弹回来。他向水面望去，表情一如往常般平静。

“怎么回事？”马尔科姆问。

赛尔警长只是扫了马尔科姆一眼，接着在门廊周围看了看，然后让他的助手去拿靠在围栏上的一根鱼竿。之后，赛尔警长拿着鱼竿和旧的救生衣走到码头上。其他人在一旁看着。他用鱼钩钩住救生衣的带子，然后把它甩进水里。救生衣先是漂在水面上，旋即变暗，水一下子渗了进去，很快便沉了，这让朱迪丝震惊不已。赛尔警长收回钓竿的时候，救生衣滴滴答答的，鱼竿几乎要折断。众人看着躺在码头上的救生衣，朱迪丝弯下腰把它捧了起来，感觉手里好像是一块湿水的大石头，又像一块吸满了水的海绵。

赛尔警长问："你们出发的时候，谁先挑的救生衣？"

朱迪丝抬头看着他说："是威利，他一定是……"

赛尔警长看了看朱迪丝，又望了望平静的水面。如此看来，威利绑在身上的是一个锚，而且他心知肚明。最后警长说出了大家心里的结论。

"我想威利·布朗特是想把自己沉入水底，"他看着目瞪口呆的拜驰·拜腾说，"他做得如此干净利落，不得不让人佩服。"

似乎没有什么调查的必要了，唯一棘手的是朱迪丝要求找到尸体。赛尔警长叹了一口气说："如果滑出救生衣，尸体几天后就会浮上来，当然了，只是假设而已。"他告诉她，要确定意外死亡，他们需要她的书面证词。还说像这样的情况，镇上不会支付打捞费用。

"我会付。"朱迪丝说。她知道自己本该说"我们"，但她没有。

赛尔警长看了她一眼问："为什么你要付？"

她心里想的是那只啮龟，那就是原因。但她说："我不想让他的家人有任何疑问，死不见尸，这……"

警长正在观察朱迪丝时，马尔科姆突然问打捞尸体要多少钱。

因为这个问题，赛尔警长对马尔科姆似乎有了几分尊敬，他第一次仔细地瞧了瞧马尔科姆。警长的手握成拳头放在嘴上，考虑了片刻后说："这附近一千美元一天，顶多一两天的事，找个潜水员能更快，你们也能省点钱。”之后他没再看朱迪丝，但显然是说给她听的。“尸体找到不会好看的。”

大家沉默了几秒。

一个低沉的声音颤抖着说：“我的上帝，威利，万能的上帝！”是拜驰·拜腾。他有点站不稳，目光投向水面，双臂交叉抱在胸前，一脸的冰霜，像是被人遗弃了，似乎要跪下来为亡灵祈祷。

赛尔警长对朱迪丝和马尔科姆说：“没有理由让你们两个加利福尼亚人留在这里，我们回镇上把你们的声明弄好，然后你们随时都可以走。”

书面材料完成后，已经下午五点多了。马尔科姆下楼去洗手间，只剩下朱迪丝和警长。他说：“你知道的，虽然爱喝酒，但威利是个直性子的好人。”朱迪丝还沉浸在混乱中，她僵直地站着，仿佛一松劲就会裂成两半。警长又说：“我不久前碰到过威利，他对这个世界没有留恋，知道自己将不久于人世，所以用自己的方式来结束。你做的是好事，帮他了却了心愿。”

朱迪丝感觉脸上结了一层薄薄的硬壳，说不出话来，只是拼命地摇头。不，她想说不，不、不、不！帮威利寻死不是她来这儿的目的，她从未这样打算过。她听到门被打开，然后是马尔科姆走在油布地毡上的脚步声。朱迪丝的脸仍然紧绷着，她转身朝警局的大门走去，听见身后马尔科姆在向警长致谢，还说内陆警察的专业性让他印象深刻。朱迪丝知道他的这番话让他刚才打探价格时赢得的一点点尊重顿时化为乌有。

到了马路边，马尔科姆提了个要求。他说他饿了，开了一夜车，需要吃点东西。她坐进车里时，瞥了一眼警察局的大楼，发现赛尔警长站在距离窗子几步远的地方，面无表情地看着外面。她知道他看到了什么：两个来自加利福尼亚的人正准备开着他们最新款的黑色捷豹离开这里。他的头微微地点了几下。

他们在路上找到一家咖啡馆，马尔科姆想要份煎牛排，但听女侍者说里面有洋葱后，他说："也许这个场合不合适。"朱迪丝只点了咖啡和面包，然后就转头看着窗外。她的视线越过公路，落在废弃的星光汽车影院上。她曾和威利·布朗特去那里看过一部詹姆斯·邦德系列电影。很久以前的事了。

马尔科姆点的沙拉里混着浓稠的奶油，这显然不是他喜欢的。他看着朱迪丝，似乎想从她脸上找到同感，但朱迪丝垂下眼帘。自从马尔科姆出现在营地，她还没有问过他任何问题。此时，她避开他的眼睛说："你怎么会来？"

原来马尔科姆接到一通电话，打电话的人自称是拜驰·拜腾，这个人说他知道马尔科姆的太太在哪里。马尔科姆则说自己的太太在墨西哥的圣米格尔，和她母亲在一起。说到这儿，马尔科姆挤出一丝苦笑。"拜驰·拜腾用土话说'不，她不在'。我模仿了他这句话，然后他说你在内布拉斯加，鲁弗斯赛治附近的一个营地里，让我去接你。"最后，拜驰说他会在下午一点去鲁弗斯赛治市政公园的北门等马尔科姆，不能迟到。马尔科姆连夜赶路，第二天中午十二点四十五分就到了。下午一点半，拜驰开车准时到达营地附近，然后告诉他怎么走。"我爬上营地，穿过小路到了码头，恰好看到我太太和一个陌生男人坐在一条随波荡漾的小船上，很快，船翻了，和我太太在一条船上的那个陌生人淹死了。"

朱迪丝没有追问下去，她真正关心的是：为什么威利要让马尔科姆来？只有威利能回答。是他开的玩笑吗？是想亲手把马尔科姆的太太还给他吗？在斯坦福的校园里，威利坐在水泥凳上，马尔科姆经过的时候，只瞥了他一眼，所以威利想让马尔科姆仔细看看吗？最有可能的原因，她觉得是威利要“揭露”她，至于向什么人揭露，她不得而知。

他们驶离了鲁弗斯赛治。经过克劳福德和哈里逊镇的时候，马尔科姆放弃了让朱迪丝开口的想法。但进入怀俄明州，走在斯科市和道格拉斯市之间的时候，他说起了她走后的情况。

他说：“你刚走的那个星期，利奥·帕托和露西·梅恩克每天都打电话来，后来利奥不打了。露西又坚持了几天，最后也放弃了。”

朱迪丝凝望着窗外，暗淡的日光下，广阔的平原上影影绰绰。她想到黄昏就要来了，接下来是黑夜，池塘里会漆黑一片。

“卡蜜儿有了个新男友，西奥·雷恩，是州队的水球队员，那种体育优等生，其他一概不知，”马尔科姆生硬地笑了笑说，“卡蜜儿介绍完他之后说‘我觉得你们没有理由不喜欢他’。”

朱迪丝隐约记得西奥·雷恩是多丽·麦克奎德的前任男友。

又行驶了一两英里后，马尔科姆说：“还有些事没告诉你。”

朱迪丝没有回应，也没有期待他往下说，因为她根本不关心。

马尔科姆接着说：“弗朗欣不再为我工作了，她去了波士顿的一家银行，前一阵告诉我那边有个机会，问我她该不该去。我说应该去，然后她就去了。”

说这段话的时候，他在每一句之间都要停顿片刻。

这之后，马尔科姆也沉默起来。朱迪丝再次把头扭向窗外。夜色将至，缺少树木的风景单调乏味，只有偶尔掠过的羚羊能吸引她的目光。鹿可以跳过栅栏，但羚羊不能，也许是不愿跳，她不记得是哪个原因了。很久以前，威利曾告诉过她，一旦跳跃栅栏失败，它们就会丧命。

车子到达卡斯泊镇，然后转向西南方，朝着穆迪镇驶去。天已经完全黑了，只有仪表盘上微弱的光亮和更深的沉默。前一夜几乎没睡，但她此时毫无困意。马尔科姆直视着前方，朱迪丝则看着车窗外。远处时不时有亮着灯的农舍从她眼前飞过。她想象着，在某一栋农舍里，一家人忙完白天的工作后，正围坐在一起吃晚饭。

到达罗林斯市已经晚上十点多了。马尔科姆在康诺克加油的时候，朱迪丝看到一辆白色加长车。车身的一侧喷着几个红字——永远向前。马尔科姆提议找个地方睡几小时，第二天早点起。但朱迪丝坚决地摇摇头（她心里想的是：要单人床，还是和马尔科姆睡在一张床上），于是他们返回之前经过的一个公园。在黑暗的停车场尽头，马尔科姆找了个地方停下来。他锁上车门，放下座椅，然后张着嘴睡了过去。后来，朱迪丝也打起了瞌睡。醒来时，意识到自己身处何地，想到为什么会在这儿，她不禁感到难过，感觉自己就像一个离家出走的少女正返回收养她的家。她打开车门，顶灯闪烁起来，马尔科姆一下从座椅上弹起来说：“你要去哪儿？”

“洗手间。”她被自己冷若冰霜的声音吓了一跳。

她找到一个煤渣砖砌成的厕所，里面乱七八糟地散落着厕纸、烟蒂、包装纸，地板上的液体也不知是什么。自从拜驰·拜腾在拉皮德城的机场接到她，她就没用过抽水马桶。可是，不管多少天没有用了，她发现自己并不想用。往回走的路上，她取下手腕上的表，然后把它放在了路过的一个野餐桌上。

捷豹车里，马尔科姆又睡着了。她敲了敲驾驶室的车窗，他又被惊醒，但这次满脸恐惧。他把车窗放低了些。

“我来开，”朱迪丝说，“我不困。”

马尔科姆说他已经清醒了，还是由他来开。朱迪丝心想，谁能责怪他呢？其实连她自己也不放心。

一程又一程后，他们停在了一家简餐店。她要了烤面包和茶，先吃完后走出去站在车边等他。之后，他坚持要吃一顿像样的晚饭，于是他们又进了圣佐治市的一家餐馆，她只点了份汤。黎明时分，他们经过维琴峡谷。穿过沙漠的时候，暮色再次降临。经过车流如织的拉斯维加斯，他们驶上向西的一条公路，三车道变成了双车道。他们融入车流一点点往前挪，朱迪丝不得不努力克制着想下车的冲动。一辆辆四驱车离开州际公路，仿佛在沙漠上蹦跳前行，高位刹车灯在夜色中一闪一闪的。“疯子！”马尔科姆说。他的声音听起来疲惫又暴躁。朱迪丝一声不吭地望着窗外，脑子里又跳出那个词——限滑差速器。

父亲留下的房子。

威利留下的避暑营地。

卡蜜儿上学前的时光。

这些才是她真实拥有的东西。看着穿过沙漠的一串串车灯，朱迪丝心里想，如果可以的话，她能利用这些做点什么？

没过多久，马尔科姆说：“事故。”

越过长长的车阵，她看见前面很远的地方有几辆救护车，顶灯旋转闪烁着。

最终，两队爬行的车流汇成了一条长龙。一个交警挥手让他们开上路肩，救护车、玻璃碴、扭曲的轿车迎面而来，朱迪丝赶紧闭上了眼睛。

“天哪！”马尔科姆小声叫道。朱迪丝没有睁眼，直到车子开始加速前行。

爬上卡洪山口，再转向圣贝纳迪诺峡谷，前方闪耀着一片灯火。仪表盘上显示的时间是凌晨两点十七分。

“好了，”马尔科姆说，“好了！”

他似乎恨不得马上飞回家。

朱迪丝依然感觉麻木，手指掠过下巴都没有感觉。她使劲按压、拉扯着自己的脸，却感觉到皮肤硬得有如橡胶。高速路上的标牌看上去有些眼熟，似乎她只在电影或观光片里见过，而现在终于到此一游，却发现一切都名不副实。她闭上眼睛，直到车子慢下来，缓缓地驶上通往家门的车道。不可思议的是，眼前的房子竟然也有似曾相识的感觉。车库门无声地打开，然后又在身后关闭。

“到了！”马尔科姆似乎如释重负。

朱迪丝下车走进家门，径直来到卡蜜儿的房间。挂在墙上的月亮灯亮着，卡蜜儿正睡得香甜。她的头发还是湿的，一条浴巾垫在枕头上。朱迪丝踩着梯凳上了床，卡蜜儿转过身，睡眼惺忪地说：“嗨，妈妈，是你吗？”不知是不是闻到了朱迪丝身上的味道，还没等她回答，小姑娘就翻了个身，又睡着了。朱迪丝以为自己也能很快入睡，她闭上眼，却无比清醒。那一幕反反复复地播放着，没有改变，也无法改变：盈满泪水的双眼，孩子般的笑容，微微张开、欲言又止的双唇……

（全文完）